पिशाच

एक फ़ेसबुक पोस्ट,
कई हाई-प्रोफ़ाइल मर्डर

संजीव पालीवाल

eka

eka

First published in Hindi in 2021 as *Pishach* by Eka, an imprint of Westland Publications Private Limited

Published in Hindi in 2022 as *Pishach* by Eka, an imprint of Westland Books, a division of Nasadiya Technologies Private Limited

No. 269/2B, First Floor, 'Irai Arul', Vimalraj Street, Nethaji Nagar, Allappakkam Main Road, Maduravoyal, Chennai 600095

Westland and the Westland logo are the trademarks of Nasadiya Technologies Private Limited, or its affiliates.

ISBN: 9789395073783

10 9 8 7 6 5 4 3 2 1

This is a work of fiction. Names, characters, organisations, places, events and incidents are either products of the author's imagination or used fictitiously.

Typeset in ChanakyaUni by Neo Software Consultants, Prayagraj (Allahabad)

Printed at Radha Press, Sahibabad

हमारे जीवन को
कभी अपनी स्नेहिल उपस्थिति से भर देने वाले
डॉ. विनोद भूषण बंसल
और
डॉ. वीणा बंसल
की आत्मीय स्मृति को...

कार पुरानी थी, लेकिन चलती ठीक थी। इसमें बस दो ही लोग सवार थे। कार को एक लड़की चला रही थी। उम्र होगी कोई पैंतीस-चालीस साल के बीच। बगल की सीट पर लंबी दाढ़ी वाला एक उम्रदराज़ शख्स बैठा था। आकर्षक व्यक्तित्व। बाल बड़े और बिखरे, पर उसके चेहरे की गंभीरता को और बढ़ा रहे थे। उसकी आवाज़ में एक अजीब सी खनक थी। जो भी उसे सुनता, उसके शब्दों और आवाज़ की गहराइयों में खो जाता। वह कार में बैठे-बैठे अब भी गुनगुना रहा था।

भ्रष्टाचार है
दुराचार है
ज़िंदगी बेज़ार है
आग महंगाई की
जलता बाज़ार है
कोई बताये कहां सरकार है
हाहाकार है हाहाकार है...

लड़की को समझ नहीं आया, यह कोई कविता है या एकालाप। उसका प्रलाप जैसे-जैसे आगे बढ़ता गया, लय के साथ उसकी आवाज़ भी तेज़ होती गयी।

*हाहाकार है हाहाकार है...*आवाज़ अब तक काफी तेज़ हो चुकी थी। लड़की ने हौले से उसके हाथ पर अपना हाथ रखा तो वह चौंक गया। धीरे से उसने अपनी आंखें खोलीं, तो लड़की को अपनी ओर देखते हुए पाया। वह मदभरी नज़रों के साथ शरारती मुस्कान लिए हुए थी।

एक नटखट मुस्कराहट, जिसे देखते ही वह ख़ुद भी मुस्करा दिया।

"क्या बात है, आज काफी अशांत लग रहे हैं आप?" लड़की ने पूछा।

"अशांति तो सारे देश में छायी है। क्या हो गया है हमें। क्यों हम एक-दूसरे के दुश्मन बन रहे हैं? और सरकार...उसका क्या करूं? जो सुनती ही नहीं। ऐसी सरकार!"

लड़की ने अपना हाथ उसके होंठों पर रख दिया। "बस अब और नहीं। अब आप कुछ और नहीं सोचेंगे। आज आप सिर्फ मेरे बारे में सोचेंगे," कहते हुए उसने अपना हाथ हटा लिया। इस वक़्त तक कार किसी पार्किंग में पहुंच चुकी थी। उसने कार पार्क की। दोनों कार से बाहर निकले। इधर-उधर देखा, और सीढ़ियां चढ़ कर सीधे फ्लैट में आ गये।

घर के अंदर आते ही आदमी के सब्र का बांध टूट गया। उसने लड़की को बांहों में भर लिया। लड़की ने भी ख़ुद को आज़ाद करने की कोई कोशिश नहीं की। वह बस हंसती रही। "इतनी भी बेसब्री ठीक नहीं है। थोड़ा तो इंतज़ार कीजिये," वह बोली। लेकिन आदमी उसे छोड़ने को तैयार ही नहीं था। आख़िरकार लड़की ने उसे हौले से एक धक्का दिया और कहा, "एक मिनट रुकिये तो, मैं कमरे में जा रही हूं और जब मैं बुलाऊं तभी अंदर आइयेगा। मेरे बुलाने से पहले अंदर आने की कोशिश भी नहीं करियेगा, वरना फिर पछताते रह जायेंगे।" ये कहते हुए उसने उस आदमी को पीछे रखे सोफे पर धकेल दिया। इसके बाद लड़की मुस्कराते हुए कमरे में जाने लगी। दूसरे कमरे में दाखिल होने तक उसकी क़ातिल नज़रें सोफे पर बैठे आदमी पर ही टिकी रहीं। लड़की की मदमस्त चाल, और ख़ूबसूरत आंखों में बला की शोखी थी। आदमी के अंदर का जानवर हिलोरे मारने लगा।

कुछ देर तक तो वह इंतज़ार करता रहा। फिर बेचैनी बढ़ने लगी। वह इस सोच में था कि क्या करे, तभी उसे अंदर से बुलाने की आवाज़ सुनायी दी। बेसब्र तो अब तक वह हो ही चुका था, आवाज़ सुनते ही वह अंदर की तरफ भागा। पर यह क्या? अंदर का नज़ारा तो उसकी सोच से परे था। ख़ुशी के मारे वह सुधबुध खोने लगा। बिस्तर पर सफेद चादर बिछी थी, पीछे मुलायम तकिये पर पीठ टिकाये वह लड़की अधलेटी थी। एलईडी की दुधिया लाइट में सफेद पारदर्शी हाफ गाउन के पीछे उसका बेपनाह हुस्न था या फिर इस आदमी की दीवानगी, या फिर लड़की की मदमस्त नज़रों का बुलावा, उस आदमी के तो होश ही फाख्ता हो गये। उसने आव देखा न ताव, अपने कपड़े आनन-फानन में उतारे और पलंग पर छलांग लगा दी।

पागलों की तरह वह लड़की को चूमे जा रहा था। लड़की ने भी कोई प्रतिकार नहीं किया। वह बुलावा भी दे रही थी और संयत भी थी। ऐसा लग

रहा था मानो आदमी के उतावलेपन की टोह ले रही हो। पर आदमी के पास इसे भांप पाने का न तो समय था, न ही होश। कुछ देर तक यह सिलसिला चलता रहा। फिर अचानक लड़की ने आदमी के दोनों कंधों पर अपने हाथ रख दिये। उसे ख़ुद से अलग किया और लेटने का इशारा किया। आदमी के लेटते ही वह उसके ऊपर चढ़कर बैठ गयी। आदमी के हाथ चल पाते, इससे पहले ही उसने उन्हें दूर कर दिया। आदमी की ललचाई आंखें लड़की के शरीर को भेदने पर आमादा थीं। लड़की ने 'सब्र का फल मीठा होता है' कह अपना हाथ आगे बढ़ाया और आदमी की दोनों आंखें बंद कर दीं। इसके बाद उसने उसकी आंखों पर एक बैंड पहना दिया। आदमी को अब पूरी तरह से दिखना बंद हो गया।

"ये क्या है डार्लिंग?"

"आज आप जन्नत की सैर करने वाले हो, डियर।" कहते हुए लड़की ने पहले उस आदमी के एक हाथ को पलंग के एक पाये से बांधा, फिर धीरे-धीरे चूमते हुए दूसरा हाथ भी दूसरी तरफ के पाये से बांध दिया।

आदमी अपनी फैंटेसी में खोया रहा। आज वह उस दुनिया में जाने के ख्वाब देख रहा था, जिसकी उसने अब से पहले केवल कल्पना ही की थी।

लड़की ने अब धीरे से उसके कान में कहा, "आर यू रेडी डार्लिंग?"

"यस, आई एम रेडी हनी।"

"बस अब अपना मुंह खोलिये।"

आदमी ने चुपचाप अपना मुंह खोल दिया।

लड़की ने कपड़े का एक बड़ा सा टुकड़ा उसके मुंह में घुसा दिया। आदमी का बोलना तो अब ऐसे ही बंद हो गया। लड़की ने अब पूरी नज़ाकत से धीरे-धीरे आदमी की आंखों पर लगा बैंड हटा दिया।

आदमी की आंखों में वासना साफ नज़र आ रही थी। वह उत्तेजित और बेसब्र नज़रों से लड़की को देख रहा था।

पर लड़की के चेहरे पर एक अजीब सी मुस्कान थी। उसने अपने बैग से एक तस्वीर निकाली और आदमी के सामने रख दी। पर लड़की के साथ रंगीली दुनिया की सैर से चंद मिनटों के फासले पर लेटे इस आदमी के चेहरे का रंग तस्वीर देखते ही उड़ गया। वह हैरत से उस लड़की को देखने लगा।

वह चेहरा जो अब से पहले संसार का सबसे हसीन चेहरा लग रहा था, वही अब इतना कठोर और भयावह हो चुका था। वह कुछ सोचता उससे पहले लड़की की गुर्राती सी आवाज़ सुनाई दी।

लड़की के हाथ में अब बिजली के काम में इस्तेमाल होने वाला प्लास आ चुका था। उसने आदमी के हाथ की उंगली प्लास में रखी और उसे चला दिया।

आदमी चीखने को हुआ लेकिन आवाज़ मुंह में ठुंसे कपड़े के चलते बाहर नहीं निकली। वह तड़प रहा था, पर बंधे हाथों की बेबसी ने उसे बिस्तर पर जकड़ रखा था। वह लाचार और कातर हो चुका था। लड़की ने उसके चेहरे को पढ़ सा लिया और यह कहते हुए उसके मुंह से ठुंसा हुआ कपड़ा निकाल लिया, "अब तुम अपनी तरफ से कुछ नहीं बोलोगे, केवल वही बकोगे, जो मैं पूछूंगी।"

लड़की पूछती रही, वह बोलता रहा। इस बीच लड़की उसका बयान अपने फोन में रिकॉर्ड करती रही।

बीच-बीच में प्लास भी अपना काम करता रहा। वह चीखता रहा, कराहता रहा, बोलता रहा और गिड़गिड़ाता भी रहा। पर लड़की इन सबसे बेपरवाह अपने काम में मगन रही। उसे जब अपने सारे सवालों के जवाब मिल गये तो 'शाबाश' कहते हुए घूम कर आदमी के पीछे आ गयी। उसने आदमी को तेज़ी से खींचा और उसकी पीठ को पलंग के सिरहाने टिका दिया। इसके बाद उसने जबरन एक बार फिर आदमी का मुंह खोला और कपड़ा ठूंस दिया।

लड़की के मन में न जाने क्या आया कि उसने आदमी के बालों में धीरे-धीरे अपनी उंगलियां फंसायीं और उसके सिर को सहलाने लगी। आदमी को लगा शायद लड़की को उस पर दया आ गई है और अब वह उसे छोड़ देगी। आख़िर वह जो जानना चाहती थी, उसका जवाब तो वह दे ही चुका था। पर यह ज़रूरी तो नहीं कि इंसान जो सोचे वह हो ही जाये?

लड़की ने अपना हाथ सिर से हटाया, आदमी का चेहरा बाएं हाथ से ऊपर किया और दाएं हाथ से उसके गले पर हल्के से कोई चीज़ चला दी। खच्च की एक आवाज़ के साथ ही आदमी को पीड़ा के तेज़ अहसास के साथ अपने शरीर पर गर्म पानी सा कुछ बहता हुआ महसूस हुआ।

लड़की अब तक आदमी के पीछे से हटकर उसके सामने पहुंच चुकी थी।

भय, तेज़ दर्द और जान बचने की आस खोने के मिले-जुले भाव से ग्रस्त उस आदमी की नज़रें चंद सेकंड के लिए अचकचा कर खुलीं और गले से बेतहाशा बहता ख़ून देख चकरा सी गयीं। उसे अपनी आंखों पर विश्वास नहीं हुआ। उसने कुछ कहने की कोशिश की। लेकिन ख़ून बहने की रफ्तार इतनी ज़्यादा थी कि उसके पास सिर्फ छटपटाहट बची थी। अपने आख़िरी पलों में वह बस लड़की के हाथ में पकड़े पतले से चाकू को देखता रहा, जिसकी धार पर ख़ून की लाल बूंदें चमकती दिख रही थीं।

लड़की की आंखों में इस समय केवल हिकारत भरी थी। उसने आगे बढ़कर आदमी के मुंह में फंसा कपड़ा निकाल दिया। आदमी ने चीखने की कोशिश की, लेकिन उसमें अब वह ताकत नहीं बची थी। उसके गले से कोई आवाज़ नहीं निकली। नज़रें खुली की खुली रह गयीं।

***

जाने-माने कवि, विचारक और पेंटर गजानन स्वामी नहीं रहे। उनकी हैरतअंगेज़ हत्या की ख़बर देखते ही देखते पूरे देश में फैल गयी। हर टीवी चैनल पर सिर्फ और सिर्फ स्वामी गजानन और उनकी हत्या की ख़बर ही छायी हुई थी। देर रात किसी समय घटी इस भयावह घटना ने सारे अख़बारों की सुर्खियां बदल दी थीं। क्या हिंदी, क्या अंग्रेज़ी और क्या भाषाई अख़बार, सभी गजानन स्वामी के क़त्ल की कहानी से रंगे थे। कुछ अख़बारों ने तो विशेष पन्ने ही छाप दिए थे, तो कई अंतर्राष्ट्रीय समाचार एजेंसियों और वेबसाइटों ने इसे देश में सुरक्षा के हालात और अभिव्यक्ति की आज़ादी से जोड़कर मसालेदार ख़बरें बना दी थीं।

दोपहर तक तो गजानन स्वामी के कला निकेतन अपार्टमेंट के बाहर टीवी चैनलों के ओबी वैन्ज़ की लंबी कतार लग चुकी थी। हर तरफ पुलिस, रिपोर्टर और आस-पड़ोस की छतों पर नज़ारा देखने वालों का मजमा सा लग चुका था। स्वामी की रिहाइश वाला कला निकेतन अपार्टमेंट दिल्ली के आईपी एक्सटेंशन में स्थित था। ज़्यादातर चैनलों के लिये यहां पहुंचना आसान था। कुछ ही किलोमीटर के फासले पर टीवी चैनलों के दफ्तर थे। पर *जीवीएन* चैनल के दफ्तर का तो नज़ारा ही कुछ और था। यहां ख़बर आते ही हलचल मच गयी। यह इत्तेफाक ही था कि गौरव ने उसी वक़्त ऑफिस में कदम रखा था। उसे जैसे ही यह ख़बर पता चली, वह भागता हुआ स्टूडियो में घुसा और एंकरिंग करने खड़ा हो गया। दोपहर के 2 बजे एक नई एंकर मंदिरा बिष्ट एंकरिंग कर

रही थी। ख़बर काफी बड़ी थी। गौरव वर्मा ने फटाफट लेपल माइक लगाया, कान में इयर पीस खोंसा और धारा प्रवाह बोलना शुरू कर दिया।

'इस वक़्त की सबसे बड़ी ख़बर यह है कि देश के जाने-माने कवि गजानन स्वामी की बेहद ख़तरनाक और निर्दयी तरीके से हत्या कर दी गयी है। उनका शव आईपी एक्सटेंशन के कला निकेतन अपार्टमेंट में पाया गया है। गजानन स्वामी का देश में बड़ा नाम था। उन्हें पद्मश्री, पद्मभूषण, साहित्य अकादमी पुरस्कार से सम्मानित किया जा चुका था। कई भाषाओं में अपने रचनाक्रम के लिये मशहूर गजानन स्वामी अपनी प्रतिरोध की कविता के लिये विख्यात थे। अपनी सारी संपत्ति वह गरीबों की सेवा में लगा देते थे। गजानन स्वामी पेंटर भी थे, जिससे उनकी कमायी होती रहती थी। उन्होंने शादी नहीं की थी। उनका कोई रिश्तेदार भी नहीं था, जिसके लिये उन्हें कुछ बचा कर रखना हो। कला निकेतन के जिस घर में वे इस समय थे, वह घर भी उनके एक चाहने वाले ने उन्हें दिया था। जब भी वे दिल्ली में होते, हमेशा यही घर उनका निवास होता था। इस घर का सारा खर्च उनका चाहने वाला ही उठाता था। स्वामी गजानन को कोई तुलसीदास और कबीरदास की परंपरा में रखता था, तो किसी को उनकी रचनाओं में मार्क्सवाद और बौद्ध दर्शन नज़र आता था। सही मायने में वे एक दार्शनिक थे। एक संन्यासी थे। उनका रुतबा था। उनकी हत्या पर हाहाकार मचना स्वाभाविक है।

'इस बारे में और भी जानकारी के लिये हम सीधे आपको लिये चलते हैं कला निकेतन, जहां मौजूद हैं हमारी सहयोगी आमना चौधरी। "आमना क्या जानकारी है आपके पास?"'

अब स्क्रीन पर एक युवती है जो देखने में स्मार्ट है, गोरी है और मोहक भी। वह गंभीर अंदाज़ में अपनी बात शुरू करती है। "गौरव मैं इस वक़्त कला निकेतन अपार्टमेंट के बाहर खड़ी हूं।" कैमरा धीरे-धीरे आमना से दूर होता जाता है, और कला निकेतन का पूरा गेट अब साफ नज़र आने लगता है। आमना की आवाज़ लगातार आती रहती है और अब एक बार फिर कैमरा आमना की तरफ बढ़ने लगता है। आमना बोल रही थी कि "ये वही अपार्टमेंट है जहां स्वामी गजानन की हत्या हुई है। पुलिस ने इस बात की पुष्टि कर दी है कि ये एक क़त्ल है।" अब तक कैमरा आमना पर स्थिर हो चुका था। और अब कैमरे के फ्रेम पर आमना और गौरव दोनों आ जाते हैं।

"आमना किस आधार पर पुलिस यह कह रही है कि स्वामी गजानन का क़त्ल किया गया है?" गौरव ने सवाल किया।

"आप जानकर हैरान रह जाएंगे गौरव कि स्वामी गजानन का शव किस हाल में मिला है। हमारे साथ स्वामी जी के बगल वाले फ्लैट में रहने वाले हरीश वर्मा हैं। ये अकले ऐसे शख़्स हैं जो पुलिस के साथ फ्लैट के अंदर गये थे।" आमना बोल रही थी कि कैमरे ने फिर से थोड़ा पुल बैक करना शुरू किया। ज़ूम आउट होते-होते कैमरे में अब आमना के साथ एक युवक दिखायी देने लगा। आमना ने हरीश नामक इस युवक से सवाल किया, "क्या देखा आपने, ज़रा तफ़सील से बताइये?"

इस वक़्त स्क्रीन पर उस युवक, आमना और स्वामी गजानन की तस्वीरें चल रही थीं। हरीश ने कहना शुरू किया, "जब पुलिस ने फ्लैट का दरवाज़ा तोड़ा तो मैं उनके पीछे था। ड्राईंग रूम में स्वामी गजानन का न्यूड शरीर मिला। वो सोफे पर बैठे हुए थे। उनका पूरा शरीर ख़ून से लथपथ था। ऐसा लगता था कि जैसे उनका गला रेत कर पहले मारा गया हो, और फिर लाश को लाकर सोफे पर टिका दिया गया हो। पूरे फर्श पर ख़ून ही ख़ून फैल हुआ था।" यह कह कर वह रुक गया।

"आपने कहा कि स्वामी जी न्यूड बैठे हुए थे। मतलब, यह बात कुछ समझ नहीं आयी?"

"जी हां, मैं आपको सच कह रहा हूं कि स्वामी गजानन न्यूड थे। इतना ही नहीं, उनका प्राइवेट पार्ट भी कटा हुआ था। कटा क्या, वह तो उनके शरीर के साथ था ही नहीं, गायब था।"

हरीश नामक उस आदमी से इस बात को सुनते ही पूरे स्टूडियो और स्क्रीन पर हलचल मच गयी। आमना भी एक बारगी हड़बड़ा गयी। उसने गहरी सशंकित नज़रों से हरीश को देखा और पूछा, "क्या आपको यकीन है कि स्वामी जी का...मेरा मतलब है कि उनके साथ ऐसा किया गया?"

"जी, ये देखिये मेरे पास तो इस घटना का वीडियो भी है," कहते हुए हरीश ने अपना मोबाइल जेब से निकाला और आमना की तरफ करके वीडियो चला दिया। उस वीडियो को देखते ही आमना का हाथ बेसाख्ता अपने मुंह की ओर चला गया। उसे इतने वीभत्स क्राइम सीन की उम्मीद नहीं थी।

आमना की हिचकिचाहट देख कर हरीश ने अपना मोबाइल बंद कर दिया। स्टूडियो में बैठा गौरव ये सब देखकर अचानक बोल उठा, "आमना हरीश जी काफी सनसनीखेज़ बात कर रहे हैं। ऐसा कीजिये हरीश जी से पूछिये कि क्या वे हमारे स्टूडियो में आने को तैयार हैं?" दरअसल गौरव नहीं चाहता था कि यह बात और किसी चैनल को पता चले। इसलिये उसने हरीश को वहां

से हटाकर अपने ऑफिस बुलाने का फैसला किया। यही स्मार्टनेस गौरव को दूसरों से अलग बनाती थी।

आमना ने हरीश की तरफ मुंह करके गौरव का सवाल दोहरा दिया। स्टूडियो जाने के नाम पर हरीश ने फौरन हामी भर दी। उसे महसूस हो गया था कि यह पूरा दिन अब उसका होने वाला है। एक ही झटके में पूरे देश के लोग उसे जान जाएंगे। रिश्तेदारों पर उसका रुआब बढ़ने वाला था।

गौरव ने एक बार फिर अपने कैमरे की तरफ देखा और बोलना शुरू कर दिया। 'आपने अभी सुना कि किस तरह स्वामी गजानन की हत्या की गयी है। उनके प्राइवेट पार्ट को काट कर गायब कर दिया गया है। यह काम कोई ऐसा इंसान ही कर सकता है जो स्वामी गजानन से बेपनाह नफरत करता हो। इसके पीछे की वजह जानने के लिये हमें बात करनी होगी किसी साइकैट्रिस्ट यानी मनोचिकित्सक से, बस कुछ ही देर में वो हमारे साथ होंगे।' यह सिग्नल था शो प्रोड्यूसर और असाइनमेंट डेस्क के लिये कि वे तुरंत किसी मनोचिकित्सक को फोन पर लायें। गौरव ने फिर कहा, 'मनोचिकित्सक से बात करने से पहले हम एक बार फिर आमना चौधरी के पास चलते हैं।' गौरव के यह बोलते ही कंट्रोल रूम ने आमना को फिर से स्क्रीन पर ले लिया। "आमना, इस मामले पर क्या अभी तक पुलिस की कोई प्रतिक्रिया आयी है?"

"गौरव, पुलिस तो मौका-ए-वारदात पर मौजूद है पर बड़े अफसरों का इंतज़ार है। हम सब यहां इंतज़ार कर रहे हैं कि कोई बाहर आए और हमें जानकारी मिल सके। हां, इतना ज़रूर पता चला है कि स्वामी जी को आख़िरी बार दो दिन पहले, यानी परसों देखा गया था।"

"कौन-कौन उनसे मिलने आता था? कोई जानकारी है कि आख़िरी बार कौन आया था उनसे मिलने?"

"नहीं गौरव, स्वामी गजानन से यहां ज़्यादा लोग मिलने नहीं आते थे। इसकी एक वजह यह भी थी कि स्वामी ख़ुद ही ज़्यादातर वक़्त यहां न रहकर देश भर में घूमते रहते थे। किसी के भी यहां रुक जाते थे। खाना मांग कर खा लेते थे। इसीलिये बहुत ज़्यादा लोगों का तो यहां आना-जाना नहीं होता था।" आमना ने अपनी बात ख़त्म कर दी।

टीवी स्क्रीन पर एक बार फिर सिर्फ गौरव था और स्वामी गजानन की विभिन्न मुद्राओं की तस्वीरें चल रही थीं। उनकी आवाज़ भी गूंज रही थी—

भूख रोटी की
भूख बोटी की

भूख शरीर की
भूख सत्ता की

भूख ही लड़ाती है
भूख ही नचाती है
भूख ही भगवान है
भूख ही शैतान है

सोचिये
अगर भूख नहीं होती
तो कितनी सुंदर होती दुनिया...

स्वामी गजानन की लहराती हुई गंभीर आवाज़ में यह कविता रोंगटे खड़े कर रही थी। कविता ख़त्म होती है। ऑडियो फेड आउट होता है और गौरव की गंभीर आवाज़ फिर गूंजने लगती है। वह फिर से अपनी बात दोहराने लगता है। टीवी में एक ही बात बार-बार बतानी पड़ती है। ज़रूरी नहीं एक ही दर्शक आपको लगातार देख रहा हो। नये लोग जुड़ते रहते हैं, इसलिये बार-बार बताना पड़ता है।

'प्रतिष्ठित जन कवि, पद्मश्री और पद्मभूषण पुरस्कार से सम्मानित, साहित्य अकादमी पुरस्कार विजेता कवि, पत्रकार, विचारक, समाजसेवी स्वामी गजानन की हत्या कर दी गयी है। हत्या करने का तरीका और शव को जिस तरह से रखा गया है, वह बेहद चौंकाने वाला है। क्या हो सकता है इसका मतलब? कोई ऐसा क्यों करेगा? यह जानते हैं देश की जानी-मानी मनोचिकित्सक विद्या लाल से। इससे पहले हम अपने दर्शकों को बता दें कि हमें स्वामी गजानन के घर की तस्वीरें मिल गयी हैं। ये तस्वीरें *जीवीएन* चैनल के दर्शक हरीश कुमार ने हमें दी हैं। ये तस्वीरें इतनी वीभत्स हैं कि हम अपने दर्शकों को नहीं दिखा पायेंगे, लेकिन इसका मोटा-मोटा विवरण हम आपको बता रहे हैं।'

अब तक गौरव की डेस्क पर स्वामी गजानन की डेड बॉडी की तस्वीरें आ चुकी थीं। उसने अपने सामने रखे कागज़ों को दोनों हाथों से पकड़ कर उठाया। कैमरे के सामने उनको दिखाते हुए गौरव ने कहना शुरू किया, 'ये वो तस्वीरें हैं जो हमने घटनास्थल से ली हैं।' यह कहते हुए उसने विद्या लाल को भी वो तस्वीरें भेज दीं। विद्या लाल ने तस्वीरों को गौर से देखा। अब गौरव ने

उनसे सवाल किया, "पहली नज़र में इन तस्वीरों को देख कर आपको क्या लगता है, डॉ. विद्या?"

बेहद गंभीरता से सोचते हुए विद्या लाल ने जवाब दिया, "गौरव, ये तस्वीरें कहती हैं कि हत्यारा कोई ऐसा है जो स्वामी गजानन से बहुत नफरत करता है।" अपनी बात पूरी करते हुए उनकी नज़र तस्वीरों से उठ कर गौरव की तरफ आ चुकी थी।

"इस नफरत की क्या वजह हो सकती है? क्या तस्वीरों के माध्यम से आप यह जान सकती हैं?"

"पक्के तौर पर तो नहीं कह सकते, लेकिन इतना ज़रूर कह सकते हैं कि सेक्स या शारीरिक शोषण इसका कारण हो सकता है। कोई किसी के प्राइवेट पार्ट क्यों काटेगा? ये ऐसे अंग हैं जो निजी लम्हों में ही हम नुमाया करते हैं। उनका इस्तेमाल भी निजी या अंतरंग लम्हों में ही होता है। इनको नुकसान पहुंचाने, इनको काटने का एक ही मतलब है कि कोई इंतकाम ले रहा है।"

"इसको अगर इस तरह से देखें कि उनका प्राइवेट पार्ट गायब है और अभी तक पुलिस को भी नहीं मिला है, तो इसकी क्या वजह हो सकती है?"

"देखिये गौरव, यह उस इंसान की मन:स्थिति को बताता है। हत्यारे की मन:स्थिति स्वामी से बदला लेने की तो थी ही, अपने इस काम से उसने एक संदेश भी देने की कोशिश की है। वह शायद चाहता है कि स्वामी गजानन की निजी या सेक्स लाइफ से जुड़ी बातें लोगों के सामने आयें। वह शायद स्वामी से बदला लेने के साथ ही उन्हें नंगा करना चाहता था। जी हां नंगा, तभी उसने वह सब कुछ किया जिससे लोगों में सनसनी फैले और लोग इस हत्या के बारे में बातें करें। अगर यह कोई सामान्य तरीके से की गयी हत्या होती तो कोई बात नहीं होती। लेकिन इस तरह से स्वामी के प्राइवेट पार्ट को काट देना और उसका अब तक न मिलना यह बताता है कि कुछ तो ऐसा है, जो हत्यारा जताने या बताने की कोशिश कर रहा है।"

विद्या लाल की बात पूरी होते ही टीवी स्क्रीन पर एक नई फोटो के साथ फिर से गौरव की आवाज़ गूंजने लगी। 'एक और बात है जो इस तस्वीर के साथ जुड़ी है, जिसे अब हम आपको बताने जा रहे हैं। यह एक बड़ी ब्रेकिंग न्यूज़ है। यह एक शब्द है जो हत्यारे ने स्वामी गजानन के ख़ून से दीवार पर लिखा है।' गौरव अब तक काफी जोश में आ चुका था लेकिन गंभीरता बरकरार थी। वह बोल रहा था, 'ये शब्द है "पिशाच"। आख़िर हत्यारे ने स्वामी गजानन को मारकर उनके ख़ून से ये शब्द क्यों लिखा। ये *जीवीएन*

एक्सक्लूसिव है, जिसके बारे में अभी सिर्फ पुलिस को पता है। लेकिन यह एक शब्द इस केस को नयी दिशा दे सकता है। जिस तरह से मनोचिकित्सक विद्या लाल बता रही हैं कि हत्यारा कोई संदेश दे रहा है। कुछ बताने की कोशिश कर रहा है। तो ये शब्द आख़िर क्या कह रहा है? इसके मायने क्या हैं?'

अब वह फिर से मनोचिकित्सक से सवाल कर रहा था। "विद्या जी 'पिशाच' शब्द क्या कहता है? कोई किसी के लिये 'पिशाच' शब्द का इस्तेमाल कब करता है?"

"गौरव, अब बात कुछ आसान हो रही है, या कहें कि उलझ रही है। 'पिशाच' शब्द पर आने से पहले अगर इस तस्वीर को ध्यान से देखें तो आप पायेंगे कि स्वामी गजानन के चेहरे पर ख़ून लगा हुआ है। दरअसल ये ख़ून लगाया गया है। ख़ून होंठों से टपक रहा है, ये तस्वीरों में साफ नज़र आ रहा है। अब आप सोचिये कि पिशाच कैसा होता है! हमने जो कहानियां पिशाच की सुनी हैं उसमें पिशाच लाल रंग या काले रंग के होते हैं। उनके होंठों से लाल ख़ून टपकता है। वह ऐसा इसलिये होता है क्योंकि यह माना जाता है कि पिशाच अपने जानने वालों का ख़ून पीते हैं। वह ख़ून पीकर ही ज़िंदा रहते हैं। ऐसा ही वैम्पायर फिल्मों में दिखाया गया है। सभी पिशाच इसी तरह से दर्शाये जाते हैं। यहां भी हत्यारे ने शायद यही जताने की कोशिश की है कि स्वामी गजानन एक पिशाच हैं जो अपने करीबियों का ख़ून पीते रहते हैं। इसीलिये उसने स्वामी की बर्बर तरीके से हत्या कर उनके शव को ख़ून से रंगा है और उनके ठीक पीछे दीवार पर लिख दिया है 'पिशाच'।"

टीवी स्क्रीन पर बड़े शब्दों में ब्रेकिंग न्यूज़ चल रही थी। साथ ही लिखा आ रहा था 'पिशाच...पिशाच'। बैकग्राउंड से धड़ाम-धड़ाम कई आवाज़ें म्यूज़िक के साथ आ रही थीं। हर कोई आश्चर्यचकित था, ऐसा केस तो पहले कभी नहीं देखा गया।

***

"चलो-चलो, तमाशा ख़त्म हो गया। सब लोग अपने-अपने घर जाओ।" इंस्पेक्टर समर प्रताप सिंह ने कला निकेतन में स्वामी गजानन के फ्लैट में घुसने से पहले बाहर मजमा लगाए सभी लोगों को हट जाने को कहा।

वहां मौजूद टीवी चैनल और अख़बार संवाददाताओं को भी उसने अपार्टमेंट से बाहर जाने का आदेश दिया। हालांकि अपने कहे पर ख़ास असर

होता हुआ न देख उसने अपार्टमेंट के मैनेजर को बुलाकर हड़काया। समर ने उससे कहा, "पांच मिनट के अंदर ये सब लोग गेट से बाहर होने चाहिये, वरना सरकारी काम में बाधा डालने का आरोप लगाकर तुम्हीं को गिरफ्तार कर लूंगा। बाहर निकालो उन्हें। इतना ही नहीं, यह भी समझ लो कि जब तक यह मामला सुलझ न जाये, तब तक कोई भी इस फ्लैट के आसपास भी नज़र नहीं आना चाहिये। समझे...?"

"जी सर, समझ गया।"

समर ने घूर कर टीवी कैमरों की तरफ देखा तो कई जाने-पहचाने चेहरे उसे नज़र आये। उन सभी को नज़रअंदाज़ कर वह अंदर चला गया।

अंदर पहले से एक सिपाही मौजूद था। फोरेंसिक टीम अपना काम कर रही थी। सिपाही ने उसे बताना शुरू किया।

"सर, 112 पर कॉल आयी। मकान मालिक के कहने पर वह कॉल एक पड़ोसी ने की थी। जो आदमी मरा है वह कई दिनों से अपना फोन नहीं उठा रहा था। मकान मालिक ने पड़ोसियों से पूछताछ की, लेकिन कुछ पता नहीं चला तो उसने बराबर में रहने वाले शख्स को इस फ्लैट को चेक करने के लिए कहा। यहां दरवाज़ा अंदर से बंद था। कई बार खटखटाने के बाद भी जब नहीं खुला तो उसने 112 पर कॉल कर दिया और मकान मालिक को भी सूचना दे दी। मकान मालिक मेरठ में रहता है। यह मकान उसने कई साल से इस आदमी को दे रखा था।"

"जब दरवाज़ा तोड़ा गया, तो तुम साथ थे?"

"जी, मैं चौकी से आया था।"

"कौन-कौन साथ था तुम्हारे?"

"सर, वह पड़ोसी भी था जिसने फोन किया था।"

समर ने मुआयना करना शुरू किया। दरवाज़े के सामने दाहिनी ओर सोफे पर एक लंबी सफेद दाढ़ी वाला इंसान बैठा था।

"क्या नाम है इसका?"

"स्वामी गजानन।"

"क्या करता था?"

"कवितायें लिखता था।"

"यही काम था इसका?" उसने सिपाही की तरफ मुंह घुमाकर पूछा।

"काफी बड़ा आदमी लगता है, सर। वो देखिये।" कहते हुए सिपाही ने समर को दीवार की तरफ देखने का इशारा किया।

समर ने गर्दन घुमाकर अपने पीछे वाली दीवार को देखा तो पाया कि स्वामी गजानन नामक इस आदमी की देश के वर्तमान प्रधानमंत्री और राष्ट्रपति ही नहीं, बल्कि कई पूर्व प्रधानमंत्रियों और पूर्व राष्ट्रपतियों के अलावा कई नामीगिरामी लोगों के साथ तस्वीरें थीं। इन तस्वीरों में स्वामी गजानन बड़ी ही अंतरंगता से उनके साथ खड़ा दिखाई दे रहा था। कुछ तस्वीरें शायद किसी अवॉर्ड वगैरह के समय की थीं। हर तस्वीर में स्वामी धोती कुर्ता ही पहने हुए था। लंबी सफेद दाढ़ी और आंखों पर एक चश्मा। कुछ तस्वीरों में कंधे पर गमछा भी पड़ा हुआ था। समर सोचने लगा, *वाकई बड़ा आदमी था, ऐसे आदमी का भला कौन दुश्मन होगा?* पर उसने अपने भाव किसी से ज़ाहिर नहीं किये।

"और कुछ...?" वापस शव की तरफ घूमते हुए समर ने पूछा।

"सर, यह आदमी यहां अकेला ही रहता था। कभी-कभी ही आता था। जब आता था तो कुछ दिन रुकता, फिर चला जाता था। पर कभी भी लंबे समय तक नहीं रहा। हां, यह इसका परमानेंट पता ज़रूर है। इसके पास एक गाड़ी है, जो इसके मकान मालिक ने ही इसे दे रखी थी। उसी में चलता था। लेकिन ख़ुद गाड़ी ड्राइव नहीं करता। कोई चलाने वाला मिल जाता था, तभी गाड़ी निकलती थी वरना नहीं।"

"इसके बीवी, बच्चे...?"

"नहीं हैं, सर। शादी नहीं की। अकेले ही रहता था, जो भी कमाया गरीबों की सेवा में दान दे दिया।" इस बार पड़ोसी ने जवाब दिया।

"कोई रिश्तेदार?"

"उनका तो हम लोगों को भी पता नहीं सर। यहां इतने सालों में कभी कोई दिखा तो नहीं उनके साथ।" पड़ोसी ने फिर जवाब दिया।

"मकान मालिक कहां है...?"

"वह बस आने ही वाला है, सर। मेरठ से चल दिया था क़रीब दो घंटे पहले। आता ही होगा।" कॉन्स्टेबल ने जवाब दिया।

समर की निगाह इस बातचीत के बीच भी शव पर ही केंद्रित थी। उसने पाया कि ये एक तरह की सेटिंग है। क्राइम सीन को सजाया गया है। तैयार किया गया है। हत्यारा चाहता है कि लोग स्वामी गजानन को एक ख़ास नज़र से

देखें। ऊपर दीवार पर लिखी इबारत तो और भी भयावह थी। उसकी लिखावट और इबारत एक अलग तरह का संदेश सा देती जान पड़ रही थी। दीवार पर लिखा था 'पिशाच'।

"तुमने अपनी तरफ से तलाशी तो ले ली थी न पूरे फ्लैट की?"

"जी सर, फोरेंसिक टीम के आने के बाद उनके साथ-साथ मैंने भी पूरा फ्लैट देख लिया था।"

समर अंदर के कमरे की तरफ बढ़ ही रहा था कि फोरेंसिक टीम बेडरूम से निकल कर उसके पास ड्राईंग रूम में आ गयी। समर को देख कर उनमें से एक ने कहा, "हमारा काम तो हो गया। हम निकलते हैं सर।"

"कोई ख़ास बात, जो तुम लोगों ने नोटिस की हो?" समर ने पूछा।

"बस इतना कि इस आदमी का प्राइवेट पार्ट गायब है। यहां नहीं मिला।"

"व्हॉट? क्या कह रहे हो? शव का मुआयना तो मैंने भी किया पर मैं इसे क्यों नहीं पकड़ पाया?" समर की आवाज़ में हैरानी थी।

"सर बॉडी ऊपर से नीचे तक ख़ून से सनी है, शायद आपका ध्यान केवल ऊपर की चोटों पर रह गया हो।" उनमें से एक ने कहा और फिर इजाज़त लेकर टीम वहां से निकल गयी। कुछ देर में बॉडी भी पोस्टमॉर्टम के लिये भेज दी गयी। अब फ्लैट में सिर्फ समर की टीम के लोग ही बचे थे। समर ने अब बारीकी से जांच शुरू की। यह फ्लैट ज़्यादा बड़ा नहीं था। ड्राईंग रूम के सामने डाइनिंग एरिया, किचन और पीछे की तरफ दो बेडरूम। ज़मीन पर पड़े ख़ून को फॉलो करता हुआ समर बेडरूम तक आ गया। बायीं ओर के बेडरूम का फर्श ख़ून से लाल था।

"तो मतलब कि क़त्ल इसी रूम में हुआ है?"

"जी ऐसा ही लगता है।"

"फिर लाश को खींच कर ड्राईंग रूम में ले जाया गया। इससे यह साफ है कि जो भी हत्यारा है वह काफी ताकतवर है। लाश को खींचना और फिर सोफे पर बैठाना किसी कमज़ोर इंसान का काम नहीं हो सकता।"

इसी बीच एक सिपाही ने मकान मालिक के आने की इत्तिला दी।

"ठीक है उसे ले आओ," कहते हुए समर वापस ड्राईंग रूम में आ गया। वहां एक मझोले कद का आदमी नज़र आया, जिसका पेट बाहर की तरफ

निकला हुआ था। शक्ल से ही व्यापारी नज़र आ रहा था। ऐसे लोग जो दिन भर गल्ले पर बैठे रहते हैं। नोटों का हिसाब-किताब करना ही जिनका काम होता है।

"क्या नाम है तुम्हारा?"

"जी, रमेश खन्ना।"

"क्या करते हो?"

"सर, थोक अनाज का व्यापारी हूं। मेरठ मंडी में मेरा काम है।"

"इन स्वामी जी को कैसे जानते थे?"

"सर, मैं भी शौकिया तौर पर थोड़ी-बहुत कवितायें वगैरह लिखता हूं। मेरठ में साहित्य सेवा के लिए एक संस्था भी बना रखी है, जो कवि सम्मेलन और गोष्ठियां आयोजित करती है। इसी सब सिलसिले में जान-पहचान हो गयी।"

"स्वामी जी क्या करते थे, यह तो तुम्हें पता ही होगा?"

"अरे, आप स्वामी गजानन को नहीं जानते हैं? वे कवितायें लिखते थे। काफी नाम है उनका। आज के दौर के सबसे बड़े कवियों में उनकी गिनती है। जनवादी कवि थे, देश की सियासत का शायद ही कोई ऐसा नेता हो, जो स्वामी जी से और उनकी लिखी कविताओं से परिचित न हो!"

समर ने अपनी अनभिज्ञता पर थोड़ा झुंझलाते हुए पूछा, "यह जनवादी कवि क्या होता है?"

"अरे आप यह भी नहीं जानते? वही जो वंचित, उपेक्षित, सर्वहारा और हाशिये पर बैठे समाज को मुख्यधारा में लाने का पैरोकार हो!"

समर का मन हुआ कि घुमाकर इस आदमी को एक थप्पड़ जड़ दे, पर उसने अपने को संयत रखा और पूछा, "ये क्या होता है वंचित, सर्वहारा, हाशिये का समाज और मुख्यधारा? ये कौन सी कविता है?"

"छोड़िये इस बात को, यह समझिये कि स्वामी गजानन गरीबों के लिये लिखते थे। भूख की बात, रोटी की बात करते थे। समाज में सबको अपना हक मिले, इसके लिए विरोध तक की बात करते थे। बहुत विद्रोही स्वर था उनका।" रमेश खन्ना ने बात को सरल करते हुए कहा।

"अब ये विद्रोही स्वर क्या होता है?" समर ने सिपाही को देखते हुए कहा, तो सिपाही ने तुरंत मुंह बिचका दिया। फिर समर ने वापस रमेश खन्ना को देखा जो समर की मूर्खता और अज्ञानता पर अब झुंझलाने लगा था।

रमेश ने उसकी बात का जवाब न देने का फैसला किया और चुप रहा।

"कोई है इनके परिवार में?" समर ने अब सवाल का रुख मोड़ दिया।

"नहीं अकेले हैं। कोई रिश्तेदार भी नहीं है। दरअसल इन्होंने कभी किसी से संबंध ही नहीं रखा। कहीं भी चले जाना। कहीं भी कुछ भी खा लेना। यही ज़िंदगी रही है इनकी।"

"यहां कब से हैं? मेरा मतलब तुम्हारे इस घर में?"

"पिछले दस साल से, मैंने ही यह घर उनको दिया था।"

"अभी, कब से थे यहां?"

"आज पूरे सात दिन हो गये। इतने दिन तो शायद ही कभी लगातार यहां रहे होंगे।"

"मतलब?"

"वे दो-तीन दिन से ज़्यादा कभी कहीं, किसी भी एक घर में नहीं रुकते थे। अपने इस घर में भी नहीं। मेरे लिये यह हैरानी की बात है कि पिछले सात दिन से वे यहीं कैसे थे।"

"कोई और भी यहां आता था। कोई काम वाला? सफाई वाला, धोबी...?"

"मेरी जानकारी में तो नहीं। बस एक ड्राइवर है जिसे वे बुला लेते थे। उसे भी मैंने ही रखा था उनके लिए। वह भी पांच दिन पहले ही आया था।"

"तुम्हें कैसे पता?"

"मैंने उसे फोन किया था। उसी ने बताया।"

"अभी कहां है वो?"

"बाहर ही होगा। मैंने यहां बुला लिया है।"

समर ने ड्राइवर को बुलाने के लिये सिपाही को बाहर भेज दिया। कुछ ही मिनटों में वह समर के सामने था।

"क्या नाम है तुम्हारा?" ड्राइवर के आते ही समर ने सवाल किया।

"विजय सिंह, साहब!"

"कहां रहते हो?"

"यहीं, पीछे की बस्ती में रहता हूं साहब।"

"कब से काम कर रहे हो यहां?"

"साहब यही कोई दस साल के क़रीब तो हो ही गये होंगे।" कहते हुए उसने रमेश खन्ना की तरफ देखा, तो रमेश ने भी सहमति में सिर हिला दिया।

"आख़िरी बार कब आये थे यहां?"

उसने कुछ सोचा फिर जवाब दिया, "सात दिन पहले, आज ही के दिन आया था साहब, और बस दो दिन ही साथ रहा।"

"फिर, उसके बाद क्यों नहीं आये?"

"स्वामी जी ने ही मना कर दिया था। उन्होंने कहा था कि अगले दिन मैं वापस जा रहा हूं, इसलिये अब मत आना। सर, मेरा काम तो साहब लोगों के आने पर ही पड़ता था, वरना गाड़ी यहीं खड़ी रहती है। या तो स्वामी जी आते थे या साहब आते थे। इनमें से कोई भी आता तो खन्ना साहब ही मुझे फोन करके बुला लेते थे।"

"हम्म...तो पांच दिन पहले तुम उनके साथ थे!" फिर स्वामी जी का मर्डर कब हुआ? समर सोच में पड़ गया। उसने एक बार फिर ड्राइवर से पूछा, "कितने दिन साथ थे तुम उनके?"

"सर, मैं केवल दो दिन ही उनके साथ रहा था!"

"मतलब पिछले पांच दिन से स्वामी जी कहीं गये ही नहीं होंगे? मान लो किसी और के साथ कहीं गए हों, तो यह कैसे पता चलेगा?"

"सर वैसे तो कुछ बता पाना मुश्किल है। लेकिन अगर कहीं गये होंगे और ये गाड़ी चली होगी, तो मैं देख कर बता सकता हूं।" ड्राइवर विजय ने कहा।

"कैसे, कैसे बताओगे?" समर ने पूछा।

"मैं गाड़ी में एक लॉग बुक रखता हूं। जब भी गाड़ी निकालता और रखता हूं तो उसमें किलोमीटर लिख देता हूं। देख लेते हैं कि गाड़ी चली है या नहीं।"

"ठीक है चलो," कहकर समर उसे लेकर गाड़ी के पास आ गया। उसे भी गाड़ी तो चेक करनी ही थी।

यह एक पुराने मॉडल की मारुति ऑल्टो कार थी जिसका रंग भी फीका पड़ चुका था। विजय ने आगे बढ़कर गाड़ी का बायीं तरफ का दरवाज़ा खोला और ग्लव कंपार्टमेंट से एक लॉग बुक निकाली। फिर वह ड्राइविंग साइड में गया और वहां जाकर स्पीडोमीटर से किलोमीटर चेक किया।

"चली है साहब, एक सौ पचास किलोमीटर का फर्क है।" यह कहते हुए उसने लॉग बुक समर के सामने रख दी।

"गाड़ी तो चलानी आती नहीं थी स्वामी जी को, इसका मतलब कोई तो इस गाड़ी को चला कर ले गया होगा।"

"जी सर, आप सही कह रहे हैं, किसी ने तो गाड़ी चलायी है।"

"गाड़ी की चाबी किसके पास रहती है?" समर ने सवाल किया।

"एक चाबी तो घर पर रहती है। और एक मेरे पास रहती है।"

"तुमने अपनी चाबी से गाड़ी खोली है अभी?" समर ने पूछा।

"जी सर।"

"दूसरी चाबी कहां है?"

"अंदर ही होगी। वहीं एक टोकरी में रखी रहती है।"

समर ने तब तक कार का मुआयना भी कर लिया था।

"चलो, अंदर ही चलते हैं।"

***

शाम होते-होते *जीवीएन* चैनल का सारा माहौल बदल चुका था। दिन में स्वामी गजानन की हत्या में सेक्स का मोटिव खोजने वाला गौरव वर्मा अब एक अलग ही दुनिया में था। वह स्क्रीन पर दहाड़ रहा था। 'एक स्वामी की हत्या, दिन-दहाड़े देश की राजधानी में हो गयी। एक कवि, एक युग दृष्टा, संत की हत्या पर इतनी ख़ामोशी क्यों है? क्यों सारे चैनल चुप हैं? इसलिये कि स्वामी गजानन हिंदू हैं? कोई ईसाई पादरी होता, कोई मुसलमान मौलाना होता तो सारा देश आज ख़तरे में होता।'

उसके पैनल में इस समय आठ लोग बैठे थे। आधे से अधिक लोग गेरुए रंग का वस्त्र पहने हुए थे। दो लोग लंबी दाढ़ी के साथ सिर पर सफेद टोपी लगाये हुए थे। ज़ाहिर था कि वो लोग मुस्लिम हैं। गौरव का निशाना वही लोग थे। एक घंटे से वह इन लोगों से जूझ रहा था।

'जवाब दीजिये, दिल्ली के मुख्यमंत्री की ज़बान पर ताला क्यों लगा है? कहां छिपे बैठे हैं? बाहर क्यों नहीं आते? राष्ट्रहित में देश जानना चाहता है। इनकी आवाज़ कहां गुम है? एक हिंदू की मौत पर ख़ामोश हैं। जिस देश में

अस्सी फीसदी हिंदू हैं...' हिंदू पर वह ठहरा और ठहर कर उसने ज़ोर सा दिया और फिर बोलना शुरू किया, 'हिंदू हैं। सनातनी हैं। इस देश में आख़िर हिंदुओं के लिये सवाल कौन करेगा? हर कोई सवाल करता है तो सिर्फ मुसलमानों के लिये। ईसाईयों के लिये।' उसने एक पैनलिस्ट की तरफ इशारा करते हुए कहा, 'कहां हैं आपके नेता? क्या हम लोग गेरुआ पहनना बंद कर दें? स्वामी या बाबा लगाना बंद कर दें? अपने संस्कार बंद कर दें? कोई है जो जवाब देगा? ये सब भेड़िये हैं। लेकिन अब हम नहीं झुकेंगे। अस्सी फीसदी हिंदू अब नहीं सुनेंगे। सुन लीजिये मौलाना...सुन लीजिये पादरी...सुन लें विपक्ष के नेता, राष्ट्रहित कहता है कि ये देश अब नहीं सुनेगा। ये देश हिंदू ही चलायेंगे। मैं पूछता हूं कि आख़िर कब तक? कब खौलेगा ख़ून? स्वामी गजानन हमारी आन-बान-शान थे। मैं पूछता हूं कि विपक्ष के राजकुमार कब तक मौन रहेंगे? क्यों वो पादरियों की फिक्र करते हैं? क्यों मौलाना के लिये उनका दिल धड़कता है?' वो उत्तेजना में अपनी सीट से उछल रहा था। 'मैं जानना चाहता हूं' उसने एक मौलाना की तरफ फिर इशारा किया। मौलाना ने कुछ बोलने की कोशिश की, लेकिन गौरव उछल पड़ा, "नहीं, आप नहीं...आप तो बिल्कुल नहीं। आप कोशिश भी न करें।" मौलाना ने फिर कोशिश ही नहीं की बल्कि वह लगातार बोलने लगा।

"चुप हो जाइये आप, मैं...मैं कह रहा हूं न कि आप चुप हो जाइये।" पर मौलाना नहीं रुके। गौरव चिल्लाया, "साउंड इंजीनियर इनकी आवाज़ बंद कर दीजिये। पैनल पर कोई है जो मेरी आवाज़ सुन रहा है? बंद कर दो इस वाहियात आदमी की आवाज़। आपको शर्म नहीं आती। आप ख़ुद को हिंदुस्तानी कहते हो। देशभक्त कहते हो। आपकी हिम्मत कैसे हुई मुझे टोकने की। चुप रहिये। आप आख़िर कब स्वामी जी की हत्या की निंदा करेंगे?"

"अरे भाई, मुझे बोलने का मौका तो दीजिये।" मौलाना ने कहने की कोशिश की। गौरव ने तो ये बात सुन ली लेकिन मौलाना साहब की आवाज़ साउंड इंजीनियर ने बंद कर रखी थी, इसलिये वह दर्शकों तक नहीं पहुंच पायी। लेकिन गौरव के लिये इतना काफी था।

"अब नहीं...नहीं...नहीं...सत्तर साल से आप ही की बात सुनते आ रहे हैं। लेकिन अब आपको सुनना होगा।" यह कहते हुए उसकी नज़र अपने मोबाइल पर पड़ी। एक मैसेज आया। मैसेज को देखने के बाद उसे यह अहसास हुआ कि उसके शो का टाइम ख़त्म हो चुका है। उसने उसी अंदाज़ में हिंदू-मुसलमान करते हुए शो को ख़त्म किया। दूसरे एंकर हमेशा समय का ध्यान रखते हैं। पर वह गौरव था। बॉस गौरव वर्मा। बगैर कुछ बोले उसने

अपना मोबाइल उठाया और मैसेज पढ़ने शुरू कर दिये। वहां मौजूद मेहमानों ने जाते वक़्त गौरव के पास आने की कोशिश की तो उसने दूर से ही कह दिया, "जाइये, आपकी फीस टाइम से पहुंच जायेगी।" पैनल पर आने वाले ज़्यादातर लोगों को मेहनताना मिलता था। पांच हज़ार से लेकर बीस हज़ार रुपए तक। जिसकी जैसी हैसियत। दरअसल जो मौलाना शो में आये थे उनका पेशा दर्ज़ी का है। लंबी दाढ़ी और सफेद अचकन में वो बस मुसलमानों की तरफ से बेसिर-पैर की हांकने, हिंदू विरोधी बात करने और देश और दुनिया के सारे मुसलमानों के हिस्से की गाली खाने के लिये आते हैं। एक शो के दस हज़ार रुपए मिलते हैं उनको।

एक-एक करके सब लोग चले गये, तब भी गौरव वहीं बैठा रहा। काफी मैसेजेज़ थे। ज़्यादातर तो अनजान लोगों के थे। लेकिन एक मैसेज था जिसे पढ़ कर उसके चेहरे पर मुस्कराहट आ गयी। भेजने वाले का नाम उसके फोन में लव नाम से दर्ज था।

'आर यू रेडी?'

'यस बेबी...रीचिंग इन टेन मिनट्स।'

'माय प्लेस।'

'डन।'

मैसेज भेजकर गौरव तेज़ी से उठ कर बाहर गया और सीधा रनडाउन टीम के पास पहुंचकर बोला, "वेलडन टीम। गुड शो। यॉर टॉप बैंड्स एंड लोअर बैंड्स वर टॉप क्लास। असाइनमेंट गेस्ट वर ऑल्सो गुड। इस स्टोरी पर हमें लगातार रहना है। छोड़ना नहीं है। ओके गायज़...गुड नाइट।" कह कर वो जाने को था कि उसे अचानक कुछ याद आया, "एक काम करो। कल सुबह छह रिपोर्टर ले लो। देश के अलग-अलग शहर जो धार्मिक रूप से संवेदनशील हैं, वहां से। उनके साथ वहां के साधू और मुस्लिम नेताओं को ले लो। और हां...आमना से बोलना कि वो एंकरिंग करेगी। 8 बजे से ठीक रहेगा। तब सबसे ज़्यादा व्यूअरशिप भी होती है। एक आध जगह थोड़ा मामला बिगड़ जायेगा तो ठीक रहेगा। थोड़ा गर्मागर्मी हो जायेगी तो रेटिंग मिलेगी न। काफी ठंडा चल रहा है।" इतना कह कर वह निकल गया।

दस मिनट के बाद गौरव ने एक पॉश इलाके की बिल्डिंग में टॉप फ्लोर के एक फ्लैट की घंटी बजायी। मुस्कराते हुए एक लड़की ने दरवाज़ा खोला, लंबे कद की छरहरी और गोरी लड़की। उसने न केवल मुस्कराते हुए गौरव

का स्वागत किया, बल्कि दरवाज़े पर ही उसे एक लंबा किस भी दे दिया। दोनों एक-दूसरे को किस करते हुए ही अंदर आये। दरवाज़ा अपने आप बंद हो गया। यह गौरव की नई-नवेली प्रेमिका रैना का घर है। यह रिश्ता क़रीब छह महीने पहले ही शुरू हुआ है।

"कुछ खाओगे? खाना तैयार है।"

"मैं बस चेंज करके आता हूं," कह कर गौरव बाथरूम में चला गया, जहां उसके कपड़े रखे हुए थे। यह वन बेडरूम रेज़ीडेंस है, जो लॉन्गटर्म किराये पर रैना ने लिया हुआ है।

"चलो खाना खा लेते हैं।" चेंज करके आते ही गौरव ने कहा।

रैना ने वाइन की बोतल निकाल कर दो गिलास भरे। और चियर्स के साथ दोनों ने एक हल्का सा सिप लिया।

"नाइस," गौरव के मुंह से निकला।

"तुमने आज फिर हिंदू-मुस्लिम पर शो कर दिया?" रैना ने पूछा।

"अरे कुछ था ही नहीं तो क्या करता? आजकल पाकिस्तान भी शांत है।"

"पर क्या ये गलत बात नहीं है? हर समय हिंदू-मुस्लिम। वो भी तब, जब इस स्वामी जी का इससे कोई लेना-देना ही नहीं है। वैसे भी ये तो वो वाले स्वामी बाबा भी नहीं थे। जितना मैंने सुना और जाना है, ये तो गरीबों के लिये काम करते थे।"

"कोई फर्क नहीं पड़ता। जनता यही सब सुनना और देखना चाहती है। अगर नहीं देखती, तो मेरा चैनल नंबर वन नहीं होता। जितना हम नीचे गिरते हैं चैनल उतना ही ऊपर जाता है।" गौरव ने हंसते हुए कहा।

"वैसे इन स्वामी जी को किसी ने क्यों मारा, कुछ पता चला?"

"न...अभी तक तो नहीं। पुलिस अंधेरे में हाथ-पांव मार रही है। कुछ नहीं भी मिलेगा तो क्या है, हमारे यहां तो किसी को भी फंसा देंगे।"

"ऐसे कैसे...किसी को भी फंसा देंगे?"

"अरे किसी रिक्शे वाले या बिजली वाले को पकड़ लेंगे। गरीब आदमी सबसे आसान शिकार होता है पुलिस का। उसकी तरफदारी करने वाला भी कोई नहीं होता। न ही वो वकील कर पाता है। सड़ जाता है जेल में। उसके लिए कोई सवाल भी नहीं करता।"

"तुम तो सवाल कर सकते हो?"

"नहीं, मैं भी नहीं कर सकता। अरे, मुझे देखती तो हो हर रोज़, मुझे हर रोज नयी ख़बर चाहिये। रोज़ एक नया शिकार चाहिये। बासी माल न्यूज़ की दुनिया में नहीं चलता जानेमन," कहते हुए उसने अपने हाथ पोंछे और उठ खड़ा हुआ। उसने रैना की तरफ देखा और बोला, "चलो अब डेज़र्ट हो जाये।"

रैना की आंखों में भी उसकी ये बात सुनकर एक शरारत जाग उठी। वह हाथ पकड़ कर खींचती हुई गौरव को अपने बेडरूम में ले गयी।

सुबह 5 बजे गौरव की आंख खुली और वो उठकर बाहर आया तो देखा कि रैना कॉफी बना रही थी। उसे देखते ही वो बोल उठी, "गुड मॉर्निंग, कॉफी?"

"मॉर्निंग! हां, हां थैंक यू," कहते हुए उसने रैना के हाथ से कॉफी मग ले लिया।

कॉफी सिप करते हुए उसने हाथ में पकड़े मोबाइल से एक नंबर मिला दिया, "हैलो, क्या ख़बर है? हूं...हूं..." गौरव कॉफी पीता रहा और हूं-हां करता रहा। फोन पर दूसरी तरफ जो भी था, गौरव को ख़बर बताता रहा।

"काफी बोरिंग है, कुछ ख़ास नहीं है। स्वामी गजानन पर कोई अपडेट?"

"सर, पुलिस को किसी महिला पर शक है। यही एक नयी जानकारी मिली है।"

"महिला, पर कौन सी महिला? क्या उन्हें कोई सीसीटीवी फुटेज, आईविटनेस या कुछ और मिला है?"

"नहीं सर, बस इतना ही पता है कि किसी महिला को पुलिस ढूंढ़ रही है।"

"बास्टर्ड...डफर हो क्या? कुछ तो होगा पुलिस के पास! हमारे पास भी होना चाहिये। पता लगाओ।"

"रनडाउन पर कौन है अभी?"

"जी..." उधर से किसी का नाम बताया गया।

"उसे फोन दो।" कुछ सेकंड के बाद जो भी लाइन पर आया उससे गौरव ने पूछा, "क्या हेडलाइन है?"

दूसरी तरफ से मिल रहे जवाब को गौरव कुछ देर ख़ामोशी से सुनता रहा, फिर बोला, "ये क्या बकवास है? एक काम करो, पहली हेडलाइन लिखो 'इस्लामी संगठनों पर स्वामी गजानन की हत्या का शक, महिला के ज़रिये वारदात को दिया गया अंजाम, *जीवीएन* एक्सक्लूसिव'। इस ख़बर पर सुबह 6 बजे से खेल जाओ। याद रखो जितने ज़्यादा लोगों को फोन पर ले पाओगे उतना ही ख़बर पुख़्ता लगेगी। ओके?"

"यस सर।"

"एक काम और करो। स्वामी गजानन की देश से जुड़ी हुई जितनी कवितायें हैं, उनको निकाल कर किसी अच्छी आवाज़ में पढ़वाओ और कहो कि इन्हीं कविताओं की वजह से इस्लामी कट्टरपंथी स्वामी गजानन से खफा थे। इन्हीं कविताओं की वजह से उनकी हत्या की गयी है।"

यह कह कर उसने अपना फोन बंद कर दिया। रैना हैरानी से उसे देख रही थी। आख़िर में बोल पड़ी, "ये क्या किया? तुमने तो सारी कहानी एक मिनट में बना दी।"

"हाहाहा...ये तो मेरा रोज़ का काम है। अब तक तो तुम्हें समझ में आ जाना चाहिये।"

"लेकिन, क्या ये गलत नहीं है?" रैना ने कहा।

"गलत तो कुछ भी नहीं है। आजकल का सच यही है। लोग यही देखना और सुनना चाहते हैं। लोग देखना बंद कर दें, मैं दिखाना बंद कर दूंगा। जो ऐसा नहीं कर रहे हैं उन्हें लोग देखते भी नहीं हैं। क्या ये सच नहीं है कि मुसलमानों ने इस देश में बहुत आतंक मचा रखा था? अब जब माहौल पक्ष का है, तो थोड़ा सा डंडा तो उनको भी करने की ज़रूरत है ही।"

"लेकिन सरकार है, मिनिस्ट्री है। कोई कुछ नहीं कहता?"

"वो भी यही चाहते हैं। मैं जो कुछ भी कर रहा हूं, वह उन्हीं का एजेंडा है, वरना एक साल में मेरा चैनल नंबर वन नहीं होता। आज मैं देश की सबसे बड़ी न्यूज़ कंपनी नहीं चला रहा होता। आज मैं देश का सबसे रिच टीवी एडिटर हूं।" यह कहते हुए उसकी आंखों में चमक थी। उसने आगे बोलना शुरू किया, "आज देश के प्रधानमंत्री मुझे इंटरव्यू देते हैं। सारे मंत्री मेरा फोन उठाते हैं। बाकी लोग मेरे नाम से कांपते हैं। डरपोक लोग तो मेरे सामने आना भी नहीं चाहते।" यह सब कहते हुए उसके चेहरे पर एक गर्व का भाव था।

"लेकिन सरकार ऐसा क्यों चाहती है?" रैना के सवाल में अचरज था।

गौरव ने गौर से उसे देखा। सोचा कि वह सच बोले या नहीं। कुछ देर सोच कर उसने कहा, “सरकार को ये सब सूट करता है। किस देश में ऐसा माहौल होगा कि अस्सी फीसदी जनता पंद्रह फीसदी लोगों से खौफ महसूस करती रहे और अपने इस डर के चलते चुनी गयी सरकार से यह उम्मीद करती रहे कि जब कभी भी इनका ख़तरा आएगा वह उसे बचायेगी। आज देश पर शासन कर रहा दल यह चाहता है कि इस्लामी आतंकवाद, कट्टरपंथ, रूढ़ियों के बहाने लगातार मुसलमानों पर हमला होता रहना चाहिये। यह दरअसल हिंदुओं के लिये एक तरह का टॉनिक है, जिसे रोज़ पीकर वे ख़ुद को शक्तिमान महसूस करते हैं। यह टॉनिक काफी कारगर है।” कहते हुए वह मुस्करा दिया।

“कमाल है।” रैना के चेहरे पर हैरानी थी।

“इतना ही नहीं, सरकार तो इस मामले में मेरा और मेरे जैसे टीवी चैनलों का भरपूर सहयोग करती है। उनके लोग तो रोज़ सुबह हमें मैसेज भेज देते हैं, जहां सजस्टेड टॉपिक होते हैं। उससे जुड़ी रिसर्च होती है। यहां तक बताया जाता है कि कौन से लोगों को अगर बहस में बुलायेंगे तो अच्छा रहेगा। इन दिनों हमारा आधे से अधिक काम तो ख़ुद सरकार ही कर देती है। हम पकी-पकायी खाते हैं। सरकार भी ख़ुश रहती है कि कोई उसकी आलोचना नहीं कर रहा।”

रैना का सिर चकरा गया, “ऐसे चलता है ये सब? बेचारी जनता को पता भी नहीं।”

“नहीं, कोई नहीं जानता। जान भी जायेगा तो कोई कुछ कहेगा नहीं। फिर अगर कोई कहेगा भी, तो उसकी सुनेगा कौन? ये तो दौर ही राष्ट्रवाद का है। सब कुछ राष्ट्र के लिये हो रहा है।”

रैना फिर कुछ नहीं बोली। फिर जैसे कि उसे अचानक ही कुछ याद आया। “गौरव, ये स्वामी की हत्या के मामले में औरत का क्या किस्सा है?”

“पुलिस को लग रहा है कि किसी महिला ने स्वामी की हत्या की है।”

“क्यों? पुरुष क्यों नहीं कर सकता?”

“अभी ये डिटेल्स नहीं आयी हैं।”

“कमाल है, यहां की पुलिस इतनी ओपन है कि कुछ भी नहीं छुपाती! अपने इन्वेस्टिगेशन तक की बात सबको बता देती है! हमारे यहां तो कुछ भी नहीं बताते सब कुछ सीक्रेट होता है। तुम्हारे चैनल पर तो अंदर तक सीन दिखाया जा रहा था। ये सब तो अपराध है हमारे यहां।”

"अरे भई ये तुम्हारा नॉर्वे नहीं है। वहां तो आप अपने बच्चे को डांट भी नहीं सकते।"

"जी, इसीलिये हम लोग ख़ुश रहते हैं। हमारे यहां किसी को अपराधी भी नहीं माना जाता। उन्हें सुधारा जाता है। खैर, मैं जा रही हूं रनिंग के लिये, और अब हम दो-तीन दिन बाद मिलेंगे। इसकी वजह भी बता दूं, मैं मुंबई जा रही हूं अपनी रिसर्च के सिलसिले में।"

"क्या?" गौरव की आवाज़ में मायूसी थी।

"मैं जल्दी ही काम निपटा कर वापस आ जाऊंगी।" कहते हुए वह गौरव के क़रीब आ गयी।

गौरव ने उसे अपनी ओर खींच लिया।

***

इंस्पेक्टर समर प्रताप सिंह के सामने सबसे बड़ी मुश्किल ये जानने की थी कि स्वामी गजानन ने पिछले एक हफ्ते में किस-किस से मुलाकात की थी। स्वामी जी का मोबाइल गायब था। बंद भी था। मोबाइल कंपनी से ही डिटेल्स निकलवानी पड़ेंगी। यह एक और टेढ़ा काम है। काम तो हो जायेगा, लेकिन इसमें वक़्त लगता है। समर के दफ्तर में टीवी पर *जीवीएन* चैनल ही चल रहा था, जिस पर आवाज़ें गूंज रही थीं।

'इस्लामी कट्टरपंथियों पर स्वामी गजानन की हत्या का शक!'

'क्या स्वामी जी की हत्या एक बड़ी साज़िश है?'

'क्या इस घटना के ज़रिये भारत में दंगे कराने की साज़िश रची गई है?'

'*जीवीएन* आप सबसे संयम बरतने की अपील करता है।'

"देखो-देखो...ये, जो सबको भड़का रहा है, वही अपील कर रहा है शांति की। कैसी अंधेरगर्दी है?" समर ने अपने मातहत कॉन्स्टेबल सुरिंदर सिंह रावत से कहा।

"और कौन इस्लामी कट्टरपंथियों पर हत्या का शक कर रहा है? ये अपने मन से ख़बर बनाते हैं, चलाने लगते हैं। फिर लिख देते हैं 'पुलिस सूत्रों के मुताबिक'। अब ढूंढ़ते रहो, उनके सूत्र..."

रावत चुप रहा। कुछ नहीं बोला। वह समझदार है, जानता है कि जब बॉस भड़कता है, तो चुप रहना चाहिये।

गुस्से में आकर समर ने चैनल बदल दिया। अब टीवी पर *नेशनल न्यूज़* आ रहा था। जहां जानी मानी एंकर वर्षा दत्त थी। वह भी स्वामी गजानन की हत्या की ही ख़बर दे रही थी, लेकिन सधे हुए अंदाज़ में। *नेशनल न्यूज़* की ख़बर थी, 'स्वामी गजानन का क़त्ल बेहद क्रूर तरीके से किया गया है। पुलिस के मुताबिक मामले की तफ़्तीश अभी शुरुआती दौर में है। कुछ भी कहना जल्दबाज़ी होगी। सारे तथ्य जुटाकर ही इस मामले में कुछ कहना मुनासिब होगा। शुरुआती तथ्यों से इतना ही समझ में आता है कि क़ातिल स्वामी गजानन से नफरत करता था।'

"ये है सच्चाई," वह रावत की तरफ देख कर बोला। "कम से कम कोई तो है जो ख़बर को ख़बर की तरह बता रहा है।" अब जाकर उसका गुस्सा थोड़ा कम हुआ। "अब भी नंबर वन चैनल यही है ना?" उसने सवाल किया।

"जी सर, यही है। इनके विज्ञापन वाले बड़े-बड़े होर्डिंग देखे हैं मैंने— '10 साल से नंबर वन'। सारी दिल्ली में लगे हुए हैं।"

"कमाल है! इतना कुछ होने के बाद भी अपनी लीडरशिप बनाये रखना बड़ी बात है। खैर चलो, एक काम करो, मोबाइल कंपनी से जल्दी से स्वामी के फोन पर आने-जाने वाली कॉल्स की डिटेल मांग लो, और फोटोग्राफर को घटनास्थल की तस्वीरें लाने को बोलो।"

कुछ ही देर में सारी तस्वीरें समर के सामने थीं। पहली तस्वीर सोफे पर बैठे स्वामी गजानन की थी। स्वामी की बॉडी और दीवार पर ख़ून से लिखा 'पिशाच' साफ-साफ नज़र आ रहा था।

"कोई ऐसा क्यों करेगा?" उसने सामने खड़े रावत से पूछा।

"क़ातिल कुछ कहना चाहता है।"

"हां, मतलब साफ है कि वह कुछ जताना चाहता है।"

"लेकिन एक पचहत्तर साल के बुड्ढे को मारकर दीवार पर 'पिशाच' लिख कर क्या जताना चाहता है क़ातिल? और फिर 'पिशाच' ही क्यों? इस शब्द का क्या मतलब होता है?"

"मतलब तो वह टीवी वाला बता रहा था साहब, दिन में।"

"क्या बता रहा था? और तुम दिन में टीवी कब देख रहे थे?" समर ने रावत को घूर कर देखा।

"वो साहब, जिस पड़ोसी ने स्वामी गजानन की हत्या वाला वीडियो रिकॉर्ड कर टीवी वाले को दे दिया था और आपने उसे बुलाने के लिए मुझे उसके घर भेजा था, तब उसके घर में टीवी चल रहा था। वहीं देखा था।"

"पर, तुमने तो कहा कि वो अपने घर पर नहीं है?"

"हां साहब, वो अपने घर पर नहीं था। उसी के घर पर देखा था कि वो टीवी के स्टूडियो में बैठा हुआ है।"

"क्या बोल रहा था? टीवी पर किसी ने बताया 'पिशाच' का मतलब?" कहते हुए समर ने अपना मोबाइल उठाकर गूगल खोला और सर्च पर लिख दिया, 'पिशाच का अर्थ'।

उधर रावत ने कहा, "सर टीवी पर वो बता रहा था कि पिशाच का मतलब है, वो भूत जो इंसान का ख़ून पीते हैं।"

समर ने सुना, लेकिन वह अपने मोबाइल पर पिशाच का अर्थ देखता रहा और बोलता रहा, "पिशाच...पिशाच...पिशाच। अच्छा वो राक्षस जो इंसान को खाते हैं, उनका ख़ून पीकर ज़िंदा रहते हैं। मतलब वैम्पायर।"

उसने रावत की ओर देखा, जो उसे ही देखे जा रहा था।

"मतलब यह कि स्वामी ख़ून पीता था! पर बड़ा सवाल यह है कि इसने किसका ख़ून पिया था, जो कोई इसका ख़ून पीने चला आया? और फिर 'पिशाच' लिखने के अलावा स्टेज भी सेट किया गया है। माहौल बनाया गया है। जैसे कि स्वामी समाधि में है। मुंह पर ख़ून मला गया है। इसके हाथों पर भी ख़ून पोता गया है। समाधि में बैठा 'पिशाच'। कभी सुना है रावत ऐसा क़त्ल? कभी देखा है, ऐसा क्राइम सीन? तुम तो मुझसे सीनियर हो?"

"नहीं सर, पच्चीस साल की नौकरी में ऐसा कभी नहीं देखा। फिर ये आदमी तो काफी नामी-गिरामी था।"

"यही तो, कितने पुरस्कार मिले थे इसे। पद्मश्री और पद्मभूषण भी मिला था, पर इसने सरकारी नीतियों के विरोध में लिया नहीं। वापस कर दिया था। गज़ब का अक्खड़ था।"

"सर आपने देखा नहीं, मौजूदा प्रधानमंत्री के साथ-साथ लगभग सारे पूर्व प्रधानमंत्री भी इसको जानते थे। सभी के साथ फोटो लगी थी इसके घर की दीवार पर।"

"तभी तो बड़े साहब का फोन भी आ चुका है दो बार। हमारे पास ज़्यादा वक़्त नहीं है, रावत। देखो यह तो साफ है कि क़त्ल बेडरूम में हुआ है। वहां से खींच कर बॉडी को ड्राईंग रूम में लाया गया। क्यों? कोई ज़रूरत नहीं थी, वहीं छोड़ी जा सकती थी बॉडी। फिर क़ातिल ने इतनी ज़हमत क्यों उठायी? कोई लूटपाट भी नहीं? पता नहीं क़ातिल एक था, दो थे या ज़्यादा? घर में भी तो ज़्यादा निशान नहीं मिले।"

"सर, क्या पता क़ातिल कोई मैसेज देना चाह रहा था।"

रावत की बात सुनकर समर की आंखों में चमक आ गयी। वह बोल पड़ा, "शाबाश रावत। मैसेज दे रहा है। लेकिन किसको? ये मैसेज है किसके लिये? कौन है, जिसे ये मैसेज दिया जा रहा है? पुलिस या फिर टीवी चैनल, या फिर पब्लिक?" कहते हुए उसने घटनास्थल की बाकी तस्वीरें एक बार फिर बड़ी बारीकी से देखनी शुरू कर दीं। जब भी वह कुछ नयी बात उसमें पाता, बड़बड़ाने लगता—

बाथरूम में वॉशबेसिन पर भी ख़ून के निशान रह गये हैं। क़ातिल ने हत्या करने के बाद ख़ुद को साफ किया, फिर यहां से निकला। उसे कोई हड़बड़ी नहीं थी। स्वामी की हत्या कोई सामान्य हत्या तो नहीं है, यह आने वाले दिनों में कई असामान्य चीजें लेकर आने वाली है। इसका मैसेज क्या है? मकसद क्या है? सबसे बड़ा सवाल यह है कि अभी क्या होना बाकी है? क़ातिल ने स्वामी के क़त्ल से एक पहेली रची है, लेकिन यह पहेली हल कैसे होगी?

टीवी चैनल तो अभी से शुरू हो गए हैं। सबसे ज़्यादा गुस्सा टीवी चैनलों पर ही आता है। कहानी जो होती नहीं है, वही चलती है। और इतना नमक मिर्च लगाकर बताते हैं कि ख़ुद अपने पर विश्वास करना मुश्किल हो जाता है कि हम सही काम कर रहे हैं या नहीं।

समर का अनुभव टीवी चैनलों के मामले में हमेशा ख़राब ही रहा है। वह कभी सहज नहीं हो पाया इस माइक वाली जमात से। लेकिन आज के दौर में लोग तो टीवी चैनल देख कर ही फैसला करते हैं, नज़रिया बनाते हैं। कानून और तथ्य जनता की अदालत में मायने नहीं रखते। हर बात के लिये लोग टीवी न्यूज़ चैनलों की ओर देखते हैं। हर कोई टीवी पर ही आना चाहता है। अब इस पड़ोसी को ही लो। उसे वीडियो बनाने और उसे टीवी चैनल को देने की क्या ज़रूरत थी। सवाल बहुत सारे हैं उसके पास, लेकिन जवाब किसी एक का भी नहीं है। उसने घड़ी पर नज़र डाली और उठ खड़ा हुआ। स्वामी के पोस्टमॉर्टम का वक़्त हो गया था।

***

नेशनल न्यूज़ चैनल की मॉर्निंग मीटिंग में आज स्वामी गजानन का मुद्दा ही छाया हुआ था। हर कोई इसी पर शो करना चाहता था। गौरव वर्मा के जाने के बाद चैनल की ज़िम्मेदारी मनीष प्रसाद ने संभाली थी। उसके नेतृत्व में चैनल ने नयी ऊंचाइयां हासिल कीं। पिछले एक साल में इस चैनल में काफी बदलाव हुए और सभी ने इतने अच्छे नतीजे दिये कि मनीष प्रसाद का डंका बज रहा था। वर्षा दत्त चैनल की स्टार एंकर बन गयी थी। सुबह की मीटिंग अब ज़ूम एप पर भी होने लगी थी। हर कोई जहां भी होता, इस मीटिंग से जुड़ जाता। सब एक-दूसरे की न केवल बात सुन सकते हैं, देख भी सकते हैं।

"तो क्या प्लान है?" अपनी गंभीर आवाज़ में मनीष प्रसाद ने पूछा।

"आज की बड़ी ख़बर तो स्वामी गजानन का क़त्ल ही है। इसी पर फोकस होना चाहिये।" असाइनमेंट हेड रेखा सारंगी ने अपना सुझाव रखा। मीटिंग में मौजूद चैनल के सारे सीनियर्स का भी यही विचार था।

"हमारे पास क्या-क्या इनपुट्स हैं?"

"इस वक़्त तक हमारे पास सोसाइटी गार्ड्स के बयान हैं। स्वामी जी के आने-जाने की डिटेल्स हैं। ड्राइवर मिल गया है। उसे सुबह से लाइव ले लिया है। मकान मालिक से बात चल रही है। वह अभी लाइव आने के लिये तैयार नहीं है।"

"ये तो रूटीन है, कुछ एक्सक्लूसिव? कोई ऐसी जानकारी जो अभी तक सामने न आयी हो?" मनीष ने पूछा।

"मुझे लगता है कि आज पूरे दिन हमें इस पर बात करनी चाहिये कि स्वामी को आतंकवादियों से कितना ख़तरा था? क्या वह आतंकवादियों के हाथों मारे गये हैं? क्या ये एनट्रैपमेंट का मामला है? लव जिहाद! इससे हमें रेटिंग भी मिलेगी और चर्चा भी होगी। सोचिये कि किसी महिला आतंकी ने किया स्वामी गजानन का क़त्ल, *नेशनल न्यूज़* एक्सक्लूसिव। पूरे देश में हंगामा हो जायेगा।" अपने चिरपरिचित अंदाज़ में आउटपुट एडिटर अभिसार सिंह ने कहा।

"यह एंगल ठीक नहीं है। न ही अभी ऐसी कोई बात सामने आयी है।" रेखा सारंगी ने बमकते हुए कहा। "मैं इसकी ज़िम्मेदारी लेने को तैयार नहीं हूं।"

"आप चिंता मत कीजिये। यह हमारी ज़िम्मेदारी है। थोड़ा टिटिलियेट ही तो कर रहे हैं। कौन सा गलत बात कर रहे हैं। खेल जायेंगे आज। कल कुछ और सोचेंगे।" अभिसार ने कहा।

"लेकिन यह तो सफेद झूठ ही होगा न? कहां है ऐसी कोई ख़बर? किस सूत्र ने कहा है? कल को खंडन आ गया तो? कौन जवाब देगा?"

"चिंता मत कीजिये। आतंकवाद के नाम पर कोई खंडन नहीं आता। किस दुनिया में हैं आप! सरकार को क्या फर्क पड़ता है? पुलिस क्यों चिंता करने लगी...अरे हम ही तो हैं जो सरकार और पुलिस पर पड़ने वाले प्रेशर को आतंकवाद की आड़ में डाइवर्ट करते हैं। लोग आंखें फाड़ कर देखते रहेंगे। आप देखियेगा अगले हफ्ते के नंबर्स।"

अभिसार के इस रुख से घबराई रेखा ने मनीष प्रसाद की तरफ अपनी नज़रें घुमाईं, तो उसे कागज़ पर कुछ लिखता हुआ पाया। "मनीष सर, आप ही बोलिये। मुझे लगता है ये एंगल ठीक नहीं है।"

"देखो इसको कुछ ऐसे प्लान करते हैं..." मनीष अपनी बात पूरी कर पाता इससे पहले ही अभिसार ने फिर बोलना शुरू कर दिया, "सर, सुबह से सारे चैनल आतंकवाद का एंगल पकड़ लिये हैं। वही चलाये जा रहे हैं। *जीवीएन* तो सबसे आगे है। वह तो कल रात से ही शुरू हो गया है। ऊपर से स्वामी के घर के अंदर का वीडियो भी सबसे पहले उसी ने दिखाया था। हम लोगों के पास वह वीडियो दो घंटे बाद आया था।"

"नहीं अभिसार। हम ऐसा नहीं करेंगे। हम ज़िम्मेदार चैनल हैं। हम गलत बात नहीं बोल सकते।"

"मनीष सर, पिछले हफ्ते *जीवीएन* हमारे बहुत क़रीब आ गया था। आपको तो पता है कि दोनों में कितना कम फासला है। मुझे डर है कि कहीं इस हफ्ते वह हमसे आगे न निकल जाये। सर, हम क्यों सती-सावित्री बने रहें, जब बाकी सभी चैनल नंगा नाच रहे हैं?"

"रिलैक्स अभिसार! इतना पैनिक करने की ज़रूरत नहीं है। हम *जीवीएन* की तरह एजेंडा ड्रिवेन चैनल नहीं हैं। हम ख़बरों के बिज़नेस में हैं। हम एजेंडा नहीं चलाते। किसी सरकार के लिये काम नहीं करते। हम स्यूडो देशभक्त भी नहीं हैं। हम किसी कम्यूनिटी के प्रति वफादारी भी नहीं दिखाते हैं। हम ख़बरों के लिये वफादार हैं। ज़िम्मेदार हैं। मेरे सामने ऐसी बातें मत किया करो। कितनी बार मैंने तुमसे कहा है।"

शायद ही कोई दिन जाता है, जब अभिसार दूसरे चैनलों की तरह ख़बर चलाने के लिये मचलता न हो। लेकिन मनीष प्रसाद को इससे फर्क नहीं पड़ता है। मनीष यह मानता है कि वह एक अच्छा प्लानर और प्रोड्यूसर है, अपनी टीम को बेहद अच्छी तरह से मैनेज करता है, इसलिये वह उसकी ऐसी बातों के बावजूद उसे बर्दाश्त करता है।

"हमें बड़ा प्लान करना है। सब लोग हिंदू-मुसलमान और आतंकवाद ही करेंगे, अभिसार की यह बात एकदम सही है। लेकिन हम सबसे अलग शो करेंगे। देखो, एक तो स्वामी की सबसे विवादास्पद कवितायें निकालो। उन्हें किसी बेहतरीन अदाकार, मतलब फिल्म स्टार से पढ़वाओ, जैसे मनोज वाजपेयी, आशुतोष राणा या पंकज त्रिपाठी। स्वामी की ऐसी कविताओं का मतलब क्या है? क्या कहना चाहते थे वो? कुछ बड़े कवियों और साहित्यकारों को भी इस शो में बुलाओ। क्या कविता हत्या की वजह हो सकती है? इस शो में दोनों पक्ष के लोगों को रखो, मतलब लेफ्ट और राइट। गर्मागर्मी तो अपने आप ही हो जायेगी।

"शाम को 5 बजे, संजीव तुम यह शो कर लो।" इस टाइम के शो का एंकर संजीव देवगन था। मनीष को पता था कि वह पढ़ने-लिखने वाला एंकर है, कविताओं, कवियों और चिंतकों वाले शो को संभाल लेगा।

"जी सर," कहते हुए संजीव ने सहमति में सिर हिला दिया।

"शाम 6 बजे हमें राजनीति पर बात करनी चाहिये। हेड लाइन हो, 'स्वामी की समस्या'। स्वामी की कविता से किसको दिक्कत थी? स्वामी गजानन को पंडित जवाहरलाल नेहरू ने 1963 में 'युवा संत' कहा था। इंदिरा गांधी के खिलाफ स्वामी गजानन ने ख़ूब लिखा। लेकिन इंदिरा गांधी ने हमेशा उनकी बात सुनी। अटल बिहारी वाजपेयी के साथ तो उनकी ख़ूब जमती थी। मंच भी शेयर किया दोनों ने। काफी शामें भी साथ गुज़ारी थीं। ऐसे आदमी से किसको समस्या हो सकती है? नेताओं को बुलाओ इस शो में। सभी पार्टियों के; थोड़ा पढ़ने-लिखने वाले नेता।

"7 बजे दिन की जो भी डेवलपमेंट है, उसे ले लो। 7:30 पर स्पेशल करो। स्वामियों और बाबाओं के किस्से। 8 बजे..." कहते हुए मनीष ने अपने कागज़ से नज़र उठायी और वर्षा दत्त की तरफ देखा। वर्षा *नेशनल न्यूज़* में आने से पहले *जय हिन्द* चैनल में क्राइम रिपोर्टर थी। मनीष ने उसे यहां मेन एंकर बना दिया था। आज के दौर की स्टार वही है। "वर्षा क्या सोचा है?"

"सर, मैं स्वामी गजानन के कल के वीडियो पर ही फोकस करूंगी। मुझे उम्मीद नहीं है कि आज कुछ ख़ास निकलेगा। आज का पूरा दिन तो पोस्टमॉर्टम में ही निकल जायेगा। पुलिस के पास अभी कुछ है नहीं, मैं पहले ही पता कर चुकी हूं। सवाल यह है कि यह हत्या क्या कहती है? जो दिख रहा है, वह क्यों दिख रहा है? और जो नहीं दिख रहा है, वह क्या है? आख़िर इस हत्या की वजह क्या है? स्वामी गजानन जैसा फक्कड़ बाबा इतनी बेरहम मौत क्यों मारा गया? आज शाम तक उसकी मौत को चौवन घंटे के क़रीब बीत चुके होंगे। मैं तब तक पोस्टमॉर्टम रिपोर्ट में क्या है, इसका कुछ न कुछ पता लगा लूंगी। क़त्ल का तरीका क़ातिल की मानसिक हालत को बयान कर रहा है। इस पर चर्चा करने के लिये तीन-चार पूर्व सुपर कॉप, पोस्टमॉर्टम करने वाले सीनियर डॉक्टर्स को भी पैनल पर बुलाते हैं। एक साइकैट्रिस्ट भी रखते हैं। आज क़ातिल की साइक्लोजिकल प्रोफाइलिंग पर फोकस करेंगे।"

"वेरी गुड। 9 बजे क्या करना है? थोड़ा वक़्त देते हैं। वैसे टॉप स्टोरी तो स्वामी ही है। अगर कुछ और आया तो देखते हैं।"

"लेट्स गो," कहकर मनीष प्रसाद ने मीटिंग बर्खास्त कर दी। उसका रोज़ का यही तरीका है। वह सुनता सबकी है, लेकिन दिन भर करना क्या है, यह वो पहले से ही तय कर चुका होता है। आधे घंटे से ज़्यादा उसकी मीटिंग नहीं चलती। "आज का दिन लंबा है," कहते हुए उसने अपना लैपटॉप बंद कर दिया।

***

इंस्पेक्टर समर प्रताप सिंह इस वक़्त डॉ. दिव्यांशु झवेरी के सामने खड़ा था। हालांकि इतनी लंबी नौकरी के बावजूद वह अब तक इस जगह से फ्रेंडली नहीं हो पाया था। यह उसकी जॉब का सबसे मुश्किल काम था, लेकिन सबसे अहम भी, इसलिये घिस-घिस कर समर अब इसका आदी हो चुका था। हालांकि उसकी फील्ड में काफी लोग ऐसे हैं जो यह काम नहीं कर पाते। ऐसे पुलिस अफसर सिर्फ डॉक्टर की बात सुनकर चले जाते हैं। लेकिन समर फिर भी पोस्टमॉर्टम के समय खड़े होकर सारी बात समझने और जानने में विश्वास रखता था। इससे वह अपने केस की तह तक पहुंच पाता था।

पोस्टमॉर्टम करने वाले डॉ. झवेरी काफी सीनियर डॉक्टर हैं। पूर्वी दिल्ली के ज़्यादातर हाई प्रोफाइल केस वही देखते हैं। वे अपने काम में इतने माहिर हैं कि इन्वेस्टिगेशन का आधा काम तो वही कर देते हैं। अपने काम के विपरीत

उनका हंसमुख मिज़ाज भी समर को उनके पास खींच लाता है। इस समय उनके सामने एक ऊंची और लंबी टेबल पर स्वामी गजानन की बॉडी रखी हुई थी। हालांकि उनकी बॉडी पर ख़ून का एक कतरा भी नहीं था। उसकी सफाई हो चुकी थी। क़रीब एक घंटे से ज़्यादा हो गया था डॉ. झवेरी को स्वामी की बॉडी का मुआयना करते हुए। स्वामी के सीने से पेट तक एक Y का निशान बना हुआ था। इसका मतलब था कि डॉ. झवेरी इंटरनल एक्ज़ामिनेशन कर चुके थे।

"समर, तुम्हारे इस स्वामी की हत्या को अड़तालीस घंटे के क़रीब हुए हैं। बॉडी कल दोपहर को मिली है न? तो उससे क़रीब चौबीस घंटे पहले ही स्वामी की मौत हो चुकी थी। जिस तरह से शरीर में 'रिगर मोरटिस' यानी शरीर में अकड़न है, उसके हिसाब से मुझे लगता है कि स्वामी की हत्या परसों दोपहर में ही हुई है।

"ये उंगली देख रहे हो न सीधे हाथ की, इस पर ये जो ज़ख्म है यह किसी धारदार चाकू या ब्लेड का है। काफी ख़ून बहा है, बस गनीमत समझो कि उंगली कट कर अलग नहीं हुई।"

समर डॉ. झवेरी के इस निष्कर्ष से खीज सा गया, पर उसने अपनी झल्लाहट ज़ाहिर नहीं की। *अजीब आदमी हैं। यहां आदमी इतने बर्बर तरीके से मारा जा चुका है और ये हैं कि उंगली बचाने में लगे हैं।* मन की बात मन में ही रहने देते हुए उसने पूछा, "इसका क्या मतलब है?"

"इसका मतलब यह है कि स्वामी को टॉर्चर किया गया है। कोई ऐसी बात रही होगी, जिसे क़ातिल ने क़त्ल से पहले स्वामी से जानना चाहा होगा, और पूछताछ में स्वामी के न बताने पर टॉर्चर किया होगा।"

"कमाल है।" समर के मुंह से निकला।

"ये कलाई पर लाल निशान दिख रहे हैं न? ये देखो," कह कर उन्होंने एक-एक करके दोनों कलाइयां इधर-उधर उठा कर दिखाईं। "ये निशान कह रहे हैं कि स्वामी को यहां से किसी चीज़ से बांधा गया है। रस्सी से या कपड़े से। इस पर पड़े रैशेज़ बता रहे हैं कि काफी कोशिश की उन्होंने ख़ुद को बचाने की या छुड़ाने की। लेकिन कामयाब नहीं हो पाये।"

"मौत कैसे हुई उनकी?"

"मौत तो आसानी से आ गयी, लेकिन उससे पहले कितनी मुश्किल उन्होंने झेली होगी, कह पाना मुश्किल है।

"मतलब? क्या कहना चाह रहे हैं आप?" समर ने उत्सुकता से पूछा।

"यही कि स्वामी की मौत गला काटने और अत्यधिक ख़ून बहने से हुई। वो ब्लीड आउट कर गये। गला कटने के बाद मौत को आने में ज़्यादा वक़्त नहीं लगा होगा।"

"ऐसा क्यों?"

"ये देखो।" डॉ. झवेरी ने स्वामी के गले के दाहिनी ओर इशारा किया, जहां एक लंबा गहरा घाव था। सामने रखे इंसानी फेस चार्ट की ओर इशारा करते हुए उन्होंने कहा, "ये धमनियां देख रहे हो, ये गले से होती हुई दिमाग तक जाती हैं। ये वाली कहलाती है 'जग्युलर धमनी' और ये है 'कैरोटिड धमनी'। कैरोटिड धमनी का काम होता है ऑक्सीजन युक्त ब्लड को चेहरे और दिमाग तक लेकर जाना और जग्युलर धमनी का काम होता है ऑक्सीजन रहित ब्लड को वहां से वापस लाना। अगर इनको काट दिया जाये तो इंसान को मरने में ज़्यादा वक़्त नहीं लगता।"

"कितना वक़्त लगा होगा स्वामी की मौत को आने में?" समर ने सवाल किया।

"जितना गहरा कट है, उसमें हद से हद एक मिनट। ब्लीडिंग बहुत ज़्यादा तेज़ी से हुई है। इस तरह के कट से ख़ून फव्वारे की तरह निकलता है। बेडरूम की तस्वीरों पर लगा ख़ून इस बात की गवाही दे रहा है।"

"और कोई बात?"

"हां, देखो ये जो घाव है न वह काफी लंबा है। ये दाहिनी तरफ के कान के नीचे से शुरू हुआ है। फिर नीचे की तरफ गया है, सीधा हुआ है और फिर ऊपर की तरफ गया है। लेकिन दाहिनी तरफ जितना ऊपर गया है बायीं तरफ उससे नीचे ही है।"

"इसका मतलब क्या है?"

"इसके दो मतलब हैं। एक, गला काटने वाला स्वामी के पीछे खड़ा था। उसने एक हाथ से स्वामी के सिर को पकड़ रखा था। दूसरा, क़ातिल लेफ्ट हैंडेड है, यानी बायें हाथ से काम करता है।"

"एक ज़ख्म से इतना कुछ बता सकते हैं आप?" समर ने हैरान होते हुए कहा।

"मैं तो यह भी बता सकता हूं कि क़ातिल स्वामी के साथ इमोशनली जुड़ा हुआ था। इमोशनली का मतलब यहां नफरत भी है। अमूमन इस तरह की हत्याएं, यानी गला काट कर की जाने वाली हत्याएं, बदला लेने के लिये ही की जाती हैं। हत्यारा इनसे अपने प्रतिशोध का मैसेज देता है। तुमने देखा होगा कि कई देशों में आतंकवादी भी तो ऐसा ही करते हैं। वे तो कैमरे के सामने गला काटते हैं और दुनिया को अपने आतंक का संदेश देते हैं। माफिया भी ऐसा करते हैं। उन्हें अपने इलाके में लोगों के बीच अपने होने का अहसास कराना होता है।"

"कमाल हैं आप! डॉ. साहब, एक बात और बताइये कि स्वामी का प्राइवेट पार्ट पहले काटा गया होगा या पहले गर्दन काटी गयी होगी।"

"पहले प्राइवेट पार्ट काटा गया है। पर यह उन्हें टॉर्चर करने के लिये ही किया गया या इसके पीछे भी कोई संदेश है, यह बताना मेरे लिए मुश्किल है। हां, अगर तुम हत्यारे को पकड़ कर उगलवा पाओ, तो बात और है। अगर स्वामी की गर्दन पहले काटी गयी होती तो मौत तुरंत हो जाती।"

क्या संदेश हो सकता है? इसमें आख़िर ऐसा कौन सा संदेश छिपा हो सकता है? क्या कहना चाहता है क़ातिल? समर इस सोच में ही गुम था कि डॉ. झवेरी की आवाज़ ने उसे चौंका दिया।

"तुम्हें स्वामी का मिसिंग प्राइवेट पार्ट मिला समर?"

"नहीं डॉ. झवेरी, घटना स्थल पर तो नहीं था। अगर क़ातिल अपने साथ क़त्ल की निशानी के रूप में ले गया है तो अलग बात है। घर के बाहर और आसपास भी हमने दिखवा लिया, लेकिन कुछ हाथ नहीं लगा।"

"इधर देखो," कहते हुए उन्होंने स्वामी के चेहरे की तरफ इशारा किया। समर की नज़र डॉ. झवेरी के हाथों पर टिक गयी। डॉ. झवेरी दोनों हाथों से स्वामी का मुंह खोल चुके थे। बड़े ध्यान से उन्होंने साइड में रखे एक चिमटे जैसे औज़ार को उसके मुंह के अंदर डालकर कुछ निकाला, और समर की तरफ देखते हुए बोले, "ये रहा तुम्हारे स्वामी का प्राइवेट पार्ट।"

समर की आंखें फटी की फटी रह गयीं। वह एकटक डॉ. झवेरी के हाथ की तरफ देखता रह गया। डॉ. झवेरी ने मुस्कराते हुए स्वामी के उस अंग को एक तरफ रख दिया। फिर मुस्कराते हुए वह समर की तरफ मुड़े ही थे कि वह बोल पड़ा, "तो आपको पहले से पता था कि स्वामी का प्राइवेट पार्ट यहां है, पर आप मेरे साथ खेल रहे थे?"

"अरे भाई थोड़ा बहुत तो ड्रामा हमें करना ही चाहिये न? वरना मुर्दों के साथ तो खेलना हो नहीं सकता। तुम्हीं बताओ," वे स्वामी की तरफ इशारा करते हुए बोले, "ये मेरे साथ क्या खेल सकता है?"

समर उनकी इस बात पर कुछ नहीं बोला। यह ज़रूर पूछा, "डॉ. साहब, क्या आपने इससे पहले भी कभी इस तरह का कोई केस देखा है?"

"मतलब ये जो स्वामी के प्राइवेट पार्ट के साथ किया गया? देखो, मैंने अपनी ज़िंदगी में बहुत तरह के केस देखे हैं। प्राइवेट पार्ट काट लेने के किस्से भी काफी सुने हैं, लेकिन यह, कि हत्या के साथ ही उसका प्राइवेट पार्ट काटकर उसी के मुंह में ठूंस देना, अपने आप में एक अलग केस है। ऐसा अमूमन होता नहीं है।"

"मुझे तो इसका एक ही मतलब समझ में आ रहा है कि स्वामी ने अपनी ज़िंदगी में किसी को बहुत ज़्यादा सताया है। कोई है जो स्वामी से बेतहाशा नफरत करता था।" यह कहते हुए समर वहां से निकल गया।

***

यह एक तपती शाम थी। शिवालिक की पहाड़ियों पर सूरज आग उगल कर अस्ताचल की ओर था। इंडिया इंटरनेशनल सेंटर के इस कांफ्रेंस हॉल में मुश्किल से बीस लोग रहे होंगे। जाने-माने कवि, लेखक और विचारक स्वामी गजानन का कविता पाठ चल रहा था। दरवाज़ा खोलकर जैसे ही वह अंदर घुसी तो दरवाज़े से ज़ोरदार चरमराहट की आवाज़ हुई। सबकी नज़रें अपने आप उस तरफ चली गयीं। रही-सही कसर उसकी शख़्सियत ने पूरी कर दी। सकुचाती हुई वह बगैर कुछ बोले एक खाली कुर्सी पर बैठ गयी।

कुछ पल रुक कर स्वामी गजानन ने फिर बोलना शुरू कर दिया। "इस कविता का शीर्षक है 'शहर की चिट्ठी गांव के नाम', सुनिये!" अपनी भारी और सम्मोहक आवाज़ में उन्होंने बोलना शुरू किया। हॉल में मौजूद लोगों की आंखें बंद सी हो गयीं। ख़ुद उसकी भी।

मां!
तुम्हारा खत मिला;
मैं जानता था
तुम चिंतित होगी
मेरे लिये,

लेकिन चिंता की
कोई बात नहीं,
यहां सब ठीक है।

मेरी नौकरी
छूट गयी है;
कारखाने की चिमनी
अब धुआं नहीं
नारे उगल रही है,
लेकिन चिंता की
कोई बात नहीं,
मैं मज़दूरी कर रहा हूं
कमा रहा हूं, मस्त हूं।

आंदोलन
ज़ोरों से चल रहा है।

स्वामी गजानन बोलते रहे, उसकी आंखें बंद रहीं। अचानक एक झटके से उसे लगा किसी ने उसके सिर पर हाथ रखा है। चौंक कर उसकी आंखें खुल गयीं। उसने इधर-उधर देखा तो पाया कि यह उसका वहम था। उसने फिर से आंखें बंद करके सुनने की कोशिश की, लेकिन इस बार एक चेहरा उसके सामने था। चेहरा, जो उसके सिर पर हाथ फेर रहा था। जिसका दूसरा हाथ उसके गालों पर था। उसने डर कर आंखें खोल दीं। कई सालों के बाद, उसके साथ फिर से ऐसा हुआ था। स्वामी गजानन की आवाज़ से उसका ध्यान भंग हुआ। स्वामी ने लोगों से पूछा कि क्या कविताओं पर कोई प्रश्न करना चाहता है। कोई जिज्ञासा, जिसे वे शांत कर सकें?

बगैर कुछ सोचे-समझे उसने अपना हाथ उठा दिया और बोली, "मेरा एक सवाल है?" सबकी निगाहें उस पर आकर टिक गयीं।

"बोलो डार्लिंग, क्या प्रश्न है?" डार्लिंग, दरअसल स्वामी का फेवरिट शब्द था। पुरुष हो या महिला वह सबको डार्लिंग कह कर ही संबोधित करते थे।

"स्वामी जी, मुझे लगता है कि आप लगातार अपने आपको ही दोहरा रहे हैं। एक ही फार्मूले को बार-बार रिपीट कर रहे हैं। भूख, रोटी, गरीब और

मज़दूर, बस यही आपकी कविता के बिम्ब हैं। जबकि अब जमाना बदल गया है। न अब वैसी भूख है, न ही वैसे मज़दूर।"

"मैं जब भी बात करता हूं एक सकारात्मक उद्‌देश्य के लिये करता हूं। समाज मुझसे प्रभावित तो है, लेकिन समझ नहीं रहा है। जब तक समाज बदल नहीं जाता तब तक मैं अपनी बात कहता रहूंगा। गरीबी आज भी देश की सबसे बड़ी समस्या है। भूख आज भी लोगों को लगती है। मज़दूर आज भी रोटी के लिये जान लड़ाता है, अपना पूरा दिन खपाता है।"

"गलत, क्या गरीबी आपके लिये एक बायप्रोडक्ट नहीं है, जिसे आप लगातार भुना रहे हैं? दोहरा रहे हैं?" सोनिया नामक इस युवती ने बीच में ही स्वामी जी की बात काट दी।

स्वामी गजानन को थोड़ा झटका लगा, उनके चेहरे पर अप्रिय भाव आने को हुए, लेकिन उन्होंने संयम नहीं खोया। वे शांत भाव से बोले, "डार्लिंग मैंने कहा न कि मेरा उद्‌देश्य समाज को बदलना है। उसे झकझोरना है। जगाना है। मेरा मकसद सोती हुई सरकारों को मजबूर करना है। सरकार को चिंता करनी होगी हाशिये पर पड़े समाज की बेहतरी के लिये। उस आख़िरी आदमी के लिये, जिसके बारे में कोई नहीं सोचता। आख़िर कवि उसके बारे में नहीं सोचेगा, तो कौन सोचेगा? ये काम..."

"लेकिन यह सब तो नारेबाज़ी और जुमलेबाज़ी ही है। छायावादी कविता का दौर तो न जाने कब का ख़त्म हो गया और आप आज भी उसी की भाषा में, उन्हीं बिम्बों में अटके हैं?" उस लड़की ने फिर स्वामी जी की बात काट दी। हालांकि ऐसा करते हुए भी उसके चेहरे पर कोई उत्तेजना न होकर एक सौम्यता थी, बातों में गंभीरता थी।

स्वामी जी को अंदर ही अंदर काफी गुस्सा आ रहा था, लेकिन एक तो लड़की ऊपर से काफी ख़ूबसूरत। चेहरे-मोहरे से लग रहा था कि किसी बड़े घर की होगी। बातों से पढ़ी-लिखी भी लग रही थी। उन्होंने बात को फिलहाल टालने में ही भलाई समझी। बोले, "डार्लिंग आपके सवालों से मैं आश्चर्यचकित हूं। साथ ही एक जिज्ञासा भी है कि आज की पीढ़ी किस तरह से मेरे रचना संसार को देख रही है। आज की इस सभा में न तो आपकी जिज्ञासा शांत होगी न ही मेरी। बेहतर यही होगा कि सभा के बाद हम दोनों बैठते हैं। फिर जितने चाहें सवाल कर लीजियेगा। मैं तब तक बोलूंगा, जब तक आपकी जिज्ञासा शांत नहीं हो जाती। ठीक है, डार्लिंग।" स्वामी जी के चेहरे पर अब एक चतुर मुस्कराहट थी।

वह भी मुस्करा दी। "ठीक है, स्वामी जी, जैसा आप कहें। लेकिन याद रखियेगा कि मैं आपको छोड़ने वाली नहीं हूं। मेरे पास आपके लिये और भी सवाल हैं।" यह कह कर उसने माइक औरों के हवाले कर दिया।

कुछ देर तक सवाल-जवाब का यह सिलसिला चलता रहा। इस दौरान लड़की की नज़रें लगातार स्वामी जी के चेहरे पर ही टिकी रहीं। स्वामी जी भी बार-बार सवालों का जवाब देते हुए नज़रें चुराकर उसे ही देखते रहे। फिर कार्यक्रम ख़त्म हुआ और सब लोग टी और स्नैक्स के लिये बाहर लाउंज में आ गये।

स्वामी जी के इर्द-गिर्द लोगों की भीड़ लगी रही। फिर अचानक स्वामी गजानन ने उस लड़की को अपने पास आने का इशारा किया। उसके पास आते ही वे बोले, "चलो डार्लिंग पीछे चलते हैं।" उसे लेकर वे मेंबर एरिया के रेस्तरां में आ गये।

उन्होंने लड़की से पूछा, "कुछ चाय या कॉफी लोगी?"

उसने कहा, "कॉफी।"

"तुम्हारा नाम क्या है, डार्लिंग? करती क्या हो तुम?"

"जी मेरा नाम सोनिया है, और मैं पेशे से पत्रकार हूं।"

"अच्छा, किस पत्रिका के लिये काम करती हो?"

"मैं दरअसल एक वेबसाइट के लिये काम करती हूं।"

"साहित्य में भी रुचि है तुम्हारी?"

"थोड़ी बहुत है।"

"लगता तो नहीं कि केवल थोड़ी बहुत है? तुम्हारे सवालों से तो लगता है कि अच्छी ख़ासी पकड़ है।" स्वामी जी ने कहा।

इस बात पर सोनिया शर्मा गयी। उसने स्वामी जी की ओर देखा और कहा, "दरअसल मैं आपकी बहुत बड़ी फैन हूं।" उसकी आवाज़ में अब एक शोखी थी।

"अच्छा, क्या-क्या पढ़ा है तुमने मेरा?"

"आपका लिखा सभी कुछ। आपके सारे संग्रह मैंने पढ़े हैं। आपके ज़्यादातर भाषण मैंने सुने हैं।"

स्वामी गजानन को अब सोनिया की बातों में रस आने लगा। उन्होंने उसकी परीक्षा लेना शुरू कर दिया। वे पूछने लगे, "अच्छा मेरे दो संग्रहों के नाम बताओ? मेरी सबसे चर्चित कविता कौन सी है? किस बड़े विश्वविद्यालय के पाठ्यक्रम में मेरी कवितायें पढ़ाई जा रही हैं? तुम्हें याद है मैंने साहित्य आशीर्वाद सम्मान के वक़्त क्या कहा था?"

सोनिया एक-एक करके स्वामी गजानन के सभी सवालों के जवाब देती गयी। आख़िरकार स्वामी को यह मानना पड़ा कि सोनिया ने वाकई उनको पढ़ा है। इन जवाबों के बाद सोनिया ने पंच मारा, "इसीलिये मुझे लगता है कि आप अपने को रिपीट कर रहे हैं। कुछ नया नहीं कह रहे हैं। आपको कुछ नया कहना चाहिये। मेरे जैसे चाहने वालों को बेहद निराशा होती है कि आप जैसी शख़्सियत अब हमें इंस्पायर नहीं कर पा रही है। आप तो मेरे लिये गॉड जैसे हैं!"

"इतने दिन तुम कहां थीं, डार्लिंग? पहले क्यों नहीं मिलीं?" कहते हुए स्वामी ने अपना हाथ बढ़ाया और अपनी हथेली पर सोनिया की हथेली ले ली।

एक पल के लिये सोनिया का पूरा शरीर कांप गया, लेकिन उसने इसका आभास स्वामी को नहीं होने दिया। उसका हाथ एक सेकंड के लिए कांपा, मन तो हुआ कि इस बुड्ढे को एक थप्पड़ जड़ दे, पर उसने ख़ुद को संभाल लिया। उसके चेहरे पर एक मुस्कराहट आ गयी। उसने धीरे से नज़रें उठायीं और कहा, "ये क्या कर रहे हैं आप? इसकी इजाज़त तो मुझसे ली ही नहीं।"

"नहीं मांगी थी, तो अब तो दे दीजिये इजाज़त। डार्लिंग, कुछ तो इस बुज़ुर्ग साहित्यकार की उम्र का ख्याल कीजिये।"

"साहित्यकार रंगीन प्रकृति के होते हैं यह तो पता था, लेकिन इतने जल्दबाज़ भी होते हैं इसका ज़रा भी अंदाज़ा नहीं था।" शैतानी अंदाज़ में सोनिया ने कहा।

"वक़्त ही तो नहीं है मेरे पास अब। न जाने कब ज़िंदगी की शाम हो जाये। इसलिये जो भी मिल जाता है, उसे दान समझ कर स्वीकार कर लेता हूं।"

"आपकी उम्र में दान नहीं मिलता, भिक्षा मिलती है," सोनिया ने शरारत से कहा।

"दोनों में ज़्यादा फर्क नहीं है डार्लिंग।"

"फर्क तो है। भिक्षा देने वाले की मर्ज़ी और मूड पर है।"

"वाह, काफी समझदार हो!"

अचानक सोनिया अपनी कुर्सी से उठी और अपना बैग उठा कर जाने लगी।

स्वामी जी को कुछ समझ नहीं आया। उन्होंने सोनिया से पूछा, "क्या हुआ? कहां जा रही हो?"

"मुझे अब जाना है फिर मिलेंगे।" कह कर वह जाने लगी। अचानक से उसे कुछ याद आया और वह पलटी और पूछा, "क्या आपके पास मोबाइल है?"

स्वामी ने तुरंत कुर्ते की जेब से अपना मोबाइल निकाला और सोनिया को दे दिया। यह एक सस्ता सा फोन था। सोनिया ने फोन लेकर उसमें अपना नंबर सेव कर दिया।

"अब नंबर आपके पास है, डार्लिंग," कह कर वह फुर्ती से बाहर निकल गयी।

स्वामी गजानन उसे जाते हुए देखते रहे।

***

इंस्पेक्टर समर प्रताप सिंह इस समय इंडिया इंटरनेशनल सेंटर के सेक्रेटरी के सामने बैठा था। यहां आने से पहले वह उस लिस्ट को देख चुका था, जिसमें वे कार्यक्रम दर्ज थे जिनमें स्वामी गजानन ने हिस्सा लिया था। ये वे कार्यक्रम थे जो काफी अहमियत रखते थे। जिनका रिकॉर्ड उपलब्ध था। समर ने ऑनलाइन चेक किया, तो दो कार्यक्रमों का वीडियो सोशल मीडिया पर मौजूद था। वह इन दोनों ही रिकॉर्डिंग्स को दो बार देख चुका था।

'हमारे समय में कविता' और 'कविता की राष्ट्र भक्ति' विषय पर ये चर्चाएं थीं। स्वामी गजानन की मौजूदगी और उनके विचारों ने पूरे माहौल को गर्म बना दिया था। कार्यक्रम में एक महिला ने स्वामी गजानन को उनकी तीस साल पुरानी कविता को लेकर आड़े हाथों लिया था। तो एक अन्य कार्यक्रम में दो शायरों से उनकी झड़प हो गयी थी।

'हमारे समय में कविता' इंडिया इंटरनेशनल सेंटर में हुआ था। इस कार्यक्रम का आयोजक भी सेंटर ही था। बड़ा ही दिलचस्प कार्यक्रम था वो।

"यह हमारा मासिक कार्यक्रम है। इसमें हम हर महीने एक विख्यात साहित्यकार, कवि या आलोचक को बुलाकर बात करते हैं।" सेंटर के सेक्रेटरी सूर्य प्रकाश जोशी ने बताया।

"उसमें गेस्ट या श्रोता कौन बुलाता है?" समर ने पूछा।

"ज़्यादातर तो हमारे ही सदस्य होते हैं। इसके अलावा साहित्य में रुचि रखने वाले लोग आते हैं। कोई रोक नहीं है इसमें बतौर श्रोता या दर्शक आने के लिये। वैसे भी साहित्य के कार्यक्रम में कम ही लोग आते हैं। पर एक तो स्वामी गजानन बड़े बुज़ुर्ग थे, दूसरा थोड़े विवादित बयान भी दे देते थे इसलिये कुछ लोग उन्हें सुनने आ जाते थे।" जोशी हंसते हुए बोले।

"किस तरह के बयान दिये हैं उन्होंने?"

"अभी हाल ही में उन्होंने कहा था कि देश के सारे मज़दूरों को अब हिंदू हो जाना चाहिये। मज़दूरों का एक ही धर्म है और वो हिंदू है।"

"इसमें विवाद क्या है?"

"अरे!" जोशी ने आंखें फैला कर कहा, "स्वामी गजानन सारी ज़िंदगी धर्म की आलोचना करते रहे। उनके मुंह से हिंदू शब्द सुनना ही चौंकाता है। वे तो 'धर्म' शब्द के ही खिलाफ थे, और आप कह रहे हैं कि इसमें विवाद ही क्या है?"

"लेकिन इससे वे किसी के खिलाफ तो नहीं थे?"

"आप समझे नहीं। वे मुसलमानों को अलग करने की बात कर रहे थे। अपनी भाषा से वे गरीबी में धर्म ढूंढ़ने लगे थे।"

"अच्छा! तो उनकी इन बातों से कौन नाराज़ था?"

"सारी लेफ्ट बिरादरी, सारा लिबरल समाज। ये वो लोग हैं जो अब तक स्वामी गजानन को हीरो मानते थे। लेकिन अचानक से स्वामी इन सबके लिए विलेन हो गये।"

"क्या आपको लगता है कि इस वजह से भी स्वामी गजानन की हत्या हो सकती है?"

"इस बारे में मैं कुछ नहीं कह सकता। क्योंकि यह कोई पहला और इकलौता बयान नहीं है, जिस पर स्वामी जी की आलोचना हुई हो। कुछ दिनों पहले उन्होंने एक इससे भी भड़काऊ बयान दिया था कि दुनिया में इस्लाम नहीं होता तो आतंकवाद नहीं होता।"

"तो सारे विवादित बयान इस्लाम के ही खिलाफ हैं?"

"हां, ज़्यादातर बयान तो ऐसे ही हैं, लेकिन महिलाओं के बारे में भी उनकी राय बहुत ख़राब थी। अपने एक लेख में उन्होंने ऐसी टिप्पणी की थी..." जोशी ने बात अधूरी छोड़ दी।

"क्या कह दिया था?"

"मैं बोल नहीं पाऊंगा। बाद में उन्होंने इस पर माफी भी मांग ली थी।"

"अरे ऐसा क्या था उस लेख में?"

"उन्होंने महिलाओं के लिए 'छिनाल' शब्द का इस्तेमाल किया था।"

"आपके मुताबिक स्वामी पहले ऐसे नहीं थे। ये इस्लाम, आतंकवाद महिलाओं के बारे में बयान, ये सब अभी हाल के बयान हैं?"

"कोई तीन-चार साल से ही उन्होंने ऐसा बोलना शुरू किया था। कुछ दिनों पहले किसी ने महिलाओं से उनके संबंध पर एक सवाल पूछा, तो पता है उन्होंने क्या कहा?"

"क्या?"

"कहा कि इस उम्र में अब क्या करना, अब तो बस हाथ फेरकर काम चला लेता हूं। स्वामी से ये सब बातें सुनना हैरान करने वाला था। किसी ने उनसे ऐसी बातों की कल्पना भी नहीं की थी।"

"तो लोग नाराज़ थे उनसे?"

"नाराज़ तो थे, लेकिन ये नाराज़गी हत्या के स्तर पर चली जायेगी, ऐसा मैं नहीं मानता। क्योंकि ये लिखने-पढ़ने वाले लोग हैं। जो भी करते हैं लिख कर ही करते हैं। बहुत हुआ तो भाषण दे दिया। क़त्ल करना या मार-पिटाई करना इनके बस की बात नहीं है।"

"उस दिन जो चर्चा हुई उसमें कुछ ख़ास घटा हो? कोई ऐसी बात जो आपको अलग लगी हो?"

"ऐसा तो कुछ नहीं हुआ था। मैं तो मंच पर ही था। सब कुछ नॉर्मल ही था।"

"कार्यक्रम के बाद क्या हुआ? स्वामी गजानन चले गये, या वो यहीं रुके थे?"

"वे तो यहीं थे। बाहर जलपान की व्यवस्था थी। सब लोग यहीं थे। फिर शायद वो कैफेटेरिया में चले गये थे।"

"क्या बार और कैफेटेरिया में कैमरा है?"

"जी हां...दोनों जगह कैमरे हैं, आप चाहें तो देख सकते हैं।"

कुछ ही देर में वे लोग रिकॉर्डिंग रूम में थे।

कार्यक्रम ख़त्म होने के बाद की रिकॉर्डिंग में दिख रहा था कि सब लोग लॉबी में आकर चाय, कॉफी ले रहे हैं। स्वामी भी इधर-उधर लोगों से बात कर रहे हैं। फिर वो टहलते हुए एक लड़की के पास चले गये। उससे कुछ देर बात करते दिखायी दिये। फिर उसके कंधे पर हाथ रख कर बाहर की तरफ निकल गये।

"यह लड़की कौन है? आप जानते हैं इसे। इसने कार्यक्रम में भी सवाल किये थे न स्वामी से?" समर ने जोशी से पूछा।

"आपको कैसे पता कि इस लड़की ने सवाल किये थे?" जोशी ने पलट कर समर से पूछा।

"मैं उस कार्यक्रम का वीडियो सोशल मीडिया पर देख चुका हूं।"

"अच्छा। पता नहीं कौन है ये लड़की, इससे पहले तो नहीं देखा। लेकिन स्वामी जी के पास इसके सवालों के जवाब नहीं थे। सभी साहित्यिक सवाल थे।"

"ज़रा स्टाफ से या जो लोग कार्यक्रम में मौजूद थे, उनसे पूछताछ कर पता लगाइयेगा कि कौन है ये लड़की।"

"अब कैफेटेरिया की रिकॉर्डिंग दिखाइये।"

इस रिकॉर्डिंग में स्वामी गजानन उस लड़की के कंधे पर हाथ रखे अंदर आते हैं। फिर वो एक टेबल पर बैठ जाते हैं। क़रीब दस मिनट तक दोनों के बीच बातचीत होती है। बातचीत में ऐसा नहीं लगता दोनों एक-दूसरे के लिये अजनबी हैं। लड़की काफी सहज थी।

"ये वेटर, जो इनको सर्व कर रहा है, यह अभी होगा ड्यूटी पर?"

"होना तो चाहिये।"

"इसे बुलाइये।" इंस्पेक्टर समर ने जोशी से कहा। जोशी वेटर की खोज में बाहर चला गया।

इस बीच समर को लगा कि लड़की अचानक उठी और बाहर निकल गयी। "ज़रा रिवाइंड कीजिये। एक बार फिर आख़िरी तीस सेकंड की रिकॉर्डिंग दिखाइये।"

समर को समझ आया कि उसे कोई गलतफहमी नहीं हुई थी। हालांकि कैमरा काफी दूर है, लेकिन लड़की एक झटके से उठी थी। उसका उठना सामान्य नहीं था। और फिर चली गयी थी बगैर पीछे मुड़े। जबकि स्वामी की आंखें उसके बाहर निकलने तक उसी पर टिकी हुई थीं।

समर की दिक्कत यह भी थी कि कहीं भी, किसी भी रिकॉर्डिंग में लड़की का चेहरा नज़र नहीं आ रहा था। उसने अपना चेहरा दुपट्टे से ढंका हुआ था। आंखों पर चश्मा था। सोशल मीडिया वाले वीडियो में भी लड़की बस दूर से ही नज़र आ रही थी। उसने स्क्रिनशॉट लेकर क्लोज़ अप करने की कोशिश भी की, लेकिन तस्वीर इतनी ब्लर हो गई कि साफ नज़र नहीं आयी। सीसीटीवी का भी यही हाल था। लेकिन फिर भी उसने रिकॉर्डिंग की एक कॉपी देने को कह दिया।

इस बीच जोशी वेटर को लेकर आ गया। समर ने वीडियो की तरफ इशारा करते हुए उससे पूछा, "इन लोगों को तुमने सर्व किया था?"

"जी, हां।"

"कब से काम कर रहे हो यहां?"

"सर बीस साल हो गये हैं।"

"कोई ख़ास बात जो तुमने नोटिस की हो?"

"नहीं सर, ऐसा तो कुछ याद नहीं।"

"ये आपस में कैसी बातें कर रहे थे? मतलब कि गुस्से में थे या फिर बड़े प्यार से बात कर रहे थे? देखो, स्वामी जी लड़की के कंधे पर हाथ रख कर अंदर आये हैं।"

"साहब वो तो इतने बुज़ुर्ग हैं कि सबके साथ यही करते हैं। हाथ तो रखते ही रहते हैं। पर मैं इतना कह सकता हूं कि यह लड़की पहले कभी यहां नहीं आयी। कैफेटेरिया में तो सिर्फ मेंबर ही आते हैं। इस लड़की को पहले कभी नहीं देखा मैंने।"

"अच्छा, क्या ऑर्डर किया था?"

"चाय-कॉफी ही ली थी।"

“स्वामी जी कब तक रुके थे यहां?”

“वे तो रात का खाना खा कर ही गये होंगे। जब भी वे यहां आते हैं तो खाना खाकर ही जाते हैं।”

“कौन लेकर जाता है?”

“उनका ड्राइवर आता है।”

“क्या दोनों के बीच कोई अनबन हुई थी? ऐसा क्यों लगा रहा है कि लड़की अचानक उठ कर चली गयी?” समर ने सवाल किया।

“हां, आपकी बात शायद सही है। वे तो आराम से बात कर रहे थे, अचानक मेरी नज़र पड़ी तो वह लड़की जा रही था और स्वामी जी उसे जाते हुए देख रहे थे।”

“ठीक है, कोई और बात याद आये तो मुझे ख़बर करना,” कह कर समर बाहर निकल आया।

समर के पीछे जोशी भी बाहर आ गया।

“सुनिये इंस्पेक्टर साहब, एक बात और थी, शायद आपके काम आ सके।”

समर ने सवालिया नज़रों से उसकी ओर देखा।

“कुछ समय पहले एक लड़की ने एक फेसबुक पोस्ट लिखी थी स्वामी जी के बारे में।”

“क्या लिखा था उस पोस्ट में?”

“यही कि जब वह नौ साल की थी तो स्वामी ने उसके साथ अश्लील हरकत की थी।”

“मतलब? बलात्कार किया था?”

“नहीं ऐसा तो नहीं लिखा था, लेकिन कुछ ख़राब ज़रूर किया था।”

“आपको कैसे पता?”

“मैंने लिटरेरी सर्कल में ये बातें सुनी थीं।”

“क्या नाम है उस लड़की का?”

“पता नहीं। मैं उसे नहीं जानता। कोई नहीं जानता, लेकिन जब वह पोस्ट आयी थी तो लिटरेरी सर्कल में उसकी बहुत चर्चा हुई थी।”

"अब कहां है वह पोस्ट?"

"पता नहीं, कुछ दिनों बाद जानकारी मिली कि वह पोस्ट हटा ली गयी है।"

"पर क्यों?"

"पता नहीं। यह बात किसी को नहीं पता कि उस लड़की ने वह पोस्ट क्यों हटा ली। किसी ने उससे ज़बरदस्ती ऐसा कराया या कोई और बात थी।"

"तो पता करिये उस लड़की के बारे में। बात कीजिये लेखक और साहित्यकारों से। वह पोस्ट भी मिले तो बताइयेगा मुझे। वैसे मैं भी ढूंढ़ने की कोशिश करता हूं," कह कर समर चल दिया। कोई तो राह नज़र आयी थी। पिछले चौबीस घंटे से तो वह अंधेरे में ही था।

***

इंडिया इंटरनेशनल सेंटर से इंस्पेक्टर समर प्रताप सिंह एक बार फिर कला निकेतन अपार्टमेंट में स्वामी गजानन के फ्लैट पर पहुंचा। यहां उसे तलाश थी किसी एक कड़ी की। एक सुराग की। क़ातिल ने कुछ तो छोड़ा होगा। किसी ने कुछ तो देखा होगा। उसने एक-एक करके अपार्टमेंट के सारे स्टाफ से पूछताछ करनी शुरू की।

ज़्यादातर का यही कहना था कि उन्होंने किसी शख़्स को स्वामी के यहां आते-जाते हाल-फिलहाल तो नहीं देखा। सिवाय एक शख़्स के। जयराम नाम के एक सिक्योरिटी गार्ड ने बताया कि कोई चार-पांच दिन पहले एक लड़की स्वामी गजानन से मिलने आयी थी।

"लड़की कैसी थी, कुछ बता सकते हो?"

"लंबी सी थी, गोरा रंग था।"

"कितनी लंबी रही होगी?"

"पता नहीं सर। अब ऐसे कैसे बतायें। आपसे थोड़ी ही कम रही होगी।"

समर ने रावत की तरफ इशारा करते हुए पूछा, "क्या इनकी हाइट से ज़्यादा थी?"

"इनसे ज़्यादा रही होगी, साहब। इसीलिये तो हमें याद है।"

"रावत तुम्हारी लंबाई कितनी है?"

"सर, 5 फुट 7 इंच।"

"यानी वह लड़की हाइट में 5 फुट 7 इंच से ज़्यादा है?"

"क्या पहना हुआ था उसने? मतलब कपड़े कैसे थे?"

"सलवार कमीज़ पहने थी, साहब। सिर पर दुपट्टा पड़ा हुआ था। आंखों पर चश्मा था। कहने लगी कि स्वामी गजानन के यहां जाना है। तो हमने कहा कि इंट्री कर दो।"

"फिर एंट्री की उसने?"

"हां साहब, हम बगैर इंट्री के किसी को नहीं जाने देते।" जयराम से आज कर्तव्यपरायणता पूरी तरह फूट रही थी। मानो आज वह साबित कर ही देगा कि वह गार्डों का सचिन तेंदुलकर है।

"कहां है रजिस्टर?"

"यहीं है साहब, यहीं गार्ड रूम में रखा होगा।"

आनन-फानन में रजिस्टर मंगाया गया। पंद्रह-बीस मिनट की मेहनत के बाद वो एंट्री भी मिल गयी।

विज़िटर नेम की जगह में क्या लिखा था, बिल्कुल भी समझ नहीं आ रहा था। बस पहला अक्षर 'एन' ही समझ आ रहा था, उसके बाद एक लकीर खिंची हुई थी। पते की जगह सिर्फ 'दिल्ली' लिखा हुआ था। टेलीफोन नंबर की जगह सिर्फ सात अंकों का एक नंबर लिखा हुआ था। स्वामी गजानन के नाम में भी 'एस' और 'जी' ही पढ़ने में आ रहा था। यहां तक कि फ्लैट नंबर में भी क्या लिखा था, यह समझना मुश्किल था।

"ये तुमने देखा था?" समर प्रताप सिंह ने रजिस्टर उठाकर सामने कर दिया।

"जी देखा तो था।"

"तो क्या तुम बता सकते हो कि क्या लिखा है इस पर?"

"नहीं साहब, इतनी अंग्रेज़ी नहीं आती हमें।"

"कहां तक पढ़े हो?"

"जी, आठवीं पास हैं।"

"ये मोबाइल नंबर देखा था तुमने? इसमें सिर्फ सात अंक लिखे हैं। पता है मोबाइल में कितने नंबर होते हैं?"

"नहीं सर, हम कैसे जानेंगे?" उसके अंदर का सचिन तेंदुलकर अब ख़त्म हो चुका था। "इतना गहराई से देखेंगे तो काम ही नहीं कर पायेंगे," जयराम धीरे से बोला।

"किसी भी एंट्री को तुम पलट कर देखते हो कि उसमें क्या लिखा है, या जो बताया है वही लिखा है कि नहीं?"

जयराम नज़रें नीची किये देखता रहा। कुछ नहीं बोला।

"स्वामी जी के फ्लैट का नंबर तुमने उसे बताया था या वह पहले से जानती थी?"

"जी हम ही बताये थे। वो तो सिर्फ नाम लेकर आयी थीं।"

"कब निकली यहां से, इसका कोई हिसाब-किताब?"

"नहीं सर हमें नहीं पता। जाने का हिसाब-किताब हमारे पास नहीं होता।"

"ये बात कल क्यों नहीं बतायी तुमने?"

"साहब, कल तो हम यहां थे ही नहीं। हम छुट्टी पर थे। हमारी पत्नी की तबीयत ख़राब थी।"

"आप लोग ढंग के गार्ड क्यों नहीं रखते हैं?" समर ने अपार्टमेंट के मैनेजर से सवाल किया। मैनेजर जवाब देता उससे पहले ही समर ने जयराम से पूछ लिया, "कितना मिल जाता है यहां?"

"बारह हज़ार रुपए मिलते हैं साहब।"

"कितने घंटे की ड्यूटी है?"

"बारह घंटे की। सुबह आठ से रात आठ बजे तक।"

"और छुट्टी?"

"साल में पंद्रह दिन की मिलती है। अगर कभी बीमार पड़ जाते हैं तो पगार काट लेते हैं, साहब।" यह कहते हुए उसके चेहरे पर अजीब सी तकलीफ थी। "कोई और बीमार पड़ता है तो हमें डबल ड्यूटी करनी होती है। पूरे छत्तीस घंटे।"

समर ने मैनेजर की तरफ देखा। "आप लोग इतने कम पैस देते हो?"

"सब जगह का यही रेट है, सर। ऐसे ही काम होता है।"

"कैमरे भी नहीं लगे हैं आपके यहां, सिर्फ दो कैमरे हैं गेट पर। आप लोगों को अपनी सुरक्षा की चिंता क्यों नहीं है। गिनती के दो गार्ड रहते हैं एक वक़्त पर।"

"क्या करें सर, हमारे मेंबर पैसा ही नहीं देते। अब बारह सौ रुपये महीना एक फ्लैट से मेनटेनेंस का आता है। क्या-क्या कर लें उससे? लोग सुविधायें तो चाहते हैं, लेकिन पैसे नहीं देना चाहते। बारह सौ रुपये में स्वीपर, प्लम्बर, इलेक्ट्रीशियन, माली और सिक्योरिटी गार्ड को कैसे अच्छा पैसा दे पायेंगे। फिर पानी का और कॉमन एरिया का बिजली का बिल भी है। सब उसी पैसे में से भरना पड़ता है।" कह कर मैनेजर ने एक गहरी सांस ली, मानो किला फतह कर लिया हो।

समर ने उसे घूर कर देखा, फिर रावत की तरफ मुड़ कर पूछा, "सीसीटीवी से कुछ मिला?"

"कुछ ख़ास नहीं सर, बस इतना ही पता चला कि स्वामी जी की कार कई दिन से रोज़ाना अंदर-बाहर आ-जा रही थी। लेकिन अंदर कौन बैठा था, यह नज़र नहीं आ रहा। कैमरे का एंगल ऐसा है कि वह कार के सिवा किसी को पकड़ता नहीं है।"

"कोई बात नहीं, इस लड़की की अब हम लोग और खोज ख़बर लेते हैं कि जब वह आयी, तो कैसे आयी? हमारे पास कम से कम अब टाइम तो है ही कि कितने बजे वह बिल्डिंग में आयी थी। एक लड़की इंडिया इंटरनेशनल सेंटर वाली भी है।"

अगर दोनों लड़कियां एक ही हुईं, तो वह इस केस की अहम कड़ी साबित होगी। क्या पता वही क़ातिल हो। चाहे जो हो, स्वामी के साथ लड़कियों का कुछ न कुछ मामला तो है ही। पहले एक लड़की ने चर्चा में स्वामी से बहस की, फिर एक लड़की के फेसबुक पोस्ट वाले बवाल की जानकारी मिली। अब यहां भी लड़की ही आयी है। कोई तो मामला है जो किसी न किसी लड़की से जुड़ा है। इसका जवाब साहित्यकारों की दुनिया में ही मिलेगा। आख़िर ये स्वामी चीज़ क्या है? यह जानना बेहद ज़रूरी है। इसका जवाब उसे एक ही जगह आसानी से मिल सकता है, लेकिन उस दरवाज़े को उसने काफी वक़्त से बंद किया हुआ था। सोचते हुए समर ने अपना फोन निकाल कर एक नंबर डायल कर दिया।

***

वह लड़की कौन थी और उसने अपनी फेसबुक पोस्ट में क्या लिखा था, यह जानने के लिये इंस्पेक्टर समर प्रताप सिंह को ज़्यादा मेहनत नहीं करनी पड़ी। मानो यह अवसर उसी के लिए संजो कर रखा था समय ने। समर इस वक़्त दिल्ली विश्वविद्यालय के हिंदी विभाग में प्रोफेसर अंजलि सिन्हा के पास बैठा था। अंजलि सिन्हा देश की जानी-मानी उपन्यासकार भी थीं। तमाम लिटरेचर फ़ेस्टिवल्स में उनका आना-जाना लगा रहता था। उनकी एक और ख़ास बात यह थी कि वे गॉसिप में बहुत रस लेती थीं। मजाल है कि साहित्यिक हलके का कोई रंगीन किस्सा उनकी नज़र से गुज़रे बिना निकल जाये।

समर यह बात जानता था इसलिये उसने अपनी ओर से मशक्कत करने की बजाय सीधे यहीं का रुख किया। वैसे भी समर के साथ उनका एक ख़ास रिश्ता था। दरअसल अंजलि सिन्हा इंस्पेक्टर समर प्रताप सिंह की पत्नी मोहिनी की बड़ी बहन थीं। ज़्यादा बड़ी भी नहीं थीं। दोनों बहनों में बस तीन साल का ही अंतर था। दोनों में काफी लगाव था, और जब मोहिनी ज़िंदा थी तो उसका यहां काफी आना-जाना भी था। अंजलि ने शादी नहीं की थी और नॉर्थ कैंपस के इस घर में अकेले ही रहती थीं।

"तो कैसी चल रही है ज़िंदगी?" समर को ड्राईंग रूम में बैठाते हुए उन्होंने सवाल किया।

"ठीक है। आप तो जानती ही हैं।"

"इसीलिये तो पूछा। तुम्हें अच्छी तरह जानती हूं। मोहिनी को तुम कितना चाहते थे, यह भी पता है। तभी तो अब तक उससे जुड़े हो।"

"छोड़िये ना, अब वहां जाकर क्या होगा?"

"ठीक है, मैं तो नहीं जा रही, लेकिन क्या तुम भी ऐसा कर पा रहे हो?"

"मैं कर रहा हूं?"

"दो साल से ज़्यादा समय गुज़र गया तुम्हें मुझसे बात किये हुए। तुमने मेरा फोन तक नहीं उठाया। कितना ट्राई किया...तुमको मैंने हमेशा छोटे भाई की तरह देखा, समझा, अपनाया; पर तुमने मुझे बहुत दुख दिया समर। मोहिनी के जाते ही तुमने सारे रिश्ते तोड़ लिये?" अंजलि सिन्हा की आंखों में आंसू थे। "मुझे लगा कि मोहिनी के साथ मैंने तुम्हें भी खो दिया!"

"नहीं दीदी, ऐसा नहीं है। दरअसल मुझे कुछ समझ नहीं आ रहा था। मैं क्या करता? आप तो जानती हैं कि मेरा इस दुनिया में कोई नहीं है। मोहिनी ही मेरा संसार थी। उसके जाने के बाद मैं टूट गया।"

"हम सब टूट गये समर। पापा तो उसके गम में चले ही गये। तुम पापा के अंतिम संस्कार में भी नहीं आये। शायद तुम कहीं नशे में धुत पड़े थे।"

"मैं नाकामी के नशे में धुत था, दीदी। मोहिनी को खोने का तो दर्द है ही मुझे, लेकिन उससे ज़्यादा दुख इस बात का है कि उसका क़ातिल आज भी आज़ाद है।"

"पापा के अंतिम संस्कार में क्यों नहीं आये?"

"क्या जवाब देता पापा को? क्या कहता कि आपकी बेटी को इंसाफ नहीं दे पाया मैं। आपके जीते जी मोहिनी का क़ातिल अपने अंजाम तक नहीं पहुंचा?"

"तुम कम से कम मुखाग्नि तो दे सकते थे। यह काम भी तुम्हारे होते हुए मुझे करना पड़ा। पापा तो तुम्हें अपना बेटा ही मानते थे समर।"

"दीदी, मैंने कहा न कि मैं इस लायक नहीं हूं। आप उनकी बेटी हैं। आपको ही यह काम करना चाहिये था। उस वक़्त मैं इसलिये भी नहीं पहुंचा था। जानता था कि आप ज़िद करेंगी...पर आप जान लीजिये दीदी कि जिस दिन मोहिनी का क़ातिल मेरे कब्ज़े में होगा, उस दिन मैं पापा को तर्पण दूंगा। मोहिनी का क़त्ल और उसके क़ातिल का आज़ाद घूमना मेरी आत्मा पर बोझ है।"

"चलो छोड़ो इस बात को, अच्छा यह बताओ कि क्या पियोगे? बातें तो होती रहेंगी। शाम का वक़्त है, खाना भी खाकर ही जाना। मैंने बनवा लिया है।" यह कहते हुए वे उठ गयीं।

"आप रहने दीजिये दीदी, मैं ही बनाता हूं," कहते हुए समर बार काउंटर की तरफ आ गया।

समर इस घर के चप्पे-चप्पे से वाकिफ था। न जाने कितना वक़्त उसने मोहिनी के साथ यहां बिताया था। लेकिन मोहिनी के बगैर आज वह पहली बार यहां आया था। बॉम्बे सफायर और टॉनिक वॉटर के दो ड्रिंक बनाये। किचन से दो लेमन स्लाइस काट कर गिलास में डाले। तब तक अंजलि ने कुछ नमकीन रख दिया।

"चीयर्स..." कहते हुए दोनों ने एक-एक सिप लिया।

"चलो बताओ आज कैसे याद किया मुझे?" अंजलि ने अब पूछा।

"दीदी, स्वामी गजानन के बारे में जानना था मुझे।"

"तो तुम हैंडल कर रहे हो वो केस?"

"जी दीदी, आप टीवी पर न्यूज़ नहीं देखतीं क्या?"

"उसमें कुछ होता भी है देखने के लिये?"

समर की हंसी छूट गयी।

"गज़ब के रचनाकार थे ये स्वामी गजानन। अपने ज़माने में इनसे ब्लंट कोई कवि नहीं था। सीधे-सीधे प्रधानमंत्री को ललकार देते थे।"

"ललकार देते थे! मतलब? किसको फर्क पड़ता है किसी एक कवि के किसी प्रधानमंत्री को ललकार देने से? आज तो न जाने कितने लोग क्या कुछ बोलते रहते हैं प्रधानमंत्री के बारे में। घंटा किसी को फर्क नहीं पड़ता।"

"वह दौर अलग था समर, तब नेता पढ़े-लिखे होते थे। बौद्धिक जमात का अपना कद था। कवि और साहित्यकारों की काफी इज़्ज़त होती थी। इसलिये तब फर्क पड़ता था।"

"चलो मान लिया दीदी, पर इस स्वामी गजानन की कहानी क्या है?"

"ऐसा समझो कि इनके जैसा अपने दौर में न कोई हुआ है, और न ही होगा। बुनियादी तौर पर स्वामी गजानन लेफ्टिस्ट थे। साहित्य की ज़बान में जनकवि। इनकी एक विचित्र आदत थी। ये गांव-गांव भटकते रहते थे। किसी भी साहित्यप्रेमी के घर जाकर टिक जाते थे। जब तक दिल चाहता था, वहीं रुकते। आपको पसंद आये या न आये, इन्हें परवाह न थी। आप न तो उन्हें भगा सकते थे, न ही वह भगाने से भागते।"

"अजीब आदमी था? इसका अपना कोई घर नहीं था?"

"मेरी जानकारी में तो नहीं था। हां, तो मैं बता रही थी कि जिसके भी घर ये जाते थे, उसकी शामत आ जाती थी। कुछ भी फरमाइश कर बैठते थे। जो मन में आ जाता वही खाने की ज़िद करते थे। कई बार तो ऐसा भी हुआ कि सुबह का नाश्ता बना और स्वामी गजानन सैर पर चले गये। अब उनकी फरमाइश का व्यंजन बनाकर, लोग इंतज़ार कर रहे हैं कि वे आयें तो नाश्ता किया जाये, लेकिन वो उस दिन तो क्या, महीनों, सालों तक लौटे ही नहीं। बिना बताये गायब...और फिर अचानक से किसी दिन प्रकट हो जाते, और फिर वही हरकतें।"

"कमाल है? ऐसा आदमी था, और इसे लोग झेलते भी थे?"

"अरे, कई बार तो ऐसा हुआ कि इनकी सनक की वजह से पति या पत्नी में से एक, जो असाहित्यिक था, वह घर छोड़ कर गुस्से में चला गया

कि जब तक स्वामी गजानन रहेंगे, वह नहीं लौटेगा। पर मजाल है कि इस बंदे से कोई कुछ कह दे। घर टूट भले ही जाये, इस आदमी को परवाह नहीं थी। स्वामी ज़िद्दी बहुत थे। गुस्सा भी जल्दी हो जाते थे। आतंक था उनका अपने सभी चाहने वालों पर।"

"मेरा अब भी सवाल यही है कि ऐसा क्या था उनमें? क्यों लोग उनके इतने नखरे बर्दाश्त करते थे?"

"स्वामी गजानन दरअसल व्यवस्था विरोधी थे। वे सत्ता के खिलाफ लगातार बोलते रहते थे। इमरजेंसी के खिलाफ तो उन्होंने ज़बरदस्त लेख व कवितायें लिखीं। सरकार किसी की भी हो, उनकी लेखनी हमेशा से गरीब, मज़दूर और आम आदमी के हक के लिये आग उगलती रही।"

"सरकार से कभी कोई दिक्कत नहीं हुई उन्हें?"

"तब की सरकारें इतनी तंगदिल नहीं हुआ करती थीं कि किसी लेखक को उसके विचारों के लिये दंडित करें।"

"ऐसा भी होता है क्या? सरकार के भी चरित्र अलग-अलग होते हैं? इमरजेंसी में तो तमाम लेखकों, कवियों, साहित्यकारों और पत्रकारों को जेल भेजा गया था?"

"हां, इमरजेंसी में ढेरों लोग जेल गये थे। पर स्वामी गजानन कभी जेल नहीं गये। हालांकि उन्होंने बहुत खरी खोटी सुनायी। दरअसल स्वामी गजानन का असर देश में ही नहीं पड़ोसी देशों तक था। पड़ोसी देशों के जन आंदोलन तक पर उनका असर था।"

"इसका क्या मतलब है? जन आंदोलन क्या होता है? ये साहित्यिक शब्द थोड़े कम इस्तेमाल कीजिये आप," कहते हुए समर मुस्कराया। दरअसल वह अंजलि को ऐसे ही तंग किया करता था।

"फाइनली, माई ब्रदर समर इज़ बैक," हंसते हुए अंजलि ने कहा। "बस ऐसे ही अच्छे लगते हो तुम।"

"नेपाल में राजशाही के खिलाफ जब जनता ने विद्रोह किया था, तो कहते हैं कि हमारे देश के काफी सारे लेफ्ट नेताओं ने उन्हें समर्थन दिया था। स्वामी गजानन की भूमिका तो कई स्तरों पर थी। नेपाल सरकार ने ऐतराज़ भी जताया था, पर जनता का समर्थन स्वामी के साथ था इसलिये सरकार ने उन पर हाथ नहीं डाला।"

"आप कह रही हैं कि वह लेफ्टिस्ट था। गरीब और मज़दूर के साथ था, लेकिन इधर तो वो हिंदू-मुसलमान करने लगा था। ऐसा मैंने सुना है।"

"सही कह रहे हो। पिछले पांच सालों से, जब से केंद्र में सत्ता बदली, स्वामी गजानन भी बदल गये। वे भी हिंदू हो गये। उनके लिये गरीब का मतलब हिंदू हो गया। संसाधनों पर हक का मतलब हिंदू हो गया।"

"कोई ख़ास वजह इस बदलाव की?"

"पचहत्तर साल की उम्र हो रही थी उस आदमी की। ऐसे में उनका सुर बदलना किसी को समझ नहीं आया। वैसे भी आज के दौर में उनकी कविता को भाव देने वाले नहीं बचे थे। इसलिये शायद आईडेंटिटी क्राइसिस या चर्चा में रहने की ख्वाहिश इस बदलाव की वजह हो सकती है।"

"जब वो लेफ्टिस्ट था, तो कभी राइट से उसको समस्या नहीं हुई?"

"देखो, राइट का दबदबा तो इस देश में कभी था ही नहीं। वह तो थोड़ा बहुत इमरजेंसी के बाद राम मंदिर आंदोलन के चलते पनपा और बढ़ा। वरना तो हमेशा लेफ्ट ही हर जगह मौजूद रहा। कांग्रेस के राज में भी लेफ्ट ही हावी रहा। बीच में राइट के लोगों की सरकार बनी भी, तो वह इतनी खिचड़ी थी कि राइट रह ही नहीं गयी थी। यह तो पहली बार अब सही मायनों में राइट की सरकार आयी है।"

समर को कभी लेफ्ट और राइट की राजनीति पूरी तरह समझ नहीं आयी, इसलिये उसने चर्चा को मोड़ देना ही उचित समझा। उसने पूछा, "महिलाओं के बारे में क्या विचार थे स्वामी के?"

"फाइनली तुमने किया न वो सवाल जिसका इतनी देर से मैं इंतज़ार कर रही थी? ऐसा करो एक ड्रिंक और बनाओ। फिर इस सवाल का जवाब देती हूं," कहते हुए अंजलि ने एक लंबा घूंट लेकर अपना खाली गिलास समर के सामने रख दिया।

समर के ड्रिंक लेकर आते ही फिर से कहना शुरू कर दिया। "स्वामी बड़ा रसीला आइटम था। महिलाओं को देख कर तो उसकी लार टपकती थी। पहले अपनी दाढ़ी का फायदा उठाता रहा, फिर उम्र का।"

"रसीला आइटम? यह तो नया शब्द सुना, इससे क्या मतलब आपका?"

"वह मौके पर चौका मारता था। काबिल था, फक्कड़ था और मुंहफट था। आत्मविश्वास से भरपूर था। खोने को कुछ नहीं था उसके पास। इसी का

फायदा उठाता था।" अंजलि को शायद अब थोड़ा-थोड़ा नशा होने लगा था। समर को उसकी बातें बेतरतीब सी लग रही थीं।

"मैं कुछ समझा नहीं दीदी?"

"वह रसिक कोलंबस था। खोज में निकला रहता था। जहां भी औरत नज़र आती, उसके हाथ चलने लगते। पूरे शरीर पर खोज करते रहते। इसलिये मैं उसे कोलंबस कहती हूं। और वह जहां भी देखता कि औरत आनाकानी कर रही है तो तुरंत अलग हो जाता, लेकिन तब तक यहां-वहां वह हाथ तो लगा ही चुका होता था। जहां कोई कुछ नहीं कहता, वहां वह चौका लगा देता था।"

"कभी किसी ने इश्यू नहीं बनाया इस बात का? स्वामी के कोलंबस होने पर कोई विवाद नहीं हुआ?" समर ने अचरज भरे अंदाज़ में पूछा।

"अरे उम्र देखो ना उस आदमी की। लोग समझते थे कि बूढ़ा आदमी है, शायद थोड़ा खिसक गया है।"

"सुना है कि किसी लड़की ने उसके खिलाफ सोशल मीडिया पर एक पोस्ट भी लिखी थी?"

"वह मामला थोड़ा गंभीर है। एक लड़की ने क़रीब बीस साल बाद शिकायत की, लेकिन फिर उसने अपनी पोस्ट वापस भी ले ली। अगर उस पोस्ट पर कोई ध्यान दे देता तो स्वामी तुरंत गिरफ्तार हो जाता।"

"क्या आप जानती हैं उस लड़की को?"

"नहीं, कोई नहीं जानता। वह हमारी दुनिया की लड़की नहीं है," जब अंजलि ने यह कहा, तो उनका सिर दोनों तरफ झूम रहा था।

समर पहले से यह जानता था कि दीदी को थोड़ी सी शराब ही बहुत ज़्यादा हो जाती है। इसलिये इससे पहले कि वह बेसुध हों, वह जल्दी-जल्दी सब कुछ जान लेना चाहता था। उसने पूछा, "दीदी, आपके पास वह पोस्ट है?"

समर के इस सवाल पर अंजलि सिन्हा के चेहरे पर मुस्कराहट बढ़ गयी। उनकी आंखें खुल गयीं। "है...है ना। ये देखो। वैसे तुम जानते थे कि ये मेरे पास होगी। मेरे गॉसिप लव की ख़बर है तुमको। ये लो देखो," कहते हुए अंजलि ने अपना फोन उठाया और बोलीं, "ये लो...पोस्ट का स्क्रीन शॉट तुम्हें भेज दिया है। ये तो मुझे पहले से पता था कि इस पोस्ट को तो डिलीट होना ही है, इसलिये इसे मैंने सेव करके रख लिया था।"

"क्या इसके अलावा भी स्वामी पर कोई आरोप लगा है?"

"आरोप तो नहीं लगा, लेकिन बच्चे स्वामी के पास जाने से घबराते थे। मुझे मेरी एक सीनियर ने बताया था कि उनकी बेटी स्वामी के पास जाने से डरती थी। कहती थी कि बदबू आती है। कुछ और भी लेखिकायें हैं जो कहती रही हैं कि स्वामी के पास होने से अच्छी फीलिंग नहीं आती।"

"आपका कभी सामना हुआ इस स्वामी से?"

"कई बार। कोशिश की इसने मेरे साथ भी, लेकिन पहली बार में ही सही कर दिया था मैंने। तब से दूर से ही भाग जाता था।"

"जब सब कुछ इतना साफ था, तो स्वामी को इतनी तवज्जो क्यों मिलती रही?"

"देखो समर, ये दुनिया इंसानों ने ही बनायी है। इसमें सब तरह के इंसान हैं। अच्छे भी और बुरे भी। ये स्वामी भी ऐसा ही एक इंसान था, जिसमें उसके हिस्से की अच्छाई भी थी और बुराई भी।"

"मतलब क्या है आपका?"

"महिलाओं को लेकर उसके मन में एक अजीब सा आकर्षण था। कभी वह उनका गुरु बन जाता था, तो कभी ऐसा वहशी प्रेमी जिसे ना सुनने की आदत नहीं थी।"

"कमाल है! इतना कुछ पता था लोगों को फिर भी वो ख़ामोश थे?"

"अभी कुछ दिनों पहले किसी ने एक लेख लिखा था। अब नाम याद नहीं लिखने वाले का। गॉसिप आइटम था। लेकिन था वह स्वामी गजानन के बारे में। उसमें कहा गया था कि एक स्वामी है जिसका मानना है कि छोटी लड़कियों के गाल के गड्ढे को चूमकर उसकी बूढ़ी हड्डियों में जान आ जाती है।"

"दीदी आप इतना कुछ जानती हैं और फिर भी ख़ामोश रहीं। आप ही क्यों, आपकी पूरी साहित्यिक बिरादरी!"

"तुम भी कैसी बात करते हो? स्वामी का रुतबा नहीं जानते तुम। आज के दौर में भले ही उसकी सुनने वाला कोई न हो, लेकिन उसके फॉलोअर्स बहुत हैं। ये फॉलोअर्स कुछ भी कर सकते हैं। देखने में वह फक्कड़ स्वामी था, लेकिन भक्तों की लंबी फौज थी उसके पास। देश के प्रधानमंत्री जिसको हाथ नहीं लगा पाये, उसके खिलाफ कोई लड़की कभी क्या खड़ी हो पायेगी? वैसे भी किसी लड़की के जीवन के बारे में तुम क्या जानते हो?"

अंजलि के इस सवाल से समर अचकचा गया।

"कुछ नहीं जानते। एक लड़की को अपने जीवन में किन-किन समस्याओं का सामना करना पड़ता है, मर्द कभी समझ नहीं सकता।" अंजलि ने यह कहते हुए अपना दूसरा ड्रिंक भी ख़त्म कर दिया।

"हो गया तुम्हारा काम? कुछ और जानना है या खाना खा लिया जाये?"

"दीदी, क्या स्वामी पीडोफाइल था? बच्चों को यौन शोषण का शिकार बनाता था?"

"ये पता लगाना तुम्हारा काम है। सरकार तुम्हें पैसे देती है। पता लगाओ। आज के लिये बस इतना ही। चलो खाना खाते हैं।" उठते-उठते उन्होंने कहा, "क्या स्वामी का क़त्ल किसी औरत ने किया है?"

"क्यों, ये सवाल आपको कैसे सूझा?"

"तुमने सारी जानकारी इसी नज़र से ली है। तो मुझे लगा कि हो न हो किसी औरत ने ही क़त्ल किया होगा।"

"ठीक से कुछ कह नहीं सकता दीदी। अभी तो अंधेरे में ही हाथ-पांव मार रहा हूं। फैक्ट्स जुटा रहा हूं।"

"एक वादा करो। अंदर की कहानी सबसे पहले मुझे बताओगे। प्रॉमिस करो।"

"प्रॉमिस। आपको ही सबसे पहले बताऊंगा।"

***

क़रीब एक साल पहले यह पोस्ट लिखी गयी थी। काफी लंबी पोस्ट थी। लिखने वाली का नाम हिना साहिबा था। समर ने पढ़ना शुरू किया। उसके रोंगटे खड़े होने लगे।

'क्या स्वामी ऐसे होते हैं? जिन्हें जनकवि कहा जाता है, वे ऐसे होते हैं? क्या वे छोटी बच्चियों को अपना शिकार बनाते हैं? मेरा क्या कुसूर था जो बीस साल पहले मेरे साथ स्वामी गजानन ने ऐसा किया? मैं नौ साल की थी जब मेरे साथ यह घटना घटी। मुझे आज भी याद है उनका चेहरा। वे जो कर रहे थे, उसे करते हुए भी उनके चेहरे पर अजीब सा भाव था।

'आज अचानक मुझे वह सब कुछ फिर से याद आ गया है। मेरे ही ऑफिस में कोई गुनगुना रहा था उनकी कविता। ज़ोर-ज़ोर से पढ़ रहा था।

तारीफ कर रहा था। स्वामी गजानन का गुणगान कर रहा था। मेरा पूरा शरीर यह सब सुनकर पसीने से लथपथ होता जा रहा था। मैं शून्य में चली गयी थी। मेरे दिमाग ने काम करना बंद कर दिया था।

'मैं सोचने लगी, छोटी बच्चियों को अपना शिकार बनाने वाले कौन होते हैं? क्या उनको कोई बीमारी होती है, या फिर लत होती है? ये लोग तो *पिशाच* होते हैं। पूरे के पूरे परिवार का ख़ून पी जाते हैं। उनको पता भी नहीं लगता।

'मेरे पिता ने तो उन पर भरोसा किया था। वे प्रभावित थे स्वामी गजानन से, उनके विचारों से, इस कदर कि उनकी पूजा तक कर सकते थे। स्वामी की बात उनके लिये पत्थर की लकीर थी। मां के लिये पिता के हर आदेश को मानना फर्ज़ था। ऐसे में किसी को कोई सवाल ही नहीं करना था। वे नहीं देख पाये कि उनका गुरु, उनका आदर्श उनकी फूल जैसी बच्ची के साथ क्या कर रहा है।

'मैं मौन हो गयी। कभी नहीं बता पायी। किसी को नहीं बता पायी कि मेरे अंदर क्या मर गया है। क्यों उसके बाद कोई पुरुष मुझे दोस्त नहीं लगा। क्यों मैं मर्द नाम की पूरी जाति से ही जैसे नफरत करने लगी, जबकि मेरे पिता भी तो पुरुष ही थे।

'यह स्वामी तो व्यवहार से भिखारी था, लेकिन हमारे पूरे परिवार को लूटकर चला गया और देकर गया जीवनभर न भरने वाला ज़ख्म। इतना बड़ा कवि और विचारक अंदर से कितना खोखला था! फ्रॉड था! मैं चीखना चाहती हूं। चिल्ला-चिल्ला कर कहना चाहती हूं कि हां, मेरे साथ स्वामी गजानन ने बलात्कार किया था। एक नौ साल की बच्ची को उसने अपनी वासना का, हवस का शिकार बनाया था। तब मैं रोती, बिलखती, लुटी-पिटी चुप रह गयी थी। पर अब चुप नहीं रहा जायेगा मुझसे। स्वामी गजानन पीडोफाइल है। बच्चियों का शिकारी है। हैवान है। पिशाच है, पिशाच!'

यह पोस्ट पढ़ते-पढ़ते समर के पूरे शरीर ने पसीना उगल दिया था। वह हैरान हो गया। यह उस पोस्ट के स्क्रीन शॉट्स थे। ओरिजनल पोस्ट तो डिलीट हो चुकी थी। स्वामी गजानन का यह रूप उसके लिये एकदम नया था। इतना बड़ा आदमी अपने साथ कितने गहरे राज़ लेकर चल रहा था, और समाज में उसके लिए फिर भी इतना आदर था? समर का दिमाग हिल गया।

अब पोस्ट में लिखे एक और शब्द पर समर का ध्यान गया। वह शब्द पोस्ट में दो बार आया था, 'पिशाच'। यही शब्द स्वामी के घर की दीवार पर

भी लिखा था। यह महज़ इत्तेफाक है या कोई क्लू। इत्तेफाक बिल्कुल भी अच्छे नहीं होते।

समर ने फेसबुक अकाउंट खोला और हिना साहिबा का नाम सर्च करना शुरू कर दिया। सर्च में कई दर्जन हिना साहिबा उसके सामने आ गयीं। समस्या यह थी कि इसमें से यह कैसे पता लगाया जाये कि वह हिना साहिबा कौन सी है जिसने यह पोस्ट लिखी है। समर उन सभी नामों पर नज़र दौड़ा ही रहा था कि अचानक नीचे स्क्रोल करते हुए उसकी नज़र एक ऐसी प्रोफाइल पर पड़ी जिसके नीचे लिखा था 1 म्यूचुअल फ्रेंड। उसने उस प्रोफाइल पर क्लिक कर दिया। हिना साहिबा उसके सामने थी और जो म्यूचुअल फ्रेंड समर और उसके बीच था, वह और कोई नहीं उसकी अंजलि दीदी ही थीं, अंजलि सिन्हा। जिनसे कुछ देर पहले ही समर मिल कर लौटा था।

समर ने घड़ी देखी तो फोन करने का इरादा छोड़ दिया। काफी देर हो चुकी थी। उसने कल ही इस बारे में उनसे बात करना बेहतर समझा। हिना साहिबा फेसबुक पर ही सही, पर अब मिल चुकी थी। उसकी प्रोफाइल से वह यह भी जान चुका था कि वह दिल्ली और उसके आसपास ही रहती है। उसने मैसेंजर पर अपने फोन नंबर के साथ एक मैसेज भेज दिया। 'स्वामी गजानन की हत्या के सिलसिले में आपसे बात करनी है। जब भी समय मिले इस नंबर पर संपर्क करें। इंस्पेक्टर समर प्रताप सिंह।'

क्या बदला लेने के लिये कोई बीस साल तक इंतज़ार करता है? फिर ऐसा करना हो तो वह फेसबुक पोस्ट क्यों लिखेगा? क्या कोई फेसबुक पोस्ट लिख कर हत्या करने के लिये निकलता है? ऐसी बातें समर को उलझन में डाल रही थीं।

***

इंस्पेक्टर समर प्रताप सिंह ने सुबह डीसीपी जे.के. शर्मा के ऑफिस में कदम रखा तो पाया कि वे बेसब्री से उसकी आमद का इंतज़ार कर रहे थे। उनके साथ एसीपी राजेश चौहान भी बैठे हुए थे। वैसे तो समर की सीधी रिपोर्टिंग एसीपी चौहान को ही थी, लेकिन पुलिस महकमे में सबको यह पता था कि डीसीपी का समर के प्रति ख़ास लगाव है। इसलिये बड़े मामलों की सीधी रिपोर्टिंग समर डीसीपी जे.के. शर्मा को ही करता था। वे उसे समझते थे, इसलिये उसे उनके अनुभव का लाभ तो मिलता ही था, किसी विशेष स्थिति में अपने थाना क्षेत्र से बाहर जाकर जांच करने में भी सहूलियत मिल जाती थी।

"गुड मॉर्निंग सर।" डीसीपी ऑफिस में घुसते ही समर ने दोनों अफसरों का अभिवादन किया।

"मॉर्निंग समर, बैठो। क्या प्रोग्रेस है?" डीसीपी ने वक़्त ज़ाया न करते हुए सीधे पूछ लिया।

"सर, अब तक की जांच से तो यह पूरा मामला हेट क्राइम का ही लग रहा है। पोस्टमॉर्टम रिपोर्ट आपको मैं कल ही भेज चुका हूं। बाकी अभी तक जो भी फैक्ट्स हमारे सामने आये हैं, उन्हें देखकर तो यही लगता है कि स्वामी गजानन की हत्या के पीछे कहीं न कहीं सेक्स इन्वॉल्व है।" यह कहकर समर ने अब तक की सारी कहानी सुना दी। साथ ही हिना साहिबा के फेसबुक पोस्ट को भी सामने रख दिया।

"तुम्हें लगता है कि ये लड़की क़ातिल हो सकती है?" एसीपी राजेश चौहान ने सवाल किया।

"हो सकता है, सर। लेकिन अगर इसे क़त्ल ही करना होता तो इतने साल इंतज़ार क्यों करती? फिर फेसबुक पर यह पोस्ट क्यों डालती?"

"पर इसने फेसबुक पोस्ट हटा क्यों ली? यह भी तो हो सकता है कि इसने फेसबुक पोस्ट हटाने का फैसला क़त्ल करने का इरादा करने के बाद लिया हो? क्या तुम्हें यह बात हैरान नहीं कर रही कि इतनी बोल्ड पोस्ट लिखने के बाद आख़िर ऐसा क्या हुआ, जो उसने पोस्ट हटा ली। कुछ तो हुआ होगा न समर?" डीसीपी जे.के. शर्मा ने पूछा।

"सर, अभी इस सवाल का जवाब तो नहीं है मेरे पास।"

"समर, अगर यह लड़की हिना साहिबा क़ातिल है, तो क़त्ल करने के लिये उसने बीस साल इंतज़ार क्यों किया? और अगर किया तो आख़िर पिछले कुछ दिनों में कुछ तो ऐसा हुआ होगा जिससे इसके अंदर का गुस्सा फट पड़ा? वह ट्रिगर पॉइंट क्या है? इसे जाने बगैर हमारे शक के दायरे में होते हुए भी हम इसे क़ातिल नहीं ठहरा सकते। हमारे पास केवल लॉजिक है, प्रूफ तो कुछ भी नहीं। केवल सोशल मीडिया पोस्ट का कोई अर्थ नहीं।"

"सर, मेरी समझ से लड़की का एंगल इसलिये भी सटीक लग रहा है क्योंकि जांच में हमें यह पता चला है कि कुछ दिन पहले एक लड़की स्वामी गजानन के घर आयी थी, जहां उसने अपनी एंट्री अधूरी जानकारी व छिपी हुई पहचान के साथ की।" इसके बाद समर ने कला निकेतन के गार्ड से मिली सारी जानकारी तफ़सील से अपने दोनों अफसरों को बता दी।

ठीक इसी वक़्त डीसीपी के फोन पर मैसेज का नोटिफिकेशन आया। उन्होंने मैसेज देख कर अपने सामने लगा टीवी ऑन कर दिया। *नेशनल न्यूज़* चैनल पर ब्रेकिंग न्यूज़ चल रही थी। टीवी स्क्रीन पर चैनल की स्टार एंकर वर्षा दत्त बैठी थी। लाल और सफेद रंग में ब्रेकिंग न्यूज़ स्क्रीन पर फ्लैश हो रही थी।

'स्वामी गजानन की हत्या में पुलिस को मिले नये सुराग।'

'पोस्टमॉर्टम रिपोर्ट से खुलासा।'

'हत्या से पहले स्वामी को किया गया टॉर्चर।'

'काटा गया उनका प्राइवेट पार्ट।'

'पुलिस ने बरामद किया स्वामी गजानन का प्राइवेट पार्ट।'

'*नेशनल न्यूज़* एक्सक्लूसिव।'

समर यह देख कर हैरान हो गया। उसे समझ नहीं आया कि यह ख़बर लीक कैसे हो गयी? डॉ. झवेरी के ऑफिस से लीक होने का सवाल ही नहीं है। यह बात वह जानता है। डॉ. झवेरी मर जायेंगे, लेकिन प्रेस से कभी बात नहीं करेंगे।

"ये बात कैसे लीक हो गयी?" उसने हैरानी से अपने दोनों सीनियर्स की तरफ देखा। एसीपी की आंखों में भी हैरानी थी। उनकी नज़रें समर के ऊपर ही थीं।

समर ने इस बात को भांप लिया था।

"नहीं सर, मुझे नहीं मालूम कि ये बात कहां से लीक हुई है। कुछ तो गड़बड़ है। नैना वशिष्ठ मर्डर केस में भी इस लड़की के पास सारी जानकारी होती थी। कोई तो है हमारे महकमे में जो इस लड़की को जानकारी देता है।" समर ने थोड़ा गुस्से में अपनी बात रखी।

"कोई बात नहीं। इस जानकारी से हमारा कुछ नुकसान नहीं होने वाला। थोड़ी देर के लिये इनका ध्यान हम पर से हट जायेगा। अब ये प्राइवेट पार्ट और सेक्स में उलझे रहेंगे।" डीसीपी ने निश्चिंत भाव से कहा।

"लेकिन सर, यह जानना भी तो ज़रूरी है कि कौन है जो हमारी इंटरनल बातें लीक कर रहा है?"

"यह भी पता कर लेंगे। लेकिन एक बात का ध्यान रखो कि इससे हमारा जब कोई नुकसान नहीं है, तब क्यों परेशान होना। वैसे भी कुछ लोग तो

पाकिस्तान, मुसलमान और आतंकवाद को भी इससे जोड़ रहे हैं। तुम्हें उससे तो कोई परेशानी नहीं है!"

"सर, झूठ से क्या डरना? फिक्र तो सच से होती है। इनके झूठ से तो हमारा काम आसान हो जाता है। सारा अटेंशन तो पाकिस्तान और मुसलमान पर हो जाता है।"

समर प्रताप सिंह की बातों पर दोनों बड़े अफसर मुस्कराने लगे।

"तुम समझदार हो गये हो," डीसीपी शर्मा ने कहा तो समर को समझ में आ गया कि अब उसके जाने का वक़्त हो गया है। उसने सिर झुकाया और उठ खड़ा हुआ।

केबिन से बाहर निकलते हुए अल्लामा इकबाल का एक शेर उसकी ज़बान पर था, जो वह डीसीपी साहब की आख़िरी लाइन पर बोलना चाहता था। पर उस समय चुप रह गया था और इस समय मन ही मन उसे दोहराते हुए चल रहा था।

अच्छा है दिल के साथ रहे पासबान-ए-अक्ल,
लेकिन कभी-कभी इसे तन्हा भी छोड़ दें।

***

वर्षा दत्त ने अपने करियर की शुरुआत *जय हिन्द* न्यूज़ चैनल में बतौर क्राइम रिपोर्टर की थी। उसकी पहचान देश की तेज़तर्रार क्राइम रिपोर्टर के तौर पर थी। लेकिन जब *नेशनल न्यूज़* चैनल की तरफ से उसके पास लीड एंकर बनने का ऑफर आया, तो उसने देर नहीं की। चैनल के नये मैनेजिंग एडिटर का ख्याल था कि वर्षा दत्त को अपना करियर अब नेक्स्ट लेवल पर ले जाने की ज़रूरत है। वह लेवल सिर्फ *नेशनल न्यूज़* में ही मिल सकता है। अच्छा पैसा और अच्छा टाइम स्लॉट मिल रहा था, इसलिये वर्षा को फैसला करने में ज़्यादा मुश्किल नहीं हुई।

मई 2019 में वर्षा ने अपना नया काम संभाला था। तक़रीबन दो साल में ही उसकी पहचान एक समझदार एंकर के तौर पर हो गयी थी। सरकार और विपक्ष दोनों ही उसकी बातों को गंभीरता से लेते हैं, जो कि आज के दौर में बेहद मुश्किल काम है। सरकार की तरफ से आने वाले सुबह के फीडबैक को वह कभी गंभीरता से नहीं लेती। उसका मानना था कि जैसे सरकार को अपना काम करने का हक है, वैसे ही उसे उनकी बातों को टालने का पूरा हक है।

वह ये भी जानती थी कि सरकार यही चाहती है कि हर चैनल और हर एंकर वही लाइन फॉलो करे, जो सरकार की तरफ से बतायी गयी है। सरकार को उन्हीं मुद्दों पर बहस चाहिये जो उसके फेवर में होते थे। जिस दिन कोई ऐसा मुद्दा होता था, उस दिन सरकार की तरफ से ऐसा कोई मसला आ जाता था जिससे विपक्ष के खिलाफ कोई बड़ी ख़बर बन जाती थी। ये काम करने में *जीवीएन* चैनल और गौरव वर्मा सबसे आगे थे। लेकिन उसका और गौरव वर्मा का रास्ता जुदा था।

वर्षा इस वक़्त लाइव कर रही थी। दिन भर का काम निबटाने के बाद वह रात को 10 बजे अपने सोशल मीडिया पर लाइव किया करती है। आज का मुद्दा था 'स्वामी गजानन की हत्या से उपजे सवाल'।

'असल में कौन हैं स्वामी गजानन?'

'स्वामी गजानन का महिला कनेक्शन क्या है?'

नेशनल न्यूज़ पर अपने 8 बजे के शो में वर्षा ने एक महिला की स्वामी गजानन पर ज़बरदस्ती करने का आरोप लगाने वाली ख़बर ब्रेक की थी। उसने यह भी बताया था कि एक महिला जब नौ साल की थी, तब स्वामी गजानन ने उसके साथ बलात्कार किया था। उसने यह भी खुलासा किया था कि कैसे स्वामी गजानन के अपार्टमेंट में एक महिला को आते देखा गया था। ये दोनों ही जानकारियां किसी और चैनल के पास नहीं थीं।

रात 8 बजे के शो में वर्षा की आंखें न केवल नम हो गयी थीं, बल्कि वह फूट-फूट कर रो भी पड़ी थी। बगैर नाम लिये जब उसने हिना साहिबा की फेसबुक पोस्ट पढ़ी, तो पूरे न्यूज़रूम में सन्नाटा छा गया। पोस्ट के बाद उसने एक-एक करके सवाल उठाने शुरू कर दिये थे।

'एक नौ साल की बच्ची पर क्या गुज़री होगी?'

'जिस इंसान पर उसके माता-पिता ने भरोसा किया, वो इंसान दरिंदा निकला। ऐसे जनकवि को हम क्या कहेंगे? क्या वो स्वामी कहलाने लायक है?'

'जिसकी आप पूजा करते हैं वो इंसान अगर आपकी नौ साल की बच्ची के साथ बलात्कार करता है, तब ऐसे मां-बाप पर क्या गुज़री होगी?'

'क्या वो पिता और माता ख़ुद को कभी माफ कर पाये होंगे?'

'क्या कभी वो अपनी फूल सी बच्ची के चेहरे को देखने का साहस जुटा पाये होंगे?'

'पूछा होगा उस बच्ची ने कि क्यों इस वहशी को घर लेकर आये?'

'क्या जवाब दिया होगा उसके मां-बाबा ने?'

'यह सब कैसे सहा होगा उस नौ साल की बच्ची ने?'

'कौन देगा इन सवालों के जवाब?'

'कौन है इस बच्ची का अपराधी?'

'ये फ़र्ज़ी स्वामी, ये समाज, हम या आप?'

'नींद कैसे आती है इन लोगों को...?' कहते हुए वर्षा की आंखों से आंसू बह रहे थे। 'कैसे कोई एक छोटे बच्चे को अपनी हवस का शिकार बनाता है? मुझसे बर्दाश्त नहीं हो रहा।' कहते-कहते वह फूट-फूटकर रोने लगी।

उसके साथ बैठे पैनलिस्ट ने हालात को संभाला।

कैमरा पूरी तरह क्लोज़अप में वर्षा पर ही था। उसकी आंखों से बह रहे आंसू स्क्रीन पर साफ देखे जा सकते थे।

पानी पीकर वर्षा गुमसुम हो गयी। कुछ पल उससे कुछ कहा ही नहीं गया। वह शून्य में कैमरे को देख रही थी, एकटक। सभी पैनलिस्ट्स की आंखें भीगी हुई थीं। पीसीआर में बैठे प्रोड्यूसर और विजन मिक्सर को मैनेजिंग एडिटर का साफ निर्देश आ गया था कि वर्षा को कुछ नहीं कहना है। सिर्फ उसके क्लोज़अप शॉट्स बनाने हैं। स्क्रीन पर सिर्फ आंसुओं से भरा चेहरा, गमगीन चेहरे होने चाहिये। स्क्रीन पर कभी सिर्फ वर्षा होती और कभी आठ खिड़कियों में गमगीन चेहरे।

क़रीब चालीस सेकंड की ख़ामोशी के बाद वर्षा ने फिर बोलना शुरू किया।

'ये हमारे सिस्टम की खामी है कि स्वामी गजानन इतने साल तक बचा रहता है। अगर इस लड़की ने स्वामी गजानन का क़त्ल किया है, तो मेरी नज़र में वो अपराधी नहीं है। इस लड़की के हक की आवाज़ वर्षा दत्त बनेगी। मेरी नज़र में ऐसी हर लड़की एक हीरो है। वो हमारी हीरो है।'

यह कहकर उसने अपना शो ख़त्म कर दिया था।

शो ख़त्म कर वह भारी मन से बाहर आकर अपनी सीट पर बैठी ही थी कि मैनेजिंग एडिटर मनीष प्रसाद ने उसे अपने केबिन में बुला लिया।

"ग्रेट शो वर्षा।"

“थैंक यू सर। थोड़ा इमोशनल हो गयी थी।”

“नो, नो, दिस इज़ टीवी। यही तो चाहिये। बेस्ट टीवी वो होता है जिसमें ड्रामा हो। जो रियल हो, इंस्टेंट हो।”

“बट सर, मैं कोई ड्रामा नहीं कर रही थी।”

मनीष ने हंसते हुए कहा, “अरे वो ड्रामा नहीं, मेरा मतलब है एक्शन हो। लोगों को कनेक्ट करने के लिये कुछ तो होना चाहिये। बोल तो हर कोई रहा है, लेकिन फील कौन कर रहा है?”

“मैं तो समझ ही नहीं पा रही सर,” कहते हुए उसकी आंखों से फिर आंसू गिरने लगे थे।

मनीष प्रसाद ने अपने पास रखा टिश्यू बॉक्स उठाकर वर्षा की तरफ बढ़ा दिया।

उसने धीरे से टिश्यू पेपर निकाल कर अपने आंसू पोंछने की कोशिश की।

“देखो वर्षा, अपने अंदर से कभी इंसानियत को मत मरने देना। हम में से ज़्यादातर लोगों की इंसानियत मर चुकी है। इसे ज़िंदा रखना।”

“जी सर।”

“थैंक्स टू यू, इस स्टोरी पर हम औरों से बहुत आगे हैं। ये सिर्फ इसलिये है क्योंकि क्राइम रिपोर्टिंग का तुम्हारा तजुर्बा और सोर्सेज़ आज भी सॉलिड हैं। छोड़ना मत!”

“यस सर, आई एम ऑन इट।”

“यह स्टोरी जितनी दिखती है उससे कहीं ज़्यादा है। कोशिश करो इस लड़की को ढूंढ़ने की। क्या नाम है इसका...”

“हिना साहिबा।”

“मुस्लिम है?”

“पता नहीं सर।”

“फेसबुक प्रोफाइल से पता नहीं चल रहा?”

‘दोनों ही धर्मों के खिलाफ नज़र आ रही है।”

“मॉडर्न है?”

“जी, जॉब करती है। घूमने-फिरने का शौक है।”

"ये लड़की हमारे पास होनी चाहिये।"

"जी सर, मैं पूरी कोशिश कर रही हूं।"

"ठीक है। मैं असाइनमेंट को भी बोलता हूं।"

वर्षा उठकर बाहर आ गयी।

इस वक़्त वह अपने फैन्स के साथ सोशल मीडिया चैट कर रही थी। यह भी एक तरह का लाइव ही होता है, लेकिन इसमें बस वह देखने वाले के सवालों का जवाब देती थी। लोग सवाल करते थे।

लोग अपने सवाल लिखते जाते थे और वह उन्हें पढ़कर जवाब देती जाती थी।

सैकड़ों की तादाद में सवाल आते थे। कुछ लोग फिज़ूल की बात भी करते थे। कुछ वाहियात भी थे, लेकिन कुछ काम के सवाल भी होते थे। ध्यान से उन्हें देखना होता था। इसी तरह एक सवाल पर वर्षा की निगाह टिक गयी।

'क्या आप वाकई में उस लड़की का साथ देंगी जिसके साथ स्वामी गजानन ने बलात्कार किया?'

इस सवाल को पढ़कर वर्षा चौंक गयी।

सवाल पूछने वाले का नाम नहीं था। वहां सिर्फ एक नंबर लिखा हुआ था। मतलब साफ था कि सवाल पूछने वाला अपनी पहचान छिपाना चाहता है।

वर्षा ने यह सवाल ज़ोर से पढ़ा और कहा, "XYZ789 ने मुझसे जानना चाहा है कि क्या मैं उस लड़की का साथ दूंगी, जिसके साथ स्वामी गजानन ने बलात्कार किया? तो मेरा जवाब है, हां। मैं हर हाल में उस लड़की के साथ हूं जिसके साथ अत्याचार हुआ। जिसकी चीखें किसी ने नहीं सुनीं। जिसके आंसू किसी ने नहीं पोंछे।"

उसका जवाब ख़त्म ही हुआ था कि एक और सवाल उसी आईडी से पूछा गया, "क्या तब भी आप उस लड़की का साथ देंगी, अगर उसने किसी का क़त्ल किया हो?"

वर्षा ने जवाब देने में एक सेकंड भी नहीं लगाया। "हां, हर हाल में उसका साथ दूंगी। भले ही वो क़ातिल हो या न हो। वर्षा दत्त कभी पीछे नहीं हटेगी।"

यह कहकर उसने अपनी क्लोज़िंग लाइन बोली और सोशल मीडिया चैट शो बंद कर दिया, लेकिन यह सवाल उसके दिमाग से नहीं निकला।

क्या ये सवाल हिना साहिबा ने पूछा था? क्या हिना साहिबा उसका शो देख रही थी? क्या वाकई स्वामी गजानन का क़त्ल हिना साहिबा ने किया है? कैसे हिना साहिबा को खोजा जाये?

सारी उम्मीदें बस एक ही इंसान पर थीं। हिना साहिबा का पता भी वहीं से मिलेगा, जहां से उसे सारी इन्फॉर्मेशन अब तक मिलती आयी है।

***

अपने दफ्तर में बैठा समर प्रताप सिंह आग बबूला हो रहा था। उसने अपनी पूरी टीम को सामने खड़ा कर रखा था। रात से ही उसका मूड ख़राब था।

जानकारी बाहर जा कैसे रही है? कौन है जो सब कुछ लीक कर रहा है? रावत समेत सभी लोग सिर झुकाये खड़े हुए थे। काफी देर सिर खपाने के बाद भी जब कोई कुछ नहीं बोला तो उसने सबको गुस्से में बाहर निकाल दिया।

आख़िर कौन है जो ये सारी बात जानता है? हिना साहिबा के बारे में तो कुछ ही लोग जानते हैं।

अगर मान भी लिया जाये कि स्वामी गजानन के अपार्टमेंट में लड़की का आना कई लोगों को पता है या फिर अपार्टमेंट से कोई लीक कर सकता है, लेकिन हिना साहिबा के बारे में तो किसी को पता चलना नामुमकिन सी बात है।

सबसे हैरानी की बात यह है कि यह सारी जानकारी सबसे पहले वर्षा दत्त और उसके चैनल *नेशनल न्यूज़* को ही मिली है। पिछली बार भी नैना वशिष्ठ मर्डर केस में वर्षा ही थी, जो उससे सबसे ज़्यादा तीखे सवाल पूछ रही थी। *जय हिन्द* चैनल में रहते हुए वही थी जो उस वक़्त के *नेशनल न्यूज़* के मैनेजिंग एडिटर गौरव वर्मा के खिलाफ थी। यहां तक कि समर को भी उसने नहीं छोड़ा था।

आःख़िर वर्षा दत्त का सोर्स क्या है? कौन है जो उसे सारी जानकारी देता है? क्यों वह इस मामले को किसी और नज़र से नहीं देख रही है? गौरव वर्मा का *जीवीएन* चैनल तो स्वामी गजानन के मामले को इस्लामिक कट्टरपंथ से जोड़ रहा है।

एक तो उसका पूरा दिन बेकार निकल गया था। अब तक कोई सुराग भी उसके पास नहीं था। हिना साहिबा ने भी उसके मैसेज का जवाब नहीं दिया था। उसे अब तक न तो हिना साहिबा का पता मिला था, न ही उसका फोन नंबर।

अंजलि सिन्हा भी अब उसका फोन नहीं उठा रही थीं। समर ने कई बार फोन लगाया लेकिन घंटी बजती रही, कोई जवाब नहीं मिला।

सब तरफ से निराश समर ने रात में ही डीसीपी जे.के. शर्मा को फोन कर दिया। वह अपने ही लोगों पर भरोसा नहीं कर पा रहा था। उसने शर्मा जी से अपनी समस्या बताते हुए पूरी टीम बदलने का आग्रह कर दिया।

डीसीपी शर्मा ने उसकी पूरी बात सुनी और उसे सुबह अपने घर पर मिलने के लिए बुलाया।

यह रात समर पर काफी भारी थी। इस केस की नज़ाकत तो वह समझ रहा था, पर आगे की राह बंद थी। करवट बदलते हुए उसने रात गुज़ारी और सुबह होते ही वह निकल पड़ा। कुछ वक़्त गश्त में गुज़ारकर वह तय वक़्त पर डीसीपी साहब के घर पर पहुंच गया। सुबह के ठीक 8:30 बजे थे। जैसे ही उसने अपने आने की सूचना डीसीपी साहब तक भिजवाई उन्होंने तुरंत उसे अंदर बुला लिया।

डीसीपी जे.के. शर्मा ड्राइंग रूम में बैठे चाय पी रहे थे। उन्होंने समर से भी चाय के लिए पूछा तो उसने आगे बढ़कर अपने लिये केतली से चाय कप में डाल ली।

शर्मा जी कुछ पूछते इससे पहले ही समर बोल पड़ा। "सर, मुझे अपनी टीम बदलनी है। ऐसे नहीं चल सकता।"

"किसी पर शक है तुम्हें?"

"किसी पर नहीं सर, लेकिन वर्षा दत्त को कोई तो ख़बर देता है। उस रिपोर्टर तक कोई तो है जो हमारी सारी बातें पहुंचाता है। मेरी सारी जानकारी उस तक पहुंच जाती है।"

"जो जानकारी पब्लिक हुई है, उससे तुम्हारा कोई नुकसान हुआ है? क्या इससे तुम्हारी इन्वेस्टिगेशन पर कुछ असर पड़ा है? इनमें से लगभग सभी बातें तो तमाम लोगों को पता हैं। ये तो आजकल की टीवी पत्रकारिता की खूबी है कि या तो वे हवा में लट्ठ भांजते हैं, या फिर सब कुछ जान जाते हैं।"

"नहीं सर, पर मैं नहीं चाहता कि मेरी जांच के बारे में किसी को भी पता चले। ख़ासतौर से वर्षा दत्त को तो बिल्कुल नहीं।"

"क्यों वर्षा से क्या दिक्कत है तुम्हें?"

"कोई दिक्कत नहीं है सर। बस मैं नहीं चाहता कि वह मेरी जांच को हैम्पर करे। उसके सोर्स को रोकना बेहद ज़रूरी है। फ्लो ऑफ इन्फॉर्मेशन को बंद करना ज़रूरी है।"

"अच्छा, कोई बात नहीं। अभी सब ठीक कर देते हैं।" उनकी बात ख़त्म भी नहीं हुई थी कि अंदर से एक दुबली-पतली लड़की ड्राईंग रूम में आयी। उसने समर की तरफ देखकर कहा, "हैलो।"

समर उसे देखता रह गया। वह लड़की कोई और नहीं बल्कि वर्षा दत्त ही थी।

समर के मुंह से सिर्फ 'हैलो' ही निकल पाया। उसने हैरानी से डीसीपी साहब की तरफ देखा।

"अंकल बता रहे थे कि आप मुझसे बेहद खफा हैं?"

समर के जवाब देने से पहले ही डीसीपी शर्मा ने कहा, "मेरी भतीजी है वर्षा, और इसका सोर्स मैं ही हूं। लेकिन ये बात तुम्हारे अलावा कोई नहीं जान सकता।"

"जी सर।"

"बताइये क्या नाराज़गी है?" वर्षा ने उससे पूछा।

"नहीं, कोई नाराज़गी नहीं है, लेकिन हैरानी ज़रूर थी कि आपके पास ये इन्फॉर्मेशन कहां से आती है।"

"डीसीपी अंकल होने का फायदा उठाना थोड़ा तो बनता है न!" वर्षा ने हंसते हुए कहा।

"तुम लोग बातें करो मैं तैयार होकर आता हूं," यह कहते हुए डीसीपी शर्मा अंदर चले गये।

"बोलिये, मुझसे क्या शिकायत है आपको?"

"आपको ज़रा भी ख्याल नहीं आता कि जो कुछ आप लोग दिखाते हो उसका क्या असर होता है दूसरों पर?" समर ने नाराज़गी भरे लहजे में कहा।

"बाप रे बाप, कितना गुस्सा भरा है आप में! और आपको ऐसा क्यों लगता है कि हम बेहिस हैं, बेपरवाह हैं।"

"क्या-क्या दिखाती रहती हैं आप? क्या-क्या बोलती रहती हैं आप? नैना हत्याकांड के समय भी तो आपने कोई कसर नहीं छोड़ी थी गौरव वर्मा को अपराधी करार देने में।"

"क्या गलत किया था? सबसे बड़ा मोटिव तो उसी के पास था। सबसे बड़ी ज़्यादती तो उसी ने की थी नैना के साथ!"

"आपने तो मेरी काबिलियत पर भी सवाल उठाया था। भूल गयीं क्या आप?"

"नहीं, कुछ नहीं भूली। सब याद है। मुझे लाजपत नगर भी याद है। आपकी सारी हरकतें याद हैं, लेकिन शायद आपको याद नहीं होगा।"

अब चौंकने की बारी समर की थी। उसने पूछा, "मुझे क्या याद होना चाहिये?"

"यही कि लाजपत नगर में जब आपकी पत्नी का क़त्ल हुआ था, तब आपने मेरे साथ क्या किया था।"

"क्या किया था मैंने?" समर का दिल बैठ सा गया।

"आप तो तब नशे में धुत रहते थे। आपको कहां याद होगा।"

"क्या हुआ था? मुझे वाकई कुछ भी याद नहीं है।"

"जब आपकी पत्नी मोहिनी का क़त्ल हुआ था, तब मैं उसकी रिपोर्टिंग कर रही थी। वह आप ही का इलाका था। आप ही जांच कर रहे थे। हालांकि वह जांच आपको करनी नहीं थी, लेकिन आप एसएचओ ठहरे और वह भी समर प्रताप सिंह, आप भला किसकी सुनने वाले थे? आप शराब पीते रहते और यहां-वहां जिसको मन आता मारते-पीटते रहते। आपका आतंक था।"

"ये सब तो मैं भी जानता हूं, लेकिन मैंने आपके साथ क्या किया?" समर ने वर्षा को रोकते हुए कहा।

"एक दिन मैं सुबह के क़रीब 7 बजे आपके घर पहुंच गयी। मुझे हर हाल में आपका इंटरव्यू करना था। आप किसी से भी बात नहीं कर रहे थे। मैंने यह तय किया था कि चाहे कुछ भी हो जाये, उस रोज़ मैं आपको रोक कर कुछ सवाल तो पूछ ही लूंगी।"

"फिर...फिर क्या हुआ?"

"आप घर से निकले तो मैं और मेरा कैमरामैन दोनों बाहर खड़े थे। मैंने जैसे ही आपके सामने माइक लगाया, आपने मुझे ज़ोर से पकड़ा...एंड यू किस्ड मी! मैंने आपको दूर हटाने की कोशिश की पर आपकी ताकत के आगे मैं बेबस हो गयी। फिर जब आपका दिल भर गया तो आपने मुझे एक धक्का देकर दूर गिरा दिया।"

"क्या? मैंने ऐसा किया? आप पर हाथ भी उठाया?" समर ने अविश्वास से कहा।

"मुझे बचाने के लिये मेरा कैमरामैन जब आगे आया, तो आपने उसे जमकर मारा। कैमरे की चिप भी निकाल ली।"

"लेकिन मुझे तो ऐसा कुछ भी याद नहीं है।" समर को अब शर्मिंदगी महसूस हो रही थी। "और किसी ने इस बात का ज़िक्र भी नहीं किया।" उसने अपना सिर दोनों हाथों से पकड़ लिया।

"सर्दियों की सुबह थी। उस वक़्त कोई बाहर नहीं था। मैंने उसी वक़्त अंकल को फोन करके सारी बात बतायी। मैं तो पुलिस कम्पलेन करना चाहती थी, लेकिन अंकल की वजह से नहीं की।"

"डीसीपी साहब को भी पता है ये बात? हे भगवान! मैंने अनजाने में उनकी भतीजी के साथ कितना गलत किया, पर सर ने कभी इस बात का ज़िक्र तक नहीं किया। उनके बर्ताव से भी कभी यह ज़ाहिर नहीं हुआ।"

"तो अंकल ने सिर्फ मेरी ही मदद नहीं की है, आपकी भी मदद की है। अब नाराज़गी भूल जाइये...और शर्मिंदा होने की भी ज़रूरत नहीं है। उस समय आप अपने होश में नहीं थे। शराब आप पर हावी हो रही थी। सो डोंट वरी... पिछली बार आपको छोड़ दिया, लेकिन अगली बार ऐसी गुस्ताखी करने की कोशिश भी नहीं कीजियेगा।"

इसी समय वर्षा के फोन की घंटी बजी।

उसने फोन उठाया, "हैलो, हां...क्या! राजा राघवेंद्र प्रताप सिंह... राजस्थान के उपमुख्यमंत्री...सीरियसली? ये तो बड़ी ख़बर है...ओके...। बस पंद्रह मिनट में पहुंच रही हूं। तब तक संभाल लो। मैं सीधे स्टूडियो में पहुंचती हूं। दिस इज़ रियली बिग। ओके बाय।"

समर के कान खड़े हो चुके थे। राजा राघवेंद्र प्रताप सिंह का नाम ही चौंकाने के लिये काफी था।

वर्षा ने कान से फोन हटाया और समर की तरफ देखा, "राजा राघवेंद्र प्रताप सिंह इज़ डेड।"

"कैसे? क्या हुआ?"

"उनका मर्डर हुआ है। बॉडी कुछ देर पहले ही मिली है। बस इतनी ही ख़बर आयी है अभी।"

समर को यकीन ही नहीं हो रहा था। इतने बड़े राजनेता को कौन मार सकता है? क़त्ल की वजह क्या हो सकती है? भले ही यह घटना उसके इलाके की नहीं थी, पर राजा साहब से उसे अपनी मुलाकात याद तो थी ही।

***

वर्षा दत्त इस वक़्त *नेशनल न्यूज़* चैनल पर अपने ख़ास शो को एंकर कर रही थी। उसके साथ राजस्थान के पूर्व डीजीपी थे। चैनल का राजस्थान का ब्यूरो चीफ राज शंकर भी लाइव था। वह बता रहा था, 'आज सुबह क़रीब 10 बजे राजा राघवेंद्र प्रताप सिंह की बॉडी उनकी शिकारगाह में मिली। सबसे पहले उनके केयरटेकर ने बॉडी को देखा। उसने ही पुलिस को इत्तिला दी। यह वही जगह है, जहां मैं इस वक़्त हूं। अंदर पुलिस के आला अफसर मौजूद हैं। मीडिया को इससे आगे जाने की इजाज़त नहीं है।'

"राजा राघवेंद्र की मौत कैसे हुई है, इस बारे में कुछ पता चल पाया है?" वर्षा ने पूछा।

"वर्षा, सुबह से शाम होने आयी है और कोई भी आला अफसर कुछ नहीं बोल रहा है। दरअसल राजा राघवेंद्र प्रताप सिंह राजस्थान की इतनी बड़ी शख्सियत थे कि हर कोई फूंक-फूंक कर कदम रख रहा है। वे राज्य के गृहमंत्री और उपमुख्यमंत्री भी थे। ऐसे में कोई भी बयान देना किसी के लिये भारी पड़ सकता है। जल्द ही उनके मुख्यमंत्री बनने की उम्मीद थी। सब तरफ चुप्पी है।"

"वे शिकारगाह में अकेले आये थे या कोई और भी था उनके साथ?"

"ऐसा लगता है कि वे अकेले ही आये थे। यहां उनकी एस्कॉर्ट या सिक्योरिटी नहीं है। ये इलाका राजा साहब की सल्तनत का ही हिस्सा रहा है। यह कहा जाता रहा है कि वे इस इलाके में अकेले कहीं भी चले जाते थे, बिना किसी को बताये। अपने लोगों के बीच शायद उन्हें सुरक्षा की ज़रूरत न महसूस होती हो।"

"सुरक्षा दस्ते या अधिकारियों में से किसी ने कभी उन्हें रोकने की कोशिश नहीं की? वे इतने महत्वपूर्ण ओहदे पर थे, तो उनकी जान को ख़तरा भी रहा होगा," वर्षा ने हैरानी जतायी।

"ख़तरा तो था ही। वे बात भी ऐसी करते रहते थे...एक से बढ़कर एक विवादित बयान। लेकिन उन्हें किसी की परवाह नहीं रही कभी। कहा जाता है

कि वे तो अपने मुख्यमंत्री तक की नहीं सुनते थे। उन्हें अपनी जनता पर भरोसा था। उस जनता पर जिसके भरोसे उन्होंने पिछले सात चुनाव लगातार जीते थे। उनसे पहले उनके पिताजी लगातार जीतते रहे हैं। ऐसे में उनको डराना और समझाना बेहद मुश्किल काम था। राजस्थान की राजनीति में उनकी टक्कर का नेता हाल-फिलहाल नहीं हुआ।" राज ने विस्तार से अपनी बात रखी।

"फिर मुख्यमंत्री क्यों नहीं बन पाये?"

"आप भी जानती हैं वर्षा कि राजा राघवेंद्र का सबसे बड़ा दुश्मन उनका अपना मूड ही रहा है। दरअसल वे इस बात को कभी समझ नहीं पाये कि अब रजवाड़े ख़त्म हो गये हैं। राजनीतिक पार्टियों में दादागिरी दिल्ली में तो हो सकती है, लेकिन राज्यों में संभव नहीं है। राज्य में आप कामयाब तभी हो पायेंगे जब दिल्ली में बैठे आकाओं के साथ आपके रिश्ते मधुर हों। आप पर उनको भरोसा हो।"

"तो दिल्ली को उन पर भरोसा नहीं था? जबकि दिल्ली में भी उनकी ही पार्टी की सरकार है।" वर्षा ने अगला सवाल किया।

"आपको तो पता ही है वर्षा कि पिछले साल दिल्ली में जो स्कैंडल हुआ था उसमें राजा राघवेंद्र प्रताप सिंह का नाम आया था। हालांकि वह बात ज़्यादा आगे नहीं बढ़ी, लेकिन शायद उसकी बहुत बड़ी भूमिका राजा राघवेंद्र प्रताप सिंह की सियासी राह में रोड़ा अटकाने की रही, वरना अब तक शायद वे मुख्यमंत्री बन चुके होते।"

वर्षा को समझ आ गया कि उनका ब्यूरो चीफ राज शंकर किस बात की तरफ इशारा कर रहा था। वह इशारा नैना वशिष्ठ हत्याकांड की तरफ था। राजा राघवेंद्र प्रताप सिंह पर भी नैना की हत्या का शक गया था। इस मामले में अनऑफिशियली उनसे पूछताछ भी हुई थी। मीडिया में यह बात उछली भी थी, लेकिन वह बात तब ख़त्म हो गयी, जब हत्यारा कोई और निकला।

वर्षा ने अब अपना रुख पूर्व डीजीपी अनंत राज सिंह की तरफ केंद्रित कर दिया। "सर आपने शायद राजा राघवेंद्र के साथ काम किया है। क्या अपनी सुरक्षा को लेकर वे लापरवाह थे?"

"राजा राघवेंद्र प्रताप सिंह जी का जहां शव मिला है, वह जगह उनकी अपनी रियासत का हिस्सा रही है, और आज भी उन्हीं की है। ज़्यादातर लोग अपनी जगह पर निश्चिंत हो जाते हैं। यही गलती होती है। लापरवाह होना

तो स्वाभाविक है। शंकर ने सही कहा कि राजस्थान को वे आज भी अपनी सल्तनत ही मानते थे।"

"क्या उनकी जान को ख़तरा था?" वर्षा ने पूछा।

"हां, ख़तरा तो था। दरअसल उनके बयान उनको हमेशा से ही मुश्किल में डालते रहे हैं। ख़ासतौर पर इस्लामिक आतंकवाद को लेकर वे कुछ न कुछ लगातार बोलते रहते थे। तो ज़ाहिर है उस पर विवाद भी होता था। वे होम मिनिस्टर थे, फोर्स तो सारी उनके अंडर में ही थी।"

"अगर मैं अपने दर्शकों की जिज्ञासा को शांत करने के लिये पूछूं कि आपके हिसाब से आख़िर वह क्या वजह हो सकती है, जिसकी वजह से राजा राघवेंद्र का क़त्ल हो सकता है, तो क्या कहेंगे आप?"

"मुश्किल सवाल है। इसका जवाब कोई ज़िम्मेदार ओहदे पर बैठा शख्स कैसे दे सकता है? मैं कयास नहीं लगा सकता। मैं सिर्फ इतना ही कहूंगा कि उनकी जान को ख़तरा था। आतंकवाद इसमें एक रीज़न हो सकता है, पर ज़रूरी नहीं कि उनकी हत्या किसी आतंकवादी संगठन ने ही की हो। ये भी संभव है कि उनकी हत्या का एक मकसद एक शांतिप्रिय राज्य में अशांति फैलाना हो, या फिर इस हत्या से राजनीतिक लाभ लिया जा सके। लेकिन इतना मैं ज़रूर कहूंगा कि राजा साहब की जान को ख़तरा था।"

समर प्रताप सिंह ने कुछ देर टीवी देखने के बाद चैनल बदल दिया। अब उसके सामने *जीवीएन* चैनल था। गौरव वर्मा अपने चैनल पर दहाड़ रहा था। आज उसके निशाने पर एक बार फिर पाकिस्तान ही था। लेकिन पाकिस्तान को गाली देने के लिये उसने फिर से हिंदुस्तानी मुसलमान बैठा रखे थे। वही जो पांच हज़ार रुपये रोज़ाना के बदले गाली खाने के लिये आते थे।

"आप जैसों की वजह से हिंदुस्तान की ज़मीन पर ख़ून बहता है," एक मौलाना की तरफ इशारा करते हुए गौरव ने कहा।

"राजा राघवेंद्र प्रताप सिंह का ख़ून भी आपके ही हाथों पर है मौलाना।"

"आप कैसे यह बात कह सकते हैं। आपको शर्म आनी चाहिये।" मौलाना ने अपनी सीट पर उछलते हुए कहा।

"आपको तो कुछ बोलने का हक भी नहीं है। आप जैसे लोग मुझे शर्म बतायेंगे? शर्म तो तुम जैसे पाकियों को आनी चाहिये।"

"अरे भाई...मेरे जैसे लोग? क्या मतलब है आपका?" मौलाना वैसे भी छोटे कद के थे, बोलते हुए अपनी सीट पर उचकते रहते थे।

"हां...हां...आप जैसे लोग। आपके हाथों पर ख़ून है। दिखाइये, दिखाइये न अपने हाथ। सामने कीजिये। जनता को देखने दीजिये वो हाथ जिस पर राजा राघवेंद्र प्रताप सिंह का ख़ून है।"

"आप...आप गलतबयानी कर रहे हैं। फिज़ूल की बातें कर रहे हैं।"

"याद दिलाऊं आपको, पाकी मौलाना! बताता हूं। ज़रा चलाइये मौलाना का वह बयान जो पिछले महीने इन्होंने यहीं दिया था।"

पीसीआर से फौरन मौलाना का पिछला बयान चलने लगा। उसमें मौलाना कह रहे थे, राजा राघवेंद्र प्रताप सिंह जैसे नेता देश के अमन चैन के खिलाफ हैं। वे मुसलमानों के खिलाफ इस देश की आम जनता को भड़काना चाह रहे हैं। वे हिंदू और मुसलमान के बीच खाई पैदा कर रहे हैं।

"सारा देश देख रहा है आपका सच पाकी मौलाना।" गौरव गरज रहा था। "आपके सीमा पार बैठे दोस्तों ने किया है राजा राघवेंद्र का क़त्ल।"

"झूठ बोल रहे हैं आप," मौलाना ने प्रतिकार किया। "मैंने यह बयान तब दिया था, जब राजा राघवेंद्र प्रताप सिंह ने राजस्थान के मदरसों को आतंकवाद का अड्डा करार दिया था। उन्होंने कहा था कि ये मदरसे आतंकवाद की प्रयोगशाला हैं। राज्य के सबसे वरिष्ठ मंत्री का ऐसी बात कहना जायज़ है क्या? वह भी बिना किसी सुबूत के?"

"बकवास बंद कीजिये," गौरव ज़ोर से गरजा। "देश की जनता देख रही है कि कौन है असली देशभक्त। आप जैसे पराये देश की गुलामी करने वाले लोग, आप लोग बतायेंगे कि सच क्या होता है? देश अब और नहीं सहेगा। आप जैसे फिराकपरस्त लोग अब सुबूत मांगेंगे?"

गौरव के पैनल में उस वक़्त क़रीब आठ लोग बैठे थे, लेकिन उसका निशाना मौलाना ही थे। बाकी चार लोग रिटायर्ड फौजी थे। दो लोग सत्ताधारी राजनीतिक पार्टी के प्रवक्ता थे। विपक्ष से कोई उसके शो में नहीं आता है। गौरव को उनकी परवाह ही नहीं थी। वह इसी बात को आधार बनाकर विपक्ष के खिलाफ लगातार हमलावर रहता।

समर ने टीवी बंद कर दिया। आज का पूरा दिन अजीब ही गुज़रा। वह हवा में ही हाथ-पांव मार रहा था। हिना साहिबा का मोबाइल नंबर तो पता लग गया, लेकिन वह भी लगातार बंद आ रहा है। एक पता मिला, पर वह उस पते पर अब नहीं रहती। जिस जगह वह नौकरी करती है, वह कंपनी कोरोना काल

में बंद हो गयी। अब किसी को नहीं पता कि हिना साहिबा कहां है। पिछले तीन महीने से उसने फेसबुक पर कोई पोस्ट भी नहीं डाली है।

समर दफ्तर में बैठा स्वामी गजानन के क़त्ल के गवाहों के बयान पलट रहा था कि शायद कोई क्लू हाथ आ जाये, कोई सुराग दिख जाये कि उसी वक़्त रावत कमरे में आया, "जय हिंद सर।"

"जय हिंद।"

"सर, एक लड़की का पता चला है, जो कह रही है कि उसने शायद क़ातिल को देखा है। उसके पास क़ातिल की कोई फोटो भी है।"

"क्या? कौन है यह लड़की?" समर ने चौंकते हुए कहा।

"स्वामी गजानन के ही अपार्टमेंट में रहती है।"

"चलो," कहते हुए समर अपनी सीट से उठ खड़ा हुआ। अगले दस मिनट में वह उस लड़की के सामने था। अठारह साल की उम्र वाली संजना नाम की यह लड़की अपने माता-पिता और भाई के साथ रहती है। इसी साल उसका कॉलेज में दाखिला हुआ है। सभी लोग इस वक़्त घर पर ही मौजूद थे।

"तो तुम्हें कैसे पता कि तुम्हारे पास जो तस्वीर है उसमें क़ातिल ही है?"

"मुझे नहीं पता कि वह क़ातिल है या नहीं, लेकिन टीवी पर आ रहा था कि पुलिस को एक लड़की की तलाश है, इसलिये मुझे लगा कि मेरे पास जो फोटो है शायद वह उस क़ातिल की हो सकती है।"

"तुमने तीन दिन तक क्यों नहीं बताया कि तुम्हारे पास उस लड़की की कोई तस्वीर है?"

"मुझे ख़ुद ही नहीं पता था कि मेरे पास ऐसी किसी लड़की की तस्वीर है। ये तो मुझे आज सुबह समझ आया कि जो फोटो मेरे पास है, वह उस लड़की की हो सकती है।"

"तुम्हारे पास कहां से आयी फोटो?"

"परसों, हां, परसों नहीं नरसों, नहीं उससे भी एक दिन पहले," सोचते हुए संजना ने कहा। "मैं दोपहर में यहीं बालकनी में खड़ी होकर अपनी सेल्फी ले रही थी। काफी देर तक मैंने अलग-अलग एंगल से सेल्फी लीं। फिर मैं तस्वीरें लेकर भूल गयी।"

"तो इसमें ख़ास बात क्या? खैर जाने दो, पर तुम्हें आज कैसे याद आयी उन तस्वीरों की? और तुम्हारी सेल्फी से क़ातिल लड़की की फोटो का क्या ताल्लुक?"

"आज जब मैं इन्स्टा स्टोरी बनाने के लिये अपनी फोटो गैलरी में गयी, वहां मुझे कुछ पिक्चर्स में एक लड़की दिखी। तो मुझे लगा कि हो सकता है ये लड़की वही हो।" उसने अपनी आंखें गोल-गोल घुमाते हुए कहा।

"इन्स्टा स्टोरी क्यों? फेसबुक पर क्यों नहीं?" समर ने अपना ज्ञान देने की कोशिश की।

"फेसबुक तो दादा-दादी का मीडियम है। जेन 'ज़ी' के लिये तो इन्स्टा परफेक्ट है।"

"जेन 'ज़ी' मतलब? जेन 'नेक्सट'?" समर ने फिर ख़ुद को साबित करना चाहा।

"यू डोंट हैव ऐनी क्लू...यू आर जेन 'नेक्सट' एंड आई एम जेन 'ज़ी'," संजना ने मुस्कराते हुए कहा।

"तुम रोज़ सेल्फी लेती हो?" समर ने अब बात का रुख मोड़ने में ही भलाई समझी।

"हर वक़्त ये लड़की अपनी सेल्फी के लिये पागल रहती है। हर समय इधर-उधर खड़ी होकर तस्वीरें लेती रहती है।" यह आवाज़ लड़की की मां की थी। ज़ाहिर था कि वह बेटी कि इस हरकत से काफी खफा थी।

समर ने मां की तरफ देख कर उसे नज़रअंदाज़ कर दिया और संजना की तरफ देखा।

"जब भी मन करता है, तब ले लेती हूं।"

"मैं वो जगह देखना चाहता हूं, जहां तुमने उस दिन तस्वीरें लीं, जब तुम्हारी समझ से स्वामी की क़ातिल भी तुम्हारे फ्रेम में आ गयी।"

लड़की उसे ड्राईंग रूम के एक तरफ ले गयी जहां एक बालकनी थी। समर ने देखा कि उस बालकनी की एक तरफ से गेट नज़र आता है। दूसरी तरफ से पार्क के बीच एक रास्ता नज़र आ रहा है। जिसे भी गेट पर जाना है उसे बालकनी के सामने से गुज़रना ही होगा।

"तुम कहां से तस्वीरें ले रही थीं?" समर ने सवाल किया।

"मैं इस तरफ थी। गेट की तरफ मेरा चेहरा था। पीठ पार्क की तरफ थी। मैं इस रेलिंग से टिकी हुई थी। सूरज काफी ऊपर था तो पीछे पेड़ों पर और पार्क में अच्छी लाइट पड़ रही थी। मैं उस तरफ से सेल्फी ले रही थी। तभी वो मेरे पीछे से निकली।"

"चलो दिखाओ वो तस्वीरें।"

"मेरे फोन में हैं," कहते हुए वह वापस ड्राईंग रूम में आ गयी। उसने टेबल पर रखा फोन उठाया और गैलरी में सेल्फी सेक्शन खोल कर समर के आगे कर दिया।

समर ने देखा कि वह आईफोन10 यूज़ कर रही थी। तस्वीरें उसी दिन की थीं, जिस दिन का ज़िक्र लड़की कर रही थी, और वक़्त दिखा रहा था 2 बजकर 47 मिनट। कुल मिलाकर चार तस्वीरों में एक लड़की थी। एकदम साफ। जैसे-जैसे समर तस्वीरों को देखता गया, उसकी हैरानी बढ़ती गयी।

तस्वीरों को लेकर समर प्रताप सिंह ख़ुशी-ख़ुशी सोसाइटी के गेट से बाहर निकला ही था कि वहां हो-हल्ला होने लगा। 'दिल्ली पुलिस हाय-हाय' के नारे लगने लगे। 'समर प्रताप सिंह मुर्दाबाद' का नारा गूंजने लगा।

समर ने देखा कि वहां कुछ पुरुष और महिलाओं का ग्रुप था। वे सभी हाथ में स्वामी गजानन की तस्वीरें लिये हुए थे।

'इंसाफ दो...इंसाफ दो...स्वामी जी को इंसाफ दो'

'गुंडागर्दी नहीं चलेगी, नहीं चलेगी, नहीं चलेगी'

'समर प्रताप सिंह, मुर्दाबाद, मुर्दाबाद'

'दिल्ली पुलिस होश में आओ, होश में आओ, होश में आओ'

'हिंदू धर्म का अपमान, नहीं सहेगा हिंदुस्तान'

इस तरह के तमाम नारे लगाये जा रहे थे। इन सबके केंद्र में था इंस्पेक्टर समर प्रताप सिंह। समर अभी सोच ही रहा था कि इनका क्या करें, तभी उसके सामने कैमरे के माइक लगा दिये गये।

"इंस्पेक्टर आप पर आरोप है कि आप स्वामी जी की मौत की जांच को ठीक से हैंडिल नहीं कर रहे हैं, इस पर आपका क्या कहना है?"

समर इस सवाल का जवाब देता, उससे पहले ही एक और सवाल दाग दिया गया।

"क्या आप मानते हैं कि स्वामी जी की हत्या आतंकवादियों ने की है? क्या इस साज़िश के पीछे इस्लामी आतंकवादी हैं?"

"देखिये, अभी हर एंगल से जांच हो रही है। यह कहना अभी मुश्किल है कि किसने स्वामी जी की हत्या की है।"

"लेकिन आपकी जांच तो ये कह रही है कि स्वामी जी अय्याश थे। किसी लड़की की वजह से उनकी हत्या की गयी है।"

"ये मैं नहीं कह रहा, ये तो आप लोग कह रहे हैं। टीवी पर कहा जा रहा है।" समर ने देखा कि यह माइक *नेशनल न्यूज़* का ही है।

"लेकिन आपकी जांच की दिशा क्या है? क्या आतंकवाद का एंगल भी आप देख रहे हैं?" ये सवाल *जीवीएन* से आया था।

"यह भी आप ही कह रहे हैं। जब हम किसी नतीजे पर पहुंच जायेंगे, तो आपको ज़रूर बतायेंगे।"

"इसका मतलब है कि आप अभी तक हवा में ही हाथ-पांव मार रहे हैं। आपके हाथ खाली हैं। मतलब आप नकारा हैं। आपके हाथों में यह जांच सुरक्षित नहीं है।" ये सारी बातें *जीवीएन* के रिपोर्टर ने ही कहीं।

इतना सुनते ही हवा में एक बार फिर *समर प्रताप सिंह मुर्दाबाद* और *स्वामी जी का अपमान, नहीं सहेगा हिंदुस्तान* के नारे गूंजने लगे थे। समर ने अब कोई जवाब दिये बिना वहां से निकल जाना ही बेहतर समझा।

***

रात को काम ख़त्म करके वर्षा दत्त अपना ट्विटर अकाउंट देख रही थी। उसका ध्यान एक मैसेज की ओर गया।

'क्या आप गजानन का सच जानना चाहती हैं?'

एक लाइन का मैसेज था जो डीएम किया गया था। भेजने वाले का नाम काली था और उसका ट्विटर हैंडिल @XYZ789 ही था। इसे देखते ही वर्षा के दिल की धड़कन बढ़ गयी। क्या क़ातिल उसके साथ बात कर रहा है? क्या ये वाकई क़ातिल है या फिर कोई उसके साथ मज़ाक कर रहा है? या फिर कोई क़ातिल होने का ढोंग रच रहा है? उसने देखा कि यह हैंडिल अभी हाल ही में बना है। जिसका भी हैंडिल है, उसने अपनी कोई तस्वीर नहीं लगायी थी। फोटो की जगह भारत का झंडा लगा था। बायो का हिस्सा खाली था। इस

ट्विटर हैंडिल का कोई फॉलोअर नहीं है। कोई भी ट्वीट इस हैंडिल से आज तक नहीं किया गया है। जबकि 'काली' सिर्फ एक ही हैंडिल को फॉलो करता या करती है। वह अकाउंट है, वर्षा दत्त का।

वर्षा को याद भी नहीं है कि उसने कभी इस बात पर ध्यान दिया कि कौन उसे फॉलो कर रहा है। उसके फॉलोअर्स की संख्या एक मिलियन यानी दस लाख के क़रीब पहुंचने वाली है। ऐसे में रोज़ का हिसाब लगाना बेहद मुश्किल है।

व्हाई मी? मुझे ही फॉलो क्यों किया जा रहा है? और किसी को क्यों नहीं। क्या यह अकाउंट सिर्फ मेरे लिये ही खोला गया है? मुझसे बात करने के लिये। वर्षा ने ख़ुद से सवाल किया।

काली नाम का क्या मतलब है? क्या वाकई काली नाम है या फिर इसमें भी कोई संदेश छिपा हुआ है? देवी काली या काली माता। काली जिसका जन्म, जन्म नहीं उत्पत्ति ही धर्म की रक्षा के लिये हुई है। सोचते-सोचते वर्षा के चेहरे पर एक मुस्कान आ गयी।

अगर मैं सही हूं तो राक्षसों का विनाश करने के लिये माता काली की उत्पत्ति हुई थी। स्वामी गजानन क्या ऐसा ही राक्षस है? पर क़ातिल ने तो 'पिशाच' लिखा था! वर्षा ने फिर ख़ुद से ही सवाल किया।

उफ़्फ़ क्या मुसीबत है ये? आख़िर कौन है ये? उसने इस पहेली को ख़त्म करने का फैसला किया और काली को जवाब देना ही मुनासिब समझा। बगैर बात किये तो वह अपने ही सवालों में उलझ रही थी।

'स्वामी गजानन का सच जानने से पहले यह जानना भी ज़रूरी है कि आप कौन हैं।' उसने जवाब लिख दिया। अब वर्षा को इंतज़ार करना था।

पर ज़्यादा देर इंतज़ार नहीं करना पड़ा। जवाब तुरंत आ गया। 'आपको यकीन नहीं है कि मैं ही वो हूं जिसने गजानन को उसके अंजाम तक पहुंचाया है?'

'कैसे यकीन किया जाये? मैं कैसे मान लूं कि तुम कोई बहरूपिये नहीं हो जो मेरे साथ मज़ाक कर रहा है?'

'अभी आपको यकीन हो जायेगा कि मैं कौन हूं। क्या आप जानती हैं कि पुलिस को गजानन का प्राइवेट पार्ट कहां मिला?'

'मुझे नहीं पता। बस ये पता है कि पुलिस को मिल गया है।'

'गजानन का प्राइवेट पार्ट उसके मुंह में घुसेड़ दिया था मैंने। पता कर लीजिये और कन्फर्म कर ब्रेकिंग न्यूज़ चला लीजिये। अब जब आप इस बात को कन्फर्म कर लेंगी, तभी हम फिर से बात करेंगे।'

वर्षा हैरानी से मैसेज को देखती रह गयी।

अब यह नयी पहेली क्या है? कहां मिला है इस गजानन का प्राइवेट पार्ट? कौन बतायेगा? ऐसी कोई बात तो अंकल ने बतायी ही नहीं थी।

"अरे अभी तक घर नहीं गयीं?" मैनेजिंग एडिटर मनीष प्रसाद की आवाज़ ने उसे चौंका दिया।

"बस जा ही रही हूं सर। कुछ काम आ गया था।"

"उस लड़की का क्या हुआ? हिना साहिबा का।"

"सर अभी तक पता नहीं चला है। मैं कोशिश कर रही हूं।" वर्षा सोचने लगी कि क्या वह अपने बॉस को ट्विटर पर हुई बातचीत के बारे में बता दे? राय ले कि क्या करना चाहिये? पर उसने अभी रुकने का फैसला किया। ख़बर और पक जाये, तब बताने में फायदा है।

"ओके, गुड नाइट दैन," कह कर मनीष प्रसाद निकल गये।

"गुड नाइट सर," कहते हुए वर्षा सोच में पड़ गयी। रात के 11 बज रहे थे और इस वक़्त कौन उसे यह बता सकता है कि स्वामी गजानन का प्राइवेट पार्ट कहां मिला? क्या वाकई वह स्वामी के मुंह में ही था, जैसा काली ने बताया?

अंकल से बात करने का कोई फायदा नहीं है। ऐसी बात वह नहीं बतायेंगे। उन्हें बताना होता तो, पहले ही बता चुके होते। भतीजी से ऐसी बात करने में उन्हें झिझक हुई होगी। वर्षा ने सोचा।

एक आदमी है जो इस पहेली को एक मिनट में हल कर सकता है। उसने फोन उठाकर नंबर डायल कर दिया।

उधर से 'हैलो' की आवाज़ आते ही उसने झटपट बोलना शुरू कर दिया।

"हैलो इंस्पेक्टर समर, मैं वर्षा दत्त बोल रही हूं।"

दूसरी तरफ ये सुनकर सन्नाटा छा गया।

"सॉरी इतनी देर से फोन करने के लिये, पर मुझे आपसे एक बात पूछनी है।"

कोई जवाब नहीं आया तो उसे लगा कि कहीं फोन कट तो नहीं गया।

"हैलो समर साहब," उसने इस बार थोड़ी इज़्ज़त दी। "प्लीज़ बस एक छोटा सा सवाल है, आप मुझे उसका जवाब दे देंगे, तो मेरी बहुत बड़ी परेशानी दूर हो जायेगी।"

"मैं आपके सवाल का जवाब दे सकता हूं, लेकिन मेरी एक शर्त है," इस बार समर की आवाज़ सुनायी दी।

"मुझे मंज़ूर है," वर्षा ने तुरंत कहा।

"पक्का।"

"हां! कहिये।"

"आपको मुझसे मिलना होगा। मैं आमने-सामने बैठ कर आपके सवाल का जवाब दूंगा।"

"कब? मैं अभी मिलने को तैयार हूं।" वर्षा ने बेसब्र होते हुए कहा।

"ठीक है। बताइये कहां मिलेंगी?"

"ताज मानसिंह, बीस मिनट में।"

"ठीक है, डन।"

अगले बीस मिनट में नोएडा से ताज मानसिंह पहुंचने के लिये गाड़ी जैसे उड़ा दी वर्षा ने। समर प्रताप सिंह लॉबी में उसका इंतज़ार कर रहा था।

उसे देखते ही वर्षा बोली, "आपको कुछ खाना है? मुझे तो बहुत भूख लगी है।"

"नहीं, खाना तो ज़रूरी नहीं है। बस बात करनी है," समर ने सकुचाते हुए कहा।

"अरे आप लोग तकल्लुफ बहुत करते हैं। जल्दी बोलिये, क्या खायेंगे। इंडियन या चाइनीज़। 12 बजे सब बंद हो जायेगा और 11:30 बज ही चुके हैं।"

"इंडियन ही ठीक रहेगा।"

"वेरी प्रेडिक्टेबल, मुझे पता था। लेट्स गो टू मचान।" कहते हुए वह आगे बढ़ गयी।

समर को समझ नहीं आया कि वर्षा ने ऐसा क्यों कहा। वह चुपचाप पीछे चलने लगा।

टेबल पर बैठते ही वर्षा ने पूछा, "क्या पीयेंगे?"

"नथिंग। मैं बस पानी।"

"अरे आप कैसे पानी पीने लगे? आपको तो हम जानते हैं।" वर्षा के चेहरे पर शरारत थी।

"मैं अब वैसा नहीं हूं, लेकिन अब आपने बात छेड़ ही दी है तो एक बात कहनी है मुझे।"

"कहिये ना। वही सुनने तो इतनी दूर से आयी हूं।"

"आई एम रियली सॉरी। जो कुछ भी मैंने किया उस दिन, उसके लिये मैं दिल से शर्मिंदा हूं।"

"तो इस बात के लिये आप मुझसे मिलना चाहते थे? सॉरी बोलने के लिये!"

समर नें कुछ नहीं कहा। उसने सिर्फ 'हां' में सिर हिला दिया।

"आपका माफीनामा कुबूल। अब ऑर्डर कर देते हैं।" कहते हुए उसने वेटर को इशारा किया। फिर समर की तरफ देखा और बोली, "क्या ड्रिंक ऑर्डर करेंगे?"

"जिन एंड टॉनिक," समर ने कहा।

"मेक इट टू," कहते हुए उसने खाना ऑर्डर कर दिया।

जल्द ही ड्रिंक आ गयी। चीयर्स कहते हुए वर्षा बोल उठी, "हमारी दोस्ती के नाम। आपको कोई एतराज़ तो नहीं है?"

"जी नहीं, एतराज़ किस बात का?" पहली बार समर के चेहरे पर मुस्कराहट आयी। 'दोस्ती के नाम' कहते हुए समर ने एक सिप लेकर अपना गिलास रख दिया।

"जी कहिये, अब आपका सवाल क्या है? क्या जानना चाहती हैं आप?" समर ने पूछा।

"स्वामी गजानन का प्राइवेट पार्ट कहां मिला आपको?" बस इतना छोटा सा सवाल है।

समर ने सोचा फिर पूछा, "आपके अंकल ने आपको नहीं बताया?"

"नहीं बताया, लेकिन किसी और ने बताया है। पर मुझे ये तस्दीक करनी है कि मेरा ये नया इन्फॉर्मर सच्चा है या झूठा।"

"कौन है आपका ये नया इन्फॉर्मर?"

"यही तो एक ऐसी चीज़ है जो किसी को नहीं बतायी जाती। इन्फॉर्मर का नाम तो मैं आपको नहीं बता सकती। लेकिन आप अब अपने वादे से नहीं मुकर सकते।"

"आपके इन्फॉर्मर ने क्या बताया? कहां से मिला है स्वामी का प्राइवेट पार्ट? आप बताइये पहले, फिर मैं बताऊंगा कि वह सच्चा है या झूठा है।"

"उसके हिसाब से स्वामी गजानन के मुंह से। क्या यह बात सच है?"

समर ने वर्षा को गौर से देखा और धीरे से कहा, "आपका इन्फॉर्मर सच्चा है।"

इस बार चौंकने की बारी वर्षा की थी। काली जो भी है, वही क़ातिल है। और यह क़ातिल उसे सच बताने को तैयार है।

***

इंस्पेक्टर समर प्रताप सिंह अपने साथ दो तस्वीरें लेकर एसीपी राजेश चौहान के साथ बैठा हुआ था। एक तस्वीर वह थी जो सेल्फी से निकाली थी और दूसरी थी स्वामी गजानन के साथ बहस करने वाली लड़की की। लेकिन दोनों ही तस्वीरें किसी काम की नहीं थीं। वजह था दुनिया भर में फैला कोरोना वायरस! दोनों ही तस्वीरों में लड़कियों ने मास्क से अपने चेहरे ढंके हुए थे। कोरोना का खौफ भले ही कम हो गया था और पेट की ज़रूरतों व आर्थिक मजबूरियों के चलते लोग बाहर आने लगे थे, थोड़े-बहुत कार्यक्रम भी होने लगे थे, पर इससे कोरोना का कहर थम गया हो, ऐसा नहीं था। इसीलिये लोग अब भी उससे बचने के लिए सेनिटाइजर का उपयोग बहुतायत में कर रहे थे और चेहरे पर मास्क भी लगा रहे थे।

दिल्ली पुलिस की क्राइम टीम के मुताबिक यह कहना मुश्किल था कि दोनों लड़कियां एक ही हैं या अलग। समर की टीम चेक कर चुकी थी कि स्वामी गजानन की सोसाइटी के किसी और घर में वह लड़की नहीं गयी थी। किसी ने भी उस तस्वीर को नहीं पहचाना था। तो अब यह साफ था कि यह लड़की उस दिन स्वामी गजानन के यहां से ही निकली थी।

"तो तुम्हारी अब तक की तफ़्तीश के मुताबिक ये लड़की क़ातिल हो सकती है?" एसीपी राजेश चौहान ने पूछा।

"जी सर, हो भी सकती है और नहीं भी हो सकती है। फिफ्टी-फिफ्टी चांस है।"

"क्या यह लड़की सोशल मीडिया पोस्ट वाली हिना साहिबा है?"

"सर इसके बारे में भी अभी पक्के तौर पर कुछ कहा नहीं जा सकता। हिना साहिबा की फेसबुक पोस्ट से तो उसकी पिक्चर्स ठीक-ठीक हालत में मिली हैं। लेकिन सेल्फी में उसका भी चेहरा आधा ही है, वह भी फेस मास्क से ढंका हुआ है।"

"फेस मास्क आजकल हमारे लिए गंभीर समस्या बन गया है।"

"जी सर, उसी की वजह से इन दोनों फोटो का मिलान भी संभव नहीं हुआ।"

"लौट के बुद्धू घर को आये; अब सारी उम्मीदें हिना साहिबा पर टिकी हैं। एक बार वह लड़की हाथ आ जाये तो शायद कुछ सुराग मिले।"

"नहीं सर, मेरा मन नहीं मान रहा। मुझे लगता है कि यह मामला कुछ और ही है। बहुत सारी कड़ियां हैं, पर सब बिखरी हुई हैं।"

"हम्म...पर ये धरना प्रदर्शन क्यों होने लगा है स्वामी गजानन के समर्थन में?"

"पता नहीं सर, कुछ लोग हैं जो अपार्टमेंट के बाहर बैठ गये हैं। मैं जब वहां गया तो नारेबाजी करने लगे। वे टीवी चैनलों से भी नाराज़ हैं। ख़ासतौर पर स्वामी की हत्या में उनकी निजी ज़िंदगी, लड़की और सेक्स एंगल के डिस्कस किये जाने से गुस्से में हैं।"

"लेकिन वहां तो टीवी चैनल के कैमरे भी थे?"

"सर, वो तो मुझे लगता है इस नारेबाज़ी की वजह से पहुंचे थे। मुझे निशाना बनाना तो सबसे आसान है। चैनल तो वही बोलते हैं जो जनता सुनना चाहती है, सर।"

"स्वामी की बॉडी हैंड ओवर हो गयी?"

"नहीं सर, किसे हैंड ओवर करेंगे? अभी तक बॉडी कोई लेने नहीं आया है। कोई फैमिली तो है नहीं। साहित्य की दुनिया के लोग भी नहीं आ रहे हैं सामने। एक प्रकाशक है जो स्वामी के बहुत क़रीबी रहा है, उनकी किताबें छापता रहा है, उससे बात की है। वह अगर मान जायेगा तो आज अंतिम

संस्कार हो जायेगा, वरना सोचना पड़ेगा। आज दोपहर तक सोचकर बतायेगा, ये कहा है उसने।"

"ओके, कीप मी पोस्टेड।"

"राइट सर, जय हिंद!" कह कर समर बाहर निकल गया। बाहर निकल कर उसने अपने मोबाइल से एक नंबर डायल किया। उसका मन राजा राघवेंद्र प्रताप सिंह में अटका हुआ था। वह यह जानना चाहता था कि आख़िर राजा का हत्यारा कौन है? उसका एक जानने वाला जयपुर पुलिस में था। दोनों ने सालों पहले एक साथ क्राइम इन्वेस्टिगेशन का एडवांस कोर्स किया था और एक केस के सिलसिले में मुलाकात भी हुई थी। दोनों में तभी से दोस्ती थी।

"हैलो!"

"हां आनंद क्या हाल है, कैसे हो?"

"बस दोस्त, बढ़िया। तुम बताओ?"

"कुछ नहीं यार, आजकल स्वामी गजानन के केस में उलझा हुआ हूं।"

"अच्छा, तो ये हाईप्रोफाइल केस तुम्हीं देख रहे हो? कुछ मिला?

"नहीं यार, अभी तक तो हाथ-पांव ही मार रहा हूं। पर मैंने एक बात जानने के लिये तुम्हें फोन किया है।"

"हां, हां बोलो न।"

"राजा राघवेंद्र प्रताप सिंह के मर्डर का क्या मामला है? पूरे देश में हंगामा मचा है। क्या ख़बर है उसकी?"

"यार समर, कुछ तो भारी गड़बड़ है। सब कुछ काफी सीक्रेट रखा जा रहा है। अभी तक कुछ बड़े अफसरों को छोड़ किसी को कुछ नहीं पता है। सरकार ने एक एसआईटी अलग से बना दी है।"

"अभी तक कोई गिरफ्तारी हुई है?"

"शिकारगाह के सभी लोग हिरासत में ले लिए गए हैं।"

"बस, और कुछ नहीं?"

"नहीं यार...बड़े लोगों का मामला ठहरा। वैसे भी वो गृहमंत्री भी थे, तो विभाग और जनता के दबाव में वाट लगी है हम लोगों की।"

"भाई प्लीज़ ज़रा इस केस पर नज़र रखना, और मुझे बताते रहना।"

"ठीक है। लेकिन तुम्हारा क्या इंटरेस्ट है इसमें?"

समर ने उसे नैना वशिष्ठ हत्याकांड की कहानी तफ़सील से बतायी। कैसे *नेशनल न्यूज़* की चर्चित एंकर नैना वशिष्ठ की हत्या होती है। हत्या का शक उसके पति सर्वेश सिंह देव, सहयोगी और बॉस गौरव वर्मा और नवीन शर्मा पर होता है। तफ़्तीश के दौरान ये भी पता चलता है कि राजा राघवेंद्र प्रताप सिंह राठौर के साथ भी नैना के रिश्ते थे। समर को पूरा शक था कि हो न हो क़ातिल उन्हीं में से कोई एक है। लेकिन अंत में सबकी आंखें तब फटी रह जाती हैं जब ये पता चलता है कि नैना की हत्या इनमें से किसी ने नहीं बल्कि गौरव वर्मा की बहन बेला वर्मा ने की थी। उसे डर था कि नैना उसके भाई पर मीटू का आरोप लगा सकती है। वो अपने भाई के लिये ओवर प्रोटेक्टिव थी।

"अच्छा तो राजा साहब दिल्ली तक चिड़िया मारा करते थे।" पूरी कहानी सुनकर आनंद हंसने लगा।

"क्या जयपुर में किसी को कुछ ख़बर नहीं?" समर ने सवालिया लहजे में कहा।

"क्या ख़बर नहीं? सबको पता है, राजा कितना बड़ा अय्याश था।"

"चल, ओके। ज़रा तफ़सील से पता करना और कुछ पता चले तो मुझे बताना।"

"पक्का बाय, पर भाई बिना काम के भी हालचाल ले लिया करो यार..."

"हां यार, करता रहूंगा," कहकर समर ने फोन काट दिया। आनंद पर उसे पूरा भरोसा था कि अगर उसे कुछ पता चला तो वह बतायेगा ज़रूर।

***

ऑफिस के कांफ्रेंस रूम में बैठा गौरव वर्मा आज आपे से बाहर था। पूरी एडिटोरियल टीम को सुबह 9 बजे ही उसने बुला लिया था। उसके गुस्से की वजह था *नेशनल न्यूज़* और वर्षा दत्त।

"व्हाई आर वी नॉट डूइंग बेसिक रिपोर्टिंग? व्हेयर आर दि न्यूज़?"

कोई कुछ नहीं बोला। सब सिर झुकाये बैठे रहे। गौरव के सामने किसी के बोलने का कोई मतलब नहीं था। उसे वही चाहिये होता था, जो उसके दिमाग में होता था। आपकी राय या जानकारी भले ही कुछ और हो।

"कोई कुछ बोलेगा? मुझे जवाब चाहिये। ये सारी की सारी स्टोरी *नेशनल न्यूज़* पर कैसे ब्रेक हो रही हैं?"

"सर हमारे पास थी स्टोरी," असाइनमेंट हेड रमेश झा ने बोलने की कोशिश की।

"कौन सी स्टोरी थी तुम्हारे पास? क्या तुम्हारे पास हिना साहिबा की स्टोरी थी? क्या था हमारे पास?" गौरव की आवाज़ ऊंची होती जा रही थी। "क्यों मैंने लाखों रुपये की मोटी तनख्वाह पर तुम लोगों को पाल रखा है? ये चैनल, ये लड़की वर्षा जिसकी औकात नहीं है कि वो मेरे सामने ठीक से खड़ी हो सके, वह रोज़ाना ख़बर ब्रेक कर रही है और हम यहां क्या कर रहे हैं? पुलिस की बाइट चला रहे हैं। डीसीपी के वर्ज़न पर कहानी कह रहे हैं। स्टोरी कहां है?"

"सर, स्टोरी है लेकिन चल कहां रही है? हमें तो हिंदू-मुसलमान ही करना है, या फिर पाकिस्तान, और अगर वह भी नहीं है तो चीन तो है ही। ख़बर की जगह कहां है हमारे पास?" यह आवाज़ आमना की थी।

गौरव को उसकी बात सुनकर आग लग गयी। "तुमसे किसने कहा कि ख़बर नहीं चल रही है। ख़बर नहीं चलती तो क्या हम हिंदी में नंबर टू होते? किसी भी हफ्ते हम नंबर वन हो जायेंगे।"

"सर हम यहां टीआरपी की बात नहीं कर रहे हैं, ख़बर की बात कर रहे हैं।"

"मैं भी ख़बर की ही बात कर रहा हूं आमना।"

"आप भूल रहे हैं सर कि गजानन की हत्या की ख़बर मैंने ब्रेक की थी। उसके घर के अंदर का वीडियो भी मैं ही लेकर आयी थी। लेकिन आपने क्या शो किया था रात को? क्या आतंकवादियों ने की है स्वामी गजानन की हत्या? आपने वीडियो पर फोकस करने की बजाय अपनी सोच के हिसाब से स्टोरी चलायी उस दिन भी..."

"मेरी नज़र में पाकिस्तान का एंगल है क्योंकि मैं मानता हूं कि स्वामी की हत्या कोई सामान्य हत्या नहीं है। यह निजी बदला नहीं हो सकता, जैसी बकवास वर्षा कर रही है।"

"आप केवल अंदाज़े पर बात कर रहे हैं, जबकि मैं फैक्ट्स के हिसाब से बोल रही हूं। आपने तो मुझे स्वामी गजानन की ज़िंदगी के सेक्सुअल एंगल पर भी बात नहीं करने दी। क्या मैं जान सकती हूं, क्यों?"

"मैं चैनल का एडिटर हूं। मुझे पता है कि जनता क्या देखना चाहती है इसलिये मैं उसी आधार पर फैसला करता हूं।"

"तो फिर ख़बर क्यों मांग रहे हैं? आपको ख़बर को चलाना तो है ही नहीं।"

"लेकिन ख़बर तो होनी ही चाहिये हमारे पास। इसके बाद फैसला मुझे करना है कि क्या जायेगा और क्या नहीं। कोई दो कौड़ी का रिपोर्टर या एंकर नहीं तय कर लेगा कि कब क्या चलाना है यहां। इस चैनल में वही चलेगा जो मैं चाहूंगा।"

"इसीलिये राजा राघवेंद्र प्रताप सिंह की मौत में भी पाकिस्तान और मुसलमान खोज लाये?" आमना की आवाज़ में अब तल्खी आ चुकी थी।

"आमना चौधरी, आपको यह पता होना चाहिये कि आप किससे बात कर रही हैं।"

"मैं जानती हूं सर। ये भी जानती हूं कि शायद आज मेरा आख़िरी दिन होगा। लेकिन अपने फैसलों की ज़िम्मेदारी आप मुझ पर नहीं डाल सकते। जैसी ख़बर हम चलाते हैं, लोग वैसी ही ख़बरों के लिये हमें फोन करते हैं। लोगों को पता लग चुका है कि असली ख़बर अब *जीवीएन* पर नहीं चलेगी। यहां तो पाकिस्तान और मुसलमान चलेगा। इसलिये हमें अब कोई टिप नहीं देता।"

"ये आपकी नाकामयाबी है। ऐसे रिपोर्टर मेरी नज़र में फेल हैं।"

"गौरव, आप तो फील्ड में जाते नहीं हैं। गालियां रिपोर्टर को खानी पड़ती हैं। दलाल मीडिया, गोदी मीडिया और न जाने क्या-क्या। कभी उनके बारे में भी सोच लिया कीजिये।"

"लिसन, आई एम नॉट गोइंग टु टॉलरेट यॉर लेक्चर। आई नीड स्टोरीज़। इट्स माई प्ररोगेटिव कि क्या ऑन एयर जायेगा। प्लीज़ ट्रीट दिस एज़ ए लास्ट वॉर्निंग, अदरवाईज़ हेड्स विल रोल एंड आमना...नो मर्सी। दिस इज़ यॉर लास्ट चांस।

"एंड बाय द वे, मुझे पता चला है कि स्वामी गजानन के चाहने वाले धरने पर बैठे हुए हैं। वे इस पूरे मामले में स्वामी जी की छवि ख़राब करने का आरोप लगा रहे हैं।"

"जी सर, उनका कहना है कि ये सब पुलिस जानबूझ कर रही है, ताकि जांच में उनकी नाकामी पर पर्दा पड़ा रहे।" चैनल के आउटपुट एडिटर आशीष सिंह ने कहा। "हमारे पास विजुअल्स भी हैं। हमने टॉप 10 और फास्ट न्यूज़ में दिखाया भी है।"

"टॉप 10 और फास्ट न्यूज़, माई फुट!" कहते हुए गौरव चिल्लाया और अपना फोन उठाकर फेंक दिया। "तुम्हें किसने आउटपुट एडिटर बनाया? गधे हो तुम। तुम्हारे जैसे लोग तो इस दफ्तर में घुसने लायक नहीं हैं।"

"आमना आज शाम का शो आप पुलिस की नाकामी पर कर रही हैं। समर प्रताप सिंह का जुलूस निकलते हुए दिखना चाहिये। आई वांट दिस मैन आउट ऑफ दि पुलिस फोर्स।" गौरव ने आमना को देखते हुए कहा।

"सर," आमना ने कहा।

"यू आर माई शार्पेस्ट एंड ब्राइटेस्ट गर्ल। यू नो व्हॉट टु डू बेबी," गौरव का अंदाज़ बदल चुका था। आमना के लिये जो गुस्सा कुछ देर पहले था, वह गायब हो चुका था। इस वक़्त वह एक चार्मिंग बॉस बन चुका था। "लेट्स डिस्कस दिस शो इन माई केबिन," यह कह कर गौरव मीटिंग से उठ कर चला गया। उसके पीछे-पीछे आमना चौधरी भी केबिन में आ गयी।

"व्हॉट हैपेंड? व्हाई यू स्नैप्ड एट मी?" गौरव ने पूछा।

"आप मुझ पर क्यों चिल्लाये थे? डोंट एक्सपेक्ट मी टु टॉलरेट यॉर मूड स्विंग्स। आई एम नॉट नैना। आई विल गिव इट बैक टु यू।"

"ये तो मैं जानबूझ कर करता हूं बेबी ताकि लोगों को हमारे ऊपर शक ना हो।"

"दो साल हो गये हैं गौरव तुम्हारे साथ काम करते हुए। सबको पता है हमारा रिश्ता इसलिये ज़्यादा भोला बनने की कोशिश मत करो।"

"आई एम सॉरी। कभी-कभी मैं बहक जाता हूं।"

"आई डोंट नीड यॉर सॉरी। ओके। काम की बात बोलो। क्यों बुलाया है मुझे।"

"ये जो धरना प्रदर्शन है, ये मैंने ही ऑर्गनाइज़ कराया है," गौरव बोला।

"क्या कह रहे हो? ऐसा क्यों किया तुमने?"

"ख़बरों पर ध्यान देना पड़ता है। लोग नाराज़ थे। मुझे फोन कर रहे थे। मैंने कहा कि कुछ करो तो लाइव कर देंगे। बस वे बैठ गये। अभी से लाइव शुरू हो जायेगा। नारे लगेंगे। हंगामा होगा। बढ़िया टीवी शो बन जायेगा।"

"इतने से कैसे बनेगा? कोई और तो दिखायेगा नहीं।" आमना ने कहा।

"सिवाय *नेशनल न्यूज़* के, क्योंकि उसके खिलाफ तो वहां नारेबाज़ी हो रही है। लोग बैनर लेकर खड़े हैं," गौरव ने मुस्कराते हुए कहा।

"लेकिन उसका माइक तो मैंने देखा है वहां। रिपोर्टर भी है धरना स्थल पर। बट, दिस इज़ नॉट फेयर।"

"दिस इज़ वॉर आमना, अभी तो सोशल मीडिया पर भी कैंपेन शुरू होने जा रहा है।"

"डोंट टेल मी कि ये भी तुम करा रहे हो?"

"इट सूट्स बोथ ऑफ अस।"

"नॉट अस। आई हैव नथिंग टु डू विद इट।"

"अस मींस, वी एंड गवर्नमेंट। सरकार और सत्ताधारी पार्टी के बड़े नेता अभी स्वामी गजानन के फेवर में ट्वीट करेंगे। उनकी छवि ख़राब करने के खिलाफ ट्वीट करना शुरू करेंगे। #ShameonNationalNews के साथ डेढ़ सौ ट्वीट्स लिख कर जा चुके हैं। पार्टी के वॉलंटियर्स और इनर सर्कल के लोग ट्वीट करना शुरू कर देंगे।"

"आई नो दिस इज़ नॉट द फर्स्ट टाइम यू आर डूइंग इट। इस बार का बजट क्या है?"

"ज़्यादा नहीं है, बस दस लाख रुपए। मंत्री और ब्लू टिक वालों को पैसा नहीं जा रहा। सिर्फ इन्फ्लूएंसर्स के लिये है ये पैसा। पांच सौ से पांच हज़ार रुपये देंगे। *नेशनल न्यूज़* की औकात सिर्फ इतनी ही है।"

"हो जायेगा ट्रेंड? आर यू श्योर?"

"डैम श्योर! लेकिन शाम का तुम्हारा शो पूरी तरह समर प्रताप सिंह की नाकामी पर होना चाहिये। इस बार ये आदमी बचना नहीं चाहिये।"

"ओके बॉस," कह कर आमना जाने के लिये उठ खड़ी हुई।

"लेट्स हैव डिनर टुनाइट। आर यू फ्री?" गौरव ने पूछा।

सिर हिला कर आमना हल्के से मुस्करायी और बोली 'राइट बॉस' और बाहर निकल गयी।

***

सुबह 9 बजे *नेशनल न्यूज़* चैनल पर वर्षा दत्त ने ख़बर ब्रेक कर दी। स्वामी गजानन का प्राइवेट पार्ट उनके मुंह में मिला। हत्यारे ने उसे काट कर उनके मुंह में छिपा दिया था। सब तरफ सनसनी फैल गयी। दो घंटे तक वह लगातार

इस विषय पर चर्चा करती रही। अलग-अलग गेस्ट—एक्सपट्र्स, पुलिस के अफसर और मनोचिकित्सक। शो करते हुए उसने बार-बार अपना फोन चेक किया। उसकी नज़र ट्विटर के डीएम पर भी थी। वर्षा के मन में ख़ुद से सवाल-जवाब हो रहे थे।

क्या वाकई क़ातिल शो देख रहा है? क्या हिना साहिबा शो देख रही है? अगर क़ातिल शो देख रहा है, तो यह जान चुका होगा कि मैं तस्दीक कर चुकी हूं कि स्वामी का प्राइवेट पार्ट कहां मिला। लेकिन यह समस्या क़ातिल की नहीं है। यह तो मेरी समस्या है।

वर्षा को विश्वास करना है कि जो भी शख्स ट्विटर पर मैसेज भेज रहा है वह वाकई में क़ातिल है।

क्या मैंने ये मान लिया है कि XYZ789 ही क़ातिल है? मुझे विश्वास हो चुका है?

हां, मैं सौ फीसदी मानती हूं कि क़ातिल मुझसे बात कर रहा है।

तो फिर समस्या क्या है?

समस्या ये है कि क़ातिल क्या मुझे दोबारा मैसेज करेगा? या फिर मैं ख़ुद ही मैसेज करूं? लेकिन मेरे मैसेज करने से मेरा उतावलापन ही ज़ाहिर होगा।

तुम रिपोर्टर हो। एक रिपोर्टर को उतावला होना ही पड़ता है।

नहीं...मुझे अभी थोड़ी देर वेट करना ही होगा।

लेकिन वर्षा को ज़्यादा देर इंतज़ार नहीं करना पड़ा। आधे घंटे के बाद उसे मैसेज मिल गया।

'अब तो यकीन हो गया ना मेरी बात का...?'

वर्षा कुछ देर तक मैसेज को एकटक देखती रही। फिर उसने लिखा, 'हम कब बात कर सकते हैं?'

'क्या तुम पर भरोसा किया जा सकता है?'

इस सवाल से वर्षा चौंकी और सोच में भी पड़ गयी कि क्या जवाब दे वह इस बात का? रिपोर्टर का सारा काम ही भरोसे पर चलता है। उसके पंद्रह साल के करियर में यह पहली बार था, जब किसी ने उससे यह सवाल किया था। क्या वह विश्वास के लायक है? यह सवाल अब वर्षा के सामने था।

'आप मेरा विश्वास कर सकते हैं, मैं भरोसा नहीं खोऊंगी।' उसने ख़ुद से भी यही कहा और मैसेज कंपोज कर भेज दिया।

'अपना नंबर दो।'

इधर वर्षा ने नंबर भेजा और उधर उसके फोन की घंटी बजी। एक सामान्य सा दिखने वाला नंबर। उसने धड़कते दिल से फोन उठाया।

"हैलो, वर्षा दत्त?" एक भारी सी आवाज़ उधर से आयी।

"जी हां, वर्षा बोल रही हूं। आप कौन?" उसने सीधा सवाल किया। यह समझ पाना मुश्किल था कि उधर से आने वाली आवाज़ लड़के की है या लड़की की।

"तुम्हारे लिये मैं XYZ789 ही हूं। अभी के लिये यही नाम ठीक रहेगा।"

"हिना साहिबा, मैं जानती हूं कि ये तुम ही हो।"

"बेवजह वक़्त ज़ाया मत करो। इससे कोई फायदा नहीं होगा।"

"तुम्हारी आवाज़ नेचुरल है या कोई फिल्टर लगाया है?"

"मैंने कहा न कि फिज़ूल की बातों में वक़्त मत बर्बाद करो। मेरा यह नंबर भी सेव मत करना। बात ख़त्म करके मैं इस सिम को फेंक दूंगी।"

"तो मुझसे बात क्यों करनी थी, तुम्हें क्या चाहिये?" वर्षा ने पूछा।

"चाहिये तो तुम्हें," तपाक से जवाब आया। "सच जानना है ना, मैं वो बता सकती हूं। बस दो-तीन शर्तें हैं।"

"क्या शर्तें हैं?"

"यही कि बातचीत लाइव होनी चाहिये। मैं अपनी पहचान किसी को नहीं बताऊंगी। न आप मेरा फोन नंबर किसी को देंगी।"

"लेकिन मैं ये कैसे मान लूं कि जो कुछ बोला जायेगा वह सब सच ही होगा?"

"अब और इम्तिहान देने का टाइम नहीं है मेरे पास। तुम्हें अगर मंज़ूर है तो मैसेज कर देना। आज रात 8 बजे लाइव करना है। इसके बाद मेरे पास वक़्त नहीं है। अगर एक घंटे में जवाब नहीं आया तो मेरे लिए दूसरे ऑप्शन खुले हैं," यह कहकर वह फोन बंद करती कि उससे पहले ही वर्षा बोल पड़ी, "बस एक छोटा सा सवाल, बस एक सवाल..."

"पूछो।"

"तुमने स्वामी गजानन को क्यों मारा?"

एक सेकंड के लिये उधर ख़ामोशी रही, फिर उसे काफी गंभीर आवाज़ सुनायी दी। इस आवाज़ में न जल्दबाज़ी थी, न ही अल्टीमेटम।

"तुम भी तो औरत हो, कोई औरत इस तरह का कदम क्यों उठाती है? जब सारे रास्ते बंद हो जाते हैं, तब एक ही रास्ता बचता है।"

"तो स्वामी गजानन ने तुम्हारे साथ...?"

"और सवाल मत पूछो। बस रात 8 बजे मेरे साथ लाइव करो। उस समय जो कुछ भी पूछोगी, वह सब ईमानदारी से बताऊंगी," उस आवाज़ में अब दर्द था। "मुझे सब कुछ कह देना है। यह दर्द अब और नहीं सहा जाता," उसकी आवाज़ की भर्राहट बता रही थी कि वह टूट रही थी।

"लाइव ही करोगी? रिकॉर्ड नहीं हो सकता? पहले रिकॉर्ड कर लेते हैं फिर टेलीकास्ट कर लेंगे," वर्षा ने उसे मनाने की कोशिश की।

"नहीं ये संभव नहीं है। मैं जानती हूं कि रिकॉर्डिंग में क्या होता है। मैं सच बोलना और दुनिया को बताना चाहती हूं। सच...सिर्फ सच।"

उसकी आवाज़ की नमी को वर्षा महसूस कर सकती थी। उसकी सांस भारी हो चुकी थी। "क्या मैं तुम्हारी कुछ मदद कर सकती हूं?"

"तुम इस हाल में नहीं हो कि मेरी मदद कर सको। मुझे सिर्फ वह दे दो जो मैं चाहती हूं। रात 8 बजे लाइव," इस आवाज़ की याचना को वर्षा महसूस कर सकती थी।

"पर तुम्हें लाइव इंटरव्यू ही क्यों देना है?" वर्षा ने पूछा।

"क्योंकि मैं प्रेस कांफ्रेंस नहीं कर सकती। पर मैं यह दावा कर सकती हूं कि इससे बेहतर स्कूप तुम्हें ज़िंदगी भर नहीं मिलेगा। जस्ट ट्रस्ट मी। एक घंटा है तुम्हारे पास, सोच लो, समझ लो और फिर बता देना।" कहते हुए उधर से फोन काट दिया गया।

वर्षा ने कान से फोन हटाया और सोच में पड़ गयी। यह शायद उसके लिए नए अनुभवों वाला दिन था। उसके साथ यह पहली बार हुआ था, जब कोई क़ातिल उसे स्टोरी कवर करने के लिये मजबूर कर रहा था। क्या करना चाहिये उसे? मन तो कह रहा था कि लाइव करना चाहिये। कुछ तो है जो यह लड़की बताना चाह रही है। कुछ तो घटा है इसके साथ जो सामान्य नहीं है, लेकिन ऑफिस का प्रोटोकॉल और बॉस की मंज़ूरी...क्या उसे क़ातिल के साथ लाइव करने की मंज़ूरी मिलेगी। वर्षा की ज़िंदगी में इससे बड़ा सवाल

आज तक नहीं आया था। इसके जवाब में ही उसकी आगे की ज़िंदगी की राह तय होनी थी।

***

सब तरफ से परेशान इंस्पेक्टर समर प्रताप सिंह के लिये आगे बढ़ना मुश्किल हो रहा था। हर रास्ता बंद था। क़ातिल इस तरह कैसे गायब हो सकता है? कहीं तो कोई सूत्र होगा। सारे सीसीटीवी फुटेज, तस्वीरें, पोस्टमॉर्टम रिपोर्ट सब कुछ कई-कई बार देख चुका था वह। आसपास के लोगों के बयान भी देख लिये थे, सुन लिये थे और पढ़ भी लिये थे। लेकिन कोई ऐसी बात नहीं थी, जिससे वह आगे बढ़ पाता या क़ातिल तक पहुंच पाता। वह इसी सोच में डूबा था कि उसके फोन की घंटी बजी। देखा तो जयपुर से उसके दोस्त आनंद सिंह का फोन था।

"हैलो, हां आनंद," उसने फोन उठाते ही कहा।

"कैसा है?"

"बस बढ़िया, तू बता?"

"ठीक हूं यार, मैंने तो बस तुझे राजा राघवेंद्र प्रताप सिंह के मर्डर से जुड़ी कुछ बातें बताने के लिये फोन किया है।"

"अच्छा! क्या मामला है?"

"यार, मामला तो यहां भी बड़ा संगीन है। कुछ-कुछ तेरे यहां जैसा ही है।"

"क्या मतलब?" समर का दिमाग सनसनाने लगा।

"राजा का क़त्ल भी वैसे ही किया गया है जैसा तेरे यहां हुआ है।"

"मेरे यहां, मेरे यहां से क्या मतलब?"

"अरे तेरे स्वामी जैसा।"

"क्या? जल्दी बता, क्या पता चला है।"

"राजा का क़त्ल भी गला काट कर किया गया है। जब उसकी बॉडी मिली तो उस पर कोई कपड़ा नहीं था। सबसे बड़ी बात यह है कि उसका भी प्राइवेट पार्ट कटा हुआ मिला है।"

"सच!"

"अरे इसीलिये तो अभी तक सब चुप हैं। कोई बात ही नहीं करना चाहता। फैमिली की तरफ से बड़ा प्रेशर है। यहां तो सरकार, शासन, प्रशासन तक सबकी फटी पड़ी है।"

"हुआ क्या था, कुछ पता चला कि कैसे क्या हुआ?"

"यार उतनी गहराई से तो नहीं, पर जो बात अंदरखाने से पता चली है, वह यह है कि राघवेंद्र किसी लड़की के साथ रात को शिकारगाह पहुंचा था। सीधे कमरे में गया। सबको मना कर दिया कि कोई डिस्टर्ब नहीं करेगा। रात के 2 बजे एक गाड़ी शिकारगाह से निकल गयी। गार्डों ने सोचा कि राजा साहब ही जा रहे हैं। ऐसा पहले भी होता रहा है। वह किसी को लेकर आता था, घंटे दो घंटे रहता था और निकल जाता था।

"सुबह जब शिकारगाह का स्टाफ और सफाई करने वाले पहुंचे तो देखा कि राजा साहब का तो काम तमाम हो चुका था। वो नंग-धड़ंग पड़ा हुआ था। ऐसे में तो किसी की भी फटेगी न। मंत्री मरा था। मंत्री क्या, उपमुख्यमंत्री, जिसके पास गृहमंत्रालय भी था।"

"लेकिन इतनी आसानी से इतना ताकतवर मंत्री कैसे मार दिया गया यार, किसी को घंटों भनक तक नहीं लगी? इतना भारी-भरकम सुरक्षादस्ता होता है।"

"अरे समर, यह दिल्ली नहीं है। फिर उसे लड़कीबाज़ी का शौक भी था। इसके लिये तो उसने पहले से ही माहौल बना रखा था। वह अपनी ही शिकारगाह में जाता था, तो किसकी हिम्मत है कि मना करने के बाद भी राजा साहब के कमरे में घुस जाता? रात को उसने कमरा बंद कर लिया होगा। उसके साथ जो आया है या आयी है, वही उसे मार कर चला जायेगा, ये कोई कैसे सोचता? फिर जब भी वह किसी लड़की के साथ आता था, ऐसे ही आता था।"

"यार यकीन नहीं होता।"

"यार तुझे यकीन हो या न हो, लेकिन यहां का सच यही है। यह और बात है कि पूरा मामला केवल कुछ ही लोग जानते हैं, और अगर अभी तक यह बात बाहर नहीं आयी है, तो मुझे नहीं लगता कि इसका सच कभी बाहर आयेगा भी।"

"तूने किससे बात की जो तुझे पता चल गई ये बात?"

"जो चौकी इंचार्ज है वहां का, वह मेरा जानने वाला है। वही पहुंचा था सबसे पहले पीसीआर से कॉल आने पर। उसने ही सभी सीनियर्स को बुलाया। मामले की नज़ाकत देखकर उसने क्राइम सीन के साथ पूरा इलाका ही ब्लॉक

करा दिया था। इसलिये राजा साहब की हत्या की ख़बर के अलावा कोई बात बाहर नहीं आयी, वरना तो अब तक टीवी चैनल पर सब कुछ आ चुका होता।"

"कुछ बताया उसने कि क्राइम सीन कैसा था? क्या कुछ लिखा भी हुआ था वहां दीवार पर?"

"अरे हां, मैं ये तो बताना भूल ही गया कि यहां भी दीवार पर 'पिशाच' लिखा था।"

"कमाल है, हत्या में इतनी सिमिलैरिटी होने के बावजूद मुझसे राजस्थान पुलिस से किसी ने भी बात नहीं की?"

"बात तो तब करेंगे न जब उनका इंटरेस्ट होगा क़ातिल को पकड़ने में।"

"मतलब? क्यों नहीं पकड़ना चाहेंगे क़ातिल को? गृहमंत्री की हत्या हुई है, वह भी राज्य की राजधानी में, क्या यह राजस्थान पुलिस की बेइज़्ज़ती नहीं है?"

"अरे यार, तुम इतने झटके खाने के बाद भी सियासत के दांवपेंच को समझ नहीं पाये। क़ातिल को पकड़ने से सारी कहानी सबके सामने आ जायेगी। बताना पड़ेगा कि राजा राघवेंद्र प्रताप सिंह किसी लड़की के साथ अय्याशी करने के लिए आये थे। उनके साथ क्या-क्या हुआ, कैसे क़त्ल हुआ उनका, इस बात के खुलासे से सत्तारूढ़ दल के साथ राजा की खानदानी प्रतिष्ठा भी मटियामेट हो जायेगी। ऐसे में कोई न तो जानना चाहता है न ही बताना चाहता है।"

"उनका परिवार भी नहीं चाहता कि सच्चाई बाहर आये, हत्यारा पकड़ा जाये?"

"उनके परिवार का यहां रह ही कौन रहा है? बच्चे और पत्नी बाहर ही रहते हैं। वे आज वापस आ रहे हैं। वे लोग भी नहीं चाहते कि परिवार की इज़्ज़त पर कोई दाग लगे। जो होना था, वह तो हो गया। ऊपर से पार्टी और मुख्यमंत्री का भी यही कहना है कि इस मामले को ज़्यादा तरजीह नहीं दी जाये। राजा की बदनामी न तो पार्टी चाहती है, न परिवार और न ही सरकार। फिर कोरोना से निपटने को लेकर सरकार के रवैये के चलते जनता वैसे ही नाराज़ है। ऐसे में सरकार और पार्टी किसी नई तरह की बदनामी झेलने के लिये तैयार नहीं हैं।"

"तो मतलब ये केस कभी खुलेगा ही नहीं, फाइल बंद नहीं होगी?"

"फाइल तो बंद हो जायेगी, क़ातिलों का पता भी चल जायेगा। जनता भी ख़ुश हो जायेगी।" आनंद ने हंसते हुए कहा। इस हंसी में छिपे संदेश को समर ने आसानी से भांप लिया। आख़िर इतने समय से वह भी पुलिस में है।

"ओह, तो ये प्लान है!" समर ने गहरी सांस लेते हुए कहा, "पर कब तक होना है यह?"

"घबराओ मत, जल्दी ही। बस अपना टीवी ऑन रखना," कहते हुए आनंद ने फोन रख दिया।

***

"हमें यह इंटरव्यू लाइव नहीं करना चाहिये। एक ज़िम्मेदार न्यूज़ चैनल होने के नाते हम किसी क़ातिल को अपना प्लेटफॉर्म नहीं दे सकते।" आउटपुट एडिटर अभिसार सिंह ऊंची आवाज़ में बोल रहा था।

"लेकिन हम हिंदू-मुसलमान कर सकते हैं? मौलाना और फर्ज़ी बाबाओं को बैठाकर गाली-गलौज कर सकते हैं?" असाइनमेंट हेड रेखा सारंगी ने उतने ही ज़ोरदार तरीके से जवाब दिया। "तब हमारी ज़िम्मेदारी कहां चली जाती है?"

"वे लोग क़ातिल नहीं हैं। क़त्ल और ज़बानी बातचीत में फर्क होता है।"

"समाज का क़त्ल करना, भाईचारे पर हमला करना गर्व का काम है, है न?" रेखा सारंगी चिल्लायी।

"ओके, ओके...इनफ..." मनीष प्रसाद ने कहा। *नेशनल न्यूज़* के कांफ्रेंस रूम में मैनेजिंग एडिटर मनीष प्रसाद, असाइनमेंट हेड रेखा सारंगी, आउटपुट एडिटर अभिसार सिंह और वर्षा दत्त बैठे हुए थे। ज़ाहिर है इस समय मीटिंग का एजेंडा स्वामी गजानन के क़ातिल का टीवी पर लाइव इंटरव्यू ही था।

"वर्षा, तुम यह इंटरव्यू क्यों करना चाहती हो?" मनीष प्रसाद ने पूछा।

"सर, सच जानने के लिये। जनता को भी सच जानने का हक है।"

"क्या तुम सच जानती हो? क्या तुम्हें सच पता है?"

मनीष के इस सवाल पर वर्षा स्तब्ध रह गयी, पर बड़ा ही वाजिब सवाल था यह। क्या वह वाकई सच जानती है। उसे तो कुछ नहीं मालूम। लेकिन रिपोर्टर की गट फीलिंग है, जो उससे कह रही है कि उसका रास्ता सही है।

"सर, मैं सच तो नहीं जानती लेकिन यह जानती हूं कि वह लड़की सच्ची है। वह जो कुछ भी कहेगी झूठ नहीं कहेगी।"

"तुम ये कैसे कह सकती हो? क्या तुम उसे जानती हो? कभी मिली हो उससे?"

"नहीं सर, सिर्फ एक बार बात की है।"

"नाम क्या है? कहां की रहने वाली है?"

"सर ये सब नहीं पता। वो यह सब लाइव में ही बतायेगी। मेरा विश्वास कीजिये, क़ातिल वही है। यह बात वह प्रूव कर चुकी है। मैं जान चुकी हूं।"

"लेकिन अगर वह क़ातिल नहीं हुई तो? और अगर उसने कुछ ऊट-पटांग बोल दिया तो हमारी क्रेडिबिलिटी पर बहुत बुरा असर पड़ेगा।"

"सर, ये भी तो हो सकता है कि वह ऐसा कुछ बताये जिसके बारे में अब तक कोई नहीं जानता। जिसे सुनकर हर कोई दांतों-तले उंगली दबा ले। अब तक किसी को कुछ नहीं पता है। एक रिपोर्टर और एक औरत होने के नाते मैं यह बात दावे से कह सकती हूं कि उसके पास कोई ऐसी कहानी है, जो अलग है, और जिसे बताने के लिए उसने हमें चुना है।"

"मेरी दिक्कत इससे नहीं है, लाइव से है। अनजान इंसान को लाइव लेने में कितना बड़ा ख़तरा है, ये तो तुम अच्छी तरह से जानती हो। रिकॉर्डिंग में हम किसी भी गलती को एडिट कर सकते हैं। लेकिन लाइव में हमारा कोई कंट्रोल नहीं होगा।"

"सर मैं हैंडल कर लूंगी, मुझ पर भरोसा रखिये।"

"बहुत बड़ा रिस्क है, वर्षा। सालों की मेहनत से क्रेडिबिलिटी बनती है।" मनीष ने कहा।

"सर, यकीन मानिये मैं संभाल लूंगी। स्वामी गजानन कोई मामूली आदमी नहीं था। उसका क़त्ल जिस तरह से हुआ है, हर कोई उसकी वजह जानना चाहता है। हमारे पास एक सोर्स है जो सब कुछ बताना चाहता है; इससे बड़ा मौका और क्या होगा हमें लीड लेने के लिये?"

"ज़रा सी भी चूक से लेने के देने पड़ जायेंगे, ये याद रखना वर्षा। अभी से ट्रेंड करने लगा है #ShameonNationalNews। 'नेशनल न्यूज़ हाय हाय' के नारे तो कल से ही लग रहे हैं, तुमने भी सुना तो होगा ही। अब रही-सही कसर यह इंटरव्यू कर देगा।" अभिसार ने कहा।

"पर ये हो क्यों रहा है? कौन करा रहा है?" वर्षा ने हैरानी से पूछा।

"डोंट वरी। ये *जीवीएन* और गौरव वर्मा का किया धरा है। हारे हुए लोग यही करते हैं। ज़्यादा चल नहीं पायेगा।" मनीष ने इस बार वर्षा का पक्ष तो नहीं लिया, पर उसे सहारा ज़रूर मिला।

"लाइव का फैसला कर भी लें, तो भी बड़ा सवाल यह है कि हम क्या कह कर उस लड़की को जनता के सामने टीवी पर लायेंगे, कि 'आज हमारे साथ है स्वामी गजानन की क़ातिल...' क्या कहेंगे हम?" अभिसार सिंह ने पूछा।

"वह मेरा काम है, मैं लिख लूंगी। आप उसकी फिक्र न करें।" वर्षा ने कहा।

"लेकिन मेरा एक और सवाल भी है कि तुम्हें इस लड़की ने कैसे संपर्क किया? और तुम्हें ही क्यों? मुझे लगता है कि यह बात हम सबको पता होनी चाहिये।" अभिसार ने पूछा।

"यह बात मैं आपको नहीं बता सकती।" वर्षा ने दो टूक जवाब दिया।

"अरे, ये क्या बात हुई? मैं आउटपुट एडिटर हूं। ऑन एयर क्या जाता है यह मैं तय करता हूं। मेरी ज़िम्मेदारी है। ये रेखा सारंगी हैं, हर स्टोरी को कवर कराकर ऑफिस में लाना इनकी ज़िम्मेदारी है। हमको इसके बारे में पता तो होना चाहिये।" अभिसार ने मनीष प्रसाद की तरफ देखते हुए सवालिया अंदाज़ में कहा।

"सॉरी सर, मैं अपना सोर्स बताने के लिये बाध्य नहीं हूं। कोई मुझे अपना सोर्स बताने के लिये मजबूर नहीं कर सकता। ना ही मैं अपना सोर्स आपको बताऊंगी, चाहे मुझे यह इंटरव्यू ही ड्रॉप क्यों न करना पड़े, या फिर नौकरी से इस्तीफा ही क्यों न देना पड़े।" वर्षा ने गुस्से से कहा।

"वर्षा, बतौर मैनेजिंग एडिटर ये मेरी भी ज़िम्मेदारी है कि चैनल पर जो कुछ भी जा रहा है उसके बारे में मुझे पता हो इसलिये आपको मुझे तो अपना सोर्स या आपको यह क़ातिल कैसे मिला बताना ही पड़ेगा।"

"डेफिनेटली सर! मुझे आपको बताने में कोई प्रॉब्लम नहीं है। लेकिन किसी और के साथ ये इन्फॉर्मेशन मैं शेयर नहीं कर सकती।" वर्षा ने अभिसार की ओर देखते हुए कहा।

"चलो करते हैं फिर ये इंटरव्यू। आज झामपटाखा हो ही जाये।" मुस्कराते हुए मनीष प्रसाद ने कहा।

"लेकिन मनीष सर, आप ऐसा कैसे कर सकते हैं। यह तो गलत हो जायेगा।"

"रिलैक्स अभिसार। और हां, पीसीआर में तुम ही रहना इंटरव्यू के वक़्त। वर्षा की मदद कर देना। वर्षा मेरी सारी उम्मीदें तुम पर ही टिकी हैं। लेट्स डू इट!"

***

हिना साहिबा इस वक़्त इंस्पेक्टर समर प्रताप सिंह के ऑफिस में बैठी हुई थी। आज का दिन समर के लिये अच्छा था। पहले उसे राजा राघवेंद्र प्रताप सिंह के क़त्ल के पीछे की दास्तान का पता चला। अब हिना साहिबा उसके सामने थी। वह लड़की जिस पर उसके केस का दारोमदार टिका था। वह लड़की जिसकी फेसबुक पोस्ट में स्वामी गजानन पर आरोप लगाये गये थे। दोपहर में क़रीब एक बजे क्राइम ब्रांच की टीम ने बताया था कि हिना का मोबाइल ऑन हो गया है। लगातार कई दिनों से इस टीम ने फोन को सर्विलांस पर लगाया हुआ था।

"लोकेशन क्या है?" समर ने पूछा था।

"सर, भिवाड़ी के आसपास का लग रहा है। दरअसल मूविंग है। ऐसा लग रहा है कि जयपुर की तरफ से आ रही है।"

"क्या बात कर रहे हो?" यह कहते हुए समर की त्योरियों पर बल पड़ गये। अब से कुछ देर पहले आनंद सिंह के साथ हुई बातचीत समर को पूरी तरह याद आ गयी।

एक मिनट के लिये भी यह लड़की अब हमारे रडार से बाहर नहीं होनी चाहिये। जहां भी ये उतरेगी हमें वहीं इसे पकड़ना होगा। यह बात क़रीब तीन घंटे पहले हुई थी। कश्मीरी गेट पर जैसे ही वॉल्वो आकर रुकी पुलिस की टीम हिना साहिबा का स्वागत करने के लिये वहां मौजूद थी। और इसके साथ ही अब हिना साहिबा और समर प्रताप सिंह आमने-सामने थे।

समर ने बड़े सलीके से हिना साहिबा को थाने लाये जाने का सबब बताया। उसने उसे यह भी बताया कि वह इस वक़्त गिरफ्तार नहीं है। बस उससे कुछ पूछताछ करनी है। पूछताछ शुरू करने से पहले हिना साहिबा ने बस एक फोन करने की अनुमति मांगी, जिस पर समर को कोई ऐतराज़ नहीं हुआ।

हिना ने जिसे फोन लगाया, उसे अपने थाने में होने की जानकारी दी। समर ने गौर किया कि उसने ख़ासतौर पर समर का नाम लेकर बताया कि वह उससे पूछताछ कर रहा है।

हिना ने इसके बाद फ्रेश होने के लिए वक़्त मांगा। कुछ ही देर में फारिग होकर हिना ने कहा, "बोलिये क्या जानना चाहते हैं आप?"

"कहां से आ रही हैं आप?"

"मैं जयपुर से आ रही हूं।"

"क्या करने गयी थीं वहां?"

"मैं घूमने गयी थी।"

"अकेली?"

"हां अकेली ही गयी थी। अकेले जाने में कोई समस्या है?"

"मेरा मतलब कि कोई और था क्या साथ में?"

"नहीं, मैं अकेले ही गयी थी। मुझे घूमने का शौक है, तो बस चली गयी।"

समर ने उसे घूर कर देखा। वह समझ नहीं पा रहा था कि कैसे वह हिना से बात करे।

"आपका घर कहां है?"

"मेरे पास कोई घर नहीं है।"

"मतलब! कहीं तो रहती होंगी?"

"ओह, मैं कहां रहती हूं आपको यह पूछना है? मैं लाजपत नगर में किराये के घर में रहती हूं।"

"पता दे सकती हैं आप?"

"ज़रूर!" यह कहते हुए उसने एक कागज़ पर पता लिख कर समर को दे दिया। समर ने ऑफिस में मौजूद एक महिला कॉन्स्टेबल की ओर वह कागज़ बढ़ा दिया।

"राजा राघवेंद्र प्रताप सिंह को जानती हैं आप?" समर ने आगे सवाल किया।

"हां भी और नहीं भी। क्योंकि वह एक बड़े नेता थे, मंत्री थे, ख़बरों में रहते थे तो मैं जानती हूं, लेकिन व्यक्तिगत तौर पर मेरा उनसे कोई वास्ता नहीं था।"

"क्या-क्या जानती हैं उनके बारे में?"

"यही कि नैना हत्याकांड में आपने उनसे पूछताछ की थी। अभी हाल ही में उनका क़त्ल हुआ है। बस यही।"

अब तक की बातचीत से समर को यह आभास मिल चुका था कि हिना साहिबा से उसकी इस तरह की बातचीत उसे किसी नतीजे पर नहीं पहुंचा सकती है, इसलिये उसने सीधे मुद्दे पर आने का सोचा और पूछा, "क्या यह महज़ इत्तेफाक है कि राजा साहब के क़त्ल के वक़्त आप जयपुर में थीं?"

"इत्तेफाक ही होगा," कहते हुए उसने कंधे उचका दिये। फिर कुछ देर ठहर कर बोली, "अजीब बात है कि आप मुझसे राजा साहब के क़त्ल की बाबत बात कर रहे हैं, मुझे तो लगा था कि ये सारा ड्रामा गजानन के चक्कर में हो रहा है?"

अब समर के पास इस मसले पर आने के अलावा कोई रास्ता नहीं था। उसने कहा, "स्वामी गजानन के बारे में क्या कुछ जानती हैं?"

"उतना, जितना उस ज़लील आदमी को शायद ही कोई जानता होगा," हिना ने हिकारत से जवाब दिया।

"आपकी फेसबुक पोस्ट पढ़ी है मैंने।"

हिना ने कोई जवाब नहीं दिया। वह समर के अगले सवाल का इंतज़ार करती रही।

"आपने वह पोस्ट क्यों लिखी?" आख़िरकार समर ने पूछा।

"क्या मैं आपके इस सवाल का जवाब देने से पहले एक सिगरेट पी सकती हूं?" हिना ने पूछा।

"क्यों नहीं, आप बाहर जाकर सिगरेट पी लें, मैं यहीं वेट करता हूं।" समर ने महिला कॉन्स्टेबल को इशारा किया कि वह हिना को बाहर जाने दे।

हिना उठकर बाहर चली गयी। गेहुंआ रंग, कद कोई 5 फुट 5 इंच के क़रीब। साड़ी पहने हुए, माथे पर गहरे लाल रंग की बड़ी सी बिंदी उस पर ख़ूब फब रही थी। चेहरे की लंबाई हिना को काफी आकर्षक बना रही थी। चाल में गुरूर था। समर ने सोचा, *क्या यह महिला क़त्ल कर सकती है? पर किस*

क़ातिल के चेहरे पर लिखा होता है कि उसने क़त्ल किया है? पढ़ी-लिखी और काफी समझदार लग रही है। लेकिन जो कुछ इस पर बीती है उसकी वजह से क़त्ल करने पर कोई हैरानी भी नहीं हो सकती। पर राजा का क़त्ल यह क्यों करेगी? क्या कनेक्शन है राजा और स्वामी गजानन के क़त्ल में? क्या है वो कड़ी जो मन में बार-बार खटक रही है और दोनों क़त्लों को जोड़ रही है?

अचानक कॉन्स्टेबल रावत ने कमरे में आकर उससे *जीवीएन* चैनल लगाने को कहा। समर ने चैनल लगाया तो ख़ुद को स्क्रीन पर पाया। एक हाथ में शराब की बोतल लिये समर प्रताप सिंह सड़क पर झूम रहा था। तो अगले शॉट में वह दो लड़कों को बेरहमी से मार रहा था। यह समर का वह पास्ट था, जो उसका पीछा नहीं छोड़ता था। रह-रह कर उसके सामने आ जाता था।

आमना चौधरी स्क्रीन पर बोल रही थी, 'स्वामी गजानन के क़त्ल का पता चले छिहत्तर घंटे बीत चुके हैं। लेकिन क़ातिल का अब तक कुछ पता नहीं है। पुलिस अभी तक अंधेरे में ही है। देश की राजधानी दिल्ली में विख्यात लेखक का क़त्ल हो जाता है। छिहत्तर घंटे बाद भी क़ातिल आज़ाद घूम रहा है। जानते हैं क्यों? हम बताते हैं आपको...वह इसलिये क्योंकि इस मामले की जांच वह शख़्स कर रहा है, जिसे अपना ही होश नहीं है। जो रात-दिन शराब के नशे में डूबा रहता है। जो सरेआम लोगों पर हाथ उठाता है। मैं पूछती हूं देश के गृहमंत्री से कि आख़िर इस केस की जांच इतनी धीमी क्यों है? मैं पूछती हूं दिल्ली के पुलिस कमिश्नर से कि कौन है जो स्वामी गजानन के क़ातिलों को बचा रहा है? इंस्पेक्टर समर प्रताप सिंह का पुराना इतिहास है केस को ख़राब करने का। लोगों को बेवजह परेशान करने का। क्या वह स्वामी गजानन को इंसाफ दिला पायेंगे? आज हम इसी मुद्दे पर चर्चा करेंगे।'

इतना सुनते ही समर ने टीवी बंद कर दिया। उसने कुछ पल सोचा और रावत के कान में धीरे से कुछ कहा। सिर हिलाता हुआ रावत बाहर चला गया।

समर जान गया था कि उसका काउंटडाउन अब शुरू हो गया है। अब ज़्यादा वक़्त नहीं है उसके पास। वह इस सोच में डूबा हुआ था कि हिना साहिबा वापस आ गयी।

***

घड़ी की सूई टिक-टिक करती जैसे-जैसे 8 बजे की तरफ बढ़ रही थी, वर्षा के दिल की धड़कन भी उसी रफ्तार में बढ़ रही थी। आज का दिन उसके लिए

वाकई बड़ा था। वैसे भी ज़्यादातर चैनल जहां सत्तावन मिनट या अट्ठावन मिनट पर अपना शो हिट कर देते हैं, *नेशनल न्यूज़* में वर्षा का शो ठीक 8 बजे ही हिट होता है। चैनल की दुनिया में यह माना जाता है कि न्यूज़ देखने के लिये लोग एक या दो मिनट पहले ही आ जाते हैं, और जहां न्यूज़ चलती हुई मिल जाती है वहीं रुक जाते हैं। इसलिये सभी चैनलों में जल्दी न्यूज़ शुरू करने की होड़ लगी रहती है, लेकिन वर्षा ऐसा नहीं करती। वह अपना शो ठीक 8 बजे ही हिट करती है ताकि उसके दर्शकों को कभी धोखा न हो। पीसीआर डायरेक्टर की आवाज़ कान में गूंजी। ऑल स्टैंड बाय...5,4,3,2,1 रेडी, गो।

'नमस्कार! मैं वर्षा दत्त, आज आपके सामने एक ऐसा काम कर रही हूं जो शायद ही कभी ख़बरों की दुनिया में हुआ हो। आज के मेरे इस शो में होगा एक क़त्ल का कुबूलनामा! यह क़त्ल है विख्यात लेखक, विचारक, समाज सेवक और कवि स्वामी गजानन का। आप सब जानते ही हैं कि स्वामी गजानन का क़त्ल जिस तरह हुआ, उसने हम सबको अचरज में डाल दिया। किसने किया है क़त्ल, यह एक बड़ा सवाल है। सवाल यह भी है कि स्वामी गजानन का कोई पास्ट है क्या? ऐसा पास्ट जिसे हम नहीं जानते। क्या है वह? आइये आज इन्हीं सब सवालों का जवाब खोजेंगे आज के मेरे मेहमान से। इनका नाम मुझे नहीं पता। ये कहां हैं इस वक़्त मुझे यह भी नहीं पता, लेकिन वह मेरे साथ हैं टेलीफोन लाइन पर...

"हैलो, क्या आपको मेरी आवाज़ आ रही है?" वर्षा ने कहा।

"जी, मुझे आपकी आवाज़ साफ सुनायी दे रही है।" उधर से एक भारी आवाज़ आयी।

"मैं आपको किस नाम से बुला सकती हूं?"

"काली...आप मुझे 'काली' कह कर बुला सकती हैं।"

"ठीक है। काली आपने फोन में फिल्टर यूज़ किया है अपनी आवाज़ बदलने के लिये?"

"आप सही कह रही हैं, वर्षा। मैंने फिल्टर लगाया है ताकि मेरी आवाज़ से मेरी पहचान न हो सके।"

"आपने स्वामी गजानन का क़त्ल किया है। क्या यह बात आप मानती हैं?" धड़कते दिल से वर्षा ने सवाल किया। इस सवाल के उत्तर पर ही उसका आगे का करियर टिका था।

"जी, मैंने ही गजानन को मौत दी है। उसे उसके पापों की सज़ा दी है। ये मैं मानती हूं। सबके सामने *नेशनल न्यूज़* चैनल पर एक्सेप्ट करती हूं।"

काली के इस जवाब ने वर्षा के डर को अचानक ही ख़त्म कर दिया। जैसे एक बोझ उस पर से हट गया। वह बोली, "काली मैं एक बार फिर वही सवाल दोहराना चाहूंगी कि आप ये मान रही हैं कि आपने ही स्वामी गजानन का क़त्ल किया है?"

"जी, हां। इसमें किसी को कोई शक नहीं होना चाहिये कि मैंने ही गजानन का क़त्ल किया है। उसे उसके अंजाम तक पहुंचाया है।"

"तो अब सवाल यह आता है कि क्यों? आख़िर आपने स्वामी गजानन का क़त्ल क्यों किया? इतने विख्यात इंसान ने ऐसा क्या किया था जिसकी वजह से आपने उसका क़त्ल ही कर दिया?"

"इस सवाल का जवाब देने के लिये मुझे आपको काफी पीछे ले जाना होगा। आज भी याद है मुझे वह दिन। जून का महीना था। तब मेरी उम्र थी नौ साल। दिन में ही मुझे पता चल गया था कि आज हमारे घर स्वामी गजानन आने वाले हैं। जब भी वो आते थे सारे घर में त्योहार जैसा आलम होता था। मां उनके लिये खाना बनातीं। गजानन की पसंद का सारा इंतज़ाम होता था। पिताजी शाम की गोष्ठी की तैयारियां करते। देर रात तक काव्य महफिल सजती। मुझे तब भी स्वामी जी कभी पसंद नहीं आते थे। इसकी वजह थी उनकी आंखें। वह आंखें जो मुझे अजीब तरह से देखती थीं। इसके अलावा जब भी मैं उनके पास होती वो मेरे चेहरे पर हाथ फेरते। मुझे आशीष देते हुए ख़ूब ज़ोर से चिपटा लेते थे। कई बार तो इतनी ज़ोर से दबाते थे कि मुझे रोना आ जाता था, लेकिन मां को लगता था कि मैं स्वामी से डर जाती हूं, इसलिये रोती हूं या उनकी बड़ी-बड़ी दाढ़ी मुझे डराती है। ऐसे में मां मेरी मदद क्या करतीं, उल्टे वही मुझे बाद में डांटती थीं। कहती थीं कि स्वामी जी से क्यों डरना, वो तो हमारे बुज़ुर्ग हैं। इनकी सेवा करना हमारा धर्म है।

"स्वामी के हमारे घर आने पर हर बार ऐसा ही होता था कि देर रात तक साहित्यिक मजमा जमा रहता। स्वामी गजानन अपनी कवितायें सुनाते रहते। देश और समाज पर बोलते रहते। फिर लोग एक-एक करके स्वामी जी के चरण स्पर्श करते और चले जाते। मैं छोटी बच्ची इन बातों को समझ नहीं पाती थी, पर मेरे साहित्य प्रेमी माता-पिता को लगता कि लड़की में ऐसी महफिलों से संस्कार बढ़ेगा इसलिये मुझे भी मन मारकर वहीं बैठना होता। उस दिन भी ऐसा ही हुआ, पर यह महफिल देर तक चल गयी। मैं कब वहीं दीवान पर सो

गयी पता ही नहीं चला। जब सभी चले गये, तो मेरी मां, जिन्हें गजानन अपनी बहु कहकर बुलाते थे, बैठक में आयीं और मुझे दीवान से उठाकर अंदर ले जाने लगीं, क्योंकि उस बैठक में एक ही दीवान था जिस पर स्वामी जी सोते थे। पर स्वामी जी ने मां को रोक दिया। वह बोले, 'रहने दो बहू, बच्ची है। अब सो गयी है तो सोने दो। यहीं सो जायेगी। मुझे जगह ही कितनी सी चाहिये?'

"मेरे मां और पिता जी को वैसे भी सवाल करने की आदत नहीं थी। फिर यह तो उनके अपने गजानन स्वामी थे, इसलिये उन्होंने इस तरफ कुछ सोचा ही नहीं। स्वामी से आज्ञा ली और चले गये।

"रात को अचानक वजन से जब मेरी आंख खुली तो मेरे शरीर पर कोई कपड़ा नहीं था। स्वामी मुझ पर चढ़ा हुआ था। मुझे बेतहाशा दर्द हो रहा था। मैंने चीखने की कोशिश की तो पाया कि स्वामी ने मेरा मुंह दबा रखा था। जितनी कोशिश एक नौ साल की लड़की कर सकती थी मैंने भी की, लेकिन एक वक़्त के बाद मैं हार गयी। और फिर मुझे कुछ याद नहीं, डर और दर्द से मैं बेहोश हो गयी।"

काली की बातें सुनकर पूरे न्यूज़ रूम में सन्नाटा छा गया। हर कोई सकते में था। ख़ुद वर्षा के चेहरे पर हवाइयां उड़ी हुई थीं। बड़ी मुश्किल से वह इतना ही बोल पायी, "फिर क्या हुआ?"

"मुझे होश आया तो मैं अस्पताल में थी। मैं दर्द से कराह रही थी। मेरी मां मेरे सिरहाने खड़ी थीं। थोड़ी-थोड़ी देर के लिये मुझे होश आता था। पर मैं बार-बार चीखकर बेहोश हो जाती थी। कई दिनों क्या, महीनों तक यह चलता रहा। फिर एक दिन मुझे पता चला कि मैं दिल्ली के एक बड़े अस्पताल में हूं। पर यहां मेरे साथ कोई नहीं था। न मेरी मां और न मेरे पिता।"

"ऐसा क्या हुआ? कहां चले गये थे तुम्हारे माता-पिता?" अपनी रुलाई पर काबू पाते हुए वर्षा ने पूछा।

शायद काली ने उसका सवाल सुना ही नहीं था। वह अपनी ही धुन में बोलती रही।

"कितने दिन मैं अस्पताल में रही, मुझे नहीं पता। लेकिन वहां मुझे जानने वाला कोई नहीं था। कुछ अनजाने लोग थे जो मेरा इलाज करा रहे थे। कई महीनों के इलाज के बाद मैं ठीक हो गयी। फिर एक दिन एक कपल मुझे अपने साथ ले गया। उसी दिन मुझे पता चला कि मैं कहीं जा रही हूं। देश से बाहर। तब तक मैं उस जगह का नाम भी नहीं जानती थी। मुझे अस्पताल वालों ने ही

बताया कि आगे से मैं उन्हीं लोगों के साथ रहूंगी जो मुझे ले जा रहे थे। उन लोगों ने बताया कि इस कपल ने मुझे गोद लिया है। गोद लेना क्या होता है, मैं क्या जानती! मैं बहुत रोयी बहुत झगड़ा करने की कोशिश की, लेकिन मेरी सुनने वाला कोई नहीं था। आख़िर में मैं हार गयी। उस समय मैं एक ही बात से ख़ुश थी कि अपनी ज़िंदगी में मैं पहली बार हवाई जहाज़ में बैठूंगी।" काली की आवाज़ की भर्राहट और भारीपन बता रहा था कि वह रो रही है। एकाध बार उसके सुबकने की आवाज़ भी आयी, पर उसके आख़िरी वाक्य से अब तक भारी हो चुका माहौल थोड़ा लाइट हो गया।

"तुम्हारे नये माता-पिता ने तो तुम्हें ख़ुश रखा न काली या...?" डरते-डरते वर्षा ने सवाल किया। वह काली को डिस्टर्ब नहीं करना चाहती थी।

"मेरे नये माता-पिता बहुत अच्छे थे। उन्होंने मुझे बहुत प्यार से पाला। मेरा ख्याल रखा। उनका अपना कोई बच्चा नहीं था। गोद लेने के लिये उन्हें एक बच्ची की तलाश थी। उन्होंने जिस एनजीओ से संपर्क किया था, उसी एनजीओ ने उन्हें मेरे बारे में बताया। उन्होंने जब मुझे देखा था, तब मैं अस्पताल में भर्ती थी। मेरी सर्जरी चल रही थी। उन्होंने उसी दौरान मुझे गोद लेने का फैसला कर लिया था। उन्होंने मेरे ठीक होने का इंतज़ार किया। छह महीने तक मेरे इलाज का सारा खर्च भी उठाया, और फिर मुझे अपने साथ ले गये।"

"तुम्हें किसी ने बताया नहीं कि तुम अस्पताल कैसे पहुंचीं? तुम्हारे अपने माता-पिता कहां चले गये?"

"मेरे नये माता-पिता के अनुसार एक एनजीओ को मैं सड़क किनारे मिली थी, लहुलुहान। वे लोग मुझे लेकर दिल्ली आ गये। मेरा इलाज कराया। उन्होंने पुलिस में रिपोर्ट भी करायी। मेरे बताये पते पर भी गये, लेकिन वहां कोई नहीं था। मेरे माता-पिता रातोरात उस घर को छोड़ कर चले गये थे। अब वहां कोई नहीं था, जो मुझे स्वीकार करता। मैं अनाथ हो चुकी थी। मेरे घर में ताला पड़ा हुआ था। किसी को नहीं पता था कि मेरे माता-पिता कहां हैं। कोई भी मेरा रिश्तेदार, आस-पड़ोसी मुझे लेने को तैयार नहीं था। शायद बलात्कार की शिकार नौ साल की लड़की सबके लिये बोझ होती है। कोई नहीं था मेरा।" काली फूट-फूट कर रोने लगी।

स्टूडियो और न्यूज़रूम में सन्नाटा था। वर्षा की आंख से लगातार आंसू बह रहे थे। कैमरा वर्षा के क्लोज़ आ चुका था। सकते में बैठी वह कैमरे को घूरती रही।

"काली," उसने पूछा, "तुम तो अस्पताल में थीं, फिर सड़क पर कैसे पहुंच गयीं? और तुम्हारे माता-पिता कहां चले गये?"

"मुझे नहीं पता। या तो मेरे पिता घर छोड़ कर जाने से पहले मुझे अस्पताल से निकाल कर बाहर सड़क पर छोड़ गये, या फिर जब माता-पिता नहीं लौटे तो अस्पताल वालों ने ज़िम्मेदारी से बचने के लिये मुझे सड़क पर मरने के लिये छोड़ दिया।" उसकी आवाज़ से आभास हो रहा था कि उसके आंसू लगातार बह रह थे।

"अब मैं क्या पूछूं तुमसे? कैसे तुमने इतने साल सब्र किया काली?"

"मैं ही जानती हूं कि मुझ पर क्या बीती। मेरी ज़िंदगी पूरी तरह बदल गयी। वह रात मैं कभी नहीं भूली। पिछले अठाईस सालों से कोई रात ऐसी नहीं है जब मुझे पूरी नींद आयी हो, या रात में मैं चौंक कर नहीं उठी हूं। स्वामी गजानन ने सिर्फ एक बच्ची से बलात्कार ही नहीं किया था, उसने एक परिवार से उसके सपने छीन लिये थे। उसका घर छीन लिया था। इंसान का इंसान पर से विश्वास छीन लिया था।"

"क्या करते थे तुम्हारे पिता, काली?"

"मेरे पिता एक अख़बार में चीफ रिपोर्टर थे। अपने काम पर बड़ा नाज़ था उन्हें। स्वामी गजानन की कवितायें दिन भर गाते रहते थे। 'गरीब की बातें', 'सांप्रदायिकता के खिलाफ लड़ायी'। उनका सपना था महिलाओं की बराबरी, देश में गरीबी का खात्मा और समुदायों के बीच भाईचारा। लेकिन स्वामी गजानन ने न केवल उनसे उनकी बेटी छीन ली, बल्कि उनके सिद्धांत भी छीन लिये, उनका आदर्श भी और सपने भी।"

"बहुत प्यार करते थे तुम्हारे पापा तुमको?" कहते हुए वर्षा की आंखों से भी लगातार आंसू बह रहे थे। दिल बैठ रहा था उसका। वह स्टूडियो में चीखना चाहती थी। तोड़-फोड़ करने का दिल कर रहा था उसका।

"हां," सुबकती आवाज़ में उसने कहा। "बहुत प्यार करते थे शायद, इसीलिये अपनी बेटी को लहुलुहान हालत में वह देख नहीं पाये। जिस बेटी के लिये उन्होंने सारे सपने देखे थे। जिस छोटी सी बच्ची से वह हर रोज़ कहते थे कि जीवन में चाहे जो फैसला करना, जब कर लेना तो उस पर कभी दुखी मत होना। कभी यह नहीं सोचना कि पापा क्या कहेंगे। हमेशा याद रखना कि तेरे पापा हमेशा तेरा साथ देंगे। यह याद रखना कि एक आदमी है इस दुनिया में जो हर हाल में तुम्हारा साथ देगा।" वह अब बिलखने लगी थी।

"तुम्हें क्या लगता है कि तुम्हारे पापा तुम्हें क्यों छोड़ कर चले गये?" सवाल पूछते-पूछते वर्षा को कंपकंपी चढ़ने लगी थी।

"मुझे लगता है कि..." रोते-रोते काली ने कहा, "मेरे पापा मुझे अपना मुंह दिखाने की हिम्मत नहीं कर पाये। अपनी बेटी का सामना करने की हिम्मत नहीं थी उनमें। स्वामी गजानन की हरकत के लिये उन्होंने ख़ुद को दोषी माना होगा शायद, इसीलिये वो मुंह छिपा कर चले गये। काश, वो मुझे मिल जाते एक बार। काश एक बार कह देते कि बेटा सब ठीक हो जायेगा। लेकिन वो नहीं आये। अपनी बेटी का सामना करने की हिम्मत उनमें नहीं थी।

"मैं जानती हूं कि उन्हें दुनिया का डर नहीं था। वो बस अपनी बेटी के सवालों से डर गये थे। बेटी की आंखों से बहते आंसुओं से, उसकी चीखती कराहों से डर गये थे, शायद।"

"और मां? मां की याद आती है?"

"मां क़रीब बीस साल बाद एक रोज़ लौट आयी थीं। अपने पुराने घर। न जाने कैसे। कोई छोड़ कर गया था या अपने आप लौटीं, पता नहीं। क्योंकि जिस हाल में वे लौटी थीं लगता नहीं था कि उन्हें अपना घर भी याद रहा होगा। लेकिन यह एक चमत्कार ही था कि वे अपने घर लौट आयी थीं।"

"क्या हुआ था मां के साथ? कुछ कहा था उन्होंने?"

"शायद मां ने भी मेरे ऊपर हुए बलात्कार के लिये ख़ुद को ही कुसूरवार माना था। बेटी के दिल का दर्द मां से बेहतर कौन जान सकता है। उसकी पीड़ा वही समझ सकती है। मां को वही पीड़ा खा गयी। उन्हें न अपना होश रहा न किसी और का।"

"माता-पिता आपस में कैसे अलग हो गये?"

"कौन जाने क्या हुआ उन दोनों के बीच..." काली कराहने लगी। "मेरे माता-पिता ने शायद मेरी हालत के लिये ख़ुद को ही कुसूरवार माना होगा। फिर शायद दोनों एक-दूसरे को इस बात के लिये कुसूरवार मानने लगे होंगे। इससे दोनों का रिश्ता भी टूट गया होगा। वे दोनों भी जुदा हो गये होंगे।"

"पर तुमने तो बताया कि मां लौट आयी थीं। वो मिली थीं न तुमको?" यह पूछते हुए वर्षा को अब थोड़ी उलझन हो रही थी। उसे यह समझ में आने लगा था कि काली सवालों और जवाबों के बीच भटक रही थी, कभी यहां तो कभी वहां। वह अपनी रौ में बोले जा रही थी।

"मां जब घर लौटीं तो उन्होंने ख़ुद को अंदर बंद कर लिया। दो-तीन दिन तक जब घर नहीं खुला तो दरवाज़ा तोड़ा गया। मां बैठक में ही बेहोशी की हालत में थीं। एकटक निहार रही थीं। वो अपना मानसिक संतुलन खो चुकी थीं।"

"तुम कभी अपने घर वापस गयीं?"

"हां, मैं वापस गयी थी। लेकिन वहां कुछ नहीं था मेरे लिये पर मेरा वहां जाना ज़रूरी था। एक बेचैनी थी। अपना सब कुछ खो देने की। बेवजह। एक आदमी के कुकर्म की सज़ा आख़िर कितने लोगों को मिलेगी? कितनी ज़िंदगियां बर्बाद होंगी? आख़िर इन्हें कभी क्लोज़र मिलेगा या नहीं? यही जानने के लिये गयी थी।"

"क्या था वहां? क्या क्लोज़र मिला?"

"क्लोज़र इतना आसान नहीं होता। लेकिन ज़िंदगी का मकसद मिल गया। क्या करना है, ये समझ आ गया। बदरंग हो चुके दरवाज़े से अंदर घुसते ही सबसे पहले वही दीवान नज़र आया था, जिस पर स्वामी ने मेरे जिस्म को रौंदा था। सामने वह सोफा रखा था जिसे मेरी मां ने पसंद किया था। घर की एक-एक चीज़ वैसी ही थी जैसी उस रात से पहले थी। कुछ भी तो अपनी जगह से नहीं हिला था, सिवाय बदरंग हो चुकी दीवारों और गायब हो चुके इंसानों के। उस घर की आत्मा मर गयी थी।

"मां की रसोई हर वक़्त चमचमाती रहती थी। एक-एक बर्तन शीशे की तरह चमकता था। लेकिन उस पर धूल का गुबार था। दीवारों पर जाले ही जाले थे। अपने कमरे में बहुत हिम्मत करके गयी थी मैं। वहां मेरी सारी गुड़ियां शीशे की अलमारी में वैसे ही बंद थीं, जैसे मैंने रखा था उन्हें। कितना बदकिस्मत है हमारा परिवार कि हमारी गैरहाज़िरी में कोई चोरी करने भी इस घर में नहीं घुसा।

"एक बलात्कार की शिकार बच्ची का घर शायद चोरी के लायक भी नहीं होता। अपवित्र हो गया था वह घर।"

"क्या तुम्हें कभी पता चला कि उस रात के बाद, जब तुम्हारे साथ बलात्कार हुआ, तो सुबह क्या हुआ था?"

"मुझे पता चला। हमारे बगल वाले अंकल आज भी वहीं रहते हैं। पापा के साथ उनकी गहरी दोस्ती थी। उनकी बेटी मेरी अच्छी सहेली थी। हम साथ-साथ ही रहते थे। मैं मिली उन अंकल से। उनके पास ही मेरे घर की चाबी

थी। उन्होंने ही बताया कि अठाईस साल पहले की उस रात की अगली सुबह क्या हुआ था।"

"क्या हुआ था? सबसे पहले किसने तुम्हें देखा?"

"मां की चीख से ही सबको पता चला था। सुबह 6 बजे जब मां स्वामी 'जी' के लिये चाय लेकर आयीं तो बैठक का दरवाज़ा खुला हुआ था। गजानन का कहीं पता नहीं था। उन्होंने मुझे स्कूल जाने के लिये उठाने के लिये आवाज़ दी और मेरे ऊपर पड़ी चादर उठायी, तो देखा कि मैं बगैर कपड़ों के लहुलुहान पड़ी थी। मां की चीख सुनकर ही पापा दौड़ कर आये थे। बगल वाले अंकल ने भी चीख सुनी थी। वे दोनों ही मुझे लेकर पास के सरकारी अस्पताल गये थे। मुझे तो कोई होश नहीं था।"

"अस्पताल में क्या हुआ? क्या कहा था डॉक्टरों ने?"

"सुबह तो कोई डॉक्टर अस्पताल में था ही नहीं। मैं वहीं बाहर वार्ड में घंटों पड़ी रही। कोई देखने वाला नहीं था। फिर जब दोपहर में डॉक्टर आये तो उन्होंने जवाब दे दिया कि मेरे बचने की कोई उम्मीद नहीं है। मुझे बीच-बीच में होश आता और फिर बेहोश हो जाती। ब्लीडिंग रुकने का नाम नहीं ले रही थी। मेरी कई हड्डियां टूट गयी थीं। मैं ऐसी दशा में थी कि देखकर रूह कांप जाये।"

"तुम्हारे पापा का क्या हाल था?"

"पापा की हालत पागलों जैसी हो गयी थी। वे तो स्वामी गजानन के बारे में ऐसा सोच भी नहीं सकते थे। लेकिन अपनी बेटी को देख कर उनका कलेजा फट रहा था। वे लगातार रो रहे थे। डॉक्टरों से भीख मांग रहे थे। कोई उनकी बेटी को बचा ले, लेकिन उस अस्पताल में कोई उनकी सुनने वाला नहीं था। चौबीस घंटों तक मैं यूं ही पड़ी रही, मेरा इलाज शुरू नहीं हुआ। सरकारी डॉक्टर ने पापा से कहा कि मुझे प्राइवेट अस्पताल में ले जायें।"

"पुलिस के पास गये थे तुम्हारे पिता?" वर्षा ने अचानक पूछा।

"पड़ोसी अंकल के साथ ही गये थे। वे दोनों ही सारी भाग-दौड़ कर रहे थे। पुलिस वालों ने पहले तो कुछ सुनने से ही इंकार कर दिया। घंटों उन्हें घुमाते रहे। ज़्यादा ज़िद करने पर उन्होंने कहा कि एक शिकायत लिख कर दो। पापा ने जब शिकायत लिख कर दे दी तो गजानन का नाम देख कर पुलिस इंस्पेक्टर भड़क गया। वह उल्टे पापा को ही डांटने लगा।"

"क्यों? तुम्हारे पापा को क्यों डांटा इंस्पेक्टर ने?"

"इंस्पेक्टर ने कहा..." कहते-कहते काली की फिर से रुलाई फूट पड़ी। "उसने कहा...उसने कहा कि मेरा यह हाल मेरे पापा ने ही किया है और पकड़े जाने के डर से वह स्वामी जी पर आरोप लगा रहे हैं।"

यह सुनते ही वर्षा के सब्र का बांध टूट गया। वह हिचकियां लेकर रोने लगी। दोनों ही बेतहाशा रो रही थीं। चैनल में किसी को समझ नहीं आ रहा था कि क्या कहे। यह वर्षा और काली का लाइव शो था। शो को देख रही हर आंख काली की कहानी सुनकर नम थी।

कुछ देर के बाद वर्षा ने ख़ुद को संभाला और पूछा, "तुम्हारे पापा ने फिर क्या किया। कुछ पता चला?"

"हां, पापा अपना आपा खो बैठे थे। वहीं पुलिस वाले का कॉलर पकड़ लिया। फिर पुलिस वालों ने उन्हें थाने से धक्के देकर निकाल दिया। टूट गये थे मेरे पापा।"

"तुम्हें ये सारी बातें उन्हीं अंकल ने बतायीं?"

"हां, सब उन्होंने ही बताया। बहुत इंतज़ार किया मैंने यह जानने के लिये।"

"एक बार फिर थोड़ा वापस जाते हैं। क्या सरकारी अस्पताल से तुम्हें प्राइवेट अस्पताल ले जाया गया?"

"नहीं, उससे पहले ही एक और घटना घट गयी।"

"क्या हुआ?"

"पापा सब जगह से कोशिश करके जब हार कर घर पहुंचे तो वहां काफी भीड़ जमा थी। नौजवान लड़के थे। पापा को देखते ही उन्होंने नारेबाज़ी शुरू कर दी। पापा को कुछ समझ नहीं आया। वे लोग इस बात पर नाराज़ थे कि पापा ने मेरे बलात्कार के लिये स्वामी गजानन को दोषी ठहराया।

"देखते ही देखते भीड़ ने स्वामी गजानन को महान और मेरे पिता को ही मेरे बलात्कार के लिये दोषी ठहराना शुरू कर उनकी पिटाई शुरू कर दी। पापा को जमकर पीटा गया। जाते-जाते वे सब धमकी देकर गये कि अगर स्वामी जी का नाम फिर से लिया तो इससे भी बुरा हाल होगा। इतना ही नहीं उन सबने मेरे दरवाज़े पर लिख दिया 'बलात्कारी बाप'। यह सब अंकल के सामने हुआ। उन्होंने बहुत कोशिश की पापा को बचाने की, लेकिन कामयाब नहीं हुए। आख़िरकार वो पापा को अपने घर ले गये। उन्होंने पापा को बहुत समझाया। पर आप सोचिए एक अख़बार का चीफ रिपोर्टर, जो कल तक दूसरों

को न्याय दिलाने का दंभ भरता था; जिसके मन में क्रांति और बदलाव की आग थी, वह अपने ही घर में अपनी बेटी को नहीं बचा सका। फिर न्याय दिलाने में पिटाई से लेकर बदनामी की कालिख तक से जूझा, तो उस पर क्या बीती होगी? पापा बुरी तरह टूट गये। उनमें लड़ने का हौसला नहीं बचा। इन चौबीस घंटों ने उनकी ज़िंदगी पूरी तरह से बदल दी थी।"

"हे भगवान!" वर्षा के मुंह से निकला। कुछ देर तक टीवी स्क्रीन पर सन्नाटा रहा। आवाज़ थी तो केवल उन दो लड़कियों के रोने की। वर्षा को तो दुनिया देख सकती थी, पर काली की सिर्फ रुलायी सुनायी दे रही थी।

कुछ देर के बाद वर्षा ने ख़ुद को संभाला। फिर उसने सवाल करना शुरू किया, "लेकिन तुम फिर सरकारी अस्पताल से कब निकलीं? प्राइवेट अस्पताल गयीं या नहीं? गयी तो कैसे और कब?"

"सरकारी अस्पताल से तो मैं निकली, लेकिन प्राइवेट अस्पताल के लिये नहीं। अंकल ने बताया कि पापा ने देर रात तो उनसे यही कहा था कि वे मुझे प्राइवेट अस्पताल ले जायेंगे, चाहे इसके लिये उन्हें अपना घर ही क्यों न बेचना पड़े। इसके बाद अगले दिन उन्होंने घर में रखे सारे पैसे और मां के ज़ेवर निकाले और घर की चाबी अंकल को देकर वे मुझे सरकारी अस्पताल से निकालकर प्राइवेट अस्पताल में ले जाने के लिये निकल पड़े। पापा का अंकल को चाबी देना कोई बड़ी बात नहीं थी, यह एक रूटीन था कि जब कोई घर से बाहर जाता था, चाबी पड़ोस के घर में दे जाता था ताकि किसी अनहोनी में घर खोला जा सके। पर इससे बड़ी अनहोनी क्या होनी थी, जो हमारे घर पर हो चुकी थी।"

"तो सरकारी अस्पताल से निकलकर तुम प्राइवेट अस्पताल चली गयीं?" वर्षा बार-बार इस सवाल से उन टूटी कड़ियों को जोड़ने की कोशिश कर रही थी, जो काली के अस्पताल से सड़क पर लावारिस हालत में एनजीओ वालों को मिलने के बीच की थीं।

"मैं अस्पताल से तो निकली लेकिन प्राइवेट अस्पताल के लिये नहीं। शायद पापा ने तब तक यह तय कर लिया था कि उन्हें अब मुझे ज़िंदा रखना ही नहीं है। न जाने बेटी की दशा या बलात्कारी बाप कहलाने की शर्मिंदगी ने उनकी बुद्धि को हर लिया था। वे जड़ हो गये थे। पर मेरी हत्या करने की हिम्मत उनमें नहीं थी शायद। उन्होंने मुझे शायद अस्पताल से निकाला और एक सुनसान इलाके में ले जाकर सड़क के किनारे मर जाने के लिये छोड़ दिया।"

काली के इस जवाब से वर्षा फिर सन्न रह गयी। उसे उससे इस जवाब की उम्मीद तो कत्तई नहीं थी। "तो तुम्हारे माता-पिता तुम्हें उस दशा में छोड़ कर चले गये!"

"यही सच है। मेरे माता-पिता उस रात मुझे छोड़ कर हमेशा के लिये गायब हो गये। इस उम्मीद में कि मैं भी इस दुनिया को छोड़ कर चली जाऊंगी। आज सोचती हूं तो लगता है कि अच्छा ही हुआ जो वो भाग गये। किस-किस को क्या-क्या जवाब देते। न जाने कैसे-कैसे सवाल करते लोग? वो एक पत्रकार थे। बड़ा अभिमान था उन्हें अपनी कलम पर। बेटी के अपमान के आगे कलम की स्याही फीकी पड़ गयी।"

"उसके बाद तुम प्राइवेट अस्पताल कैसे पहुंचीं?"

"माता-पिता के जाने के बाद जो हुआ वह किसी चमत्कार से कम नहीं। चमत्कार ही था जो मैं बच गयी। चमत्कार ही था कि मुझे प्यार करने वाला परिवार मिला। यह सब कुछ ऐसा था जिसकी मैं कल्पना भी नहीं कर सकती थी। बड़ा घर, कार, ऐश और आराम। बस वहां मैं, मेरी आत्मा नहीं थी। मैं अंदर से बंद हो चुकी थी। मेरे पास सवाल ही सवाल थे, जिनके जवाब नहीं थे किसी के पास। अठाईस साल पहले की दुनिया आज की दुनिया नहीं थी। न तो मोबाइल था न ही इंटरनेट। मेरे लिये कुछ भी पता लगाना बेहद मुश्किल था।"

"कोई रिश्तेदार नहीं था यहां तुम्हारा जो तुम्हें संभाल लेता?"

"माता-पिता ने घर से भाग कर शादी की थी। उन दोनों का परिवार उनकी शादी के खिलाफ था। कुछ जातिगत मामला था। नौ साल की ही थी मैं उस वक़्त। कितना याद रहेगा। लेकिन वह रात याद है। कुछ नहीं भूली। स्वामी की एक-एक हरकत। उसकी लाल-लाल आंखें और उसके शब्द। आज भी रात को मैं सिहर जाती हूं।"

"कोई दोस्त बना होगा तुम्हारा? कोई और...शादी नहीं की तुमने?"

"आसान नहीं होता इतना सब कुछ होने के बाद सामान्य ज़िंदगी जी पाना। मैं अंदर से बंद हो चुकी हूं। न कभी किसी को दोस्त बना सकी न किसी की दोस्त बन सकी। जीवन साथी के बारे में तो सोच ही नहीं पायी। जब भी कभी आंखें बंद कीं तो स्वामी की दरिंदगी ही याद आती। शरीर के ज़ख्म तो भर गये, लेकिन आत्मा के ज़ख्म कभी नहीं भर पाये। मेरे नये माता-पिता तो थे, लेकिन एक खालीपन हमेशा रहा। अब तो वो भी इस दुनिया में नहीं हैं। बहुत प्यार दिया उन्होंने मुझे।"

"तुमने कहा कि मां लौट आयी थीं तुम्हारी, अब कैसी हैं वो?"

"मां हैं, लेकिन वो कुछ समझती नहीं हैं। न किसी को पहचानती हैं। मुझे मां से मिलने की बड़ी तमन्ना थी। लिपट कर रोना चाहती थी। उसका हाथ अपने सिर पर रखना था। लेकिन मेरी मां के लिये मैं नहीं थी। होती भी कैसे? अठाईस साल से तो उन्होंने अपनी बेटी को देखा ही नहीं है। उनके लिये तो मैं आज भी नौ ही साल की हूं। मेरे लिये वक़्त गुज़र गया, लेकिन मां के लिये वह वक़्त वहीं ठहरा हुआ है।"

"कहां हैं वो?"

"जहां भी हैं, सुकून से हैं। सुकून की ज़िंदगी तो नहीं जी पायीं, लेकिन इतना तय है कि मरते वक़्त सुकून में रहेंगी।"

"पिता की खोज की तुमने?"

"बहुत खोजा लेकिन कुछ पता नहीं चला। इंटरनेट के दौर में पता लगाना आसान होता है। लेकिन ऐसा लगता है कि वे कभी इस दुनिया में थे ही नहीं।"

"अगर कभी मिल जायें तुम्हारे पिता, तो क्या कहोगी उनसे?"

"कुछ नहीं, बस उनके गले लग कर रोना है मुझे। अठाईस साल से मेरे आंसू उनसे मिलने के इंतज़ार में रुके हुए हैं। यही सवाल करना है कि क्या सोच कर मुझे अकेला मरने के लिये छोड़ गये थे? क्यों मुझे छोड़ दिया पापा...?" कहते-कहते वह फिर फूट-फूट कर रोने लगी।

***

"सॉरी, काफी देर हो गयी थी। सिगरेट मेरी ज़रूरत है।" अपने बैग में सिगरेट का पैकेट और लाइटर रखते हुए हिना साहिबा ने कहा।

"इंस्पेक्टर समर, आपने पूछा था कि मैंने वह पोस्ट क्यों लिखी। किसी को तो कभी बोलना ही था। मुझे क़रीब बीस साल लग गये। मैं न लिखती तो कोई और लिखता। मुझे लगा कि गजानन के जीते जी लिख दूं तो शायद मुझे चैन आयेगा, और कुछ लड़कियां उस हरामी का शिकार होने से बच जायेंगी।"

"क्या आप मुझे उस दिन की डिटेल्स बता सकती हैं?" समर ने हिचकिचाते हुए सवाल किया।

"क्यों नहीं बता सकती! बहुत साल घुट-घुट कर और चुप रह कर गुज़ारे हैं मैंने। मेरे साथ बलात्कार किया था हरामी गजानन ने। नौ साल की थी मैं।

मुझे याद है मेरी मां का व्रत था उस दिन। मेरी मां शुक्रवार को संतोषी माता का व्रत रखती थीं।"

"आपकी मां हिंदू थीं?" समर ने चौंकते हुए सवाल किया।

"हम हिंदू ही हैं। मेरा जन्म 1991 में हुआ था। उसी साल हिना नाम की एक पिक्चर आयी थी। पिता को वह नाम पसंद आ गया, मां न जाने क्यों मुझे साहिबा कह कर बुलाती थीं। फिर मेरा नाम ही उन्होंने हिना साहिबा रख दिया। सारी ज़िंदगी इसी सवाल का जवाब देती आ रही हूं। हर कोई मुझे मुस्लिम समझता है।"

"सॉरी, मुझे आइडिया नहीं था," समर ने यह कहा ही था कि रावत एक बार फिर कमरे में आया और उसने समर को बाहर आने का इशारा किया।

समर के बाहर आते ही उसने फुसफुसाते हुए कहा, "सर, आपको *नेशनल न्यूज़* देखना चाहिये। वहां पर कोई है जो स्वामी के क़त्ल की ज़िम्मेदारी ले रहा है।"

"क्या?" कहते हुए वह अंदर आया और हिना साहिबा से मुखातिब होकर कहा, "आपको कुछ देर इंतज़ार करना होगा। आप वेट कीजिये दूसरे कमरे में। प्लीज़।"

"डू आई हैव ए चॉइस?" हिना ने सख्त लहजे में कहा। लेकिन साथ ही वह उठ कर रावत के साथ बाहर चली गयी।

क़रीब डेढ़ घंटे के बाद समर ने उसे फिर अंदर बुलाया और बातचीत शुरू की।

"आई एम सॉरी कि आपको इतना वेट करना पड़ा।"

हिना ने कोई जवाब नहीं दिया। उसने अपना फोन निकाला और समर के सामने कर दिया। वहां लिखा था, ब्रेकिंग न्यूज़: स्वामी गजानन की हत्या में पुलिस को बड़ी कामयाबी, एक महिला से पूछताछ जारी।

"ये ख़बर आपने ही लीक की है?" उसने पूछा।

"नहीं तो।" समर ने हैरान होने का नाटक करते हुए कहा।

"खैर ये सब तो होना ही है।" हिना ने इसके बाद कहा, "हां, तो बोलिये, कहां थे हम?"

"हम उस शुक्रवार की बात कर रहे थे," समर ने कहा।

"हां, उस शाम वह हरामी हमारे घर आया था। उस पर भरोसा करके मेरे माता-पिता मंदिर चले गये थे। बस वही भरोसा खा गया मुझे। एक हफ्ता रहा था वह हमारे घर। हर रोज़ कोई न कोई बहाना बनाकर मुझे एकांत में ले जाता और अपनी हवस का शिकार बनाता। बाद के दिनों में भी बीच-बीच में वह आ जाता था। हर बार वही सब कुछ दोहराया जाता। चार-पांच साल तक ये सिलसिला चला था।"

"आपने बताया क्यों नहीं अपने माता-पिता को?"

"शुरू में तो समझ ही नहीं आया मुझे। फिर हरामी ने मुझे साइक्लोजिकली डरा दिया। बोला मेरे मां-बाप मर जायेंगे। वह मुझे मार देगा। कुछ-कुछ कहता रहता था। जब थोड़ी अक्ल आयी तब दिखा कि मेरे बाप तो आंख बंद करके भरोसा करते हैं उस पर। शायद ही वे मेरी बात पर भरोसा करें।"

"लेकिन बाद में कभी तो सोचा होगा उन्हें बताने के बारे में? बड़ी होने के बाद?" समर ने पूछा।

"जब मेरा जन्म हुआ तो मेरे पिता की उम्र पैंतालीस साल की थी और मां बयालीस की थीं। दिल्ली के एक सरकारी स्कूल में मेरे पिता पढ़ाते थे। बड़ी मन्नतों के बाद मेरा जन्म हुआ था। मैं उनकी ज़िंदगी थी। हरामी गजानन उनका विश्वास। कई बार मन में आया कि सब कुछ कह दूं।" आहिस्ता से उसने कहा। "सोचा, कह दूं कि आपका विश्वास, आपकी मन्नत से विश्वासघात कर गया। लूट लिया है उसने उसको। उसकी आत्मा को मार दिया है, पर हर बार चुप हो जाती। सोचती कि यह जानकर तो वे मर ही जायेंगे। बाद में जब बड़ी हुई तब तक पिता रिटायर होकर काफी बीमार रहने लगे थे। तब सोचा अब मरते-मरते इनकी आत्मा को कष्ट क्यों दूं?"

"तो आपने अपने माता-पिता को कभी नहीं बताया?" समर ने हैरानी से पूछा। समर के लिये ये लड़की एक पहेली थी। *क्या यही क़ातिल है? अगर यह क़ातिल है तो टीवी पर बोलने वाली लड़की कौन है? क्या दोनों के साथ स्वामी ने बलात्कार किया है? दोनों लड़कियों की कहानी क़रीब-क़रीब एक जैसी ही है। कहीं दोनों लड़कियों की कोई मिली भगत तो नहीं?*

"नहीं, क्या बदल जाता उनके जानने से? और जल्दी मर जाते। मैं सत्रह साल की थी जब पिता का निधन हुआ और पच्चीस साल की थी जब मां चली गयीं। मरने से पहले उन्हें गिल्ट देकर क्या होता। शर्मिंदा होकर ही जाते, इसलिये नहीं बताया।"

"आप क़त्ल करना चाहती थीं स्वामी गजानन का?"

"हां, मैं चाहती थी कि इतनी गोलियां उसके शरीर में उतार दूं कि उसका रोयां-रोयां कांपने लगे।"

"तो क्या आपने ही क़त्ल किया है स्वामी गजानन का?"

"हरामी का क़त्ल नहीं कर पायी मैं...अफसोस रहेगा इसका मुझे। लेकिन जिसने भी किया है उसके लिये सिर्फ दुआएं ही हैं मेरे पास।"

"आप कहां थीं बुधवार को दोपहर के वक़्त?"

"मैं अपने घर पर ही थी।"

"कोई गवाह है आपके पास जो इस बात की तस्दीक कर सके?"

"नहीं। मैं तो घर पर ही थी। आजकल काम भी नहीं है मेरे पास इसलिये कहीं आना-जाना भी नहीं होता।"

"आप आख़िरी बार स्वामी गजानन से कब मिली थीं?"

"याद नहीं...पंद्रह साल की उम्र के बाद तो मैंने उसे धमका दिया था। कह दिया था कि कभी इधर आया तो सबको बता दूंगी कि तूने क्या किया है। शोर मचा दूंगी दोबारा मेरे घर आया तो।"

"मतलब इतने सालों से आपकी मुलाकात ही नहीं हुई है! ठीक है, क्या आपको पता है कि स्वामी गजानन कहां रहा करते थे?"

"इंस्पेक्टर मुझे उस आदमी के नाम से भी नफरत है। मेरा ये जानने में कोई इंटरेस्ट नहीं था कि वो हरामी कहां रहता है। मैंने पोस्ट भी तब गुस्से में लिखी थी, जब कोई मेरे सामने उसकी कविता पढ़ कर तारीफ करने की कोशिश कर रहा था।"

"जब आपने स्वामी गजानन के क़त्ल की ख़बर सुनी या अख़बार में पढ़ी तो पहला ख्याल क्या आया आपके दिमाग में?"

"ज़ाहिर है, ख़ुशी ही मिली थी मुझे। इसलिये नहीं कि मुझे इंसाफ मिल गया, बल्कि इसलिये कि अब कम से कम कोई और लड़की इस हरामी का शिकार नहीं बनेगी।"

"हम्म...अच्छा, आपने वह पोस्ट क्यों हटा ली?"

"वह अनुभव भी बेहद दुखद ही था। काफी दिन तक उस पोस्ट की चर्चा होती रही। साहित्यिक हलकों में हंगामा हुआ। महिलाओं ने खुल कर मेरा साथ

दिया, लेकिन मुझे धमकी भी मिली। बहुत सारे लोग मुझे ही गुनाहगार कहने लगे। उनको यकीन ही नहीं था कि वह हरामी ऐसा कर सकता है।"

"धमकी किसने दी? आप पहचानती हैं उनको?"

"नहीं किसी को नहीं जानती। लेकिन कुछ स्क्रीन शॉट्स और तस्वीरें हैं। जो मैंने ले रखी हैं। ये उन लोगों की हैं जिन्होंने मिलकर मुझे धमकी दी या फेसबुक पोस्ट पर लिखा।"

"किसी और इंसान ने आपसे स्वामी गजानन के बारे में बात की थी? कोई और ऐसा शख्स जिसके साथ गजानन ने बलात्कार किया हो?"

"ऐसे कई फोन मेरे पास आये थे। कई और लड़कियों ने कहा कि हरामी ने उनके साथ भी ऐसी ही हरकत की थी।"

"क्या आप मुझे उनका नाम और नंबर दे सकती हैं?"

"सॉरी इंस्पेक्टर, मैं किसी और को इस मेस में नहीं धकेल सकती। वैसे ही वे लोग परेशान हैं। पुलिस का आना उन्हें बिल्कुल ही बर्बाद कर देगा। सॉरी।"

"एक आख़िरी सवाल, इसके बाद आप यहां से जा सकती हैं..." समर ने कहा। "राजा राघवेंद्र प्रताप सिंह के साथ क्या आपका कोई संबंध है?"

"कैसी बात कर रहे हैं आप? दोनों मर्डर्स को आप क्यों जोड़ रहे हैं? क्या कोई रिश्ता है दोनों का या सिर्फ मेरा वहां होना ही आपके मन में शक पैदा कर रहा है? मेरा दोनों ही मर्डर्स से कोई लेना-देना नहीं है। जैसे ही हरामी गजानन के मर्डर की ख़बर आयी थी, मैं समझ गयी थी कि मेरी लिखी पोस्ट की वजह से अब मेरे पीछे पुलिस और मीडिया दोनों ही पड़ जायेंगे, इसलिये मैंने अपना फोन बंद कर दिया और जयपुर चली गयी थी।"

"तो वापस क्यों आयीं?"

"क्योंकि मेरा एक इंटरव्यू है कल सुबह 11 बजे इसलिये वापस आना पड़ा। मुश्किल से एक जॉब की उम्मीद आयी है। कोरोना के चक्कर के बाद से खाली बैठी हूं। काम तो करना है, इस इंटरव्यू को नहीं छोड़ सकती थी मैं।"

"मुझे इंटरव्यू की डिटेल्स दे दीजिये।"

हिना ने सारी डिटेल्स समर के हवाले कर दीं। समर ने कॉन्स्टेबल रावत को बुलाकर उसे घर भिजवाने की हिदायत दी, इस ताकीद के साथ कि अब वो शहर छोड़कर नहीं जायेगी और न ही अपना फोन बंद करेगी।

***

"ये केस जल्द ही क्लोज़ करना पड़ेगा समर।" एसीपी राजेश चौहान ने कहा।

"काली ने सब कुछ बदल दिया है। पूरा गेम चेंज हो गया है। वैसे तो एक तरह से हमारे हक में ही है। तुम पर से फोकस हट गया है। अब सारा फोकस स्वामी गजानन और इस लड़की काली पर हो गया है।"

अपने ऑफिस में बैठकर पूरा इंटरव्यू समर ने सुना था। सारे पुलिस महकमे ने सुना था, उसके बाद ही उसे एसीपी राजेश चौहान ने बुलाया। "काली ने जो कुछ भी कहा है वह पूरी तरह सच हो सकता है, लेकिन काली अगर क़ातिल है तो हिना का क्या रोल है?"

"सर, जब काली अपनी कहानी सुना रही थी तो हिना मेरे सामने बैठी थी। वह थाने में थी, इसलिये या तो वह लड़की क़ातिल है या हिना। या दोनों में से कोई एक झूठ बोल रहा है।" यह कहते हुए समर ने जयपुर में राजा राघवेंद्र प्रताप सिंह के क़त्ल की सारी कहानी उन्हें सुना दी।

"तो हिना साहिबा ने अगर राजा साहब का क़त्ल किया है, तो वह स्वामी का क़त्ल क्यों नहीं कर सकती? तुम श्योर हो कि दोनों का तरीका एक ही है?"

"कोई शक नहीं है, सर। पर सवाल तो यह है कि क्या दोनों क़त्ल एक ही इंसान ने किये हैं? या जयपुर का क़त्ल किसी और वजह से किसी और शख्स ने किया है। उसने क़त्ल को अंजाम स्वामी गजानन के क़त्ल के अंदाज़ में दिया है ताकि शक की सूई उस पर न जाये। हर कोई यह सोचे कि दोनों का क़ातिल एक ही है। कोई कॉपी कैट है जो स्वामी के क़ातिल की आड़ में छिपना चाह रहा है।"

"तुम्हारी बातों से तो लग रहा है कि वो छिपा ही रहेगा। जयपुर में किसी को इंटरेस्ट नहीं है असली क़ातिल को खोजने में।" एसीपी राजेश चौहान ने गंभीर स्वर में कहा।

"मेरा मानना है सर कि दोनों क़त्ल में कुछ तो कॉमन है; हमारे यहां इस तरह के क़त्ल होते नहीं हैं। कॉपी कैट तो बिल्कुल भी नहीं होते। भारतीय क्राइम इतिहास में शायद ही कोई केस हुआ है, जिसमें दो क़ातिलों ने एक जैसा ही क्राइम सीन क्रियेट किया हो।" समर ने कहा।

"हम्म...तुम्हारी बात में दम है। इसका मतलब यह है कि दोनों ही हत्याएं किसी एक इंसान ने ही की हैं। या तो हिना साहिबा ने या फिर काली ने। इसका यह भी मतलब है कि दोनों में से कोई एक बेगुनाह है।"

"आज की तारीख में हिना साहिबा बेगुनाह है, और काली गुनाहगार सर।"

"लेकिन काली है कहां? कौन है ये काली?" राजेश चौहान ने गंभीरता से कहा।

"एक सौ पैंतीस करोड़ की आबादी में मास्क के पीछे छिपी है, सर।"

"कोरोना ने जो किया सो किया, हमारा काम और मुश्किल कर दिया है। सीसीटीवी कैमरे को तो एकदम बेकार ही कर दिया है।"

"लेकिन सर, हर क़ातिल कुछ न कुछ ऐसा करता है जिससे वह पकड़ में आ जाता है। परफेक्ट क्राइम जैसा कुछ नहीं होता, ये तो आप भी मानते हैं न। हम ही देख न पायें या गलती कर जायें, तभी क्राइम अनसॉल्वड रहता है।"

"कहना क्या चाह रहे हो तुम?" एसीपी ने पूछा।

"मुझे लग रहा है कि दोनों ही क़त्ल आपस में जुड़े हैं। कोई कड़ी है जो हमें दिख नहीं रही है। लेकिन है ज़रूर।"

"तो खोजो उस कड़ी को। समर, अब प्रेशर बढ़ रहा है। महिला संगठन भी अब सामने आ जायेंगे। स्वामी के समर्थक तो पहले ही डेरा जमा चुके हैं। तुम पर सबकी नज़रें हैं। जल्दी ही कुछ तो दिखाना होगा।"

"जी सर, एक आइडिया है मेरे पास। लेट्स सी कि क्या निकलता है।"

"हिना का क्या किया?"

"उसे अभी जाने दिया है। रोकने के लिये कुछ था नहीं हमारे पास। वैसे भी उसके पीछे प्रेस लग गयी है। अब कहीं नहीं जा पायेगी वह," कहकर समर उठ खड़ा हुआ।

"ओके दैन, नीड ए रिज़ल्ट, समर। ऊपर से किसी भी वक़्त फोन आ सकता है, बी प्रीपेयर्ड।"

"राइट सर। जय हिंद!"

"जय हिंद!"

***

एक घंटे की दौड़ के बाद समर ने घर में घुसकर टीवी ऑन किया ही था कि ब्रेकिंग न्यूज़ के घनघनाते म्यूज़िक ने उसका ध्यान अपनी ओर खींचा। लाल, पीले और सफेद रंगों से पूरी स्क्रीन पर ब्रेकिंग न्यूज़ फ्लैश हो रही थी। उसके पीछे छिपी एंकर की आवाज़ यह बताने के लिये काफी थी कि कुछ बड़ा घट चुका है।

'इस वक़्त की बड़ी ख़बर आ रही है जयपुर से...जयपुर पुलिस ने एक एनकाउंटर में दो आतंकवादियों को मार गिराया है। बताया जा रहा है कि ये दोनों आतंकवादी उपमुख्यमंत्री राजा राघवेंद्र प्रताप सिंह की हत्या में शामिल थे।

'इस बारे में और जानकारी दे रहे हैं हमारे जयपुर से सहयोगी राजीव प्रभाकर।'

"जी राजीव क्या ख़बर है...?"

"देखिये शिवानी, मैं इस वक़्त घटनास्थल पर ही मौजूद हूं। आप देख सकती हैं कि यही वह इलाका है जहां एनकाउंटर किया गया है। जयपुर पुलिस को सूचना मिली थी कि राजा साहब के हत्यारे जयपुर-दिल्ली हाइवे पर आने वाले हैं। पुलिस ने नाकाबंदी कर सभी वाहनों की जांच शुरू कर दी थी। जैसे ही ये वैगन आर कार नाके पर आकर रुकी आतंकवादियों ने फायरिंग शुरू कर दी। पुलिस की जवाबी कार्रवाई में दोनों आतंकवादी मारे गये।"

"क्या इनकी पहचान हो पायी है? किस संगठन के हैं ये लोग?"

"बताया जा रहा है कि मारे गये दोनों आतंकवादी हिजबुल मुजाहिदीन ग्रुप के हैं। और हमारे साथ इस वक़्त राजा साहब हत्याकांड की जांच कर रही स्पेशल इन्वेस्टिगेटिव टीम के हेड अजय कुमार शर्मा भी जुड़ गये हैं।"

"अजय जी कैसे हुआ यह एनकाउंटर?"

"तहकीकात के बाद हम इस नतीजे पर पहुंचे कि उपमुख्यमंत्री जी की हत्या के पीछे एक बहुत बड़ी साज़िश है। इसको पाकिस्तान में बैठे आकाओं के इशारे पर अंजाम दिया गया है। हमें सूचना मिली कि आज सुबह तड़के ये लोग दिल्ली की तरफ कूच करने वाले हैं। हमारी जानकारी सही थी। जैसा कि आप देख रहे हैं। ये लोग पूरी तैयारी के साथ निकल रहे थे।"

"क्या-क्या मिला इनके पास से?"

"एक एके-47 है, एक पिस्टल और कुछ हैंड ग्रेनेड भी हैं।"

"इनके नाम पता चल पाये हैं?"

"अभी नहीं लेकिन हमें ऐसा शक है कि ये जम्मू कश्मीर के हैं। पाकिस्तान के कब्ज़े वाले कश्मीर में मुज़फ्फराबाद के क़रीब इन लोगों को ट्रेनिंग दी गयी। राजा साहब की हत्या के बाद दिल्ली में भी कुछ नेताओं की हत्या करने का इनका प्लान था, जो आज हमने नाकाम कर दिया।"

"तो ये एक बड़ी और सुनियोजित साज़िश थी?"

"जी, बहुत बड़ी साज़िश थी। कई नेता और मंत्री इनके निशाने पर थे। देश का माहौल ख़राब करना और दंगे कराना इनका मकसद था।"

समर ने टीवी बंद कर दिया। अब कोई और न्यूज़ आज रात तक नहीं आनी थी। *जीवीएन* को अपनी खुराक मिल गयी थी। गौरव वर्मा के लिये आज का दिन बड़ा था, तो *नेशनल न्यूज़* के लिये मुश्किल हो गयी। काली का जो इंटरव्यू आज दिन भर उनके लिये बड़ी टीआरपी लेकर आता, वह पीछे चला गया। राजा साहब की हत्या आतंकवादी वारदात थी। यह ख़बर इस साल की सबसे बड़ी हत्या की थी। किसी राजनेता की हत्या आतंकवादियों ने काफी अरसे के बाद की थी। यह वाकई बड़ी घटना थी। इसके बाद अब किसी को राजा साहब की हत्या पर कोई सवाल नहीं करना था। राजा राघवेंद्र प्रताप सिंह का केस हमेशा के लिये ख़त्म हो गया।

***

सुबह के ठीक 9 बजे समर प्रताप सिंह की जिप्सी जेपी ग्रीन्स के बूमरैंग क्लब के बाहर रुकी। पहली बार वह इस जगह पर आया था। जेपी ग्रीन्स के बूमरैंग क्लब की भव्यता देख कर वह हैरान था। कहने को नया क्लब है, लेकिन लगता अंग्रेज़ों के ज़माने का है। बाहर से लाल पतली ईंट की बनावट और अंदर से लकड़ी का पूरा इंटीरियर किसी पहाड़ी इलाके की इमारत जैसा लगता है। जब अंदर आया तो देखा कि आमना चौधरी एक टेबल पर पहले से मौजूद है।

पिंक कलर की पोलो शर्ट और नेवी ब्लू गॉल्फ शॉर्ट्स में वह बला की ख़ूबसूरत लग रही थी। उसके सामने फ्रूट प्लैटर और जूस का गिलास रखा हुआ था। समर को दखते ही वह मुस्कराई और बैठने का इशारा किया। यह पूरा मंज़र ही समर के लिये नया था। बाईं तरफ देखने पर दूर तक फैला गॉल्फ कोर्स। जहां लोग थे। गॉल्फ कार्ट थीं।

"जेपी ग्रीन्स गॉल्फ कोर्स केवल देश ही नहीं दुनिया के सबसे लंबे गॉल्फ कोर्स में से एक है।" समर को गॉल्फ कोर्स की तरफ देखता पाकर आमना ने कहा।

समर ने धीरे से सिर हिलाया।

"इसकी ये हरी-हरी घास भी विदेशी है। बरमूदा एवरग्रीन। सख़्त धूप में भी ख़राब नहीं होती। और चांदी जैसे चमकते हुए वो बंकर देख रहे हो न, ये ख़ास मैलबर्न के गॉल्फ कोर्स जैसे डिजाइन किये गये हैं।"

"अद्भुत है ये सब। लोग आते हैं यहां?" उसने पूछा।

"पहले से बुकिंग करानी पड़ती है। आपके पास मेंबरशिप होनी चाहिये। ऐसे ही नहीं कोई यहां आ जाता।" आमना ने थोड़े गर्व से कहा।

"कितने पैसे लगते हैं मेंबरशिप के?" समर ने पूछा।

"नो आइडिया! मैंने तो यहां घर खरीदा था, तो उसके साथ मेंबरशिप मिली। सामान्य मेंबरशिप अब बंद है। शायद पच्चीस लाख रुपए में मिलती है।" यह कहकर उसने जूस का एक सिप लिया।

"आपको शुरू से गॉल्फ खेलने का शौक है?"

"पहली बार पापा के साथ गुलमर्ग के गॉल्फ कोर्स में खेला था। पापा को लगा कि मुझमें टैलेंट है। फिर जहां-जहां उनका ट्रांसफर होता रहा। वहां मैं खेलती रही। पापा के आर्मी में होने का फायदा रहा। हर जगह गॉल्फ कोर्स मिलता ही रहा। प्रो भी बन सकती थी मैं। चांस था मेरे पास। लेकिन जर्नलिज़्म मुझे गॉल्फ से ज़्यादा भा गया।"

समर सोच रहा था कि कुछ लोगों के लिये ज़िंदगी कितनी आसान होती है। उसने रात को आमना को मैसेज करके मिलने की ख्वाहिश ज़ाहिर की थी। जिसके जवाब में आमना ने सुबह 9 बजे यहां बुला लिया था।

"तो कहिये क्या बात करना चाहते हैं आप? ओह, आई एम रियली सॉरी। मैं तो आपसे पूछना ही भूल गयी। आप कुछ लेंगे?"

"मेरे लिये सिर्फ चाय ही ठीक है।"

आमना ने वेटर को बुलाया और चाय ऑर्डर कर दी।

"आप राजा राघवेंद्र प्रताप सिंह से आख़िरी बार कब मिली थीं?" समर ने पूछा।

"मैं तो राजा साहब से कभी मिली ही नहीं। वैसे आप राजा साहब के बारे में बात करने आये हैं?"

"क्यों? मैं उनके बारे में बात क्यों नहीं कर सकता?"

"नहीं, ऐसा नहीं है। मुझे लगा कि आप मेरे कल के शो के बारे में बात करना चाहते हैं। शायद आप मुझसे खफा होंगे।"

"अरे, वो तो आपका काम है। आप मेरा इस्तीफा मांगिये या जो मर्ज़ी आये कीजिये। यहां मैं अपनी इन्वेस्टिगेशन के सिलसिले में आया हूं।"

"राजा साहब की हत्या की इन्वेस्टिगेशन तो आप कर नहीं सकते। वह तो किस्सा ही तमाम हो गया है आज सुबह। आतंकवादियों को मार गिराया गया है। तो सवाल यह है समर साहब कि आप मुझसे मिलना क्यों चाहते हैं? असल माजरा क्या है?" आमना ने अपनी बड़ी-बड़ी आंखें घुमाते हुए पूछा।

"आप सही कह रही हैं। दरअसल मैं आपसे स्वामी गजानन के मामले की बात करना चाहता हूं।" समर ने कहा। वह यह देख रहा था कि पिछले दो साल में आमना काफी बदल चुकी है। आज वह एक सहमी सी नयी पत्रकार के सामने नहीं बैठा था, बल्कि एक कॉन्फिडेंट एंकर के सामने बैठा था।

"स्वामी गजानन के बारे में मुझसे क्या बात करना चाहते हैं?"

"यही कि आप उन्हें कितना जानती थीं?"

"मैं क्यों जानने लगी उन्हें? मुझे तो कुछ भी नहीं पता। जिस दिन उनकी हत्या हुई, तभी गूगल करके जो तुरंत लिखा और पढ़ा, वो बोल दिया। मैंने तो कभी उनका नाम भी नहीं सुना था।"

"अच्छा कभी किसी और ने उनका ज़िक्र किया हो आपके सामने?"

"कौन करेगा उनका ज़िक्र? आज की जेनरेशन में कौन स्वामी जी जैसी बातें करता है? ये तो सब पुरानी जेनरेशन की बातें हैं। गरीब-गुरबों की बातें। वो क्या कहते हैं: हाशिये का समाज। मुझे तो समझ ही नहीं आया हाशिये का समाज क्या होता है। एक शब्द और था, वो सर्व...सर्व...हां...सर्वहारा। मुझे तो मतलब जानने के लिये पूछना पड़ा था। इतनी मुश्किल हिंदी किसे समझ आती है?"

समर को उसकी बातों पर हंसी आ रही थी। हाशिये का समाज और सर्वहारा का मतलब ये आर्मी कैंटोनमेंट में पलने और अंग्रेज़ी मीडियम या

कॉनवेंट स्कूल में पढ़ने वाली लड़की क्या जाने? सही भी है इससे ये उम्मीद क्यों लगायी जाये।

"तो आपसे कभी किसी ने इस बात का ज़िक्र नहीं किया?"

"कौन करेगा मुझसे ऐसी बातें इंस्पेक्टर समर?"

"कभी नैना ने की हो शायद," बेहद कैजुअल अंदाज़ में उसने कहा।

"नैना?" कहते हुए आमना की आंखें चौड़ी हो गयीं। उसने भले ही कैजुअल अंदाज़ में कहा हो, लेकिन आमना का रिएक्शन कैजुअल नहीं था। "वो साइको मुझे क्यों गजानन के बारे में बताने लगी?"

"शायद बताया हो कभी, याद कीजिये।" समर ने आराम से कहा।

"उस साइको के बारे में जानने के लिये आप यहां आये हैं? मुझे आपसे कोई बात नहीं करनी। पहले ही उसकी वजह से मुझे काफी परेशानी उठानी पड़ी है। मैं उसके बारे में किसी से कोई बात नहीं करना चाहती। नैना वशिष्ठ मेरी ज़िंदगी का एक ऐसा बदनुमा दाग है, जिसे मैं याद ही नहीं रखना चाहती। इसके बाद अब आप मेरे सामने उसका नाम नहीं लेंगे, वरना यह बातचीत यहीं ख़त्म समझिये।"

"ओके, लेकिन अगर आपको कुछ याद आये तो मुझे ज़रूर बताइयेगा।"

"मैं ऐसा कुछ नहीं करने वाली।" आमना ने सर्द लहजे में जवाब दिया।

"अगर मुझे गौरव से बात करनी हो तो किससे रिक्वेस्ट करनी होगी?"

"उसकी सेक्रेटरी है। उसे फोन कर लीजिये। मैं नंबर भेज देती हूं। पर बचकर रहियेगा इंस्पेक्टर, आपको भूला नहीं है गौरव।"

"जानता हूं, लेकिन मुझे बात तो करनी ही है उससे। कोई तो रास्ता होगा?"

"आप गौरव से अब बात तभी कर पायेंगे जब गौरव चाहेगा। गौरव वर्मा अब *नेशनल न्यूज़* का मैनेजिंग एडिटर नहीं, हज़ार करोड़ के *जीवीएन* चैनल का ओनर है। देश का सबसे चर्चित एंकर है।"

"जानता हूं...आप ही मेरी बात करा दीजिये ना।"

"आपकी वजह से उसकी बहन जेल गयी। वह आपसे क्यों बात करेगा?"

"बात तो आपकी सही है, लेकिन स्वामी गजानन केस में मुझे कुछ जानना है, इसलिये मेरा मिलना ज़रूरी है।"

"वही सवाल करना है आपको, जो मुझसे किया है? खैर, आपके सवाल पर मेरा जवाब तो ये है कि मुझसे नैना ने कभी कुछ नहीं कहा। मेरी तो इतनी बात भी नहीं होती थी उससे। और हां, आई डोंट थिंक सो कि इस बारे में आपको गौरव भी कुछ बतायेगा। मुझे तो लगता है, उस तक आप शायद कभी पहुंच भी नहीं पायेंगे। मेरी एडवाइस मानिये, आपको गौरव का पीछा छोड़ कर नवीन और उसके पति सर्वेश से बात करनी चाहिये। इसकी एक वजह यह भी है कि गौरव आजकल अपनी नयी नॉर्वेजियन गर्लफ्रेंड में बिज़ी है।"

समर कोई जवाब देता इससे पहले ही उसके फोन की घंटी बज उठी। फोन पर कही गई बात सुनकर वह चौंक गया। उसने फोन रखा तो आमना ने पूछा, "क्या हुआ?"

"दिल्ली में एक और मर्डर हो गया। ठीक वैसे ही जैसे स्वामी गजानन का हुआ। हूबहू उसी तरह।"

***

प्रकाशक जयराम गुप्ता की हत्या की जानकारी सुबह 11 बजे तब मिली, जब वहां काम करने वाले कर्मचारी पहुंचे और दरवाज़ा बंद मिला। ऐसा पहले कभी नहीं हुआ था। जयराम गुप्ता दरियागंज में ही रहते थे। नीचे दफ्तर था और ऊपर उनका घर। पुलिस को फोन किया गया। दरवाज़े का ताला तोड़ा गया। ऊपर के कमरे में जयराम गुप्ता की लाश मिली।

सब कुछ ठीक वैसा ही था जैसा स्वामी गजानन के मामले में था। गला काटकर हत्या की गयी थी। प्राइवेट पार्ट काट कर मुंह में ठूंस दिया गया था। दीवार पर 'पिशाच' लिख दिया गया था। संदेह की कोई वजह नहीं थी।

दफ्तर के बाहर लगे सीसीटीवी से पता चलता है कि एक लड़की रात को 11 बजे के क़रीब पैदल आयी और रात 2 बजे पैदल ही निकल गयी। मोड़ के बाद वह किसी गाड़ी में बैठी है इतना तो नज़र आया, लेकिन वह गाड़ी कौन सी थी? किसकी थी? उसका नंबर क्या था? यह पहचान में नहीं आया। इस बार भी लड़की के चेहरे पर मास्क लगा हुआ था।

रात में सीसीटीवी की क्वालिटी वैसे ही बेहद ख़राब होती है। इससे ज़्यादा कुछ पता नहीं चला वहां। जयराम गुप्ता का मोबाइल फोन भी रात से ही बंद था। वह फोन भी गायब था, पुलिस को नहीं मिला। दफ्तर में काम करने वाले किसी भी शख़्स को नहीं पता कि यह लड़की कौन थी। वैसे यह बात सबको

पता थी कि जयराम गुप्ता लड़कियों के मामले में स्वामी गजानन के भाई जैसा ही था। वह लंगोट का इतना कमज़ोर था कि कई बार लेखिकायें इसकी शिकायत कर चुकी थीं। कई बार तो उसकी जमकर पिटायी भी हुई थी। वह लेखिकाओं को रचनाओं पर डिस्कस करने के लिये अंदर कमरे में ले जाता और फिर उनका फायदा उठाने की कोशिश करता। जो लेखिका सहमत हो गयीं, उनका तो पता नहीं पर कुछ ने तो न केवल उसकी इस कोशिश पर उसे तमाचे जड़े, बल्कि बाहर लेखकीय जमात में उसे उजागर भी कर दिया था। यह और बात है कि इन सबके लफड़े में कभी पुलिस नहीं आयी।

इस केस को शायद कोई इतनी तवज्जो नहीं देता पर स्वामी गजानन के चक्कर में ये भी सुर्ख़ियों में आ गया। आज तो इस केस पर भी टीवी न्यूज़ में ज़बरदस्त चर्चा होनी थी। पर समर ने कुछ देर बाद टीवी बंद कर दिया।

दरियागंज के एसएचओ ने सारी तस्वीरें और जानकारी उसे दे दी थी। जयराम गुप्ता और स्वामी गजानन काफी क़रीबी थे। पिछले पच्चीस सालों से स्वामी गजानन की सारी किताबें वही छापता था।

दुनिया को भले ही न पता हो, पर इंस्पेक्टर समर प्रताप सिंह इस सच्चाई को जानता था कि अब तक एक ही तरीके से दो नहीं बल्कि तीन हत्याएं हो चुकी हैं और हत्यारे का अब तक कुछ पता नहीं चला है। दुनिया की नज़र में एक हत्या का तो इंसाफ हो भी चुका था, लेकिन बाकी दो का इंसाफ कब होगा? इस हत्या की ख़बर आने से पहले ही समर ने नैना वशिष्ठ के पति सर्वेश सिंह देव को थाने बुला लिया था। राजा राघवेंद्र प्रताप सिंह की हत्या के बाद से उसके दिमाग में लगातार नैना का ख्याल आ रहा था। तीसरी हत्या के बाद अब उसे इस केस की तह में जाने की और भी जल्दी थी। सर्वेश के थाने में पहुंचते ही समर ने उससे पूछताछ शुरू कर दी।

बीते दो साल में सर्वेश की दाढ़ी-मूंछ और सिर के बाल सफेद हो चुके थे। वह पहले की तरह ही पतला-दुबला था, और उसमें बहुत ज़्यादा फर्क नहीं आया था।

"क्या तुम और नैना, स्वामी गजानन को जानते थे?" समर ने पूछा।

"अगर उनकी कविता और विचारों की बात है, तो मैंने उनको पढ़ा है। नैना भी शायद जानती ही होगी। लेकिन पक्के तौर पर कुछ कह नहीं सकता।"

"तुम या नैना कभी स्वामी गजानन से मिले थे?"

"नहीं, मैं तो नहीं मिला। जहां तक मुझे याद है नैना भी कभी नहीं मिली। कम से कम मुझसे तो कभी उसने इस बात का ज़िक्र नहीं किया। लेकिन आप ये बातें मुझसे क्यों पूछ रहे हैं?" सर्वेश ने सवाल किया। उसके चेहरे पर उलझन साफ नज़र आ रही थी।

समर की मुश्किल यह थी कि वह स्वामी गजानन के मर्डर केस में नैना मर्डर केस से जुड़े लोगों से पूछताछ कर रहा था और वह यह बात किसी को बता भी नहीं सकता था। एक बार उसके मन में आया कि वह बोल दे कि *बस, जानना था कि कहीं स्वामी गजानन के मर्डर से तुम्हारा कोई कनेक्शन तो नहीं है?* पर वह इसके नतीजे भी जानता था। वह तो यह भी नहीं कह सकता था कि असल में राजा राघवेंद्र प्रताप सिंह का मर्डर भी इसी कड़ी का हिस्सा है। राघवेंद्र प्रताप सिंह का अंतिम संस्कार हो चुका था। उनकी हत्या के आरोपी मारे जा चुके थे। यह कहानी अब कभी खुलने वाली नहीं थी। तो वह कैसे बताये कि किस बात की जांच कर रहा है।

"तो तुम्हारे हिसाब से तुम्हारा या नैना का कोई कनेक्शन स्वामी गजानन से कभी नहीं रहा?"

"मैं कभी नहीं मिला हूं स्वामी गजानन से।"

"सोचना ज़रा। दिमाग पर ज़ोर डालना। कुछ याद आये; कोई ऐसी बात जो नैना ने कभी कही हो, तो मुझे फोन करना। ठीक है? अब तुम जा सकते हो।"

सर्वेश ने सिर हिलाया और चला गया। उसे कुछ समझ नहीं आया कि आख़िर स्वामी गजानन के बारे में इंस्पेक्टर समर उससे क्यों पूछताछ कर रहा है।

समर ने सर्वेश के जाते ही नवीन शर्मा को फोन लगाया। उसे पता था कि नवीन अब दिल्ली में नहीं रहता। वह बिहार में अपने घर लौट गया है। गांव में रह कर ऑर्गेनिक फार्मिंग कर रहा है।

"हैलो! नवीन शर्मा?"

"जी समर साहब, कैसे हैं?" नवीन ने पूछा, "बताइये इतने दिनों बाद कैसे याद किया?"

"एक बात बताइये, क्या आप स्वामी गजानन को जानते हैं?"

"अरे कैसी बात कर रहे हैं आप? कौन नहीं जानता है उनको? लेकिन बहुत बुरा हुआ उनके साथ। सुना है आप ही उनके मर्डर की भी जांच कर रहे हैं। कुछ पता चला?"

"बस केस क्लोज़ होने ही वाला है। एक बात पूछनी थी आपसे, क्या नैना भी स्वामी गजानन को जानती थी? उनसे कभी मिली थी?"

"मुझे कैसे पता होगा सर कि नैना कभी स्वामी जी से मिली थी या नहीं?"

"यार नवीन, अब इतने भी भोले न बनो। नैना बातें तो सबसे ज़्यादा तुमसे ही करती थी। अपने पति से भी ज़्यादा।" समर जानता था कि नवीन ये सुनकर ख़ुश ही होगा। नैना उसकी कमज़ोरी जो थी।

नवीन ने एक गहरी सांस ली और बोला, "आपकी ये बात तो सही है इंस्पेक्टर कि वह सबसे ज़्यादा भरोसा मुझ पर करती थी। सब कुछ बताती थी मुझे।"

"याद कीजिये, क्या पता कभी स्वामी गजानन के बारे में कुछ कहा हो उसने?"

"मेरी याद में तो ऐसा कुछ नहीं कहा उसने। न, कभी कोई बात नहीं हुई।" उसने सोचते हुए कहा।

"लेकिन फिर भी सोचना। शायद कुछ याद आ जाये, याद आ जाये तो बताना ज़रूर।"

"ठीक है, लेकिन नैना का स्वामी गजानन की हत्या से क्या लेना-देना है?"

"कुछ नहीं है। बस ऐसे ही जानने की कोशिश कर रहा था।" कहकर समर ने फोन बंद कर दिया।

इस बीच कॉन्स्टेबल रावत अंदर आ गया। उसके हाथ में स्वामी गजानन के फोन की कॉल डिटेल्स थीं। आते ही वह बोला, "सर ये रिपोर्ट आ गयी है। ज़्यादातर फोन नंबर चेक कर लिये हैं। बस एक ही नंबर है जो बंद है। लेकिन वह नंबर यहां का लग नहीं रहा। ट्रू कॉलर से पता नहीं चल रहा था, तो मैंने गूगल पर चेक किया, तब पता चला कि ये बेल्जियम का नंबर है।"

समर ने उस नंबर को देखा। सामान्य सा नंबर था। विदेशी नंबर, वह भी बेल्जियम का। मतलब यह रास्ता भी बंद।

"चलो देखते हैं। नज़र रखो।"

"जी सर।" कहते हुए रावत बाहर चला गया।

समर सुबह से कई बार गौरव वर्मा की सेक्रेटरी को फोन कर चुका था, पर उसकी गौरव से अभी तक बात ही नहीं हो पायी थी। *क्या किया जाये? कैसे यह केस ख़त्म होगा? कौन है यह लड़की?* सोचते-सोचते उसने अंजलि सिन्हा को फोन लगा दिया।

"नमस्ते दीदी! कैसी हैं आप?"

"एकदम बढ़िया। और तुम?"

"ऑल वेल।"

"कैसे याद किया?"

"यह जयराम गुप्ता, पब्लिशर, कैसा आदमी है?"

"है या था?" उन्होंने हंसते हुए कहा।

"ख़बर पहुंच गयी आप तक?"

"अरे साहित्यिक सर्कल में हड़कंप मचा है। तुम ख़बर की बात कर रहे हो?"

"तो कैसा आदमी था ये गुप्ता?"

"आदमी कोई ख़ास नहीं था। लंपट था, पर स्वामी गजानन का आदमी था, सो भाव मिलता रहा उसे। शादी उसने की नहीं, या फिर कोई लड़की उसे मिली नहीं। एकदम लफंगा था। हर वक़्त औरतों के पीछे लार टपकाता रहता था।"

"स्वामी गजानन क्या इतना बड़ा आदमी था कि वह पब्लिशर को एस्टैब्लिश कर सकता था?"

"स्वामी ने ही इसका पब्लिशिंग हाउस खुलवाया था। उसी की किताबें छापता था। स्वामी के रसूख से देश भर की लाइब्रेरियों में, इसके यहां से छपी किताबों की सरकारी खरीद हो जाती थी। इसी से वह पैसे वाला बन गया।"

"सरकारी खरीद का क्या मतलब है?"

"अरे, भारत सरकार किताबें भी खरीदती है।"

"कमाल है। सरकार को क्या ज़रूरत है किताबों की?"

"देश भर की लाइब्रेरीज़ को किताबें चाहिये न? कहां से आयेंगी, कैसे जायेंगी? सेंट्रल लाइब्रेरी फाउंडेशन के माध्यम से किताबें खरीदी जाती हैं। अरबों रुपये का बजट है इनका। ये लोग किताबें न खरीदें तो हिंदी पब्लिकेशन हाउसेज़ बंद हो जायेंगे। इन्हीं के दम पर चलते हैं ढेर सारे बुक पब्लिशिंग हाउस।"

"कमाल है, यह तो मुझे पता ही नहीं था!"

"क्या यह शुरू से पैसे वाला आदमी था?" समर ने पूछा।

"पक्का तो नहीं कह सकती, लेकिन इतना जानती हूं कि यह स्वामी की शागिर्दी में काफी समय से था। उनका झोला उठाये पीछे-पीछे घूमता था। कोई पैसा-वैसा होने जैसी बात तो नहीं सुनी थी।"

"अच्छा, कोई और बात जो आपको इसके बारे में पता हो?"

"और तो कुछ नहीं है। हां अगर याद आयेगा, तो बता दूंगी।"

"वैसे आपका फोन क्यों बंद था? मैंने आपको फोन किया था।" समर ने सवाल किया।

"फ्लाइट में हो सकती हूं। मैं एक सेमिनार के लिये जयपुर गयी थी।"

"आप जयपुर में थीं?" समर ने चौंकते हुए कहा।

"हां कोई ख़ास बात?"

"नहीं-नहीं। बस यूं ही। वैसे आप और हिना साहिबा एक-दूसरे को जानते हैं क्या?"

"इस सवाल की कोई ख़ास वजह?"

"हां, क्योंकि आप दोनों फेसबुक फ्रेंड हैं। आपने उस दिन मुझे ये नहीं बताया और यह भी कि आप जयपुर में थीं और वह भी जयपुर में थी। यह क्या महज़ इत्तेफाक है?" समर ने थोड़ा नाराज़गी भरे लहजे में कहा।

"फेसबुक पर फ्रेंड होना कोई रिश्ता क़ायम करना थोड़ी होता है। किसी की पोस्ट अच्छी लगी उससे राबता क़ायम कर लिया। एक रिक्वेस्ट ही तो भेजनी होती है। सामने वाला आपकी प्रोफाइल देखता है और दोस्त बन जाता है। बाकी जयपुर में एक ही वक़्त में हम दोनों साथ थे, तो यह तो महज़ इत्तेफाक ही है।"

"ओके, ठीक है! बाय।" कहते हुए समर ने फोन रख दिया।

"सर," रावत की आवाज़ ने उसे चौंका दिया। उसने सिर उठाकर रावत को देखा। "ये हिना कल रात को अपने घर पर नहीं थी।"

"क्या मतलब?"

"मैंने इलाके के बीट कॉन्स्टेबल को फोन किया था चेक करने के लिये। उसी ने बताया कि घर पहुंचने के कुछ देर बाद ही वह वहां से निकल गयी। फिर सुबह 7 बजे अपने घर वापस लौटी है।"

"इस वक़्त कहां है?"

"अपने घर पर ही है, सर।"

"जाओ, इसी वक़्त उसे यहां लेकर आओ।"

क्या वह क़ातिल के क़रीब पहुंच गया है? क्या काली और हिना मिले हुए हैं? आज यह रहस्य ख़त्म करना ही होगा।

***

नेशनल न्यूज़ पर फिर ब्रेकिंग न्यूज़ चल रही थी।

'प्रकाशक जयराम गुप्ता की हत्या का राज़ खुला।'

'स्वामी गजानन की हत्या से जुड़े हैं तार।'

'स्वामी गजानन का क़रीबी था जयराम।'

वर्षा दत्त टीवी स्क्रीन पर थी। 'अपने दर्शकों को हम बताना चाहेंगे कि स्वामी गजानन और प्रकाशक जयराम गुप्ता की हत्या की कड़ियां आपस में मिली हुई हैं। दरअसल ये दोनों एक ही सिक्के के दो पहलू हैं। अब से कुछ देर पहले काली से मेरी बात हुई है। उसका कहना है कि जयराम गुप्ता वही शख्स है, जो बलात्कार के अगले दिन गुंडों को लेकर उसके घर पहुंचा था। यह वही शख्स था जिसने काली के दरवाज़े पर लिखा था "बलात्कारी पिता"। जिसने सरेआम काली के पिता को पीटा था और उन्हें अपनी ही बेटी का बलात्कारी बताया था।

'काली के मुताबिक उसने ही जयराम गुप्ता की हत्या की है। साथ ही उसने एक वीडियो भी हमें भेजा है, जिसमें जयराम गुप्ता यह मान रहा है कि उसने ही स्वामी गजानन को बचाने के लिये सारा कांड रचा था। पुलिस वाले को भी उसने ही सेट किया था। गुंडे भी वही लेकर गया था। आइये, अब हम आपको दिखाते हैं जयराम गुप्ता का यह कुबूलनामा।'

स्क्रीन पर सिर्फ जयराम की गर्दन से ऊपर का हिस्सा ही दिखायी देने लगा। सिर पर कोई बाल नहीं, बगैर दाढ़ी मूंछ का चेहरा। आंखों में दहशत, मानो मौत को साक्षात देख रहा था वह। कुबूल कर रहा था सब कुछ। वही कहानी जो काली पहले सुना चुकी थी।

स्वामी गजानन की कहानी काली ख़ुद बता चुकी थी। कुबूल कर चुकी थी कि हत्या उसी ने की है और वह भी वजह के साथ...हत्या के पीछे कौन है, उसका नाम पता है। लेकिन उस नाम के पीछे चेहरा किसका है, यह कोई नहीं जानता।

समर प्रताप सिंह के लिये एक रास्ता खुल रहा था, तो दूसरा रास्ता बंद हो रहा था। हिना साहिबा का रास्ता जैसे ही खुलता था, वैसे ही काली आ जाती थी टीवी पर। *क्या कनेक्शन है दोनों के बीच, सिवाय इसके कि दोनों को ही स्वामी गजानन ने बलात्कार का शिकार बनाया? दोनों की ज़िंदगी बर्बाद करने वाला शख्स एक ही है।* सोचते-सोचते समर के दिमाग में एक बात कौंधी। अगर यह पता चल जाये कि ये घटना कहां की है, तो सारा मामला साफ हो जायेगा।

उसने हिना साहिबा से सवाल-जवाब करने का फैसला किया। कुछ देर पहले ही वह थाने में पहुंच चुकी थी। उसके कहने पर एक महिला कॉन्स्टेबल हिना को अंदर ले आयी।

समर ने उसे घूरकर देखा।

हिना के चेहरे पर निश्चिंतता थी। उसने समर को कोई तवज्जो नहीं दी। बैठते ही बोली, "बताइये, अब क्यों ले आया गया है मुझे?"

"आप कल रात को कहां थीं?"

"आपका इससे क्या लेना-देना?"

"लेना-देना है। मैंने आपसे कहा था कि आप अपने घर से कहीं नहीं जायेंगी। तो फिर आप अपने घर पर क्यों नहीं थीं?"

"अरे मैं अपने घर पर रहूं या किसी दोस्त के यहां, इससे आपको क्या प्रॉब्लम है?"

"मुझे वह पता चाहिये जहां आप रात में गयी थीं।"

"मैं आपको वहां का पता नहीं बता सकती। यह मेरा प्राइवेट मामला है।"

"मैं आपको क़त्ल के इल्ज़ाम में गिरफ्तार कर सकता हूं।"

"किसके क़त्ल के इल्ज़ाम में?"

समर ने उसे गौर से देखा। *क्या ये लड़की शातिर है? क़ातिल है? या ज़रूरत से ज़्यादा बेवकूफ है।*

"प्रकाशक जयराम गुप्ता के क़त्ल के इल्ज़ाम में।"

"ये कौन है? इससे मेरा क्या लेना-देना है?"

"आपका लेना-देना है। जिस वक़्त आप घर से बाहर थीं, उसी वक़्त इसका क़त्ल हुआ है।"

"तो, उस वक़्त न जाने कितने लोग घर से बाहर रहे होंगे, तब तो सब पर क़त्ल का इल्ज़ाम लग जाना चाहिये।"

"लेकिन हर कोई स्वामी गजानन से कनेक्टेड नहीं है।"

"तो ये गुप्ता भी गजानन से कनेक्टेड है? इसलिये आप मुझ पर शक कर रहे हैं?"

समर ने गजानन और गुप्ता का पूरा कनेक्शन हिना को बता दिया और बोला, "अब आप अपनी गिरफ्तारी एक ही सूरत में रुकवा सकती हैं, अगर आप यह बता दें कि रात को आप कहां थीं?"

"मैं आपको ये बात नहीं बता सकती।" उसने सख्त लहजे में कहा।

"ये आपका आख़िरी फैसला है? तो ठीक है..."

समर ने महिला हेड कॉन्स्टेबल को इशारा किया और कहा, "इन्हें अंदर बैठा दो।"

"अपना फोन मुझे दे दीजिये," कहकर समर ने हिना से उसका मोबाइल मांग लिया। समर ने देखा कि यह आईफोन10 था। उसने पूछा, "इसका कोड?"

"पहले आप मुझे गिरफ्तार कीजिये, कोर्ट ले चलिये, फिर रिमांड पर लीजिये तब आपको कोड मिलेगा।" कहते हुए वह उखड़ते हुए उठ खड़ी हुई।

"आप अपने किसी रिश्तेदार को बुला लीजिये जिससे गिरफ्तारी की कार्यवाही पूरी हो सके।" समर ने कहा।

"मेरा इस दुनिया में कोई नहीं है।" कहकर हिना महिला हेड कॉन्स्टेबल के साथ बाहर चली गयी।

समर तय नहीं कर पाया कि हिना साहिबा के मन में क्या है। वह डरी हुई है, घबराई है, या फिर ज़रूरत से ज़्यादा स्मार्ट है। आख़िर वह रात को कहां

थी, यह बताने में उसे क्या हर्ज़ है। अगर वह निर्दोष है तो क्यों नहीं बताना चाहती कि वह उस वक़्त कहां थी।

***

डीसीपी जे.के. शर्मा ने अपने ऑफिस में एक मीटिंग बुलायी थी। एसीपी राजेश चौहान और इंस्पेक्टर समर प्रताप सिंह उनके सामने बैठे थे।

"केस काफी पेचीदा हो गया है। प्रेशर बढ़ रहा है। ख़ासतौर से तुम पर, समर। *जीवीएन* चैनल तुम्हारे पीछे पड़ा है।"

"सर, मैं गौरव वर्मा से मिलना चाहता हूं। उससे बात करना चाहता हूं, लेकिन वो वक़्त ही नहीं दे रहा।"

"तुम उससे नहीं मिल पाओगे समर। गौरव अब अपना मालिक ख़ुद है। पहले उसकी कंपनी ने तुम्हें उसके दफ्तर में जाने दिया था और अपने कर्मचारी से बात करने दी थी, लेकिन इस बार ये संभव नहीं है। तुम्हें पता है कि वह तुमसे निजी अदावत ही नहीं रखता, बल्कि तुमसे नफरत भी करता है।"

"लेकिन सर, मैं तो अपनी ड्यूटी कर रहा था। वैसे सर, मुझे लग रहा है कि गौरव वर्मा का इस केस से कनेक्शन है। किसी न किसी रूप से यह मामला भी नैना हत्याकांड से जुड़ा है।"

"क्यों लगता है तुम्हें ऐसा?" एसीपी राजेश चौहान ने पूछा।

"देखिये सर, राजा राघवेंद्र प्रताप सिंह का मर्डर क्यों हुआ, हमें ये ज़रूर सोचना होगा। वह भी ठीक उसी तरह जैसे स्वामी गजानन और प्रकाशक जयराम गुप्ता का हुआ है।"

"स्वामी और जयराम तो जुड़े हैं, लेकिन राजा का कनेक्शन कहां है समर?"

"सर, हत्या का तरीका। कोई एक ही तरीके से स्वामी, राजा और गुप्ता को क्यों मारेगा? फिर तीनों जगह 'पिशाच' लिखा गया है। मैं चेक करा चुका हूं कि तीनों जगह की हैंडराइटिंग एक जैसी है। कोई एक ही इंसान है जिसने तीनों जगह यह शब्द लिखा है। इसका मतलब तीनों का हत्यारा एक है, और वह जो संदेश देना चाहता है वह इस शब्द से दे रहा है।"

"ये कैसे संभव है?"

"सर देखिये, राजा का स्टेटस और बाकी दोनों के स्टेटस का आपस में कोई तालमेल नहीं है। इसलिये एक ही चीज़ है जो तीनों को जोड़ती है, वह है सेक्स। स्वामी और राजा दोनों ही सेक्स मैनियेक थे। सेक्स के लिये किसी से ज़्यादती करने में उन्हें कोई दिक्कत नहीं थी। ख़ासकर उनके रसूख को देखते हुए कोई उनके खिलाफ जा नहीं पाया। ऐसे में कोई तो ऐसा है, जिसे इन दोनों ने ही सताया हो। कोई ऐसा हो सकता है जो इन दोनों लोगों से बदला ले रहा है। रही गुप्ता की बात तो वह मुफ्त में मारा गया या हो सकता है उसने किसी ज़्यादती में गजानन का साथ दिया हो। मुझे तो यह भी लगता है सर कि यह मेरे पिछले केस से कहीं न कहीं जुड़ा है।"

"नैना हत्याकांड से? ओह तो इसलिये तुम गौरव वर्मा से मिलना चाहते हो?"

"सर मुझे लगता है कि नैना का कुछ न कुछ कनेक्शन किसी न किसी रूप में स्वामी गजानन के साथ है। यह बात गौरव को पता हो सकती है। वह नैना का बॉस ही नहीं उसके काफी क़रीब भी था। नैना के पति सर्वेश सिंह देव, उसके दूसरे बॉस नवीन शर्मा और सहयोगी आमना चौधरी से मैं मिल चुका हूं। बस गौरव से मिलना ही बाकी है। आप दोनों इस मामले में मेरी हेल्प कर दीजिये सर। क्या पता हमें कुछ मिल ही जाये।"

"मुश्किल है, समर। तुम्हें तो यह पता ही होगा कि वह सीधे-सीधे ऊपर के किन दो लोगों से बात करता है?" इशारों-इशारों में शर्मा जी ने जता ही दिया, "तुम्हें तो पता ही है, प्रोटोकॉल के तहत हममें से किसी की तो छोड़ो, दिल्ली पुलिस कमिश्नर तक बिना उसके बुलाये उसके पास पहुंच नहीं सकते। ऐसे में गौरव वर्मा को छूने का मतलब..."

"लेकिन सर, कोई तो रास्ता होगा?"

"समर, सरकारी सुरक्षा के बावजूद वह अपने भी छह बाउंसर लेकर चलता है। उसके पास अपना प्राइवेट प्लेन भी है। वह तो कॉमर्शियल एयरलाइंस में भी ट्रैवल नहीं करता। तुम उसे देख लेते हो टीवी पर यही बहुत है, पूछताछ तो भूल ही जाओ।"

"प्राइवेट प्लेन?" समर और एसीपी चौहान ने हैरानी से शर्मा जी की तरफ देखा।

"जी हां, वह अब पुराना गौरव वर्मा नहीं है। आज वह बड़ा रसूखदार आदमी है। गौरव का नया घर देखा है? अब वह फ्लैट में नहीं रहता। कोठी में

रहता है, वो भी ग्रेटर कैलाश में। अभी नयी बनी है। किसी पत्रिका में उसकी तस्वीरें देखी थीं। उस पर अपना वक़्त बर्बाद मत करो। देखो कमिश्नर साहब का फोन आया था। वह केस के बारे में पूछ रहे थे। स्वामी गजानन और प्रकाशक जयराम गुप्ता के मामलों में एक स्पेशल इन्वेस्टिगेशन टीम बनाने के बारे में कहा है।"

"एसआईटी?" समर ने कहा।

"बहुत प्रेशर है समर। सरकार और साहब लोगों के साथ मीडिया, और अब यह काली और हिना का खुलासा। बात तेज़ी से हमारे हाथ से निकलती जा रही है। आख़िर कुछ तो हमें पब्लिक को बताना ही होगा। एक हफ्ता होने को आया है।"

"सर, मुझे बस थोड़ा सा वक़्त और दे दीजिये।" समर ने रिक्वेस्ट की।

"लेकिन वक़्त के लिए कुछ दिखाने को भी तो नहीं है हमारे पास।"

"सर है ना, हिना साहिबा है ना। मैंने उसे थाने में ही रोक रखा है। उससे पूछताछ कर रहा हूं। हमारे पास सूचना है कि जिस रात को जयराम गुप्ता का मर्डर हुआ, वह अपने घर में नहीं थी। वह बता भी नहीं रही कि वह उस वक़्त कहां गयी थी। सीसीटीवी फुटेज में किसी महिला को जयराम के ऑफिस से निकलते देखा गया है।"

"तो तुमको लगता है कि वह इस केस में इन्वॉल्व है?"

"सर, कुछ तो गड़बड़ है। कुछ तो छिपा रही है ये हिना। मुझे उम्मीद है इसी से कोई रास्ता निकलेगा।"

ठीक उसी समय डीसीपी शर्मा के फोन पर एक नोटिफिकेशन आया। उन्होंने उसे देखा तो हैरान रह गये। उन्होंने अपना फोन समर और एसीपी चौहान के सामने कर दिया। स्क्रीन पर उस समय लिखा नज़र आ रहा था—

'स्वामी गजानन का कुबूलनामा!'

'मैंने नौ साल की बच्ची से बलात्कार किया था।'

फिर एक वीडियो चलने लगा, जिसमें स्वामी कहता दिख रहा है, 'मैं पापी हूं, व्याभिचारी हूं'। पूरे वीडियो के लिए, देखते रहिये *नेशनल न्यूज़*, समय का खुलासा, आज ही किसी भी वक़्त।

***

नेशनल न्यूज़ में 3 बजे की मीटिंग चल रही थी। मैराथन मंथन इस बात पर था कि अभी दो वीडियो दिखाने चाहिये या सिर्फ एक वीडियो। वर्षा को काली ने अब तक कुल तीन वीडियो भेजे थे। एक वीडियो, जिसमें प्रकाशक जयराम गुप्ता का कुबूलनामा था, वह पहले ही चलाया जा चुका था। लेकिन बाकी दो वीडियो अभी नहीं दिखाये गये थे।

काफी मंथन के बाद स्वामी गजानन का कुबूलनामा शाम 5 बजे के लिये स्लॉट कर दिया गया। इस वीडियो में वे सभी बातें स्वामी गजानन ने कुबूल की थीं, जो काली पहले लाइव कार्यक्रम में बता चुकी थी। पर अब स्वामी के ख़ुद के स्वीकारने की बारी थी। अंत में लीगल टीम की राय लेकर दोनों वीडियो चलाने का फैसला किया गया। लेकिन तीसरा वीडियो सबसे ख़तरनाक और हैरतअंगेज़ था। इसको चलाने में लीगली कोई दिक्कत तो नहीं थी, लेकिन उसके नतीजे काफी गंभीर हो सकते थे, इसीलिये मीटिंग इस बात पर फोकस थी कि क्या करना चाहिये। तीसरा वीडियो चलाना चाहिये या नहीं।

इस तरफ काली का भी दबाव था। उसने शर्त रखी थी कि तीनों ही वीडियो चलाने होंगे, वरना वह आगे से कोई भी जानकारी नहीं देगी।

सुबह 11 बजे काली ने फोन किया था वर्षा को।

"हैलो, डू यू हैव ए मिनट?"

"येस येस, बोलो।"

"दिज़ इज़ ऑल फार्स।"

"व्हॉट इज़ फार्स?"

"ये एनकाउंटर...आतंकवादी। ये पाकिस्तान कनेक्शन, राजा के मर्डर में।"

"हाऊ कैन यू से सो?"

"आई किल्ड हिम..."

"व्हॉट, क्यों?"

"ये बाद में बताऊंगी, लेकिन अभी एक वीडियो भेज रही हूं। पहले वो रन करो। जब वह रन कर दोगी तो स्वामी गजानन का कुबूलनामा और राजा का भी एक वीडियो मिलेगा। लेकिन पहले गुप्ता की कहानी चलाओ।"

"लेकिन गुप्ता की कहानी क्या है?"

"वीडियो से पता चल जायेगा। ख़ुद ही देख लो। मैं वेट करूंगी। 2 बजे शार्प।" कहकर उसने फोन काट दिया था।

ज़ाहिर है इस बातचीत के बाद काफी हंगामा हुआ। मीटिंग में सबके अपने-अपने तर्क थे। लीगल टीम की अपनी ओपीनियन थी। सबसे ज़्यादा हंगामा आउटपुट एडिटर अभिसार सिंह ने किया।

"हम कैसे एक क़ातिल को अपने चैनल पर जगह दे सकते हैं, वह भी बार-बार। वह यह कैसे डिक्टेट कर सकती है कि हम कितने बजे क्या चलायेंगे?"

'सोर्स को ऐसे ही कल्टिवेट किया जाता है। करना पड़ता है।" वर्षा ने कहा।

"डोंट टेल मी कि सोर्स कैसे कल्टिवेट किया जाता है। आई नो!"

"अगर जानते होते तो ऐसे सवाल न करते आप।" इस बार वर्षा को गुस्सा आ गया। ख़बरें गिराना डेस्क के लिये बेहद आसान है।

"मैं एथिकल बात कर रहा हूं।"

"आप तो काली का इंटरव्यू भी नहीं करना चाहते थे।"

"मैं आज भी अपने स्टैंड पर क़ायम हूं।"

"ओके, ओके, इनफ। ज़्यादा बहस नहीं करनी चाहिये।" मैनेजिंग एडिटर मनीष प्रसाद ने कहा। "वर्षा ऐसा करते हैं कि जयराम का वीडियो 2 बजे चला देते हैं। फिर देखते हैं कि काली और क्या भेजती है...लेकिन याद रहे आतंकवादी मुठभेड़ की ख़बर किसी भी हाल में कमज़ोर नहीं पड़नी चाहिये। बाकी सभी शो अभी आतंकवादी मुठभेड़ की ख़बर पर ही रखो।"

"हम 3 बजे फिर मिलेंगे।" यह कह कर उसने मीटिंग ख़त्म कर दी थी। अब 3 बजे सब एक बार फिर बैठ चुके थे।

***

"तीसरा वीडियो किसी भी हाल में नहीं चलाना चाहिये। यह हमारे सैनिकों के मनोबल को तोड़ेगा।" अभिसार सिंह ने कहा।

"यहां सैनिकों का मनोबल कहां से आ गया?" असाइनमेंट हेड रेखा सारंगी ने कहा। "बात-बात पर देश और सेना क्यों घुसेड़ते हो यार?"

"एनकाउंटर किया है उन्होंने राजा के हत्यारों का! वो आतंकवादी थे! अगर ये वीडियो चलाओगे तो एनकाउंटर पर सवाल तो उठेंगे ही कि आख़िर एनकाउंटर हुआ किसका? ये पॉपुलर सेंटिमेंट के भी खिलाफ होगा। लोग हमसे नाराज़ भी हो सकते हैं," अभिसार ने कहा।

"लेकिन सच वो नहीं है जो राजस्थान सरकार और जयपुर पुलिस कह रही है। हमारे पास वीडियो है कि सरकार झूठ बोल रही है," वर्षा ने कहा।

"इस बात से फर्क नहीं पड़ता कि तथ्य क्या कहता है। जो लोगों को समझ आ जाये आज के दौर में वही सत्य है," अभिसार ने तर्क दिया।

"दुर्भाग्य है इस देश का, लेकिन कम से कम इस कमरे में फैक्ट्स और सत्य दोनों ही अहमियत रखते हैं।" मनीष प्रसाद ने कहा। "आज रात को 9 बजे तीसरा वीडियो भी हम दिखायेंगे। आप लोग जा सकते हैं।" मनीष को अभी अपने सीईओ को फोन करना था। मामला काफी गर्म होने वाला था।

***

जीवीएन चैनल की हर मीटिंग की तरह यह मीटिंग भी एकतरफ़ा ही थी। गौरव वर्मा के फरमान के मुताबिक सुबह से ही राजा साहब के हत्यारों के मारे जाने की ख़बर बुलंद थी। पुलिस का इकबाल बुलंद था। मुसलमान और सेक्यूलर लोग निशाने पर थे। सुबह तो वह ख़ुद ही अपने घर से एंकरिंग कर रहा था। ऐसी ब्रेकिंग न्यूज़ के लिये गौरव वर्मा ने अपने घर पर एक स्टूडियो बना रखा था, जहां से वो किसी भी वक़्त लाइव हो जाता था। 1 बजे के क़रीब वह ऑफिस आया था और अब मीटिंग कर रहा था।

"रात 8 बजे के लिये मेरे पास एक्सक्लूसिव डिटेल्स और वीडियो हैं। किसी भी वक़्त आने वाले हैं। इट्स मेगा एक्सक्लूसिव।"

"सर," एक-दो लोगों ने बस इतना ही कहा।

"आमना, रात को 10 बजे तुम्हारे लिये मैंने राजा राघवेंद्र प्रताप सिंह की पत्नी को लाइनअप कर दिया है।"

"लेकिन गौरव, तुम नहीं करोगे शो?" आमना ने चौंकते हुए पूछा।

"मुझे कल सुबह जल्दी मुंबई जाना है। तुम कर लेना।"

"और हां, राजस्थान के मुख्यमंत्री मेरे साथ हैं रात को 9 बजे। मेरी बात हो गयी है।" गौरव ने जानकारी दी।

"ये स्वामी गजानन के क़त्ल में *नेशनल न्यूज़* काली नाम की लड़की के हवाले से जो वीडियो चला रहा है, हमें भी कुछ करना चाहिये।" आमना ने कहा।

"अरे नहीं, हमारे पास जो एक्सक्लूसिव है उससे बढ़ कर कुछ नहीं। वे क़ातिलों के साथ हैं हम जांबाज़ राष्ट्रभक्तों के साथ हैं।"

"लेकिन स्टोरी में दम है। हमें उसे छोड़ना नहीं चाहिये।"

"इस स्टोरी में सिर्फ एक ही काम की चीज़ है, वह है समर प्रताप सिंह। उसे सस्पेंड कराने के बारे में सोचो। काउंटडाउन चल रहा है ना। वो स्क्रीन से हटना नहीं चाहिये। स्वामी के क़त्ल के घंटे और मिनट का सिलसिला रुकना नहीं चाहिये। जनता को यह अहसास लगातार होते रहना चाहिये कि कितना नालायक इंस्पेक्टर है ये समर। कितने घंटे हो गये?" गौरव ने टीवी की तरफ देखते हुए पूछा।

"सर, एक सौ बाईस घंटे और चौबीस मिनट।"

"यानी पांच दिन से ज़्यादा बीत चुके हैं और क़ातिल का पता नहीं है। कहानियां गढ़ी जा रही हैं।"

"बाय द वे, आई एम सेंडिंग यू सम एड्रेसेस। वहां हमारी ओबी लगनी चाहिये। ये उन आतंकवादियों के घर के पते हैं। और कुछ और नाम भी हैं मेरे पास, जो लोग इस पूरी साज़िश में शामिल हैं। लेट्स प्ले इट बिग टुनाइट!"

"इज़ इट कन्फर्म?" आमना ने संदेह से कहा।

"हंड्रेड परसेंट। फ्रॉम वेरी क्रेडिबिल सोर्सेस," कहते हुए गौरव वर्मा खिलखिला दिया।

***

मीटिंग से निकल कर समर का सारा फोकस इस बात पर था कि कैसे भी हो उसे अगले अड़तालीस घंटे में केस सॉल्व करना ही है। उसकी सारी उम्मीदें हिना साहिबा पर ही टिकी थीं। एक वही थी जो इस पहेली को हल कर सकती थी कि ये काली कौन है। लेकिन उससे पहले उसे वीडियो भी हासिल करने थे। अपने केबिन में आकर सबसे पहले उसने वर्षा दत्त को फोन लगाया। *नेशनल न्यूज़* में वही उसका एकमात्र कॉन्टेक्ट थी।

"हैलो, मुझे आपसे वीडियो की कॉपी चाहिये।" बगैर लाग-लपेट के फोन पर 'हैलो' की आवाज़ आते ही समर बोल पड़ा।

"अरे, इतनी बेताबी क्यों इंस्पेक्टर समर। हम तो पहले ही बोल चुके हैं कि जांच के लिये हम ये वीडियो पुलिस को उपलब्ध कराने को तैयार हैं।"

"तो आप भेज दीजिये मुझे। व्हॉट्सएप कर दीजिये।"

"सॉरी समर, ऐसे नहीं होगा। आपको लिखित में हमसे वह वीडियो मांगना होगा। फिर हमारा लीगल डिपार्टमेंट ओरिजनल वीडियो की कॉपी आपको उपलब्ध करा देगा। वह आपसे रिसीविंग भी लेगा।"

"लेकिन इसमें तो टाइम लगेगा। सरकारी काम है इतनी जल्दी मैं चिट्ठी नहीं बना कर भेज सकता।"

"ये आप देख लीजिये, लेकिन लेटर के बगैर आपको कॉपी नहीं मिल पायेगी।"

"मुझे स्वामी गजानन का वीडियो भी चाहिये।"

"आपको सारे वीडियोज़ मिल जायेंगे, लेकिन एक बार टेलीकास्ट होने के बाद। स्वामी गजानन वाला वीडियो 5 बजे टेलीकास्ट होगा।"

"तो मैं 5 बजे के बाद किसी को भेज देता हूं।"

"मेरा ख्याल है आप रात 8 बजे तक वेट कर लीजिये। एक ही बार में सारा काम हो जायेगा। वरना बार-बार आना पड़ेगा।"

"मतलब! रात 8 बजे किसका वीडियो चला रही हैं आप?"

"इसके लिये आपको रात 8 बजे का वेट करना होगा।"

"लेकिन आप कुछ तो बता सकती हैं?"

"सॉरी समर, मैं आपको कुछ नहीं बता सकती। आपको रात 8 बजे तक इंतज़ार करना ही होगा।" कह कर वर्षा ने फोन काट दिया।

समर हैरानी से फोन को देखता रहा। उसने एक और नंबर डायल कर दिया।

"हैलो इंस्पेक्टर," आमना ने चहकते हुए कहा।

"आपने गौरव से बात की? उसकी सेक्रेटरी कोई जवाब नहीं दे रही है।"

"मैं उससे बात नहीं कर सकती इंस्पेक्टर। वह आपसे बेहद खफा है।"

"जानता हूं, लेकिन मैं उससे उसके भले के लिये मिलना चाहता हूं।"

"आपसे कोई भला नहीं चाहिये उसे। वह तो आपके पीछे पड़ा है, इंस्पेक्टर। देखिये आप मुझे ठीक-ठीक आदमी लगते हैं इसलिये बता रही हूं। गौरव आपको सस्पेंड कराने के मूड में है।"

"मुझे कोई हैरानी नहीं है। उसकी जगह कोई और होता तो वो भी यही करता।"

"वैसे भी कल वह मुंबई जा रहा है। अब परसों से पहले तो आप नहीं मिल सकते उससे। और ये बात मैं उससे कर नहीं सकती।"

"क्यों नहीं कर सकतीं? तुम दोस्त हो उसकी।"

"कोई दोस्त-वोस्त नहीं हूं। पहले भी उसके अंडर काम करती थी, आज भी वही स्टेटस है मेरा। फ्लर्ट पहले भी करता था, आज भी करता है। और एक बात और, पहले वो भी नौकर था और मैं भी, लेकिन आज वो मेरा बॉस ही नहीं मालिक भी है। यह फर्क आपको समझना होगा।" आमना ने तमक कर जवाब दिया। "आपको तो अब तक इस बात का अहसास हो जाना चाहिये था इंस्पेक्टर की गौरव के चाहे बिना उसकी तरफ देख पाना भी अब आपकी पहुंच से बहुत दूर है।"

"मतलब यह कि गौरव से मिलने का कोई रास्ता नहीं बचा है। ओके, कोई बात नहीं, पर कोशिश तो कर ही सकता हूं? आज रात का प्रोग्राम बता सकें तो..."

"आज रात को 8 बजे हम मेगा एक्सक्लूसिव चलाने जा रहे हैं राजा राघवेंद्र प्रताप सिंह हत्याकांड और एनकाउंटर पर। दो घंटे का शो है। उसके बाद गौरव निकल जायेगा।" कह कर आमना ने फोन बंद कर दिया।

आज रात 8 बजे कुछ न कुछ तो होगा। दो बड़े चैनल, दो एक्सक्लूसिव स्टोरीज़। तीन मर्डर। अब क्या होने वाला है? बोलते-बोलते अपना सिर पकड़ कर बैठ गया समर। एक बार फिर वह चचा गालिब की शरण में था। वह बुदबुदा रहा था—

बक रहा हूं जुनूं में क्या क्या कुछ,
कुछ न समझे ख़ुदा करे कोई।

***

जीवीएन चैनल पर न्यूज़ ब्रेक रात 8 बजे की बजाय 7:30 बजे ही कर दी गयी। ऐसा गौरव वर्मा ने *नेशनल न्यूज़* को रोकने के लिये किया था। *नेशनल न्यूज़* पर रात 8 बजे की ब्रेकिंग न्यूज़ का प्रोमो 6 बजे से चलना शुरू हो गया था।

'जो न देखा न सुना!'

'जो हुआ वो नहीं था सच!'

'जो जाना वो नहीं था सच!'

'जो आंखों ने देखा वो नहीं था सच!'

'इस दशक का सबसे सनसनीखेज़ सच!'

'आज रात 8 बजे, सिर्फ *नेशनल न्यूज़* पर!'

5 बजे *नेशनल न्यूज़* पर स्वामी गजानन का कुबूलनामा चला। इस कुबूलनामे में वह सब कुछ था जो काली पहले ही बता चुकी थी। फर्क बस इतना था कि समाज को राह दिखाने वाला, क्रांति की अलख जगाने वाला, लोगों में उम्मीद की रोशनी भरने वाला, साहित्य का नायक 'स्वामी गजानन' अब अपने कुकर्मों की जानकारी ख़ुद दे रहा था।

जब 6 बजे *नेशनल न्यूज़* ने एक और ब्रेकिंग न्यूज़ का प्रोमो डाला तो गौरव ने अपनी ब्रेकिंग न्यूज़ 7:30 बजे चलाने का फैसला किया।

'आज जो मैं कहने जा रहा हूं, वह इस देश को हिला कर रख देगा।' उसने एक पॉज़ लिया। कैमरे से परे देखा और फिर आवाज़ ऊंची कर कहने लगा, 'देशद्रोहियो! आतंकवादियो! लिबरलो! कहां हो आज? तुम इस देश को ख़त्म कर देना चाहते हो! आज नकाब उतरेगा। छिप नहीं पाओगे। आज मेरे सामने कोई बोल नहीं पायेगा। आज मैं देश को दो ऐसे लोग दिखाने जा रहा हूं, जिन्होंने राजा राघवेंद्र प्रताप सिंह का क़त्ल किया। राजा राघवेंद्र प्रताप सिंह, वह आदमी जो राजस्थान का उपमुख्यमंत्री था। जिसको देश की कमान संभालनी थी। जो पक्का राष्ट्रभक्त था।' वह फिर चुप हो गया। फिर ज़ोर से चिल्लाया, 'ये देखिये आतंकवादी नंबर एक, ये देखिये आतंकवादी नंबर दो। ये हैं वो जिन्होंने देश से गद्दारी की। ये कहीं बाहर से नहीं आये। गौर से देख लीजिये। ये इसी शहर के हैं। इसी देश के हैं। बस मज़हब इनका कुछ और है। इनका मज़हब आप जानते हैं कि क्या है। इनका मज़हब पाकिस्तान है।'

अब दो लड़कों की तस्वीरें स्क्रीन पर थीं। बढ़ी हुई दाढ़ी उनका मज़हब बताने के लिये काफी थी। 'अब आपको वह तस्वीर दिखाता हूं कि कैसे उन्होंने

भागने की कोशिश की। कैसे इनको जन्नतनशीं किया गया। कैसे इनको हूरों के पास भेजा गया। कैसे गद्दारों को कुत्ते की मौत मारा गया।' अब स्क्रीन पर वीडियो आ चुका था। 'ये देखिये ये आतंकवादी नंबर वन है, जो सर्कल में है। ये कैसे गाड़ी के पीछे छुपकर गोली चला रहा है। और ये देखिये ये हुआ ढेर।'

रात का अंधेरा था बस एक साया सा था, जिसके आगे कंप्यूटर से गोला बना रखा था। 'और ये रहा आतंकवादी नंबर दो।' वहां भी वही कहानी कुछ हिलता हुआ सा...धांय...फिर वो भी गिर जाता है।

'आज मुझसे कोई कुछ नहीं कह पायेगा। कोई नहीं बोल पायेगा, क्योंकि मेरे पास इन दोनों आकंतवादियों की जन्मपत्री है। इनके पते हैं। आज कोई नहीं बोलेगा। आज सिर्फ मैं बोलूंगा।' गौरव रोज़ यही बात, इसी अंदाज़ में चीख-चीख कर कहता था और किसी को अपने शो में बोलने नहीं देता था। ठीक उसी वक़्त स्क्रीन पर शो में आये एक मौलाना ने कुछ कहने की कोशिश की।

"हाऊ डेयर...हाऊ डेयर..." गौरव ज़ोर से चिल्लाया। "आपकी हिम्मत कैसे हुई? ख़ामोश रहिये! ख़ामोश रहिये! आप तो इस लायक नहीं हैं कि शो में बुलाया जाये। आपको किसने बुलाया?"

"आपकी टीम ने ही बुलाया है। मैं ख़ुद तो आ नहीं सकता?" मौलाना बोले। दरअसल उनके चेहरे पर पांच हज़ार रुपये की कमाई का संतोष साफ नज़र आ रहा था। वो जानते थे कि आज कसकर गाली खानी है। लेकिन अगर गौरव ने दो घंटे बैठा लिया तो कमाई दस हज़ार रुपये की हो जायेगी।

'तो ये लीजिये इन दोनों के घर पर आपको लिये चलते हैं जहां हमारी टीमें पहले से मौजूद हैं।' और इस तरह गौरव ने सनसनीखेज़ तरीके से दोनों आतंकवादियों के नाम, पते, परिवार की जानकारी सब कुछ पब्लिक कर दिया। आज का दिन उसका है, उसे इस बात का भरोसा था। देश की जनता आज उसे ही देख रही होगी, ऐसा वह सोच रहा था और इसीलिये उसके चेहरे पर एक अलग तरह का संतोष था, या कहें कि एक दंभ था।

***

उधर ठीक 8 बजे *नेशनल न्यूज़* पर वर्षा दत्त प्रकट हुई। उसने अपनी सधी, लेकिन गंभीर आवाज़ में बोलना शुरू किया।

'कभी-कभी पत्रकारिता में ऐसा वक़्त आता है जब आपके सामने यह संकट होता है कि जो हम दिखाने जा रहे हैं वह कितना सच है, या फिर जिसने

ख़बर दी है उसकी मंशा क्या है? सोर्स का अपना फायदा क्या है? जो ख़बर हम दिखाने जा रहे हैं उससे किसकी ज़िंदगी पर असर पड़ेगा?

'आज भी जो ख़बर हम आपको दिखा रहे हैं, वह हमें काली ने ही दी है। काली को जानते हैं न आप? वही काली जिसने पिछले दिनों ही अपनी कहानी हमें सुनायी थी। जिसे सुनकर हम सब स्तब्ध थे। हमारे आंसू नहीं रुक रहे थे। हम यह अफसोस कर रहे थे कि ईश्वर कुछ लोगों को इतना कष्ट क्यों देता है? उनके साथ इतनी नाइंसाफी क्यों करता है?

'काली ने ही हमें आज स्वामी गजानन का कुबूलनामा दिया था। उसी ने हमें प्रकाशक जयराम गुप्ता का भी वीडियो दिया था।

'हमें यह भी पता है कि अब पुलिस दिन-रात एक करके काली को ढूंढ़ रही है। कानून की नज़र में वह अपराधी है। उसे खोजना पुलिस का काम है। हम पुलिस के काम में दखल नहीं दे रहे। हमने ये सारे वीडियो पुलिस को देने का वादा किया है। हम अपना वादा निभायेंगे। पर काली ने जो भी वीडियो रिकॉर्ड किये उससे यह साबित हो जाता है कि मारे गये लोगों ने अपराध किया था, लेकिन कानूनन उनको सज़ा नहीं मिली। हम यह भी मानते हैं कि काली जो कुछ कर रही है वो गलत है। उसे ये सब नहीं करना चाहिये। लेकिन लोकतंत्र में एक सच यह भी है कि जनता को सच जानने का हक है। हमारी वफादारी जनता के साथ है। किसी सरकार, किसी पुलिस या किसी पार्टी के साथ नहीं है।

'यह बात मैं इसलिये कह रही हूं क्योंकि अब मैं आपको एक ऐसा वीडियो दिखाने जा रही हूं जिसे देख कर और सुन कर कई लोग शक के घेरे में आयेंगे। कई सवाल उठेंगे। बहुत सारे गड़े मुर्दे उखड़ेंगे।' कह कर वह चुप हो गयी।

टीवी स्क्रीन पर इस वक़्त जो शख्स था, उसे देख कर अपने कमरे में बैठा समर चौंक गया।

राजा राघवेंद्र प्रताप सिंह की शक्ल पर बदहवासी छायी हुई थी। कैमरा एकदम क्लोज़ था। उनका चेहरा गर्दन तक ही दिखायी दे रहा था। पसीने से तरबतर।

'नैना वशिष्ठ का क़त्ल मैंने ही कराया था।' यह सुनकर समर कुर्सी से गिरते-गिरते बचा।

'नैना मेरे बच्चे की मां बनने वाली थी। उसने मुझे फोन करके बताया था। वह उस बच्चे को रखना चाहती थी। वह चाहती थी कि मैं इस बच्चे को अपना नाम दे दूं। मैं कैसे मान लेता कि वो बच्चा मेरा है?

'नैना को यकीन था कि इस बच्चे से उसकी ज़िंदगी बदल जायेगी। पर मेरे लिये तो बच्चे को अपना नाम देना संभव ही नहीं था ना। मेरा तो पूरा राजनीतिक करियर चौपट हो जाता। भला मैं ये कैसे कह देता कि मेरा अफेयर किसी टीवी एंकर से चल रहा है? उससे बगैर शादी किये उसके बच्चे का पिता बनकर राजनीति नहीं कर सकता था मैं। न तो मैं सरकार में रह पाता और न ही पार्टी में। राजशाही के बाद राजनीति से बेदखल होना मैं अफोर्ड नहीं कर सकता था।

'नैना मुझसे मिलना चाहती थी। उसकी ज़िद थी कि अगली सुबह मैं उसके सामने हाज़िर होऊं। उसकी बातों से मुझे पता चल गया था कि वह अपना मन बना चुकी है। एक बार नैना कुछ ठान लेती थी तो उसे पूरा करके ही रुकती थी। मुझे पता था कि उसके सामने मैं कुछ नहीं कर पाऊंगा। एक ही रास्ता था मेरे पास।

'मैंने अपने विश्वासपात्र शमशेर सिंह को दिल्ली भेज दिया। शमशेर ने वही किया जिसका उसे आदेश मिला था। उसने नैना को मार दिया।

'क़त्ल की बात शमशेर ने मुझे सुबह ही बता दी थी। पुलिस ने जब बेला वर्मा को नैना की हत्या के इल्ज़ाम में गिरफ्तार किया तो मैं हैरान हो गया, लेकिन मेरे लिये तो अच्छा ही था। नैना को मैं ज़िंदा नहीं छोड़ सकता था।' इसी के साथ राजा साहब पर्दे से गायब हो गये।

वर्षा दत्त फिर टीवी स्क्रीन पर आ गयी। समर अपनी कुर्सी से उठकर कमरे से बाहर निकल गया।

वर्षा कह रह थी, 'आपने पूरा कुबूलनामा सुना। नैना वशिष्ठ हमारे ही चैनल की टॉप एंकर थीं। यह हमारे लिये भी हैरानी की बात है कि हमारी सहयोगी का हत्यारा अब तक आज़ाद है। नैना के क़त्ल के इल्ज़ाम में जो गिरफ्तार हुआ, दरअसल उसने क़त्ल किया ही नहीं! पुलिस से इस मामले में बड़ी चूक हुई है। लेकिन बड़ा सवाल यह है कि क्या वाकई राजा साहब की हत्या आतंकवादियों ने की है? क्योंकि काली का कहना है कि राजा साहब की हत्या भी उसने ही की है।

'सवाल ये है कि पुलिस और राज्य सरकार आख़िर इसे आतंकवादी वारदात क्यों बनाना चाहते हैं? क्या है इस हत्या का राज़ जिसे सरकार छुपा रही है?

'उससे भी बड़ा सवाल यह है कि इस मामले में जिन लोगों को पुलिस ने आतंकवादी बताकर मारा है, जिन्हें राजा साहब का हत्यारा बताया गया, आख़िर वे कौन हैं? कहीं ऐसा तो नहीं कि दो निर्दोष लोगों का एनकाउंटर कर दिया गया?

'कौन झूठ बोल रहा है? क्यों झूठ बोल रहा है? क्या नैना की हत्या को छिपाने के लिये झूठ बोला जा रहा था? क्या सरकार ने अपने सबसे वरिष्ठ मंत्री के कुकर्मों को छिपाने के लिये दो गरीबों की बलि चढ़ा दी?' उधर टीवी पर वर्षा दत्त बोलती जा रही थी, और इधर दिल्ली से लेकर जयपुर तक कई लोगों की हवाइयां उड़ रही थीं।

'कौन है इस गुनाह का ज़िम्मेदार? कौन है वह क़ातिल जो बेगुनाहों की जान ले रहा है? नैना वशिष्ठ के परिवार को इंसाफ कब मिलेगा? कौन जवाब देगा इस झूठ का जो क़रीब दो साल से हम सबसे बोला जा रहा था? मैं पूछती हूं राजस्थान के मुख्यमंत्री से, इनकी पार्टी के मुखिया से कि आख़िर कौन बतायेगा सच? वह सच जिसे दबाया जा रहा है?

'आख़िर नैना वशिष्ठ को इंसाफ कब मिलेगा?'

वर्षा के इस शो ने तो पूरी कहानी ही पलट दी थी। न चाहते हुए भी नैना वशिष्ठ हत्याकांड एक बार फिर सुर्खियों में था। नैना अपनी हत्या के इतने समय बाद एक बार फिर चर्चा में थी।

***

रात को अपने केबिन में बैठा गौरव वर्मा यह तय नहीं कर पा रहा था कि उसे ख़ुश होना चाहिये या दुखी। ख़ुशी इस बात की थी कि उसकी बहन बेला को अब जेल से मुक्ति मिल जायेगी। दुख इस बात का था कि नैना वशिष्ठ का केस एक बार फिर सुर्खियों में आ जायेगा। एक बार फिर नैना के साथ उसका नाम उछाला जायेगा।

नैना की वजह से उसका परिवार टूट गया। उसकी पत्नी ने घर छोड़ दिया। उसके बच्चे उससे दूर हो गये। उसे आज भी याद है वह दिन जब उसने इस केस के लिये हर किसी को फोन किया था। उस समय जितने भी रसूखदार

उसके परिचित थे, किसी ने भी उसकी बात सुनने के लिये उसे मौका नहीं दिया। वे नेता, मंत्री, अफसरान, जो उसका फोन कॉल पाते ही झूमने लगते थे, उन सबने उसका फोन तक उठाना मुनासिब नहीं समझा था।

और वह इंस्पेक्टर समर प्रताप सिंह! उसने तो उसे जितना चाहा ज़लील किया। थाने में हाजिरी देने का आदेश भी दिया। इतना ही नहीं उसकी पत्नी को भी थाने में तलब किया। इसके बाद उसकी प्यारी छोटी बहन की गिरफ्तारी ने उसको सबसे बड़ा झटका दिया था। यह और बात है कि उसने इस घटना को बेड़ी नहीं बनने दिया।

नौकरी छोड़ कर अपने कुछ दोस्तों की मदद से उसने अपना नेटवर्क शुरू कर दिया। चैनल लॉन्च किया। आज उसके पास सब कुछ है। उसका खौफ है। आज के दौर में उससे बड़ा राष्ट्रवादी कोई नहीं है। दो साल पहले जो लोग उसकी शक्ल तक नहीं देखना चाहते थे, आज वही लोग उसके साथ खड़े होने में फख्र महसूस करते हैं। उसके आगे-पीछे घूमते हैं।

समय का चक्र बहुत बलवान होता है।

आज वो बहुत ख़ुश था। आख़िर आज उसकी बहन पर लगा दाग हट गया था। अब वो पूरी तरह से आज़ाद हो जायेगी। उसे कभी बेला के क़ातिल होने पर यकीन नहीं था, लेकिन बेला ने जब ख़ुद कुबूल किया कि उसने ही नैना की हत्या की थी, तब उसके सामने कोई वजह नहीं बची थी। आज गौरव ख़ुश था कि अब बेला अपनी ज़िंदगी एक बार फिर अपनी तरह से जी पायेगी। हालांकि नैना हत्याकांड केस की सुनवाई के दौरान वह बेला की ज़मानत करवा चुका था। कोर्ट को उसने ख़ुद की अंडरटेकिंग दी थी कि जब भी अदालत बुलायेगी, बेला आ जायेगी। पर इस देश में फैसले इतनी जल्दी कहां होते हैं? बेला आज की तारीख में कहां है यह बात भले ही कोई नहीं जानता। ज़मानत पर जेल से निकलने के बाद उसे किसी ने नहीं देखा, पर मर्डर केस तो मर्डर केस ही होता है...

गौरव वर्मा अपने फोन पर राजा राघवेंद्र प्रताप सिंह का वह कुबूलनामा कई बार देख चुका था। वह कुबूलनामा जो उसके अपने पुराने चैनल, और आज के सबसे बड़े राइवल *नेशनल न्यूज़* ने चलाया था। फिर भी उसे इस बात का दुख नहीं था कि यह वीडियो उसके चैनल को क्यों नहीं मिला। मिलता भी तो शायद ही वह इसे चला पाता क्योंकि यह वीडियो उसकी विचारधारा से अधिक उसके इन्वेस्टर्स के हितों के विपरीत था। वह कोई भी ऐसी ख़बर नहीं चलाता था जो सरकार के खिलाफ हो।

अपने केबिन में बैठा वह इसी सोच में गुम था कि फोन की घंटी बज उठी। स्क्रीन पर नंबर देख कर उसके चेहरे पर मुस्कराहट आ गयी।

"हाय जान," उसने बड़ी मुहब्बत से कहा। "आर यू बैक?"

"येस, आई वॉज़ वेटिंग फॉर यॉर कॉल। सोचा था शो ख़त्म करके फोन करोगे, पर जब फोन नहीं आया तो मैंने ही फोन कर लिया।" इस आवाज़ में ढेर सारी शोखी और हल्की सी नाराज़गी थी।

"अरे जान, बस ज़रा सोच रहा था। यू नो टुडे आई एम वेरी हैपी!"

"वाओ...क्या हुआ? शो बहुत अच्छा हुआ होगा।"

"नो, समथिंग एल्स, मैं पंद्रह मिनट में आ रहा हूं। फिर बताता हूं।"

"ओके, आई एम वेटिंग हनी।"

"बाय, जान!" कहते हुए गौरव ने फोन रख दिया। वह सोचने लगा कि रैना और उसके रिश्ते को अब कोई नाम देना होगा। रैना पिछले छह महीनों से उसके साथ थी। उसके साथ ज़िंदगी बेहद आसान थी। कभी कुछ मांगती नहीं थी। कोई एक्सपेक्टेशन नहीं। न शिकवा, न कोई शिकायत। जब भी गौरव उसके साथ होता, तो ख़ुद को भूल जाता।

क्या आज वह रैना से कह दे अपने दिल की बात? कर दे उसे प्रपोज़? आज से बेहतर दिन और क्या होगा? ये सोचते हुए वह उठ खड़ा हुआ।

उसने बाहर आकर ड्राइवर के हाथ से कार की चाबी ली और कहा कि कल सुबह वह उसे फोन करके बुला लेगा। इसके साथ ही उसने अपने सरकारी एस्कॉर्ट और बाउंसर्स को भी छुट्टी दे दी।

रैना से मिलने वह अकेला ही जाता था। नैना की कंट्रोवर्सी के बाद से उसने इस मामले में एहतियात बरतनी शुरू कर दी थी। अब वह पहले जितना फ्लर्ट भी नहीं कर सकता था। ऑफिस में चंद ही लोग हैं जिन्हें उसके इस रिश्ते के बारे में पता है। वैसे भी आज वह इतना ख़ुश था कि जल्द से जल्द रैना से मिलकर वह इसे अपने जीवन का सबसे यादगार दिन बना देना चाहता था। पर क्या रैना भी इसके लिये तैयार है, यह जानने के लिये उसका दिल बेचैन हो गया।

गौरव वर्मा जैसे ही कमरे में दाखिल हुआ, रैना को हमेशा की तरह हंसता-मुस्कराता अपना इंतज़ार करते पाया। सामने की टेबल पर कैंडिल जल रही थीं। वाइन के दो गिलास रखे हुए थे। जैसे ही गौरव आया रैना ने आगे

बढ़ कर उसका चेहरा अपने हाथों में थामा और उसके होंठों पर अपने होंठ रख दिये। एक भरपूर किस के बाद ही उसने गौरव की आंखों में आंखें डालीं।

गौरव के चेहरे पर मुस्कराहट थी। उसकी अपनी ख़ुशी और रैना के हुस्न की मदहोशी उस पर असर डालने लगी थी। वैसे भी इस रिश्ते में उसे यही बात सबसे अच्छी लगती थी कि रैना उसकी पहल का इंतज़ार नहीं करती थी। वह अपने जज़्बात का इज़हार बड़ी बेतकल्लुफी से करती थी। उसे पाने के लिये गौरव को मनुहार नहीं करनी पड़ती थी। वक़्त ज़ाया नहीं करना पड़ता था।

किस या सेक्स रैना के लिये मायने नहीं रखते थे। यह सब उसके साथ इतना सहज व सामान्य प्रक्रिया से होता, जितना किसी प्यार में डूबे लोगों के बीच भी शायद ही होता हो। उसके लिए कौन पहल करता है यह मायने नहीं रखता था। शरीर है, उसकी ज़रूरत है, तो करने में समस्या क्या है? यह फलसफा रैना ने ही उसे सिखाया था। सेक्स न ज़्यादा होता है न कम, वह तो एक ज़रूरत भर है। किस हर बार सिर्फ तभी नहीं किया जाता जब सेक्स करना हो। किस भी प्यार ज़ाहिर करने का तरीका है। इसके लिये तन्हाई होना भी ज़रूरी नहीं है।

गौरव ने सोचा कि माहौल भी सही है तो क्यों न अपने दिल की बात कह दे। उसने अपने कोट की जेब से एक बॉक्स निकाला। इस बॉक्स में वह अंगूठी थी जो वह पिछले हफ्ते से लेकर घूम रहा था। बेहद ख़ूबसूरत। उसने उसे आहिस्ता से खोला और रैना की तरफ देखा।

रैना की नज़रें उसकी तरफ ही थीं। उनमें एक निश्छल मुस्कान थी। जब वह हंसती थी तो उसकी आंखें भी हंसती थीं। एक मुस्कराहट हर वक़्त उनमें रहती थी। गौरव को उसमें एक सुकून नज़र आता था। इतने सालों में ऐसा पहली बार हुआ था जब गौरव ख़ुद से किसी का हो जाना चाहता था। उसे रैना से वाकई मुहब्बत हो गयी है, यह बात वह समझ गया था इसीलिये अपने मन में वह फैसला कर चुका था कि अपनी बाकी की ज़िंदगी अब वह रैना के साथ गुज़ारेगा। रैना के अब तक के हावभाव से वह यह जानता ही था कि वह भी उसे पास पाकर ख़ुश हो जाती है, इसलिये उसे आज रैना के सामने अपना प्रस्ताव रखने में कोई उलझन नहीं हुई।

अचानक से उसने आगे बढ़ कर रैना का हाथ थामा और बायां पैर ज़मीन पर रख कर अंगूठी सामने करके बोला, “विल यू मैरी मी जान?”

रैना हक्की-बक्की सी गौरव को देखने लगी। उसके चेहरे से लगा, वह थोड़ी उलझन में है। रैना ने धीरे से अपनी नज़र गौरव के दाहिने हाथ में पकड़ी

हुई अंगूठी पर डाली। हैरान कर देने वाली ख़ूबसूरती से भरपूर थी वह अंगूठी। रैना ने इतनी ख़ूबसूरत अंगूठी कभी नहीं देखी थी। व्हाइट गोल्ड में बनी अंगूठी पर एक बड़ा सा स्क्वेर शेप सॉलिटेयर डायमंड चमका रहा था।

"दिस इज़ रियली गॉरज्यस गौरव!" रैना के मुंह से निकला।

"अरे तुम्हें अंगूठी दिख रही है, मेरी तरफ भी तो देखो। मेरे पैर में दर्द हो रहा है।" गौरव ने प्यार में खीजते हुए कहा।

रैना ने हाथ पकड़ कर गौरव को अपनी तरफ खींच लिया। गौरव के चेहरे पर कन्फ्यूजन का भाव आ गया। रैना ने उसे जबरन कुर्सी पर बैठा दिया और ख़ुद उसके सामने दूसरी कुर्सी पर बैठ गयी।

"तुम्हें मुझसे शादी नहीं करनी है जान?" गौरव ने आहत होते हुए कहा।

"शादी तो तुमसे सिर्फ इस अंगूठी के लिये ही की जा सकती है," रैना ने मुस्कराते हुए कहा। उसने वह अंगूठी अपने हाथ में पकड़ रखी थी।

"जान, क्या बात कर रही हो? यह अंगूठी तुम्हारे सामने क्या है, मैं तुमसे शादी करना चाहता हूं।" रैना के हाथ में वह अंगूठी चमक रही थी।

रैना ने टेबल पर रखा वाइन का गिलास उठाया और गौरव को भी अपना गिलास उठाने का इशारा किया। गौरव के गिलास उठाते ही उसने अपना गिलास टकराते हुए कहा, "चियर्स, टु अस! टु आवर फ्यूचर!"

यह सुनते ही गौरव की आंखों में ख़ुशी आ गयी। उसने दोनों ही बातें दोहरा दीं।

"मुझे कुछ वक़्त चाहिये गौरव, शादी का फैसला करने के लिये। यह मेरे लिये आसान नहीं है।"

"क्या आसान नहीं है? छह महीने से तो हम साथ हैं। क्या मुश्किल है इस फैसले में?"

"मेरी मुश्किल कोई और नहीं गौरव तुम हो। तुम में हर वह काबिलियत है जिसे कोई भी लड़की पसंद करेगी। रुतबा है, शोहरत है, कामयाब हो, हैंडसम हो।"

"फिर क्या मुश्किल है?"

रैना ने अपना हाथ आगे बढ़ाकर गौरव के हाथ पर रख दिया।

"तुम्हारे पास वक़्त नहीं है। तुम मेरे साथ होकर भी साथ नहीं होते हो। तुम्हें ख़ुद ही पता नहीं होता कि अगले पल तुम कहां होगे। इतने महीनों से देखा

है मैंने तुम्हारी ज़िंदगी को। हर वक़्त टीवी के सामने या फोन पर। कोई न कोई ख़बर तुम्हारी ज़िंदगी को चला रही होती है।"

"लेकिन फिर तो मैं तुम्हारे साथ ही रहता हूं। हर वक़्त तुम्हारा फोन उठाता हूं।"

वह मुस्कराई। "मुझे यही अहसास नहीं चाहिये, कि जब मैं फोन करूं तो तुम मेरा फोन उठाकर जताओ कि मैं फोन तो उठाता हूं...रात को तो तुम्हारे पास आता हूं...मुझे ऐसा रिश्ता नहीं चाहिये।"

"कैसा रिश्ता चाहिये तुम्हें?"

"मुझे तुम चाहिये हो, अनकंडीशनली! जब मैं नज़र उठाऊं तो तुम नज़र आओ। मैं गुनगुनाऊं तो तुम सुनो। मेरी आंख खुले तो तुम सामने हो...क्या कर पाओगे ऐसा?" उसने गौरव की आंखों में आंखें डालकर पूछा।

"तुम मुझे सब कुछ छोड़कर घर बैठने को कह रही हो शायद।"

"शायद तुम नहीं समझ रहे हो मेरी बात। पता नहीं समझ भी पाओगे या नहीं, इसीलिये मैं तुमसे कुछ कमिट नहीं कर रही। मेरे साथ शादी आसान नहीं है गौरव। तुम मेरी बात को मेरे इस सवाल के उत्तर से समझो कि तुम्हारे लिये आज की तारीख में सबसे ज़्यादा इंपॉर्टेंट क्या है: तुम्हारी कंपनी, तुम्हारा चैनल, तुम्हारा काम या मैं?"

रैना की इस बात से गौरव सोच में पड़ गया। आज की तारीख में उसके लिये सबसे ज़्यादा इंपॉर्टेंट है उसकी बहन बेला। बेला के लिये वह सब कुछ छोड़ सकता है, लेकिन रैना नहीं जानती है बेला के बारे में। वह सोचने लगा, क्या वह रैना के लिये सब कुछ छोड़ सकता है? शायद हां, शायद नहीं।

रैना के एक और सवाल ने गौरव की सोच को भंग किया, "वैसे तुम मुझसे शादी क्यों करना चाहते हो?"

"आई लाइक यू। आई लव यू। आई थिंक कि हम एक-दूसरे को अच्छे से समझते हैं। पसंद करते हैं। दोनों एक-दूसरे के काम में दखल नहीं देते। यही हमारी कंपैटिबिलिटी है। हम साथ रह कर भी अपनी-अपनी स्पेस सुरक्षित रखते हैं।"

"तुम मेरे सवाल को समझे नहीं। तुम मुझसे शादी क्यों करना चाहते हो? ये सब तो किसी के भी साथ हो सकता है। वो क्या वजह है जिसके लिये तुम सारी ज़िंदगी मेरे साथ गुज़ारना चाहते हो? वह कौन सा पल होता है, जिसमें तुम ख़ुद ख़त्म हो जाते हो। क्या कभी ऐसा होता है जब तुम, तुम नहीं रहते?"

"होता है, मैं जब तुम्हारे साथ होता हूं तो मुझे अपना ख्याल नहीं रहता। मैं तुमसे मिलने के लिये भागता हूं। मुझे तुमसे अपने दिल की सारी बातें कहनी होती हैं। रैना, अपनी ज़िंदगी में इतनी बेचैनी मैंने कभी महसूस नहीं की। रिश्ते मेरे पहले भी रहे, शादी भी की, बच्चे भी हैं मेरे; लेकिन ऐसा पहले कभी महसूस नहीं हुआ। तुम्हारे साथ एक सुकून है। ठहराव है। रुक जाने को मन करता है।"

"तो मेरे साथ रुक जाओ। दे दो अपनी ज़िंदगी के कुछ दिन...कर पाओगे?"

"हमेशा के लिये।" गौरव ने कहा।

"अभी सिर्फ दो दिन के लिये...अगर तुमने ये दो दिन मुझे दे दिये बगैर किसी इंटरप्शन के, तो मैं तुमसे शादी के लिये हां कर दूंगी।"

यह सुनकर गौरव के चेहरे पर मुस्कान आ गयी। अब वह सुकून महसूस कर रहा था। अगले दो दिन शनिवार और रविवार हैं। इन दो दिनों में वैसे भी कोई ख़ास काम नहीं करता है वह। एंकरिंग भी नहीं करता है इसलिये दो दिन तो रैना के साथ गुज़ारे ही जा सकते हैं।

"डन, अगले दो दिन जान हम आपके हवाले हुए। हुक्म कीजिये मेरे आका!" उसने सिर झुका कर कहा।

यह सुनकर रैना खिलखिला कर हंस पड़ी।

***

जयपुर में शमशेर सिंह को रात 11 बजे ही गिरफ्तार कर लिया गया। यह काम आसान नहीं था, लेकिन डीसीपी जे.के. शर्मा के बैचमेट के वहां तैनात होने से काम आसान हो गया। रात में ही उसे ट्रांज़िट रिमांड पर लेकर दिल्ली पुलिस के हवाले कर दिया गया।

गिरफ्तार किये जाने के वक़्त वह अपने घर पर नशे में धुत पड़ा था। घर में उसकी बीवी और दो बच्चे भी थे। ऐसा लगता था कि वीडियो की ख़बर उस तक नहीं पहुंची थी, वरना वह अपने घर में न होता। शमशेर सिंह राजा राघवेंद्र प्रताप सिंह का खानदानी मुलाज़िम था। उसका परिवार पीढ़ियों से राजपरिवार की सेवा कर रहा था।

शमशेर इस वक़्त नई दिल्ली के हवालात में था और उसके सामने बैठा था इंस्पेक्टर समर प्रताप सिंह। "तो तुमने किया था नैना वशिष्ठ का क़त्ल?"

"मैंने? मैंने किसी का क़त्ल नहीं किया।"

सटाक! एक आवाज़ से हवालात गूंज गया। शमशेर ने इस बात की उम्मीद नहीं की थी। उसका हाथ अपने गाल पर चला गया।

"रावत," समर चिल्लाया, "इसकी आरती उतार लो। जब पूरी तरह तैयार हो जाये तो मुझे बुला लेना।"

समर को अभी डीसीपी जे.के. शर्मा और एसीपी राजेश चौहान से मिलना था। उसका दिमाग वैसे ही भन्नाया हुआ था। कल शाम से हिना साहिबा ने उसकी हालत ख़राब कर रखी थी। समर ने हिना को थाने में डिटेन तो कर रखा था, पर उसे यह पता था कि बिना उसके एक्सेप्टेंस के वह उसे अरेस्ट भी नहीं कर सकता। समर को अंदाज़ा था कि अदालत में पहुंचते ही हिना को मिनटों में ज़मानत मिल जायेगी। शायद यह तथ्य हिना भी बखूबी जानती थी, इसीलिये उसने अब तक कुछ नहीं बोला था। उसके घर की तलाशी भी बेकार ही गयी। समर की तमाम कोशिशों के बावजूद वह यह बताने को तैयार ही नहीं थी कि प्रकाशक जयराम गुप्ता की हत्या के वक़्त वह कहां थी।

समर के पास हिना की एक फेसबुक पोस्ट का स्क्रीनशॉट था। वह ख़ुद भी मान चुकी थी कि राजा साहब की हत्या के वक़्त वह जयपुर में थी, पर जयराम गुप्ता की हत्या के वक़्त कहां गायब थी, यह वह बताना नहीं चाहती थी। इसी तरह स्वामी गजानन की हत्या के वक़्त वह अपने घर में ही थी, इसकी पुष्टि करने के लिए भी उसके पास कोई गवाह नहीं था। पढ़े-लिखे लोगों को मानसिक तौर पर तोड़ना पड़ता है। यही वह इस वक़्त कर रहा था।

यही सब सोचते-सोचते समर डीसीपी के ऑफिस में पहुंच गया। एसीपी चौहान वहां पहले से मौजूद थे।

"जय हिंद, सर!"

"हां समर, बैठो और ध्यान से सुनो। देखो, प्रॉब्लम काफी बढ़ गयी है। स्वामी गजानन का केस अब तक क्लोज़ नहीं हुआ था कि नैना वशिष्ठ का केस भी री-ओपन हो गया है। गौरव वर्मा तुमसे वैसे ही खार खाये बैठा है, ऐसे में वह अब तुम्हें नहीं छोड़ेगा। उसकी बहन तुम्हारी वजह से जेल गयी। अब जब सब कुछ उसके पक्ष में है, तो शायद मैं भी तुम्हें ज़्यादा देर तक सेव नहीं कर पाऊंगा।"

"सर, दिस इज़ नॉट ट्रू। हर कोई यह बात ऐसे कह रहा है जैसे कि मेरी कोई पर्सनल दुश्मनी थी गौरव या उसकी बहन बेला से और मैंने जान-बूझ

कर उसे हत्या के आरोप में गिरफ्तार किया था। बेला ने तो ख़ुद ही कुबूला था कि उसने नैना की हत्या की है। मर्डर वैपन भी मिला था कार से। सब कुछ तो क्लीयर था।"

"लेकिन अब तो सब कुछ बदल गया है? यू नीड टु एक्ट फास्ट।"

"जानता हूं सर, शमशेर सिंह आ गया है। अभी सब कुछ क्लीयर हो जायेगा। मैं उससे कुबूलवा लूंगा। बस कुछ घंटों की बात है।"

"हिना ने कुछ बताया? उसकी क्या पोज़ीशन है?"

"कुछ नहीं बोल रही है, सर। मुझे लगता है कि काली और ये हिना दोनों मिले हुए हैं। दोनों गैंग बनाकर हत्याओं को अंजाम दे रही हैं।"

"लेकिन राजा राघवेंद्र प्रताप सिंह का इनसे क्या लेना-देना है?" डीसीपी शर्मा ने पूछा।

"यही तो बात समझ नहीं आ रही, और नैना का इन दोनों से क्या कनेक्शन है?" एसीपी चौहान ने कहा।

"सर, कोई तो कनेक्शन है। जिस दिन राजा की हत्या हुई थी उसी दिन से न जाने क्यों मेरा ध्यान बार-बार नैना केस की तरफ ही जा रहा था। कुछ न कुछ तो निकलना ही था। रही-सही कसर हत्या के तरीके ने पूरी कर दी। कोई न कोई लिंक तो है सर। शमशेर से पूछताछ में शायद इस लिंक का कुछ खुलासा हो।"

"जयपुर पुलिस तो कह रही है कि काली आतंकवादियों से मिली हुई है। केस को भटकाने के लिये राजा के ज़रिये नैना हत्याकांड को जबरन खोला गया है। वे तो यह भी कह रहे हैं कि स्वामी गजानन और प्रकाशक जयराम गुप्ता की हत्या भी एक बड़ी कॉन्स्पिरेसी का हिस्सा है।"

"कैसी कॉन्स्पिरेसी?" समर ने हैरानी से पूछा।

"दंगे कराना, माहौल ख़राब करना। केंद्र सरकार को बदनाम करना।"

"क्या मज़ाक है सर, ये लोग कैसे केस को इस दिशा में ले जा सकते हैं?"

"समर, तुम सिर्फ अपनी इन्वेस्टिगेशन पर ध्यान दो। कौन क्या कह रहा है, ये तुम्हारी सिरदर्दी नहीं है। फोकस ऑन यॉर जॉब ओनली।" डीसीपी शर्मा ने उसे ज़ोर से डांटा।

"यस सर।"

"बट एंश्योर इट, आई नीड रिज़ल्ट्स इन नेक्स्ट ट्वेंटी-फोर आवर्स।"

"ओके सर, आई विल ट्राई माय बेस्ट!"

***

दो घंटे की ठुकाई के बाद शमशेर सिंह के होश ठिकाने पर आ चुके थे। समर जब वहां पहुंचा तो वह निढाल पड़ा हुआ था। समर ने स्टूल खींचा और उसके सामने बैठ गया।

"बोलो, नैना का क़त्ल तुमने कैसे और क्यों किया?" समर ने पूछा।

"नहीं, मैंने कुछ नहीं किया।" उसने सिर हिलाते हुए कहा।

समर का गुस्सा सातवें आसमान पर जा पहुंचा। उसने एक बार फिर उसे मारने के लिये अपना हाथ उठाया लेकिन उससे पहले ही शमशेर सिंह बोल पड़ा।

"लेकिन मैं जानता हूं कि उसका क़त्ल किसने किया है।"

"क्या मतलब?" अब चौंकने की बारी समर की थी।

"मैंने देखा है क़ातिल को। मेरे सामने ही उसने क़त्ल किया था।"

"तो तुम भी क़त्ल का इल्ज़ाम उस लड़की बेला पर लगा रहे हो?"

"नहीं, मैं जानता हूं कि क़ातिल वो लड़की नहीं है। क़ातिल कोई और है।"

"पहेलियां मत बुझाओ। कौन है क़ातिल?" बोलो।

"पहले मुझे यहां से बाहर निकालो, मैं सब बता दूंगा। पूरी बात बताऊंगा कि उस सुबह क्या हुआ था।"

समर ने कुछ सोचा और फिर रावत से कहा, "इसका हुलिया ठीक करके मेरे ऑफिस में लेकर आओ।"

कुछ देर बाद शमशेर समर के ऑफिस में उसके सामने बैठा था।

"बोलो, और अब रुकना नहीं।"

"मुझे एक रात हुकुम का फोन आया था।"

"हुकुम?"

"राजा साहब को हम लोग हुकुम ही कहकर बुलाते हैं। वो फोन पर काफी परेशान लग रहे थे। उन्होंने मुझसे कहा कि एक लड़की है जिसे ख़ामोश करना है।"

"तुमने क्या जवाब दिया?"

"हम लोग उन्हें जवाब नहीं देते। हम तो हुकुम की प्रजा हैं, हम तो उनका आदेश पूरा करते हैं।" शमशेर ने कहा।

"फिर क्या हुआ?"

"हुकुम बोले कि यह काम कल सुबह ही हर हाल में होना चाहिये। जगह भी उन्होंने बतायी और लड़की का फोटो भी भेजा था।"

"तुम जानते थे कि लड़की कौन है?"

"हां, मैं नैना मेमसाहब को पहचानता था। उन्हें मैंने राजमहल में देखा था।"

"तुम्हें यह पता था कि वह कौन है, क्या करती है?"

"टीवी पर देखा था मैंने। अपने होटल में ही एक शो भी किया था उन्होंने।"

"फिर?"

"रात को ही मैं अपनी कार से निकल पड़ा दिल्ली के लिये। हुकुम ने बता दिया था कि कहां जाना है। मुझे लोकेशन भी दी थी। लेकिन मुझे वहां पहुंचने में कुछ देर हो गयी। जब मैं वहां पहुंचा तो देखा कि नैना मेमसाहब पार्क में दौड़ रही हैं।

"मैंने अपनी पोज़ीशन ली और उनके पास आने का इंतज़ार करने लगा।"

"कोई हथियार था तुम्हारे पास?" समर ने पूछा।

"मैं रिवॉल्वर लेकर गया था। मैं इंतज़ार कर ही रहा था कि तभी मैंने देखा कि उनकी बाईं तरफ से एक साया निकला और उसने वार कर दिया। वो उड़ते हुए दूर जाकर गिरीं।" कह कर शमशेर रुक गया।

"आगे क्या हुआ? साये को देखा तुमने?"

"वह साया कुछ पल वहीं रुका रहा। उसने उनको देखा, वापस मुड़ा और मेरे सामने से दौड़ता हुआ निकल गया।"

"तुम पहचान सकते हो उसे?"

"हां, वो वही लड़की थी जिसे आपने गिरफ्तार किया। उसके हाथ में एक लकड़ी का बैट जैसा कुछ था।"

"पर इसमें नया क्या है? अभी तो तुम कह रहे थे कि हत्यारा कोई और है और तुमने उसे देखा था?"

"जी हां, ये सच है। मैं नैना मेमसाहब को नज़दीक से देखना चाहता था कि उनका क्या हुआ? क्या वो वाकई मर गयी हैं? इसलिये मैं धीरे-धीरे पेड़ों की आड़ में आगे बढ़ने लगा। मैं वहां पहुंचने ही वाला था कि तभी एक और आदमी मुझे अपनी तरफ आता हुआ दिखायी दिया। वह भी उसी तरफ से आ रहा था जिस तरफ से मेमसाहब आयी थीं और वह क़ातिल लड़की भी।"

"फिर उस आदमी ने क्या किया?"

"मैं तब तक जॉगिंग ट्रैक के दूसरी तरफ आ चुका था। बॉडी मेरे सामने पड़ी थी। वह आदमी उसके क़रीब खड़ा हो गया था।"

"क्या किया उस आदमी ने?"

"उसने नैना मेमसाहब को बाल पकड़ कर उठाया और घसीटते हुए ले जाकर पूरी ताकत से पेड़ में दे मारा। ऐसा लग रहा था कि उसे उनसे बड़ी नफरत थी। इतनी नफरत तो उस लड़की में भी नहीं थी जिसने पहले उन पर वार किया था।"

"ऐसा कैसे कह सकते हो तुम?"

"मुझे नहीं लगता कि बेला ने क़त्ल करने के इरादे से उन पर हमला किया था। वह तो शायद उन्हें बस सबक सिखाना चाहती थी, लेकिन वह आदमी नफरत से भरा पड़ा था। उसका इरादा ही नैना को ख़त्म करने का था।"

"तुम इतनी बड़ी बात इतने पक्के तौर पर कैसे कह सकते हो?"

"क़त्ल करना हर किसी के बस की बात नहीं होती है इंस्पेक्टर साहब, यह आपसे बेहतर कौन जान सकता है। मुझे पता है कि क़ातिल कैसे होते हैं।" पहली बार उसके चेहरे पर एक शातिराना मुस्कराहट आयी।

"तुमने यह बात अब तक छुपा कर क्यों रखी? राजा साहब को बताया था या नहीं?"

"बता कर क्या फर्क पड़ता साहब। मैंने तो हुकुम को यही बताया कि काम हो गया है। खैर, मेरे बताने से पहले ही वह जान चुके थे। वो तो टीवी पर न्यूज़ का इंतज़ार कर रहे थे। जो कुछ हुआ था उससे वो ख़ुश ही थे।

"ख़बर देख कर उन्होंने मुझसे पूछा था कि ये सब क्या है? तो मैंने बस उस असली क़ातिल की जगह ख़ुद को पेश कर दिया। हुकुम मान गये। उनका काम भी हो गया और न तो उनका, न ही उनके आदमी का नाम सामने आया। और इल्ज़ाम किसी और पर लग गया, तो मैं उनकी नज़र में चढ़ गया।"

समर ने अपनी साइड में रखी अलमारी से एक फाइल निकाली और तीन तस्वीरें शमशेर के सामने रख दीं। ये गौरव वर्मा, नवीन शर्मा और सर्वेश सिंह देव की तस्वीरें थीं।

"इस सबकी ज़रूरत नहीं है। मैं तो उस आदमी को पहचानता हूं।"

"कैसे?"

"पूरा केस टीवी पर देखा है। इससे जुड़े हर आदमी का चेहरा टीवी पर कई बार आया है। अब इतना तो जान ही गया था कि उस सुबह आख़िरी वार करने वाले का नैना मेमसाहब से क्या रिश्ता था। सारे रिश्ते तो बेपर्दा हो गये थे।"

"फिर भी। उंगली रखो एक तस्वीर पर।"

शमशेर ने बेहिचक एक तस्वीर पर उंगली रख दी।

समर को हैरानी तो हुई, लेकिन उसने ज़ाहिर नहीं किया। "पक्की बात है? कोई गड़बड़ तो नहीं है?"

"कोई शक नहीं साहब। यही है, हुकुम की कसम।"

***

समर प्रताप सिंह ने ट्रांज़िशन रूम में कदम रखा। वहां बैठा था नैना का असली क़ातिल। लंबा छरहरा कद, सांवला रंग, नैना के बच्चे का पिता। उसका पति। सर्वेश सिंह देव।

उसके चेहरे पर हवाइयां उड़ रही थीं। समर ने एक स्टूल खींचा और उसके सामने बैठ गया। कुछ कहा नहीं उसने। सिर्फ देखता रहा।

कुछ देर बाद सर्वेश ने ही पहला सवाल किया, "मुझे यहां क्यों लाया गया है?"

"रावत," समर ने ज़ोर से आवाज़ लगायी। "शमशेर को यहां लेकर आओ।" चंद ही मिनटों में शमशेर उसके सामने खड़ा था।

"इसी आदमी को देखा था तुमने उस दिन सुबह।" समर ने शमशेर से पूछा।

"जी हां, यही था। एकदम यही था।"

"पक्का है न? कोई शक तो नहीं है?"

"नहीं साहब, कोई शक नहीं है। इसी ने क़त्ल किया है। इसी आदमी ने नैना मेमसाहब को ज़मीन से उठाकर पेड़ से दे मारा था। फिर वो उठ ही नहीं पायीं।"

यह सुनते ही सर्वेश के चेहरे का रंग उड़ गया।

"सही कहानी बनायी थी तुमने। सिगरेट लेने के लिये घर से बाहर निकला था...सिगरेट पीकर वहीं घूमता रहा...दरअसल टैक्सी वाले और तुम्हारी मेड रीना ने सच बोला था। तुम्हीं झूठे थे।"

"ये सब बकवास है। झूठ बोल रहा है यह आदमी। मैंने नैना का क़त्ल नहीं किया। कितनी बार मैं आपको ये बात बताऊं।"

"पिछली बार की मार याद है न तुम्हें? इस बार का क्या इरादा है? सच बोलने में ही भलाई है। इस बार तुम्हारे साथ कोई नहीं है। कोई सिम्पैथी नहीं है।"

सर्वेश ने कुछ नहीं कहा। वह चुपचाप समर को देखता रहा।

"तुम्हारा बेटा कहां है?"

"स्कूल गया है।" सर्वेश ने धीरे से कहा।

"कोई है तुम्हारे घर पर जो बेटे की देखभाल कर सके?"

"एक मेड है बस।"

"किसी को बुलाना पड़ेगा। कोई दोस्त, कोई परिवार वाला। तुमको नैना की हत्या के इल्ज़ाम में गिरफ्तार किया जा रहा है।"

"क्या?"

"बुला लो, ज़रा जल्दी करो। मैं नहीं चाहता कि तुम्हारा बेटा किसी और के मुंह से सुने या पड़ोसियों के हवाले रहे। जल्दी से किसी का नंबर दो ताकि उन्हें बुलाया जा सके।

"तुम्हारा बेटा, उससे प्यार करते हो न तुम! क्या होगा जब उसे पता चलेगा कि तुमने ही उसकी मां का क़त्ल किया है? कभी सोचा था तुमने?"

सर्वेश कुछ नहीं बोला। उसका सिर झुक गया। वह नीचे देखता रहा।

"एक बच्चे के ऊपर क्या गुज़रेगी, कभी सोचा है तुमने? मां और बाप दोनों की ममता से महरूम कर दिया तुमने उसको। अनाथ कर दिया उसको!

"क्या वो तुम्हें कभी माफ कर पायेगा?"

सर्वेश कुछ नहीं बोला। उसमें हिम्मत नहीं बची थी। समर का हर सवाल उसे गिल्ट की तरफ धकेल रहा था।

"क्या सोचा था तुमने? तुम कभी नहीं पकड़े जाओगे? क्या तुम्हें कभी इस बात का अफसोस नहीं हुआ? जिस औरत की वजह से तुम्हारे घर में शान और शौकत थी, जिसकी वजह से तुम एक अच्छी ज़िंदगी बसर करते थे, तुमने उसी का क़त्ल कर दिया? जो तुम्हारी वजह से इस प्रोफेशन में आयी। जिसने तुम्हारे लिये अपना सब कुछ कुर्बान किया, तुमने उसका क़त्ल कर दिया?"

"अफसोस किस बात का इंस्पेक्टर? वो इश्क कर रही थी। अय्याशी कर रही थी। मैंने अय्याशी के लिये उसे नौकरी करने नहीं भेजा था! कौन सा मर्द अपनी बीवी की अय्याशी बर्दाश्त करेगा? क्या आप उन रातों में सो सकते हैं, जब आपको पता हो कि आपकी बीवी किसी और के साथ होटल में रात गुज़ार रही है?

"क्या आप ये सुन सकते हैं कि आपकी बीवी तरक्की के लिये अपने बॉसेज का बिस्तर गर्म कर रही है?

"मैंने सब बर्दाश्त कर लिया था, लेकिन वह तो मुझे ही घर से निकालने पर आमादा थी। अगर मैं उसका क़त्ल नहीं करता तो सुबह तो मुझे ही घर से बेदखल होना था। तब न तो मुझे मेरा बेटा मिलता और न मेरी कोई ज़िंदगी होती। तब भी तो मुझे एक ज़िल्लत भरी ज़िंदगी ही गुज़ारनी होती।

"क्या मैं नहीं जानता था कि उस रात वो क्यों झगड़ रही थी? क्योंकि वो ऑफिस में झगड़ा करके आई थी। गौरव के बारे में सब जानते हैं, वो उसके लिए लड़ रही थी; अपने पति को घर से निकाल रही थी।

"वो तो किसी और के बच्चे की मां भी बनने वाली थी। आप ही बताइये इंस्पेक्टर ऐसे में आप क्या करते? क्या आप यह जानकर भी चुप रह जाते कि आपकी बीवी के पेट में किसी और का बच्चा है? बोलिये? क्या मैं सब कुछ चुपचाप बर्दाश्त कर जाता? मेरे अंदर भी तो एक मर्द रहता है, नामर्द तो हूं नहीं मैं!"

सर्वेश बिना रुके बोले जा रहा था। समर ने भी उसे उस वक़्त नहीं रोका। फिर बोला, "मैं तो समझ गया, लेकिन अपने बेटे को क्या समझाओगे?" समर ने कहा।

"अभी नहीं समझेगा, लेकिन बड़ा होकर समझ जायेगा। आख़िर वो भी तो मर्द ही है!"

"रावत आयेगा अभी, अपने रिश्तेदारों को फोन करके अपने घर बुला लेना।" कहते हुए समर उठ खड़ा हुआ, लेकिन अचानक कुछ सोच कर फिर बैठ गया।

"नैना के घर में कौन-कौन है?"

"उसके पिता हैं बस।"

"कहां रहते हैं?"

"विदिशा में। वहीं उनका पुराना घर है।"

"उनका नंबर दो।"

"नंबर फोन में है।"

"तुम नैना से पहली बार कब मिले थे?"

"जब वह दसवीं में पढ़ती थी। मैंने उसी के स्कूल में ग्यारहवीं में एडमिशन लिया था।"

"उसने कभी तुमसे स्वामी गजानन के बारे में कोई बात नहीं की?"

"नहीं, कभी भी ज़िक्र नहीं किया। आप बार-बार ये सवाल क्यों पूछ रहे हैं?"

"कभी उसने बताया हो कि उसकी किसी दोस्त के साथ किसी ने कभी बलात्कार किया हो, कोई हादसा हुआ हो?"

"ऐसी तो कोई बात मुझे याद नहीं। न ही नैना ने कभी कुछ बताया। वैसे मुझसे अब आप नैना के बारे में कुछ न ही पूछें तो बेहतर है। मैं उससे नफरत करता हूं। उसकी किसी बात से मैं कोई भी, किसी भी तरह का वास्ता नहीं रखना चाहता।"

"ठीक है मैं जा रहा हूं। कुछ देर में तुम्हें मजिस्ट्रेट के सामने पेश किया जायेगा।" यह कहते हुए समर बाहर निकलने लगा।

दरवाज़े पर पहुंच कर वह पलटा और बोला, "सही और गलत के बीच हम इतनी सीमाएं लांघते हैं सर्वेश, कि हमारी नज़र धुंधली हो जाती है। तुम्हारी जगह मैं होता तो मैं नैना की ज़िंदगी से चला जाता। तुम नैना के लायक नहीं थे। तुम नैना को समझ ही नहीं पाये। नैना विद्रोही थी। वह अपनी शर्तों पर ज़िंदगी जीना चाहती थी। यह रास्ता तुमने ही दिखाया था और तुम्हीं जेलस हो गये। तुम उसका सहारा थे और तुमने ही उसे तोड़ दिया। नैना जो भी थी उसकी वजह तुम थे सर्वेश। तुम ये बात कभी समझ ही नहीं पाये।" यह कहते हुए समर बाहर निकल गया।

सर्वेश कमरे में बैठा उसे जाते देखता रहा।

***

सुबह के 10 बजते-बजते यह ख़बर आग की तरह सब जगह फैल गयी कि मशहूर एंकर नैना की हत्या उसके अपने ही पति पत्रकार सर्वेश सिंह देव ने की थी। राजा राघवेंद्र प्रताप सिंह के ख़ासमख़ास शमशेर सिंह के बयान के आधार पर उसकी गिरफ्तारी हुई। शमशेर भी नैना की हत्या करने आया था। उसको राजा राघवेंद्र प्रताप सिंह ने भेजा था, क्योंकि नैना उसके बच्चे की मां बनने वाली थी।

टीवी चैनलों पर यह ख़बर ब्रेकिंग न्यूज़ के रूप में फ्लैश हो रही थी। समर अपने कमरे में बैठा था। रात को समर ने एक महिला कॉन्स्टेबल सुरेखा के साथ हिना को उसके घर भेज दिया था। कॉन्स्टेबल को हिदायत दी थी कि एक मिनट के लिये भी हिना उसकी नज़रों से दूर नहीं होनी चाहिये। समर की ही हिदायत पर सुबह वो कॉन्स्टेबल हिना को थाने वापस लेकर आ गयी। इस वक़्त हिना समर के सामने बैठी थी।

"मैंने आपसे कहा था न कि किसी को अपने घर से बुला लीजिये, मुझे आपको गिरफ्तार करना है?"

"और मैंने भी आपसे कहा था कि मेरा इस दुनिया में कोई नहीं है। मैं किसी को नहीं बुलाना चाहती। आप कर लीजिये मुझे गिरफ्तार।"

"आप ज़्यादा पढ़े-लिखे लोग इतने ज़िद्दी क्यों होते हैं? आपको पता है कि मुझे कानूनन आपके परिवार के किसी सदस्य को बुलाना ही होगा क्योंकि तभी मैं आपकी गिरफ्तारी दिखा सकता हूं। आप जान-बूझकर देर कर रही हैं।"

"मैं ऐसा कुछ नहीं कर रही। पहली बात तो आप खामखां मुझ पर इल्ज़ाम लगा रहे हैं। मेरी सिर्फ इतनी गलती है कि मैंने एक फेसबुक पोस्ट लिखी। इससे ज़्यादा मेरा कोई और दखल गजानन के क़त्ल में नहीं है। मेरी जैसी न जाने कितनी और लड़कियां होंगी जिनके साथ गजानन ने ये हरकत की होगी।" उसने उत्तेजित होते हुए कहा।

"आप ऐसी और कितनी लड़कियों को जानती हैं?" समर ने सवाल किया।

"मैं किसी और लड़की को नहीं जानती, ये मैं आपको पहले भी बता चुकी हूं।" पुलिस की पूछताछ की थकान अब उस पर हावी हो रही थी।

"ठीक है! अगर आप कुछ और बताना नहीं चाहतीं, परिवार से भी किसी को बुलाना नहीं चाहतीं, तो यह काम मुझे ही करना होगा। आप बस अंदर ही बैठिये और इंतज़ार कीजिये।"

"मैं अपने घर नहीं जा सकती?"

"नहीं, आप पर क़त्ल का शक है। आप कहीं नहीं जा सकतीं। एक बात और जान लीजिये कि आप सिर्फ डिले कर सकती हैं अपनी गिरफ्तारी को, उसे रोक नहीं सकतीं।" इंस्पेक्टर समर अब तक पूरी तरह से फेडअप हो चुका था। उसने महिला कॉन्स्टेबल सुरेखा को इशारा किया। सुरेखा ने हिना साहिबा के कंधे पर हाथ रखा और उसे अपने साथ चलने को कहा।

उसके जाते ही समर ने अपने फोन से नैना वशिष्ठ के पिता का फोन नंबर डायल कर दिया।

कुछ देर तक घंटी बजने के बाद उधर से आवाज़ आयी, "हैलो।"

"हैलो, मैं दिल्ली से मयूर विहार थाने का एसएचओ समर प्रताप सिंह बोल रहा हूं। क्या आप जगदीश वशिष्ठ जी बोल रहे हैं?"

"जी बोल रहा हूं। कहिये?"

"आपसे कुछ बात करनी है। क्या पांच मिनट का वक़्त है आपके पास?"

"जी हां, रिटायर्ड आदमी के पास वक़्त ही वक़्त होता है, बताइये?"

"आपकी बेटी नैना की हत्या के इल्ज़ाम में हमने उसके पति सर्वेश सिंह देव को गिरफ्तार कर लिया है।"

"क्या?" उधर से घबराई हुई आवाज़ आयी।

"जी, सर्वेश ने ही नैना का क़त्ल किया था।"

"लेकिन नैना के क़त्ल में तो पहले एक लड़की पकड़ी गयी थी? उस पर तो मुकदमा भी चल रहा है।"

"जी, लेकिन हमें कुछ नये सुबूत मिले, जिनके आधार पर अब से कुछ ही देर पहले हमने सर्वेश को गिरफ्तार कर लिया। आप सर्वेश के टच में हैं?"

"जी नहीं, सर्वेश से तो मेरी बातचीत ज़माने से बंद है। नैना जब थी, तब भी हम उससे बात नहीं करते थे। ऐसे आदमी से क्या बात करना, जिसके चलते हमारी बेटी हमसे दूर हो गयी।"

"आप कभी दिल्ली आये अपने नाती से मिलने?"

"हां, नैना के अंतिम संस्कार में आया था। उसके बाद तो सर्वेश ने अंगद से मेरे मिलने-जुलने पर ही रोक लगा दी। मेरा कोई हक भी तो नहीं बनता। वह पिता है। अंगद के बालिग होने तक तो कानूनी हक उसी का बनता है।"

"पर आप भी तो नाना हैं?"

"नाना हूं, पर नाना का हक जताकर भी मैं क्या करता? मैं तो ख़ुद यहां अकेले अपनी ज़िंदगी गुज़ार रहा हूं। खैर मेरी छोड़िये, पर ये बात बताइये इंस्पेक्टर साहब, सर्वेश ने नैना को क्यों मारा?" जगदीश वशिष्ठ के इस सवाल में इतना दर्द था कि समर समझ नहीं पाया कि क्या कहे। वह बस इतना ही बोल पाया, "शायद वह नैना से खफा था।"

"किस बात से?'

समर फिर उलझन में पड़ गया। एक पिता को वह कैसे बताये कि उनका दामाद अपनी पत्नी की बदचलनी से खफा था? कैसे बताये कि पति-पत्नी के रिश्ते में कितनी कड़वाहट थी? कैसे बताये कि किसका कितना कुसूर था? दो लोगों के रिश्ते के बीच किसी एक का कुसूर निकालना वैसे भी बेहद पेचीदा मसला है।

"नैना को सर्वेश का घर में बैठा रहना पसंद नहीं था। वह उसको लगातार काम पर जाने के लिये कहती थी, जबकि उसके पास कोई जॉब था नहीं। बस इसी से खफा होकर उसने नैना को मार दिया।" यही जवाब सूझा समर को। वह बेटी के चरित्र पर कोई बात बोल कर एक बुजुर्ग पिता का दिल नहीं दुखाना चाहता था।

"बस इतनी सी बात पर क़त्ल कर दिया उसने मेरी बच्ची का? जबकि वो तो पागल थी उसके लिये। ज़िद करके शादी की थी उसने। वरना इक्कीस साल में कौन करता है ऐसे शादी?" समर समझ रहा था कि जगदीश वशिष्ठ

अब भावुक हो रहे हैं। वह बोलते ही जा रहे थे, "आख़िर काम ही तो करने को कह रही थी। क्या गलत कह रही थी? आदमी काम नहीं करेगा तो क्या करेगा? कब तक वह औरत की कमायी पर ज़िंदगी गुज़ारेगा?"

समर चुप रहा, उन्हें बोलने दिया। वह जानता था कि एक दुखी पिता अपने दुख का बोझ, मन का गुबार निकाले बिना चुप न होगा। कुछ देर और बोलकर जब नैना के पिता चुप हुए, तब समर ने आहिस्ता से एक सवाल किया, "वशिष्ठ जी, नैना से ही जुड़ा एक और सवाल है, क्या आप या नैना स्वामी गजानन नाम के किसी आदमी को जानते थे? मतलब नैना ने कभी आपसे कोई ज़िक्र किया हो उनका, या आप ही कभी मिले हों उनसे?"

इस सवाल पर तो जैसे जगदीश वशिष्ठ को सांप सूंघ गया। वे एकदम से चुप हो गये। यह चुप्पी इतनी घनी थी कि समर को एकबारगी लगा कि शायद फोन कट गया है। उसने कान से हटाकर अपने फोन को देखा, कॉल चालू थी।

उसने फिर कहा, "हैलो, हैलो, जगदीश जी आप सुन पा रहे हैं मुझे? आपको आवाज़ आ रही है?"

"जी, जी हां, लेकिन आप ये सवाल अभी क्यों पूछ रहे हैं, जब नैना और स्वामी गजानन दोनों ही नहीं हैं?"

"ऐसे ही," समर को इस बात का कोई सीधा जवाब नहीं सूझा।

"ऐसे ही क्यों? कोई तो वजह होगी जो यह सवाल आपने मुझसे किया। अब मैं समझ रहा हूं कि आपने मुझे सर्वेश की गिरफ्तारी के बारे में बताने भर के लिये फोन नहीं किया है। बल्कि आप स्वामी गजानन के बारे में जानकारी चाहते हैं।"

"ऐसी बात नहीं है। यह संयोग ही है कि नैना के बाद स्वामी गजानन का केस भी मेरे पास है। बातचीत कर ही रहा था तो मुझे लगा कि शायद आप जानते हों। क्या पता नैना भी जानती हों उन्हें। आख़िर स्वामी गजानन के केस की कड़ी से ही तो नैना जी का असली हत्यारा सर्वेश पकड़ा गया है।"

इंस्पेक्टर समर ने जानबूझकर नैना को 'नैना जी' कहा। उसने अपनी आवाज़ भी काफी नर्म कर ली। इसका शायद असर भी हुआ। कुछ देर तक दूसरी तरफ ख़ामोशी छायी रही। ऐसा लगा कि जगदीश वशिष्ठ शायद कुछ सोच रहे हैं।

"लंबी कहानी है। पर उसके लिये आपको यहां आना पड़ेगा।"

"प्लीज़, मेरा आना तो मुमकिन नहीं है। मैं इस केस में बुरी तरह फंसा हुआ हूं। आप फोन पर ही मुझे बता दें।"

"बता तो सकता हूं इंस्पेक्टर साहब। लेकिन उससे जुड़ी कई चीजें और हैं, जिन्हें दिखा नहीं पाऊंगा।"

"मतलब?" उनकी बात पर समर चौंक पड़ा।

"आप यहां आयेंगे तभी समझ पायेंगे। मैं बूढ़ा आदमी हूं, ज़्यादा देर फोन पर बात भी नहीं कर सकता। आप आइये, फिर बात करेंगे।" कहकर उन्होंने फोन काट दिया।

समर ने घड़ी देखी। सुबह के 11 बज रहे थे। उसे जल्द फैसला करना था।

ऐसा क्या है जगदीश वशिष्ठ के पास जो वह उसे दिखाना चाहते हैं।

***

शाम के क़रीब 4:30 बजे थे जब समर प्रताप सिंह मध्य प्रदेश के विदिशा शहर में जगदीश वशिष्ठ के सामने बैठा था। दोपहर 1 बजे की फ्लाइट पकड़ कर वह भोपाल आया और वहां से कार से सीधे विदिशा। गनीमत थी कि फ्लाइट लेट नहीं हुई। वह दिन रहते वहां पहुंचने में कामयाब हो गया।

चाय का कप समर के सामने रखा था। सामान्य सा घर था। पुराने मोहल्ले में बसा हुआ। दस फुट की गलियां, जिनमें दोनों तरफ़ मकान बने हुए थे। घर के बाहर दीवार से लगकर बहती हुई नालियां, जिनमें बहता गंदा पानी बदबू मार रहा था। बिजली के खंभों पर तारों का जाल बिछा हुआ था।

समर ने अपना गला खंखारा और बातचीत शुरू करने की गरज से कहा, "तो आप स्वामी गजानन को जानते थे?"

"अगर जानने से मतलब पहचान या बातचीत से है, तो मैं स्वामी गजानन को नहीं जानता हूं क्योंकि कभी स्वामी से मुलाकात नहीं हुई मेरी।"

समर को एकबारगी लगा कि उसकी सारी उम्मीदों पर पानी फिर गया। कहीं उम्र के चलते वशिष्ठ जी का दिमाग तो नहीं हिल गया है? पर अपने भावों को बिना ज़ाहिर किये उसने अपने को संभालते हुए पूछा, "मतलब? आपने तो कहा था कि आप उन्हें जानते हैं?"

"नहीं, मैंने यह कहा था कि स्वामी गजानन के बारे में बात करने के लिये आपको यहां मेरे पास आना होगा। इसका मतलब यह नहीं कि मैं स्वामी गजानन को जानता हूं।"

"पहेलियां मत बुझाइये वशिष्ठ जी। यह बताइये कि आपने मुझे इतनी दूर क्यों बुलाया है?" समर आख़िर में झुंझला ही गया। कितनी मुश्किल से तो वह अपने अफसरों को समझा पाया था। ऐसे नाज़ुक मोड़ पर अपनी इन्वेस्टिगेशन छोड़ कर अपनी एक अदद गट फीलिंग के चलते यहां इस आदमी से सूचना पाने के लिये चला आया, और यह आदमी था कि पहेलियां बुझाये जा रहा था। वह कुछ और सोचता इससे पहले ही जगदीश वशिष्ठ बोलने लगे।

"स्वामी गजानन का नाम मैंने तक़रीबन अठाईस साल पहले सुना था। वह एक मनहूस सुबह थी। जब हमारे सामने वाले घर से चीख की आवाज़ आयी थी। वह घर शीला और रवि दुबे का था। वहीं से एक औरत बड़े ज़ोर से चीखी थी। तब यह मुहल्ला इतना बड़ा और बसा हुआ नहीं था। कुछ ही मकान थे यहां।

"मैं भागता हुआ पहुंचा तो देखा कि शीला अपनी छोटी सी बच्ची को गोद में लिये हुए चीख रही थी। बच्ची बेहोश और ख़ून से लथपथ थी। रवि भी हतप्रभ सा उनके पास ही खड़ा था। रवि केवल मेरा पड़ोसी ही नहीं गहरा दोस्त भी था। हम सुख-दुख के साथी भी थे। मुझे और कुछ तो समझ नहीं आया, पर इतना समझ आया कि कुछ न कुछ अनहोनी घटी है और इस बच्ची को तुरंत मेडिकल हेल्प की दरकार है।

"मैं और रवि बच्ची को लेकर सरकारी अस्पताल गये थे। रास्ते में रवि ने बदहवासी की हालत में जो बताया वह यह था कि स्वामी गजानन नामक कवि, जो अक्सर उसके यहां आता रहता था, उस रात को भी उसके घर आया था। देर रात तक बैठक चली थी और वह वहीं उसके घर रुक गया था।

"सुबह जब शीला उठी तो उसने बच्ची को इस हाल में पाया और स्वामी गजानन गायब था।" इसके बाद जगदीश वशिष्ठ ने समर को वही पूरी कहानी सुना दी, जो काली ने *नेशनल न्यूज़* चैनल पर वर्षा दत्त को सुनायी थी। पूरी कहानी। हूबहू। दोनों कहानियों में कुछ भी फर्क नहीं था।

समर को संतोष हुआ कि आख़िरकार उसका शक सही था। नैना और काली दोनों की कड़ियां अंततः स्वामी गजानन से जुड़ती हैं।

"उस बच्ची का नाम क्या था?"

"काली...काली दुबे।"

"रवि को देवी काली के प्रति अगाध श्रद्धा थी इसलिये उसने अपनी बेटी का नाम काली रखा था।"

"फिर तो आपने टीवी पर काली की कहानी, स्वामी गजानन की हत्या की ख़बर, यह सब कुछ भी सुना ही होगा?" समर ने अचानक पूछा।

"हां, मैंने सब कुछ सुना।"

"फिर तो आप स्वामी गजानन की हत्या के पीछे की असलियत के गवाह भी हैं। जब आपने टीवी पर काली को सुना तब आप उसकी हकीकत और पहचान दोनों जानते थे, तो आपने पुलिस को फोन क्यों नहीं किया?"

"किसलिये करता इंस्पेक्टर? कोई मेरी बात क्यों सुनता? और अगर अभी सुनता भी तो मैं बताता ही क्यों? अगर अठाईस साल पहले आपकी पुलिस व कानून, किसी ने भी सुनी होती एक मां की चीख, एक दुखियारे बाप की फरियाद, एक दर्द से कराहती बच्ची की गुहार, तो शायद आज यह सब न हो रहा होता।" जगदीश वशिष्ठ ने हिकारत से कहा।

"क्या यह काली कभी आपसे मिली? क्या वह वापस आयी थी यहां?"

जगदीश वशिष्ठ ने समर को गौर से देखा फिर अपना सिर नीचे कर लिया, जैसे फैसला कर रहे हों कि क्या जवाब देना चाहिये इस सवाल का।

"हां, आयी थी वो मुझसे मिलने।"

"कब?" समर ने धड़कते दिल से पूछा।

"यही कोई एक साल हो गया। महीने भर से ज़्यादा यहां रही भी थी।"

समर ने जेब से फोन निकाला और एक तस्वीर जगदीश वशिष्ठ को दिखाते हुए पूछा, "क्या यही काली है?"

"नहीं, ये काली नहीं है। ये तो हिना साहिबा है।"

"ओह, तो आप इस लड़की को भी जानते हैं?" समर ने हैरानी से पूछा।

"यह भी यहां आयी थी इसलिये जानता हूं," उन्होंने जवाब दिया।

"क्या मतलब? यह लड़की यहां क्या करने आयी थी?"

"यह भी वही सब जानना चाहती थी जो आप जानना चाह रहे हैं इंस्पेक्टर। लेकिन यह काली के आने से पहले आयी थी।"

"क्या काली ने कुछ बताया था आपको कि अभी वह कहां रहती है?"

“नहीं, बस इतना कहा था कि उसे एक परिवार ने गोद ले लिया था। उन्होंने ही उसे पढ़ाया-लिखाया था।”

“अभी वह क्या करती है, इस बारे कुछ बताया उसने? किसी शहर का नाम लिया हो?”

“दिल्ली में ही रहती है। यही कहा था उसने।”

“खैर, ये बताइये कि नैना और काली तो हम उम्र ही थे न?”

“हां, दोनों के जन्म में केवल छह महीने का ही फासला था। काली बड़ी थी।”

“फिर तो दोनों का बचपन साथ गुज़रा होगा?”

“जी बिल्कुल, दोनों के बीच सगी बहनों से बढ़कर प्यार था। एक ही स्कूल में पढ़ती थीं, एक साथ खेलना, खाना, सब कुछ एक साथ करती थीं। बस दोनों का घर अलग था, इसलिये वे सोती अलग थीं। पर उसके लिये भी उन्हें अलग करना बहुत मुश्किल होता था।”

“उस हादसे के बाद नैना पर क्या गुज़री थी? क्या नैना ने बड़ी हो जाने के बाद कभी आपको बताया था काली के बारे में? या फिर नैना कितना जानती थी काली के हादसे के बारे में, मेरा मतलब बचपन में जो कुछ काली के साथ हुआ था, उसका नैना पर क्या असर पड़ा था?”

“काली के साथ ये सब हुआ, उसी दिन मैंने नैना को उसकी मां के साथ भोपाल भेज दिया था, उसके ननिहाल। मैं नहीं चाहता था कि छोटी सी बच्ची के दिल और दिमाग पर इस घटना का कोई असर पड़े।

“यहां सब कुछ संभाल पाना मुश्किल हो गया था। फिर मेरी तो सरकारी नौकरी थी। रवि और शीला तो पागल ही हो गये थे। ऊपर से स्वामी गजानन के चेलों ने तो हद ही कर दी थी। पूरे मोहल्ले का जीना उन दिनों मुहाल था। न जाने कितनी बार पथराव, कालिख, पोस्टर...क्या करते दोनों? एक रोज भाग गये।” उन्होंने भावुक होते हुए कहा।

“नैना कितना जानती थी इस सबके बारे में? पूछा तो होगा उसने जब वह विदिशा लौटी होगी? तलाशा तो होगा अपनी सहेली को?”

“हां, उसे हमने यही बताया था कि काली अपने माता-पिता के साथ दूसरे शहर चली गयी। जब ज़्यादा पूछने लगी तो हमने नैना की पढ़ाई कुछ साल भोपाल में ननिहाल से ही करवा दी। उसके बाद जब वह विदिशा लौटी,

तो काली को भूल चुकी थी। छोटी बच्ची थी तब, छोटे बच्चों की याद्दाश्त भी छोटी ही होती है।"

"काली जब आपसे मिलने आयी, तो क्या उसने अपने इरादों के बारे में आपको कुछ बताया? कोई हिंट? क्या आपको लगा कि वह स्वामी गजानन की हत्या करने आयी है? उसके साथ जो हुआ उसका बदला लेने के लिये आयी है?"

"नहीं, मुझे उसकी बातों से ऐसा कोई आभास नहीं हुआ। वह सिर्फ अपने मां-बाप की यादों को संजोने और समेटने के लिये आयी थी। ऐसा उसने कहा।"

"क्या आपने पूछा कि यह काम उसने पिछले अठाईस सालों से क्यों नहीं किया?"

"हां, मैंने पूछा था कि तुम इतने साल क्यों नहीं आयीं? कहां रहीं?"

"क्या जवाब दिया था उसने?"

"यही कि बिज़ी थी, वक़्त ही नहीं मिला।"

"अपने माता-पिता के बारे में पूछा उसने?"

"हां, पूछा था। लेकिन हमें पता ही क्या था उनके बारे में, जो कुछ बताते। और जो जानते थे वह बताने लायक था ही कहां?"

"लेकिन काली की मां तो लौटी थीं न यहां?"

"हां, यह सही है कि वो लौटी थीं, लेकिन जैसे आयी थीं वैसे ही फिर गायब भी हो गयीं।"

"क्या नैना की मुलाकात कभी काली की मां से हुई थी?"

"ठीक से कह नहीं सकता। शायद मिली हो। शायद नहीं।"

"कहां चली गयीं शीला जी, कुछ अंदाज़ा है आपको?"

"लोगों ने बताया था कि कुछ लोग आये थे, उन्हें एक गाड़ी में लेकर चले गये। किसी अस्पताल से थे शायद।"

"आपको इसका पता क्यों नहीं चला?"

"इत्तेफाक से मैं तब यहां नहीं था। कहीं बाहर गया हुआ था।"

"शीला जी के साथ वैसे हुआ क्या था?"

"शीला जी का दिमागी संतुलन खो गया था। अचानक से एक दिन दरवाज़े पर आकर खड़ी हो गयी थीं। कोई होश नहीं था उन्हें। हमने ही उनको खाना देना शुरू किया। कभी खाती थीं तो कभी नहीं। दिन भर घर में ऊपर-नीचे डोलती रहती थीं। कुछ-कुछ बोलती रहतीं। फिर एक दिन कोई अस्पताल वाले आकर उन्हें ले गये। मैंने यहां के अस्पतालों में पूछताछ की, पर उसके बाद हार कर रह गया। वैसे भी सरकारी नौकरी करते हुए इतने भयानक हादसे के बाद एक लड़की का बाप तो दुबक ही जाता न!"

"कुछ याद है कि शीला जी क्या बोलती रहती थीं?"

"एक ही बात उनकी ज़बान पर रहती थी। 'क्या पापा ने खाना खा लिया?' 'क्या पापा ने खाना खा लिया?'" जगदीश वशिष्ठ के इस उत्तर से समर की आंखें हैरत से फैल गयीं। वह शीला जी से मिल चुका है। काली और शीला का कनेक्शन है। इसी के चलते नैना का उनसे कनेक्शन था? उसका दिल धड़क रहा था।

"तो उसके बाद शीला जी की कभी कोई ख़बर नहीं मिली आपको?" समर ने बगैर कोई रिएक्शन दिये पूछा।

"नहीं, इसके बाद कोई ख़बर नहीं मिली।"

"आप मुझे कुछ दिखाने वाले थे?" समर को जैसे कुछ याद आया।

"जी चलिये। इसके लिये आपको रवि के घर चलना पड़ेगा।" कहते हुए वे उठ खड़े हुए। उन्होंने सामने की दीवार पर लटका चाबियों का एक गुच्छा उठाया और चल दिये।

घर से बाहर आकर वह ठीक सामने वाले घर के दरवाज़े पर जाकर खड़े हो गये। यह एक बदरंग दरवाज़ा था, जिस पर सालों से कोई पेंट नहीं हुआ था। दरवाज़े पर लगी हुई सांकल और उस पर लटका एक बड़ा सा ताला।

इस घर में वक़्त ठहर गया था। कुछ भी तो नहीं बदला था यहां। अंदर सब कुछ वैसे का वैसा ही था जैसा काली ने *नेशनल न्यूज़* चैनल पर बताया था। सब कुछ वैसा ही था सिवाय एक कमरे के।

पहली मंज़िल के इस एक कमरे की दीवार पर स्वामी गजानन का बड़ा सा पोस्टर लगा था। उस पोस्टर के इर्द-गिर्द लड़कियों की तस्वीरें लगी थीं। जैसे कि कोई उसके हाथों तबाह और बर्बाद हुई लड़कियों की मैपिंग कर रहा हो। कुल पंद्रह तस्वीरें थीं। बाईस और नाम थे जिन पर कोई चेहरा नहीं था। हर

नाम और फोटो के साथ शहर का नाम लिखा था। इनमें से एक तस्वीर हिना साहिबा की भी थी।

एक छोटी सी तस्वीर जयराम गुप्ता की भी थी।

स्वामी गजानन के पोस्टर के ऊपर बड़ा-बड़ा लिखा था: 'पिशाच!'

***

दिल्ली में अगर कोई सबसे ख़ूबसूरत, ऐलीगेंट और रोमांटिक जगह तलाशनी हो तो ओबरॉय होटल के सिरस 9 रेस्त्रां से बेहतर कोई जगह नहीं है। गौरव को यह रूफटॉप रेस्त्रां बेहद पसंद है। यहां आते ही आप पर एक रोमांटिक औरा हावी हो जाता है।

आज की शाम मौसम भी लाजवाब था। आसमान साफ था। एक तरफ दिल्ली गॉल्फ कोर्स का नज़ारा, तो दूसरी तरफ लाइट में जगमगाता हुमायूं का मकबरा। कहते हैं कि पूरी दिल्ली में इससे बेहतर जगह नहीं है एक परफेक्ट शाम के लिये; उस ख़ास इंसान के लिये जिसके साथ आप अपनी ज़िंदगी गुज़ारना चाहते हों। धीमा-धीमा सॉफ्ट रॉक या डीप हाउस जैसा सोलफुल म्यूज़िक बजता है यहां।

रैना ऐसे रोमांटिक माहौल में इस समय गौरव के सामने बैठी थी। गौरव की नज़रें उस पर टिकी हुई थीं। गौरव एक बार फिर अपने दिल की बात कहने के लिए उसे यहां लेकर आया था।

गौरव वर्मा जानता था कि आज उसके पास सब कुछ है। अपना चैनल है, वह बेहद सक्सेसफुल है और अपना परिवार भी है, बस नहीं है तो एक साथी। एक ऐसा साथी जिसे वह अपना कह सके। रैना में वह उसी साथी को देखता है। रैना उसे अपने जैसी लगती है। कभी कुछ मांगा नहीं। ख्वाहिश नहीं। शिकायत नहीं। असीमित मुहब्बत से लबरेज़।

एक ड्रिंक ख़त्म होते-होते गौरव ने रैना का हाथ अपने हाथ में ले लिया, और हौले-हौले गुनगुनाने लगा, 'तेरी आंखों के सिवा दुनिया में रखा क्या है... ये उठें सुबह चले, ये झुकें शाम ढले...मेरा जीना मेरा मरना इन्हीं पलकों के तले...तेरी आंखों के सिवा दुनिया में रखा क्या है...'

"तो आप गाना भी गाते हैं?" रैना ने हंसते हुए अपना हाथ वापस खींचा और कहा।

"ख़ासतौर से तब जब कंपनी इतनी इनक्रेडेबल हो।" गौरव ने कहा।

"और क्या-क्या करते हैं जो आपने आज तक मुझसे छिपा कर रखा है?"

"तुम्हें!" गौरव ने तपाक से कहा। "रैना, तुम्हें मैंने इस दुनिया से अब तक छिपा कर रखा है। अब मैं इस रिश्ते को पब्लिक कर देना चाहता हूं।"

"अच्छा!" उसने शरारती अंदाज़ में कहा। "और क्या कहोगे दुनिया से?"

"यही कि आई हैव फाउंड द लव ऑफ माई लाइफ।"

"बोरिंग लाइन है, एकदम घिसी-पिटी," रैना ने शरारत से कहा। "कुछ अच्छा सा बोलो।"

गौरव ने कुछ सेकंड सोचा फिर उठ कर खड़ा हुआ और रैना के सामने पहुंचा। घुटने के बल बैठा। उसका हाथ अपने हाथ में लिया और कहने लगा, "मैं दुनिया का सबसे ख़राब जर्नलिस्ट हो सकता हूं। मैं दुनिया का सबसे ख़राब इंसान हो सकता हूं। लेकिन मैं तुम्हारे लिये ख़ुद को बदलने को तैयार हूं। मैं जानता हूं अपनी तमाम खामियों को। मैं जानता हूं कि मैंने बहुतों का दिल दुखाया है। पर मैं यह भी जानता हूं कि तुम मुझे बदल सकती हो। तुम मेरे लिये दुनिया की सबसे बेहतरीन लड़की जो हो। विल यू मैरी मी रैना?" यह कहते हुए उसने अपने हाथ में पकड़ी हुई अंगूठी एक बार फिर रैना के सामने कर दी।

रैना के चेहरे पर हमेशा की तरह मुस्कराहट थी। उसने देखा कि रेस्त्रां में बैठा हर कोई उन्हीं की ओर देख रहा था। सबके चेहरे पर यह जानने की लालसा थी कि रैना नामक यह लड़की न्यूज़ की दुनिया के सबसे चर्चित चेहरे को क्या फैसला सुनाने वाली है।

"विल यू मैरी मी रैना?" गौरव की आवाज़ ने उसे चौंका दिया।

रैना ने गौरव की तरफ देखा। उसकी मुस्कराहट और बड़ी हुई और उसने कहा, "येस, येस।"

रैना के यह कहते ही पूरे रेस्त्रां में तालियां बजने लगीं। रैना ने गौरव को अपनी ओर खींच लिया। गौरव ने अपने होंठ उसके होंठों पर रख दिये।

***

उस दिन देर रात तक दोनों बिस्तर पर पड़े रहे, एक-दूसरे में खोये हुए। दोनों को ही खोने का डर था शायद। पर दोनों ख़ुश थे।

गौरव इसलिये ख़ुश था कि रैना ने चौबीस घंटे में ही शादी के लिए 'हां' कर दी।

रैना इसलिये ख़ुश थी कि आख़िरकार उसे किनारा मिल गया। ज़िंदगी अब ठहर जायेगी।

रैना ने ख़ुद को बिस्तर से निकालने की कोशिश की लेकिन गौरव ने पकड़ लिया।

"कहां जा रही हो?"

"अरे जाने तो दो।"

"क्या काम है? मुझे छोड़ कर मत जाओ।" गौरव ने कहा।

"लेट्स सेलेब्रेट...आज की रात हम सोकर नहीं गुज़ार सकते। यह रात हमारे लिये एक यादगार रात है।" कहते हुए वह बिस्तर से निकल गयी। गौरव की आंखें उसका पीछा कर रही थीं। बिस्तर के नीचे दोनों के कपड़े बेतरतीब पड़े हुए थे।

रैना ने पास की अलमारी खोल कर गौरव की एक टी-शर्ट निकाल कर पहनी तो गौरव को अपनी तरफ देखता पाया।

"क्या ज़रूरत थी इसे पहनने की?" शरारत से उसने कहा।

"बदमाश...कुछ तो शर्म..." कह कर वह बेहद रूमानियत भरे अंदाज़ में इठलाते हुए रूम से बाहर निकल गयी।

गौरव बेडरूम में पड़ा-पड़ा अपनी आने वाली ज़िंदगी के ख्वाब देखता रहा कि रैना के साथ उसकी ज़िंदगी कैसी होने वाली है, रैना के बारे में सबको बताना भी है। वह जानता था कि रैना को देखकर ऑफिस में हर कोई हैरान हो जायेगा। लोग रैना के बारे में कुछ भी तो नहीं जानते अब तक। सब पूछेंगे उसके बारे में। जानना चाहेंगे। बच्चों का क्या रिएक्शन होगा? पहली पत्नी राशि भी कैसे रिएक्ट करेगी, वह नहीं जानता। क्या राशि का रिश्ता किसी से बना? यह जानने की ज़रूरत कभी गौरव ने महसूस ही नहीं की। उसके माता-पिता को इससे कोई फर्क नहीं पड़ेगा, लेकिन अपनी बहन बेला के रिएक्शन का अंदाज़ा नहीं था उसे। भाई को लेकर वह काफी पजेसिव है। तभी तो वह नैना को मारने भी चली गयी थी।

गौरव यह सब सोच रहा था कि 'ओके, लेट्स सेलेब्रेट' कहते हुए रैना बेडरूम में वापस आ गयी। इस समय उसके हाथ में वाइन के दो गिलास थे।

उसने एक गिलास गौरव को थमाया और दूसरा अपने हाथ में रखकर गौरव की आंखों में झांकते हुए कहा, "टु लव, चीयर्स!"

"टु लव, टु आवर फ्यूचर!"

दोनों ने एक-दूसरे के हाथ से वाइन का पहला सिप लिया।

***

डीसीपी जे.के. शर्मा और एसीपी राजेश चौहान के सामने बैठकर इंस्पेक्टर समर प्रताप सिंह ने विदिशा दौरे की अपनी सारी कहानी सुना दी। काली के घर के वे तमाम पिक्चर्स, वीडियो, सारे पोस्टर्स और दीवार पर चिपके कागज़ वह उठा लाया था। सब कुछ डीसीपी साहब की बड़ी टेबल पर रखा हुआ था।

इनमें से कुछ तस्वीरें ऐसी भी थीं जिनमें जवानी के दिनों का जयराम गुप्ता अपने गुंडों के साथ काली के घर के सामने खड़ा था।

"इसका मतलब यह है कि ये लड़की काली काफी वक़्त से स्वामी पर रिसर्च कर रही थी। उसने उन सभी लड़कियों का भी पता लगाया, जो स्वामी की शिकार हुई थीं।" डीसीपी शर्मा ने समर की पूरी बात सुन कर और एक-एक तस्वीर की छानबीन करने के बाद कहा।

"लेकिन क्या वह इस काम को अकेले कर रही थी या उसके और साथी भी हैं?" एसीपी चौहान ने पूछा।

"मुझे लगता है सर कि यह लड़की, हिना साहिबा, भी इन सभी हत्याओं में शामिल है। अगर सीधे तौर पर नहीं भी है, तो भी यह काली की मददगार तो है ही। अब तो सारी कड़ियां जुड़ ही गयी हैं सर। शायद अब पूछताछ करने से वह मान भी ले।"

"यह कब गयी थी विदिशा?"

"सर, तक़रीबन एक साल पहले, काली के विदिशा पहुंचने से पहले वहां पहुंची थी, ऐसा ही बताया जगदीश वशिष्ठ ने।"

"और कितने दिन रही वहां?"

"ये ज़्यादा दिन नहीं रुकी थी। बस काली की स्टोरी जान कर चली गयी। तब उसने वशिष्ठ जी को बताया था कि वह एक सामाजिक अपराध विषय पर रिसर्च कर रही है, इसीलिये स्वामी गजानन की शिकार ऐसी तमाम लड़कियों

के बारे में इन्फॉर्मेशन इकट्ठा कर रही है। किसी ने उसे काली के साथ घटी घटना के बारे में भी बताया था, तो बस फैक्ट्स चेक करने आयी थी।"

"और काली कब वापस पहुंची थी अपने घर?"

"सर जगदीश वशिष्ठ के हिसाब से हिना के आने के कुछ ही दिनों बाद वह भी आ गयी थी, शायद एक महीने के बाद।"

"और काली कितने दिन रही वहां?" डीसीपी शर्मा ने पूछा।

"सर थोड़े ही वक़्त के लिये जाती थी पर जाती रहती थी। कभी दो-तीन दिन रुकती थी, तो कभी हफ्ता भर। पर पिछले साल भर में उसने लगातार विदिशा को अपना केंद्र बना रखा था। काली के आने-जाने का यह सिलसिला एक महीने पहले तक चलता रहा।" समर ने कहा।

"मतलब इतने वक़्त तक उसने इस जगह को अपना कंट्रोल रूम बना कर रखा था?" एसीपी चौहान बोले।

"और इतना बड़ा हरामज़ादा था स्वामी?" डीसीपी के मुंह से निकला।

समर ने कभी भी डीसीपी शर्मा को इस तरह के शब्द इस्तेमाल करते नहीं सुना था।

"अगर ये नाम और तस्वीरें सही हैं तो यह हिंदुस्तान का अब तक का सबसे बड़ा यौन शोषण का अपराधी है।" डीसीपी शर्मा ने गंभीरता से कहा।

"सर, ये तो इस लड़की ने खोज निकाले हैं। न जाने कितने और होंगे जिनके बारे में अभी तक पता नहीं है, या तो काली उन्हें खोज नहीं पायी होगी, या फिर लोगों ने, पीड़िता ने बदनामी के डर से बताना नहीं चाहा होगा।"

"वशिष्ठ को कब पता चला इस बारे में?"

"सर, वशिष्ठ जी तो महीने-दो महीने में एक बार उस घर में जाते थे और देख-दाख कर आ जाते थे। अठाईस साल से उनका यही रूटीन था। उनका कहना है कि काली के पिता ने जाने से पहले उन्हें चाबी देकर कहा था कि घर का ख्याल रखना। तब से वो अपनी ज़िम्मेदारी निभा रहे थे। काली के आ जाने से उन्हें कुछ निश्चिंतता हो गयी थी।

"वो तो जब काली महीने भर से नहीं आयी, और लगभग पंद्रह दिन पहले वे घर की साफ-सफाई करने उस घर में पहुंचे और ऊपर के कमरे में कदम रखा, तब पहली बार इन तस्वीरों को देखा। उस समय तो उन्हें कुछ समझ नहीं आया। उन्हें लगा कि काली स्वामी गजानन के बारे में जानकारी

इकट्ठा कर रही है। पर जब स्वामी गजानन के मर्डर की ख़बर उन्हें मिली, तब पहली बार दीवार पर लिखे शब्द पर उनका ध्यान गया और 'पिशाच', शब्द को देखकर उन्हें यकीन हो गया कि स्वामी का मर्डर काली ने ही किया है।"

"फिर उन्होंने पुलिस को क्यों नहीं बताया?"

"सर, आप तो जानते हैं कि आम आदमी पुलिस से कितना दूर भागता है, फिर वह एक अकेला बुजुर्ग। वह भी तब जब पच्चीस साल पहले एक बच्ची के वीभत्स बलात्कार का साक्षी वह ख़ुद रहा हो। यही नहीं जिसने उस दौरान हमारे डिपार्टमेंट के लोगों की बेरुखी, बेरहमी, चुप्पी व अन्याय भी देखा हो। वह पुलिस के पास फिर क्यों जायेगा?

"वैसे भी वह काली के खिलाफ कभी नहीं जायेगा सर। वही क्यों, मुझे तो लगता है काली की कहानी जानने वाला कोई भी उसके खिलाफ नहीं जायेगा...इस मामले में सारी हमदर्दी अब काली के साथ होगी, सर।"

"इंस्पेक्टर समर, तुम्हें भावनाओं में बहने की ज़रूरत नहीं है। बतौर पुलिस हमारा काम है गुनाहगार को पकड़ना, न कि उसके हालात को देखना। हम गुनाहगार को पकड़कर उसे कठघरे के पीछे खड़ा करते हैं, उसे जज करने का काम हमारा नहीं है, हम साक्ष्य जुटाते हैं और न्याय हो सके, इसके लिये अदालत की मदद करते हैं।"

"सर, मैं सिर्फ आम आदमी की मन:स्थिति की बात कर रहा हूं, अपनी नहीं।"

"समर, ये जो पंद्रह लड़कियों की तस्वीरें दीवार पर लगी मिली हैं, इसमें क्या काली की भी तस्वीर है?" डीसीपी शर्मा ने पूछा।

"नहीं सर, मैंने भी वशिष्ठ से ये पूछा था, पर इसमें काली की तस्वीर नहीं है।"

"ओके...अब आगे क्या?"

"सर, अभी तो मेरा पहला काम यह पता लगाना है कि क्या नैना और काली आपस में कनेक्टेड थीं? क्या काली की मां को नैना ने ही अस्पताल में भर्ती कराया था? क्योंकि वृद्धाश्रम में नैना जिससे मिलने जाती थी, मुझे शक है कि वह काली की ही मां है।"

"पर ऐसा क्यों लगता है तुम्हें कि नैना और काली कनेक्टेड थीं?"

"सर, अगर ऐसा नहीं होता तो काली राजा राघवेंद्र को क्यों मारती? कम से कम काली के पास राजा को मारने की तो कोई ठोस वजह नहीं थी। इसका एक मतलब यह भी है कि काली को पता था कि नैना के पेट में जो बच्चा है वह राजा का है। जो बात किसी को नहीं पता थी, वह बात काली को कैसे पता थी? फिर क्यों उसने राजा का नैना से जुड़ा कन्फेशन न केवल रिकॉर्ड किया, बल्कि उसे लीक भी किया?

"और सर, सिर्फ मां को ही यह पता होता है कि उसके होने वाले बच्चे का पिता कौन है। काली अगर यह बात जानती है तो उसे यह बात सिर्फ नैना ही बता सकती थी।

"बाकी दोनों मर्डर उसने अपनी वजह से किये हैं। स्वामी ने उसके साथ न केवल बलात्कार किया, बल्कि उसे वह अपने परिवार की बर्बादी की वजह भी मानती है। इसी वजह से उसने प्रकाशक जयराम गुप्ता का भी मर्डर किया, लेकिन राजा को उसने मारा, नैना की खातिर क्योंकि उसे लगा था कि नैना का क़त्ल राजा ने करवाया है।"

"एक बड़ा अहम सवाल और भी है," एसीपी राजेश चौहान ने कहा तो समर और डीसीपी शर्मा ने एक साथ उनकी तरफ देखा।

"वह यह कि स्वामी गजानन और प्रकाशक जयराम गुप्ता की हत्या के बीच में राजा राघवेंद्र प्रताप सिंह का क़त्ल किया गया, ऐसा क्यों? काली ने स्वामी और गुप्ता की हत्या से पहले राजा को क्यों नहीं मारा? बात कुछ समझ नहीं आ रही।"

"चौहान तुम्हारी बात सही है। अमूमन अपना इंतकाम लेने के बाद ही लोग दूसरे का इंतकाम लेते हैं, लेकिन यहां यह पैटर्न फॉलो नहीं हुआ है। कोई तो वजह होगी? इसका मतलब है कि कोई एक पॉइंट है जो अब भी हमसे छूट रहा है।"

"सर, कुछ तो रीज़न है, ये तो मैं भी मानता हूं। बहुत अजीब है कि तीन क़त्लों में से पहला और तीसरा क़त्ल एक ही शहर में होते हैं, और दूसरा क़त्ल 250 किलोमीटर दूर होता है। हत्यारा पहले एक शहर के क़त्ल को अंजाम न देकर यहां-वहां क्यों घूम रहा था?"

"ये भी तो हो सकता है कि पैटर्न एक ही हो, पर क़ातिल दो?" डीसीपी शर्मा बोले।

"संभावना तो है सर, इसीलिये मेरा शक इस हिना साहिबा पर है। दो दिन से निगरानी में है। किसी को बुला भी नहीं रही है। न कुछ बता रही है। मुझे लगता है कि आज कुछ बोलेगी। इससे ज़्यादा बर्दाश्त नहीं कर पायेगी।"

"एक और सवाल है मेरा।" एसीपी चौहान ने फिर कहा। "क्या क़त्ल का सिलसिला ख़त्म हो गया? हो सकता है कि अब कोई और क़त्ल न हो।"

"ऐसा किस आधार पर कह रहे हैं आप, सर?" समर ने पूछा।

"अगर ध्यान से देखें तो काली का इंतकाम पूरा हो गया है। उसने अपना बदला तो ले ही लिया है, और अगर वह नैना से कनेक्टेड थी, तो वह नैना का बदला भी ले चुकी है। नैना का क़त्ल भी अगर उसके गुस्से की वजह था, तो उसका असली क़ातिल भी अब गिरफ्तार हो चुका है। मतलब काली का ऑपरेशन ख़त्म हो गया है।" एसीपी राजेश चौहान बोले।

"नहीं सर, मुझे लगता है कि ऐसा नहीं है। अगर काली नैना का इंतकाम भी ले रही है, तो यह इंतकाम इतनी आसानी से पूरा नहीं होगा। वजह ये कि नैना की कहानी उतनी सिंपल नहीं थी सर।"

"ऐसा किस आधार पर कह रहे हो तुम, समर?" डीसीपी शर्मा ने सवाल किया।

"सर नैना का किरदार बेहद उलझा हुआ था। वह विद्रोही थी। अपनी शर्तों पर जीती थी। भरोसा करने वाली थी और कामयाब थी।"

"क्या कहना चाह रहे हो, साफ-साफ बोलो?" डीसीपी की बातों में झुंझलाहट थी।

"सर, अभी इस बात को भूल जाते हैं कि हाल के दिनों में क्या हुआ है। बस ये याद रखते हैं कि नैना की हत्या की वजह गौरव वर्मा के साथ उसका रिश्ता था। इसीलिये गौरव की बहन ने उसे मारने की कोशिश की और नैना का पति, सर्वेश भी गौरव के साथ उसके रिश्ते को लेकर नाराज़ था। राजा राघवेंद्र प्रताप सिंह का बच्चा नैना के पेट में था।"

"तो कुल मिलाकर तीन लोग थे, जो नैना से सीधे जुड़े थे। इनमें से एक का क़त्ल हो चुका है, दूसरा गिरफ्तार है, पर तीसरा गौरव वर्मा..." डीसीपी शर्मा चौंक गये।

"इसीलिये मुझे गौरव से मिलना है सर। उससे मिलना बहुत ज़रूरी है। उसकी जान को ख़तरा हो सकता है सर।"

"समर, तुम्हारी बात सही है, पर तुम तो जानते हो कि यह बेहद मुश्किल काम है। वह तुमसे मिलेगा ही नहीं। इसे तुम्हारी झूठी कहानी समझेगा।"

"सर, पर इस बार मैं सही हूं, उसे यह जानना चाहिये कि उसकी जान को ख़तरा है।"

"गौरव को अगर काली से ख़तरा होगा, तो भी वह तुम्हारी बात क्यों सुनेगा? सरकारी सुरक्षा के ऊपर वह अपने बाउंसरर्स भी रखता है। इस लिहाज़ से वो सेफ है। फिर भी मैं देखता हूं कि क्या कर सकता हूं..." डीसीपी साहब ने उसे समझाने की गरज़ से कहा।

"यह बताओ कि क्या उस लड़की काली ने वशिष्ठ को कभी नहीं बताया कि वह कहां रहती है? क्या करती है?"

"नहीं सर, उसने बस यही कहा कि वह दिल्ली में रहती है। उसकी सारी पढ़ाई-लिखाई यहीं हुई है।"

"अगर दिल्ली में रहती है तो इतने साल कहां थी?" एसीपी राजेश चौहान बोले। "और फिर इतना रिसर्च करना, लोगों को खोजना इतना आसान नहीं है। मुझे लगता है उसे रुपये-पैसे की दिक्कत भी नहीं है।"

"आप सही कह रहे हैं सर। मैंने वशिष्ठ जी से पूछा था तो उन्होंने कहा कि उसने कभी किसी दिक्कत या पैसे की तंगी का ज़िक्र नहीं किया, बल्कि वो तो उसके कपड़े देख कर हैरान थे। कार व हवाई जहाज से यात्रा करती थी।"

"तो तंगी में ज़िंदगी नहीं बीत रही थी उसकी।"

"ओके सर, मैं अब निकलता हूं। सुबह सबसे पहले मैं वृद्धाश्रम जाऊंगा। पता लगाता हूं कि वो काली की मां है कि नहीं। क्या पता वहां से कोई सुराग हाथ लगे। वशिष्ठ जी से भी बोला है कि अगर कुछ और याद आये तो मुझे फोन करें।"

"ओके समर, गुड जॉब।" डीसीपी साहब के चेहरे पर गर्व भरी मुस्कराहट थी। एसीपी राजेश चौहान ने भी सहमति में सिर हिलाया।

"सर, एक रिक्वेस्ट है।" समर ने कहा।

दोनों अफसरों ने सवालिया नज़र से समर की ओर देखा।

"सर, ये सारी इन्फॉर्मेशन अभी हम लोगों के बीच ही रहे तो सही होगा।"

यह सुन कर डीसीपी साहब ने ज़ोरदार ठहाका लगाया।

"डोंट वरी समर। रिलैक्स।"

"जय हिंद सर!"

"जय हिंद!"

***

सुबह 7 बजे दौड़ लगाकर समर प्रताप सिंह वापस लौटा तो सीधे अपना टीवी ऑन कर दिया। *नेशनल न्यूज़* लगाते ही उसकी हैरानी की सीमा न रही। वहां ब्रेकिंग न्यूज़ चल रही थी।

'क़त्ल का कंट्रोल रूम LIVE'

'स्वामी नहीं शैतान'

'बच्चियों का भक्षक...' एंकर की आवाज़ आ रही थी।

'हम आपको मध्य प्रदेश के विदिशा शहर के एक मकान की तस्वीरें दिखा रहे हैं। हमारी जानकारी के मुताबिक, यह घर काली का है। वही काली जिसने दो दिन पहले हमारे चैनल पर आकर हमें अपनी कहानी सुनायी थी। आज हम आपको उस घर की तस्वीरें दिखा रहे हैं, जहां अठाईस साल पहले काली से बलात्कार किया गया था। हम आपको यह भी बता रहे हैं कि काली एक महीना पहले तक यहीं थी। ये जो तस्वीरें आप देख रहे हैं यह उस कमरे की हैं, जो क़त्ल का कंट्रोल रूम है। इस कमरे की दीवार पर लगी तस्वीरों और नामों के हिसाब से स्वामी गजानन ने सैंतीस बच्चियों का शोषण किया है। उनकी ज़िंदगी बर्बाद की है। उन सारी बच्चियों और महिलाओं की पहचान उजागर न हो इसलिये उनकी तस्वीरें हमने छिपा दी हैं।'

काफी देर तक कैमरा पूरे घर में घूमता रहा। 'ये है काली की बैठक। यह है वह तख़्त। वह सोफा। वह रसोई। हर वह चीज़ कैमरे के माध्यम से आपको दिखायी जा रही है, जिसका ज़िक्र काली ने अपनी बातचीत में किया था।' रिपोर्टर उत्तेजित होकर कभी अंदर जाता तो कभी बाहर आता।

समर का दिमाग गुस्से से उबल रहा था। उसे डीसीपी जे.के. शर्मा से इस बात की उम्मीद नहीं थी। वो सोच भी नहीं सकता था कि वे अपनी भतीजी वर्षा दत्त को इस तरह का फेवर करेंगे और वह भी तब जब उसने उनसे पिछली रात को ही रिक्वेस्ट की थी। उसे आशंका थी कि ऐसा हो सकता है इसीलिये उसने एसीपी साहब के सामने खुलकर यह रिक्वेस्ट की थी।

उसने गुस्से में अपना फोन उठाया और एसीपी राजेश चौहान का नंबर डायल कर दिया।

"सर, आपने टीवी देखा?" उधर से फोन उठते ही समर बोल पड़ा। "मैंने कल ही आप लोगों से रिक्वेस्ट की थी कि ये इन्फॉर्मेशन लीक नहीं होनी चाहिये।"

"तुम यह इतने दावे से कैसे कह सकते हो कि सर ने ही यह ख़बर लीक की है?" एसीपी चौहान ने सधी हुई आवाज़ में पूछा।

"सर, ये मेरे साथ पहले भी हो चुका है। मैं जानता हूं कि उनकी भतीजी इस चैनल में है। उन्होंने ख़ुद बताया है। मिलवाया भी है मुझे।"

"तो क्या हुआ? जब तक तुम्हारे पास पुख्ता सुबूत न हों इस तरह की बातें नहीं करनी चाहिये। नॉऊ फोकस ऑन यॉर ओन जॉब। इन फालतू बातों पर ध्यान देना बंद करो।" कह कर उन्होंने फोन बंद कर दिया।

समर चुपचाप बैठा रहा। टीवी को ताकता। *क्या करे? आख़िर सर को क्या मिलता है जानकारी लीक करके? किसका भला करना चाहते हैं वे?*

अपने ही सवालों का जवाब जब वो नहीं दे पाया, तो टीवी बंद करके तैयार होने चला गया। आधे घंटे के बाद जब बाहर आया, तब तक सुबह के 8 बज रहे थे। अब हर टीवी पर वही ख़बर चल रही थी। काली के पूरे घर में रिपोर्टर घुसे हुए थे। विदिशा पुलिस का अभी तक कोई पता नहीं था।

नेशनल न्यूज़ पर इस वक़्त जगदीश वशिष्ठ बैठे हुए थे। एंकर बोल रही थी। 'हमारे साथ इस वक़्त जगदीश वशिष्ठ जी हैं। ये हमारी और आप सबकी प्रिय नैना वशिष्ठ के पिता हैं।'

"सर, आपके परिवार के साथ *नेशनल न्यूज़* की पूरी संवेदनाएं हैं। कल ही नैना के हत्यारे को गिरफ्तार किया गया है। क्या आपको पता था कि नैना और काली एक-दूसरे के संपर्क में हैं?"

ढेर सारे सवाल और सबके जवाब दे रहे थे, वशिष्ठ जी। वे अपनी पूरी कहानी सुना रहे थे। चौबीस घंटे के भीतर इंस्पेक्टर समर प्रताप सिंह की सारी जांच और इन्फॉर्मेशन लीक हो चुकी थी। कुछ भी ऐसा नहीं था जो उसका अपना था। हताशा और खीज उस पर हावी होती इससे पहले ही उसने ख़ुद को समझाना शुरू किया। किसी भी वजह को वो अब अपनी ज़िंदगी पर हावी नहीं होने देगा।

***

ग्रेटर नोएडा के वृद्धाश्रम 'सेवा आश्रम' में इंस्पेक्टर समर प्रताप सिंह पहुंचा तो मैनेजर जे.जे. मेनन को वहां मौजूद पाया। दो साल बाद समर इस वृद्धाश्रम में वापस आया था। नैना वशिष्ठ की हत्या की तफ़्तीश के दौरान वह यहां आया था। उस वक़्त वह हैरान था कि आख़िर नैना यहां क्यों आती थी। एक ऐसी महिला में उसकी क्या दिलचस्पी हो सकती थी जो कुछ बोलती ही नहीं, सिवाय एक वाक्य के...'क्या पापा ने खाना खा लिया?'

फिर विदिशा में जब नैना के पिता ने काली की मां के बारे में बताया कि अपने होश-ओ-हवास खो चुकी उसकी मां सिर्फ यही एक वाक्य बोलती थीं, तो समर को यकीन हो गया कि हो न हो ये वही हैं।

समर को देखते ही मेनन अपनी कुर्सी से उठ खड़ा हुआ।

"नमस्ते सर।"

"नमस्ते, तुम्हारी पद्मा देवी कैसी हैं?"

"वैसी ही हैं जैसा आपने पिछली बार देखा था, सर।"

"कोई आया था उनसे मिलने?"

"जी सर, एक लड़की आ रही है इन दिनों उनसे मिलने।"

"कौन? कब आयी थी?" समर चौकन्ना हो गया।

"वह तो कई बार आ चुकी है सर।"

"आख़िरी बार कब आयी थी?"

"यही कोई दस दिन हो गये, सर।"

"कोई रजिस्टर है जिसमें लोगों के आने-जाने की एंट्री होती हो?"

"जी सर," उसने बाहर रिसेप्शन से रजिस्टर मंगवा कर समर के सामने रख दिया।

"ठीक दस दिन पहले सुबह 11 बजे की एक एंट्री थी। नाम लिखा था, काली दुबे।"

"सारी एंट्रियां इसी में दर्ज हैं?" समर ने रजिस्टर पलटते हुए कहा।

"जी सर, इसी में हैं। यहां दिन भर में शायद ही कोई आता है किसी से मिलने। बड़े अभागे लोग हैं ये। इनका इस दुनिया में कोई नहीं है।"

"इस लड़की के अलावा कोई और मिलने आया हो कभी पद्मा देवी से?"

"नहीं सर, पहले तो नैना वशिष्ठ ही आती थीं। उसके बाद एक साल तक कोई नहीं आया। फिर इस लड़की ने आना शुरू किया।"

"इस लड़की के आने के बाद पद्मा देवी में कोई बदलाव आया क्या?"

"नहीं सर, ऐसा तो कोई बदलाव नहीं आया, लेकिन वह लड़की बहुत इमोशनल है।"

"इमोशनल! मतलब? कैसे कह सकते हो तुम?"

"सर, जिस दिन पहली बार आयी थी, पद्मा देवी से मिल कर रोती ही रही। घंटों उनके क़रीब बैठी-बैठी रोती रही। जाने का नाम ही नहीं ले रही थी।"

"क्या हुआ था उस दिन? कोई है जो मुझे पूरी कहानी बता सके?"

मेनन ने एक महिला कर्मचारी को बुलाया। "ये विमला है सर। उस दिन यही ड्यूटी पर थी। विमला बताओ साहब को उस दिन पद्मा देवी से जब पहली बार वो लड़की मिलने आयी थी, तो क्या हुआ था।"

"साहब, वो आते ही पद्मा देवी से चिपट कर ज़ोर-ज़ोर से रोने लगी थी। हमको उसको समझाना पड़ा था। पद्मा देवी तो डर ही गयीं। फिर वह ज़ोर-ज़ोर से चिल्लाने लगी।"

"वह बार-बार कह रही थी: 'मैं आ गयी हूं मां। पहचानो मुझे मां।'"

"पद्मा देवी ने कुछ कहा?"

"नहीं। वो तो अपनी धुन में ही इधर-उधर देखती रहीं। लेकिन वो लड़की कभी पद्मा देवी का हाथ थामती, तो कभी उनके सिर पर हाथ रखती।"

काली के मन की हालत समर समझ सकता था। यहां कोई भी काली को नहीं जानता था। उसके दुर्भाग्य को नहीं जानता था। उसने मन ही मन सोचा कि *अगर ये लोग काली के बचपन और बलात्कार को जानते, तो क्या ऐसी बात सोच सकते थे? अठाईस साल बाद अपनी मां से मिलकर किसी बेटी के रोने को क्या तब भी वे अजीब कहते?*

"और सर, वह लड़की बार-बार एक और अजीब बात कह रही थी।" विमला ने कहा।

"क्या?"

"वह बार-बार उन्हें अपना नाम गलत बता रही थी।"

"कौन सा नाम?" समर की उत्सुकता बढ़ी।

"वह कह रही थी, 'मां, मैं नैना, मैं आपकी नैना। पहचानो मुझे। मैं नैना हूं।'"

"क्या?" समर चौंक गया। उसे समझ नहीं आ रहा था कि एंट्री रजिस्टर पर अपना सही नाम लिखकर भी काली पद्मा देवी के सामने नैना का नाम क्यों ले रही थी? पद्मा देवी भले ही नैना को न पहचान पा रही हों, पर नैना अपनी हत्या के एक दिन पहले तक लगातार यहां आ ही रही थी।

"हां सर, मैंने अपने कानों से कई बार सुना था। हमको पता था कि नैना मैडम यहां आती थीं। उनकी मौत के बारे में भी सब जानते हैं, इसलिये उस लड़की ने जब नैना जी का नाम लिया तो मैं चौंक गयी।"

"यह नाम उसने एक ही बार लिया या बाद में भी जब वह आती थी तो तुमने सुना?" समर ने पूछा।

"हर बार साहब, मैं क़रीब तो नहीं रही, लेकिन मुझे लगता है कि उसने हर बार यही कहा कि 'मैं नैना हूं'।"

यह एक नयी कहानी थी। अभी समर नैना और काली के कनेक्शन से ही जूझ रहा था कि काली ने अपनी मां को अपना नाम नैना बताया। *अगर वह पूरी दुनिया के लिये काली है तो पद्मा देवी से क्यों ख़ुद को नैना बता रही है। अपना नाम नैना बताकर वह आख़िर इन्हें क्या जताना चाहती है? पद्मा देवी में ऐसी कौन सी स्मृति है, जिसको नैना के नाम से काली ज़िंदा करना चाहती है। कहीं ऐसा तो नहीं कि काली असल में 'नैना' है!* यह सोच कर समर को ख़ुद पर हंसी आ गयी। उसने दिमाग को झिड़कते हुए कहा, *'नैना तो मर चुकी है।'*

"काली यहां कैसे आती थी? इस जगह आने के लिये वह कौन सी गाड़ी का इस्तेमाल कर रही थी?" समर ने गार्ड को बुलाकर पूछा।

"सर वह एक इनोवा कार में आती थीं।"

"उस गाड़ी के बारे में कोई अजीब चीज़ नोट की तुमने?"

"उसकी नंबर प्लेट कुछ अजीब सी थी साहब।"

"क्या मतलब? कैसे अलग थी?"

"उस गाड़ी पर काले रंग की नंबर प्लेट थी और पीले रंग से नंबर लिखे हुए थे। पहली बार तो मैं हैरान हो गया था साहब। मैंने तो पहली बार ऐसी नंबर प्लेट देखी थी।"

काली नंबर प्लेट जिस पर पीले रंग से नंबर लिखे हुए थे...इसका मतलब वह ख़ुद ही कार चलाकर आयी थी। सेल्फ-ड्रिवेन रेंटल कार किराये पर ली हुई थी। ऐसी कार पर ही काले रंग की नंबर प्लेट होती है।

"किसी कंपनी का लोगो या स्टीकर लगा देखा था इनोवा पर?" समर ने गार्ड से पूछा।

"नहीं, साहब ये तो याद नहीं है।"

"जब काली दुबे यहां आयी थी तो उसने आपसे क्या पूछा था? मेरा मतलब है कि वह क्या कह कर पद्मा देवी से मिली थी?" समर ने मैनेजर मेनन से सवाल किया।

"कुछ ख़ास नहीं। उसने सीधे कहा था कि वह पद्मा देवी से मिलना चाहती है।" मेनन ने कहा।

"पक्का?" समर ने कहा। "एक बार फिर से सोच लीजिये। क्या उसने वाकई यही कहा था कि वह पद्मा देवी से मिलना चाहती है?"

मेनन ने सोचा और फिर कहा, "हां सर, उसने यही कहा था कि वह पद्मा देवी से मिलना चाहती है।"

"पद्मा की जगह कोई और नाम तो नहीं लिया था?" समर ने फिर पूछा।

"नहीं सर, वैसे कोई और नाम क्यों लेगी?" मेनन ने हैरान होते हुए कहा।

"अगर ये महिला जो आपके वृद्धाश्रम में रह रही हैं शीला दुबे हैं, तो उनको यहां पर पद्मा देवी क्यों बुलाते हैं? और अगर ये पद्मा देवी हैं तो इनका शीला दुबे, यानी काली की मां से क्या कनेक्शन है? फिर शीला दुबे का नाम पद्मा देवी लिखाने के पीछे उस व्यक्ति की सोच क्या रही होगी जिसने इन्हें यहां भर्ती करवाया होगा? और सवाल यह भी है कि पद्मा देवी आख़िर हैं कौन? पद्मा देवी नाम ही क्यों दिया गया उन्हें? नाम तो कुछ भी दिया जा सकता था, अगर शीला दुबे की पहचान छिपाने का ही इरादा था।

"क्या बाहर कोई सीसीटीवी लगा है?" समर ने अचानक पूछा।

'हां सर, लगा है ना।" मेनन ने चहकते हुए कहा।

"तो अभी तक बताया क्यों नहीं?" समर ने झल्लाते हुए कहा।

"आपने पूछा ही नहीं।"

"कहां है? दिखाओ।"

अगले आधे घंटे में मेनन ने उस दिन के दस-दस मिनट के दो वीडियो समर के हवाले कर दिये। वीडियो में काले रंग की नंबर प्लेट वाली इनोवा के आने और जाने के शॉट्स थे। इस पर नंबर प्लेट साफ नज़र आ रही थी। काली भी वीडियो में कैद थी। लेकिन उसके चेहरे पर मास्क और आंखों पर गॉगल्स थे। चेहरा पहचानना काफी मुश्किल था। उसने अपने गॉगल्स और मास्क न आते वक़्त और न ही जाते वक़्त उतारे थे।

समर ने वीडियो रिकॉर्डिंग्स तुरंत ही अपनी टीम के हवाले कर दीं ताकि जल्द से जल्द गाड़ी के मालिक का पता लगाया जा सके।

शायद कामयाबी अब उसके क़रीब है।

***

समर प्रताप सिंह की गाड़ी नोएडा के सेक्टर 16-ए में *नेशनल न्यूज़* के दफ्तर के बाहर रुक गयी। ग्रेटर नोएडा से निकलते वक़्त ही उसे यह ख्याल आया कि जाते-जाते वर्षा दत्त से मिल ले। उसकी कोशिश थी कि वह *जीवीएन* का भी चक्कर लगा ले, शायद गौरव वर्मा से मिलने का कोई रास्ता निकल आये।

इस बार वह रिसेप्शन से आगे नहीं बढ़ पाया। समर को गेट से अंदर घुसने की एंट्री भी तब मिली जब वर्षा ने अंदर आने देने के लिये सिक्योरिटी वालों को मेल लिखा। इस बार वर्दी का कोई रौब किसी पर नहीं चला।

रिसेप्शन पर ही उसे बैठा दिया गया। थोड़ी देर में वर्षा दत्त उसके सामने थी।

"आप किस्मत वाले हैं इंस्पेक्टर साहब, जो आज संडे के दिन मुलाकात हो गयी।" वर्षा ने हंसते हुए कहा।

समर को उसकी बात पसंद नहीं आयी। वह वैसे भी उससे नाराज़ था। अपनी भड़ास ही निकालने आया था।

"आप कब तक अपने अंकल के भरोसे अपनी जॉब चलाती रहेंगी?" उसने पूरी गंभीरता से कहा।

इस सवाल पर वर्षा चौंक गयी। उसे उम्मीद नहीं थी कि समर इस टोन में उससे बात करेगा।

"आप कहना क्या चाह रहे हैं, इंस्पेक्टर?"

"यही कि आप अपने अंकल के भरोसे कब तक जर्नलिज़्म करेंगी?" समर ने सपाट अंदाज़ में पूछा।

"अब किस स्टोरी की बात कर रहे हैं आप? कौन सी स्टोरी दी है मुझे अंकल ने?"

"यही जो आप सुबह से चला रही हैं, 'क़त्ल का कंट्रोल रूम'," समर ने टीवी की तरफ इशारा करते हुए कहा।

यह सुनकर वर्षा का चेहरा थोड़ा नर्म हुआ। कुछ देर की कन्फ्यूज़न के बाद उसके चेहरे पर मुस्कान वापस आ गयी और उसने पूछा, "तो आपको लगता है कि यह न्यूज़ मुझे मेरे अंकल और आपके बॉस डीसीपी जे.के. शर्मा साहब ने दी है?"

समर ने कोई जवाब नहीं दिया। वह चुपचाप वर्षा को देखता रहा। वर्षा की मुस्कराहट उसे भीतर तक चुभ रही थी।

"अपनी नाकामी का ज़िम्मेदार दूसरों को मत ठहराइये इंस्पेक्टर। वैसे मैं आपके मन का वहम अभी दूर किये देती हूं। चलिये मेरे साथ।" कहते हुए वह उठ खड़ी हुई।

समर भी उलझन में आ गया कि वह क्या करे। वह चुपचाप वर्षा के पीछे-पीछे आ गया।

वर्षा वेटिंग लाउंज से निकल कर पास के एक दरवाज़े से अंदर चली गयी। समर भी अंदर आ गया। वह एक काफी बड़ा वीआईपी वेटिंग लाउंज था। लाउंज में बड़े आरामदायक सोफे लगे हुए थे। साइड में बुफे लगा हुआ था। वक़्त के हिसाब से यहां खाने का सामान लगा रहता था ब्रेकफास्ट, लंच, डिनर, स्नैक्स। चाय, कॉफी सब कुछ हर वक़्त यहां मिलता था। यहां चैनल के पैनल डिस्कशंस पर आने वाले बड़े मेहमानों को बैठाया जाता था।

समर ने देखा कि एक सोफे पर नैना वशिष्ठ के पिता जगदीश वशिष्ठ बैठे थे। वही जगदीश वशिष्ठ जिनसे मिलकर वह कल ही आया था।

"मिलिये, इन्हें तो आप जानते ही हैं?" वर्षा ने समर की तरफ इशारा करते हुए कहा।

जगदीश वशिष्ठ भी समर को देख कर उठ खड़े हुए। उन्होंने दोनों हाथ जोड़कर समर को नमस्कार किया।

"ये हैं हमारे सोर्स।" वर्षा ने समर से कहा। "अगर आपको भरोसा नहीं है तो इन्हीं से पूछ लीजिये। वैसे आप तो किसी पर भी भरोसा नहीं करते हैं। अपने बॉस पर भी नहीं। फिर भी कोशिश कीजिये...शायद..." उसने सेंटेंस अधूरा ही छोड़ दिया।

"बताइये वशिष्ठ जी, कल क्या हुआ था?" वर्षा ने कहा।

"आपके जाने के बाद मैंने *नेशनल न्यूज़* के लोकल रिपोर्टर को फोन किया था। उसको सारी बात बतायी तो उसने दिल्ली बात करके बताने के लिये कहा। फिर इन..." उन्होंने वर्षा की तरफ इशारा करते हुए कहा, "मैडम का फोन आ गया। इनके चैनल की गाड़ी मुझे लेकर भोपाल आ गयी और वहां से प्लेन से मैं यहां आ गया।"

"रात में कौन सा प्लेन आपको लेकर यहां आ गया?"

"हमने प्लेन चार्टर कर लिया था इनके लिये।" वर्षा ने कहा।

"और वीडियो, वो कहां से मिला आपको?" समर ने वर्षा की तरफ देखते हुए पूछा।

"वह भी मैंने ही दिया था। आपके आने से पहले ही मैं उस कमरे का वीडियो बना चुका था। सब कुछ मेरे फोन में था।"

"आपने मुझे यह बात क्यों नहीं बतायी?"

"आपने पूछा भी तो नहीं था।"

पिछले एक घंटे में दूसरी बार समर से यह बात किसी ने कही थी। इतना आसान सा सवाल समर ने नहीं पूछा। उसे क्या पता था कि बुज़ुर्गों को भी शोहरत पाने की बीमारी होती है। वे भी इतने खुराफाती हो सकते हैं।

इसी बीच वर्षा का फोन बजने लगा। 'एक्सक्यूज़ मी' कहते हुए वह बाहर की तरफ चली गयी।

"आपने कल ही ये बात रिपोर्टर को क्यों बतायी? पहले क्यों नहीं?" समर ने जगदीश वशिष्ठ से अपनी बातचीत जारी रखी।

"देखिये, पहले मेरी हिम्मत नहीं हो रही थी। पर जब एक बार आप सारी चीज़ें ले गये और मेरी आपसे बात हो गयी, तो मुझे डरने की कोई ज़रूरत ही नहीं थी। वैसे भी इस रिपोर्टर को मैं काफी साल से जानता हूं। नैना की वजह से इससे जान-पहचान थी, तो मुझे लगा कि बता देना चाहिये।"

समर ने मन ही मन सोचा कि दस मिनट की शोहरत के लिये बुड्ढे ने मेरी सारी मेहनत पर पानी फेर दिया।

"अच्छा, ये बताइये कि क्या आप किसी पद्मा देवी को जानते हैं?" समर ने सवाल किया।

समर को उनके चेहरे से ऐसा लगा जैसे कि उसका सवाल सुनकर जगदीश वशिष्ठ सोच में पड़ गये। फिर बोले, "आप यह सवाल मुझसे क्यों पूछ रहे हैं?"

"आप बताइये तो सही कि क्या आप किसी पद्मा देवी को जानते हैं?"

"जानूंगा क्यों नहीं, मेरी मां का नाम है।" उन्होंने झल्लाते हुए कहा।

"और आपकी मां अब कहां हैं?" समर ने बिना विचलित हुए पूछा।

"वो तो सात साल पहले ही गुज़र गयीं।"

"आपकी उम्र कितनी है?" समर ने पूछा।

"अभी पैंसठ साल का हूं।" जगदीश वशिष्ठ ने कहा।

समर ने अपनी जेब से फोन निकाला। पद्मा देवी की आश्रम में खींची हुई तस्वीर जगदीश जी के सामने करके बोला, "फिर ये कौन हैं?"

"ये तो शीला हैं, काली की मां। आपको यह तस्वीर कहां से मिली?"

समर सोचने लगा, *तो नैना ने ही काली की मां को आश्रम में भर्ती कराया था और उसे अपनी दादी का नाम दे दिया। क्यों? उनका नाम शीला दुबे क्यों नहीं लिखाया?* पर अब नैना तो थी नहीं यह बताने के लिये और फिलहाल काली भी उसकी पकड़ में नहीं थी कि उससे पूछताछ की जा सके।

तभी समर के फोन की घंटी बजी। उसने फोन उठाया तो उसकी टीम का एक साथी लाइन पर था।

"सर, इनोवा के ओनर और कार लेने वाले की पहचान हो गयी है।" उसने कहा।

"एड्रेस मिला?"

"जी सर, आपके फोन पर भेज दिया है।"

समर ने फोन काट कर मैसेज देखा। पता दिल्ली के एक पॉश इलाके का था।

समर ने देखा कि जगदीश वशिष्ठ उसे लगातार देखे जा रहे हैं। समर से नज़रें मिलते ही उन्होंने कहा, "आपने मेरी बात का जवाब नहीं दिया कि शीला की तस्वीर आपको कहां से मिली?"

"जल्द ही आपको पता चल जायेगा।" समर ने कहा और जाने के लिये उठ खड़ा हुआ। फाइनली कड़ियां जुड़ने लगी थीं। क़ातिल उसकी पहुंच में आ रहा था।

***

वर्षा के फोन पर बज रही घंटी किसी और की नहीं, काली के कॉल की थी। कई दिनों के बाद काली का फोन आया था।

"हैलो," वर्षा ने कहा।

"हैलो, आई एम सेंडिंग यू वन मोर फाइल। लेकिन मुझे उस पर जवाब एक घंटे में चाहिये कि तुम उसे प्ले करोगी या नहीं?"

"व्हॉट फाइल?"

"इट्स ए बिग वन। तुम शायद चला न पाओ। इसलिये सोचने के लिये एक घंटे का वक़्त दे रही हूं, लेकिन एक और शर्त है मेरी!"

"क्या?" वर्षा ने अपने गुस्से को काबू में करते हुए कहा। इतना कंट्रोल तो उस पर कभी किसी ने नहीं किया जितना काली ने किया है। लेकिन ख़बर के लिये सब्र करना पड़ता है। सोर्स की हज़ार बातें बर्दाश्त करनी पड़ती हैं।

"स्टोरी शाम 5 बजे ऑन एयर होनी चाहिये।" काली बोली।

"यू कांट डिसाइड दिस। दिस इज़ नॉट फेयर।" वर्षा ने थोड़ा गुस्सा करते हुए कहा।

"दिस हैज़ टू गो एट 5 पीएम। बिकॉज़ आई हैव वन फाइनल स्टोरी रेडी फॉर 8 पीएम। इसके बाद मैं कभी तुम्हारी ज़िंदगी में नहीं आऊंगी।"

"डोंट टेल मी, यू आर लीविंग!" वर्षा ने कहा।

"इतना इमोशनल होने की ज़रूरत नहीं है वर्षा। ज़िंदगी में फिर मिलें न मिलें। बस इतना समझ लेना कि तुम्हारे लिये मेरे दिल में स्पेशल जगह है। मेरे दुख को समझने वाले ज़्यादा नहीं हैं। सबको छीन लिया गया है। जो दर्द मैं तुमसे बांट पायी, वह दर्द मैंने सबसे नहीं बांटा है। खैर वीडियो तुम्हारे फोन में है। शाम 5 बजे मैं इंतज़ार करूंगी। बाय।" कहते हुए उसने फोन काट दिया।

वर्षा ने कान में लगे इयरपीस को ठीक किया और वीडियो को प्ले कर दिया। जैसे-जैसे वीडियो आगे बढ़ता गया, उसके दिल की धड़कनें भी बढ़ती गयीं।

दिस कांट बी ट्रू! ये सच नहीं हो सकता। उसके हाथ की मुट्ठियां कसती गयीं। कभी हैरान होते-होते वह मुंह को हथेली से छुपा लेती। कभी उसका शरीर उत्तेजना से अकड़ जाता। उसके चेहरे का रंग उड़ गया था। सब कुछ शीशे की तरह साफ हो गया था; वह सच जो छुपा था, वह ज़ाहिर हो रहा था। सारे कनेक्शन क्लीयर थे। *पंद्रह मिनट का यह वीडियो तो वाकई चलाया जाना चाहिये। लेकिन क्या चैनल का प्रबंधन इस सच का सामना कर पायेगा? क्या अपने अतीत को खंगालने का साहस उनमें होगा?* वर्षा सोचती रही। *यह मेरे करियर की सबसे बड़ी स्टोरी है, लेकिन क्या यह स्टोरी ऑन एयर हो पायेगी?* सोचते-सोचते वर्षा ने वीडियो बंद कर मैनेजिंग एडिटर मनीष प्रसाद का नंबर डायल कर दिया। सारी बात सुनकर मनीष ने कहा कि यह वीडियो ऐसे नहीं चल सकता। इसके लिये उन्हें मैनेजमेंट की परमिशन लेनी होगी। वे मैनेजमेंट से बात करेंगे।

उन्होंने कहा, "इस बीच वर्षा तुम 5 बजे के शो की तैयारी ज़रूर शुरू कर दो और हां, ध्यान रहे कि वीडियो किसी भी हाल में लीक नहीं होना चाहिये।"

"यस सर, मेरा प्रोड्यूसर और मैं ही ट्रांसक्राइब करेंगे। जब आप ग्रीन सिग्नल देंगे तभी बाकी लोगों को इन्वॉल्व करेंगे।"

"ठीक है, तुम मान कर चलो कि स्टोरी ऑन एयर जायेगी। और हां, वह वीडियो मुझे भी फॉरवर्ड कर दो।"

"राइट सर।" कहकर वर्षा ने फोन डिस्कनेक्ट कर दिया। फिर उसने अपने फोन से वह वीडियो मैनेजिंग एडिटर मनीष प्रसाद को फॉरवर्ड कर दिया।

यह सब करने के बाद उसे समर प्रताप सिंह का ख्याल आया, जिसे वह जगदीश वशिष्ठ के पास छोड़ कर आयी थी। जब वह वापस गेस्ट लाउंज में पहुंची तो वहां जगदीश वशिष्ठ अकेले बैठे थे। समर कब का वहां से जा चुका था।

उसका दिमाग वापस काली की तरफ चला गया। काली और नैना का कनेक्शन अब वह समझ पा रही थी। शाम 5 बजे सब कुछ खुल जाना है। लेकिन रात 8 बजे काली क्या करने वाली है? यह सोच वह सिहर सी गयी।

***

समर प्रताप सिंह ने नई दिल्ली के एक नये बने पांच सितारा होटल में कदम रखा। होटल की शान और शौकत ने उसका मन मोह लिया। सब कुछ बेहद ख़ूबसूरत था। रिसेप्शन के बराबर खड़ी एक बेहद ख़ूबसूरत युवती उसे देखते ही आगे बढ़ी।

"हाऊ कैन आई हेल्प यू सर?"

"मुझे मैनेजर से बात करनी है।" समर ने कहा।

"सर, किस बारे में बात करनी है आपको?"

समर ने घूर कर उस लड़की को देखा जिसके बायीं तरफ करीने से टंकी साड़ी पर लिखा था तमन्ना शर्मा।

"तमन्ना, आप सिर्फ यहां के मैनेजर को बुला दें। मेरा टाइम वेस्ट न करें क्योंकि मेरी प्रॉब्लम आप सॉल्व नहीं कर पायेंगी।"

"राइट सर, आप दो मिनट यहां वेट करें, मैं अभी बुलाती हूं।" इस बार तमन्ना ने देरी नहीं की।

इसी बीच समर का एक सिपाही अपने साथ मझोले कद के सांवले से आदमी को लेकर आ गया। उस आदमी ने अपना परिचय दिया, "सर मैं विशेष सिंह हूं। मैं उस कार रेंटल कंपनी से आया हूं, जिसके बारे में आपने पूछताछ की थी। वह कार हमारी ही कंपनी ने प्रोवाइड की थी।"

"किस तरह से आपकी कंपनी कार प्रोवाइड करती है?" समर ने पूछा।

"सर, या तो सीधे कस्टमर हमसे कार लेते हैं, या फिर हमारा इस होटल के साथ टाई-अप है; जब भी किसी गेस्ट को कार चाहिये होती है तो वह होटल के फ्रंट स्टाफ को बोल देता है। हम उनके लिये कार भेज देते हैं। गेस्ट वापस आता है तो हमें होटल इन्फॉर्म कर देता है। हम कार वापस मंगा लेते हैं।"

"हमने जिस कार की डिटेल्स मांगी थीं, वो कैसे मंगायी गयी थी?" समर ने सवाल किया।

"सर वो कार तो होटल की तरफ से ही मंगायी गयी थी।"

"बिलिंग कैसे होती है?"

"हम होटल को बिल करते हैं और वह कस्टमर से...।"

"आपको पता होता है कि किस कस्टमर के लिये कार बुक की गयी है?"

"जी सर, होटल हमें कस्टमर का नाम और उसका रूम नंबर बताता है, लेकिन बिल होटल के नाम से ही बनता है।"

इतने में होटल का मैनेजर भी आ गया। "सर, मैं अमरजीत सिंह, फ्रंट ऑफिस मैनेजर।" समर ने देखा कि क़रीब तीस साल का एक स्मार्ट सिख युवक उससे मुखातिब है।

"मुझे इस रूम नंबर में रहने वाले आपके इस गेस्ट के बारे में जानकारी चाहिये, जिसका नाम इस पर्ची पर है।" समर ने कार रेंटल सर्विस से मिली पर्ची आगे बढ़ाते हुए कहा।

"सर, क्या मैं जान सकता हूं कि किस सिलसिले में आपको यह जानकारी चाहिये?"

"यह एक मर्डर इन्वेस्टिगेशन है।" समर ने कहा।

"आप मेरे साथ इधर आइये, सर।" अमरजीत सिंह समर को लेकर एक केबिन में आ गया।

"सर, मुझे कुछ डिटेल्स बता दीजिये। आप तो जानते ही हैं सर कि गेस्ट्स की डिटेल्स हम यों ही किसी के साथ शेयर नहीं कर सकते।"

समर ने सारी कहानी उसे सुना दी।

अमरजीत ने सारी बातें अपने आईपैड में फीड कर दीं।

फिर समर की दी पर्ची पर उसने नज़र दौड़ाई और आईपैड पर उंगलियां चलाता रहा। कुछ देर तक इधर-उधर देखता रहा। उसके चेहरे पर उलझन के भाव आये। जैसे हैरान हो रहा हो। फिर उसने समर को देखा और कहा, "सर ये रेज़िडेंस तो वैकेट हो गया।"

"कब?" समर ने बेसब्री से पूछा।

"कल शाम।"

"कितने दिन तक यह गेस्ट इस होटल में रहा?"

"लेट मी सी, सर, जस्ट वन मोमेंट प्लीज़।" अमरजीत धीरे-धीरे बोल रहा था। "मिस हैनसेन हमारे साथ क़रीब दस महीने से थीं। एक साल के लिये उन्होंने रेज़िडेंस बुक किया था। लेकिन कल ही खाली कर दिया।"

"किस वक़्त खाली किया?"

"शाम 5 बजे के क़रीब खाली किया है सर।"

"इस वक़्त है कोई उसमें?"

"लगता है कि खाली है। एक मिनट। जी, खाली है।"

"मैं देखना चाहता हूं।"

"आइये सर, मैं रेज़िडेंसेस मैनेजर को भी बुला लेता हूं।" अमरजीत ने कहा।

समर कुछ नहीं बोला। वह चुपचाप चलता रहा।

क़रीब 5 मिनट की लंबी भूलभुलैया वॉक के बाद वह उस विंग में पहुंचे जिसे रेज़िडेंसेस कहा जाता है। अमरजीत ने बताया ये रेज़िडेंसेस उन लोगों के लिये हैं, जो किराये पर घर लेने से परहेज़ करते हैं। उसने यह भी बताया कि ये एक बेडरूम और दो बेडरूम वाले रेज़िडेंसेस हैं। इन घरों में सारी सुविधा होटल की तरफ से होती है। आपको ख़ुद कुछ भी नहीं करना पड़ता।

एक दरवाज़े के बाहर अमरजीत की तरह का एक और आदमी खड़ा था। वह शायद इस विंग का मैनेजर था। उसने आगे बढ़कर दरवाज़ा खोल दिया।

सबसे पहले एक ड्राईंग रूम था। एक तरफ सोफा रखा हुआ था। उससे आगे बढ़कर डायनिंग एरिया जहां एक गोल टेबल और चार कुर्सियां रखी थीं। साइड में एक किचिन केबिनेट और उसके बाद बेडरूम।

समर ने सब कुछ इत्मीनान से देखा। एक-एक कोने पर नज़र डाली। हर अलमारी देखी, लेकिन कुछ नहीं था। धूल का एक कतरा भी वहां नहीं था। सब कुछ झाड़ पोंछ कर साफ कर दिया गया था।

"इसको कब साफ किया गया?"

"कल ही किया गया सर। डीप क्लीनिंग। कोरोना के बाद तो ख़ासतौर पर सैनेटाइज़ किया जाता है। हर चीज़ ऐसे साफ की जाती है कि किसी भी तरह का वायरस तो क्या कुछ भी न बचे।" मैनेजर ने कहा।

समर समझ गया कि इस कमरे से उसे कुछ हासिल नहीं होने वाला। कोई फिंगर प्रिंट नहीं। कोई डीएनए नहीं। सब कुछ तो रगड़-रगड़ कर साफ कर दिया गया है।

"मुझे मिस हैनसेन के पेपर्स चाहिये। आईडी प्रूफ, एड्रेस वगैरह। और हां, फोटो भी। वैसे उनसे मिलने कोई आता था क्या? मेरा मतलब किसी को यहां आते देखा गया?" समर ने विंग मैनेजर से सवाल किया।

"नहीं सर, मैंने तो किसी को नहीं देखा। शायद किसी और ने देखा हो। हम हर वक़्त तो यहां नहीं रहते।"

समर ने अपने साथ आये एक सिपाही से कहा, "इस तरफ काम करने वाले सभी लोगों से पूछताछ करो कि कौन-कौन इस कमरे में आता था। किसी को आते देखा गया है या नहीं।" फिर उसने विंग मैनेजर से कहा, "आप सब लोगों को यहां बुला लीजिये।"

इसके बाद उसने अमरजीत सिंह को इशारा किया, "आप चलिये, मुझे पेपर्स दे दीजिये।"

"सर, मिस हैनसेन भारतीय नहीं हैं।"

"क्या? कहां की रहने वाली हैं।"

"सर, नॉर्वे की रहने वाली हैं।"

"अच्छा!" समर की हैरानी बढ़ गयी। ये क्या चक्कर है, काली भारतीय नहीं है? क्या काली का नाम काली हैनसेन है?

"पूरा नाम क्या है इस हैनसेन का?"

"सर, हर जगह एस. हैनसेन लिखा हुआ है।"

ज़्यादा देर नहीं लगी समर को 'एस' को क्लीयर करने में।

सोनिया हैनसेन उसका पूरा नाम है। नॉर्वे की रहने वाली है। दस महीने से यहां रह रही थी। एक साल के लिये बुकिंग थी। अब वह यह होटल छोड़ कर चली गयी थी। जो नंबर सोनिया ने दिया था, यह वही नंबर था जिस पर स्वामी गजानन के फोन से कॉल की गयी थी। और वह नंबर अब बंद था।

समर एक बार फिर अंत के क़रीब पहुंच कर दूर हो गया था। लेकिन उसे इस बात की तसल्ली थी कि अब उसके पास सोनिया हैनसेन उर्फ काली दुबे की एक तस्वीर थी।

***

सोनिया हैनसेन का फोटो आईडी लेकर समर प्रताप सिंह थाने लौटा तो अंजलि सिन्हा को अपना इंतज़ार करते पाया। वह गुस्से से तमतमायी हुई थीं।

"मैं कल से तुम्हें फोन कर रही हूं। तुम फोन क्यों नहीं उठा रहे हो?"

"सॉरी, मैं काम में बिज़ी था।" समर ने सफाई देने की कोशिश की।

"मुझे तुमसे बहुत ज़रूरी बात करनी है।"

"अंदर चलिये। कमरे में चल कर बात करते हैं।" कहते हुए समर अंदर अपने कमरे में आ गया।

"जी कहिये?" समर ने बैठते ही पूछा।

"हिना साहिबा के बारे में तुमसे बात करनी है।" अंजलि ने कहा।

"अरे हां, उसे तो मैं भूल ही गया। दो दिन से हमारी हिरासत में है। किसी को बुलाने को तैयार ही नहीं है।"

"मैं आयी हूं उसकी तरफ से। कब से तुम्हारा इंतज़ार कर रही हूं।"

"आप उसकी तरफ से आयी हैं? आप तो उसे जानती भी नहीं हैं।" समर ने हैरानी से कहा।

"तुम हिना को यहां बुला सकते हो?" अंजलि ने समर से कहा।

समर के इशारे पर सिपाही हिना साहिबा को वहां ले आया। समर ने उसे बैठने का इशारा किया।

समर ने नोटिस किया कि हिना साहिबा भी अंजलि को वहां देख कर चौंकी। मतलब साफ था कि वह पहचानती थी अंजलि को, अनजान नहीं थी। *तो अंजलि मेरे साथ शुरू से ही खेल खेल रही हैं।* मन ही मन समर ने सोचा।

"जी," समर ने अंजलि की ओर देख कर कहा। "अब बताइये क्या कहना चाहती हैं आप?"

जवाब देने से पहले अंजलि अपनी कुर्सी से उठकर हिना साहिबा के बराबर वाली कुर्सी पर बैठ गयीं। फिर अपना दाहिना हाथ उसके कंधे पर रख कर बोलीं, "प्लीज़ बता दो सब सच-सच। कुछ भी मत छुपाओ।"

हिना की आंखों से आंसू बहने लगे। उसने अंजलि की तरफ देखा और धीरे से सिर हिला दिया। कुछ देर की चुप्पी के बाद उसने बोलना शुरू किया।

"काली ने मेरा फेसबुक पोस्ट छपने के तुरंत बाद मुझे मैसेज किया था। मुझसे काफी लंबी-लंबी बातें कीं, लेकिन मैंने उसका यकीन नहीं किया।"

"क्यों यकीन नहीं किया?" समर ने पूछा।

"क्योंकि मुझे लग रहा था कि स्वामी गजानन ही ये सब कर रहा है। मेरे खिलाफ कई पोस्ट आने लगे थे। धमकियां आ रही थीं। वो ऐसा फेज़ था, जब मैं किसी पर भी भरोसा नहीं कर सकती थी। लेकिन एक वक़्त के बाद काली की कहानी में मुझे अपनी कहानी दिखने लगी। उसकी कहानी मुझे बनावटी नहीं लगी।"

"उसकी कहानी का सच जानने की कोशिश की आपने?" समर ने सवाल किया।

"हां, मैं उसके बताये पते पर गयी। वहां जाकर मुझे अहसास हुआ कि मुझसे भी बदतर ज़िंदगी गुज़ारी है काली ने। कम से कम मेरे साथ मेरा परिवार तो था। काली का तो पूरा परिवार ही ख़त्म हो गया।"

"फिर क्या हुआ?" समर ने उतावलेपन में पूछा।

"फिर हमने ऐसी लड़कियों की तलाश शुरू की जिन्हें स्वामी ने अपना शिकार बनाया था। मैंने घूम-घूम कर लोगों से बात की। जहां भी ऐसा कोई सुराग मिला, मैं उसके पास गयी। मैंने उनके स्टेटमेंट रिकॉर्ड किये।"

"ये काम आप अकेले कर रही थीं या काली भी इसमें शामिल थी?"

"काली नहीं थी। उसने कहा था कि वह अभी सामने नहीं आ सकती। लेकिन फंडिंग वही कर रही थी। इस रिसर्च का सारा खर्च काली ने उठाया, इसीलिये मैंने अपनी नौकरी भी छोड़ दी थी।"

"आपकी कभी उससे कोई मुलाकात हुई?" समर ने पूछा।

"नहीं, मुलाकात नहीं हुई, सिर्फ फोन पर बात हुई।"

"कोई वीडियो कॉल हुई थी?"

बड़े झिझकते हुए हिना ने 'हां' में सिर हिला दिया।

समर ने टेबल पर रखी अपनी फाइल उठायी। इसमें होटल से लिये गये कागज़ थे, जिसमें सोनिया हैनसेन का आईडी भी था। उसने वह आईडी हिना के सामने रखा और पूछा, "क्या ये ही है काली?"

हिना ने गौर से तस्वीर को देखा। कुछ देर की ख़ामोशी के बाद कहा, "हां ये ही काली है।"

"क्या आप भी इसे काली के ही नाम से जानती हैं?"

"नहीं, काली नाम तो मैंने अब सुना है। इसने मुझे अपना नाम सोनिया बताया था।"

"आख़िरी बार आपकी बात कब हुई सोनिया, उर्फ काली से?"

"क़रीब छह महीने पहले।"

"बातचीत क्यों बंद हो गयी?"

"मुझे लगता था कि काली का मकसद केवल स्वामी गजानन को एक्सपोज़ करना था। स्वामी को उसके पापों की सज़ा दिलाना था। जब हमारी रिसर्च तक़रीबन पूरी हो गयी और केसेज़ मिलने बंद हो गये, तो मैंने उससे कहा कि अब इस काम को ख़त्म करके किसी न्यूज़ पेपर या टीवी चैनल के हवाले कर देना चाहिये। इस पर उसने मुझसे जो बात कही उससे मैं डर गयी और पीछे हट गयी।"

"क्या कहा था उसने?" समर ने सवाल किया।

"उसने कहा कि टीवी पर स्वामी की कहानी चलेगी ज़रूर, लेकिन उसकी मौत के बाद। वह लगातार स्वामी की मौत की बात करने लगी थी, जिससे मैं अनकंफर्टेबल महसूस करने लगी और यहीं से हमारी बातचीत बंद हो गयी।" हिना ने कहा।

"फिर कभी आपकी कोई बात नहीं हुई?"

"नहीं, कोई बात नहीं हुई। पर स्वामी गजानन की हत्या के बाद मैंने उसे फोन करने की कोशिश की थी, उसका फोन बंद था। बात नहीं हुई।"

"वह नंबर है आपके पास?" समर ने पूछा।

"हां मेरे फोन में है। इंटरनेशनल नंबर है, जो अब बंद आ रहा है। कभी आता है कि ये नंबर एग्जिस्ट ही नहीं करता।"

समर सोच में पड़ गया। हिना साहिबा की कहानी उसे भरोसेमंद तो लग रही थी, लेकिन हत्या के वक़्त उसकी मौजूदगी का जवाब अभी तक उसे नहीं मिला था। हालांकि वह कह रही थी कि वह काली के साथ नहीं थी। स्वामी गजानन और प्रकाशक जयराम गुप्ता की हत्या के वक़्त वह कहां थी, इसका भी जवाब अभी हिना साहिबा को देना था। वहीं राजा राघवेंद्र प्रताप सिंह की हत्या के वक़्त वह जयपुर में क्यों थी? इसका भी कोई सही जवाब हिना ने नहीं दिया था।

"चलिये स्वामी गजानन मर्डर पर आते हैं, उस दिन आप कहां थीं? इसका सही जवाब आपने अभी तक नहीं दिया है।" समर ने कहा।

"इसका जवाब मैं तुम्हें देती हूं...तुम्हारे हर सवाल का जवाब अब मेरे पास है।" अंजलि सिन्हा ने कहा।

"आपके पास है, मतलब?" समर चौंका। "हत्या के वक़्त हिना कहां थी इसका जवाब अगर आपके पास है, तो यह बात आपने मुझे पहले क्यों नहीं बतायी? दस दिन से मैं पागलों की तरह भाग रहा हूं। इन्वेस्टिगेशन कर रहा हूं। क़ातिल को खोज रहा हूं। आपके पास भी आया था। आपने तो मुझे इनका नंबर तक नहीं दिया, और अब आप कह रही हैं आप मुझे इस सवाल का जवाब देंगी।" समर गुस्से में बोला।

"तुम मेरी बात ध्यान से सुनोगे तो शायद समझ पाओगे।" अंजलि ने धीरे से कहा। उनका मकसद समर के गुस्से को ठंडा करना था।

"जल्दी कहिये मैं सुन रहा हूं।"

"देखो जब स्वामी गजानन का मर्डर हुआ तो हिना काफी डर गयी थी। वह मेरे पास आयी, उसने मुझे सारी कहानी बतायी। मुझे भी समझ में नहीं आया कि क्या करना चाहिये। मैंने भी उसे चुप रहने की सलाह दी। इस दुनिया में इसका कोई नहीं है। फिर उस रात स्वामी गजानन के बारे में जानकारी लेने के लिए तुम आये। तुमने मुझसे हिना के फेसबुक पोस्ट के बारे में सवाल किया। मैं घबरा गयी। मैंने तुम्हें वह पोस्ट तो दे दी, लेकिन मुझे हिना की चिंता सताने लगी।

"अगले दिन मैं जयपुर जा रही थी तो इसे भी अपने साथ ले गयी। सोचा था कि कुछ वक़्त दुनिया की नज़रों से दूर रहेगी तो चैन रहेगा, लेकिन लौटते ही तुमने इसे थाने बुलवा लिया। ये और चुप हो गयी। इसको समझ ही नहीं आ रहा था कि तुम राजा राघवेंद्र प्रताप सिंह की हत्या के बारे में इससे क्यों पूछताछ कर रहे हो। इसको तो कुछ पता ही नहीं था। ये मेरे बारे में भी तुम्हें कुछ बताना नहीं चाहती थी। लेकिन उस दिन जब तुमने इसे जाने दिया, तो उस रात यह अपने घर जाने के बाद मेरे पास आ गयी। बेचारी बहुत परेशान थी। हम किसी नतीजे पर पहुंचते कि उसी रात प्रकाशक जयराम गुप्ता का मर्डर हो गया और उसके बाद तुमने इसे डीटेन कर लिया। गिरफ्तारी की तलवार उसके ऊपर लटक गयी। एक अकेली लड़की अपनी गवाही के लिये किसको बुलाती?"

समर चुपचाप अंजलि की बातें सुन रहा था।

"तुम्हारे डर की वजह से उसने मुझे फोन नहीं किया। न तो तुम्हें ही कुछ बताया।"

"मुझसे किस बात का डर?" आख़िरकार समर ने पूछा। "मुझे अगर पहले ही दिन सच बता दिया होता तो बात वहीं ख़त्म हो जाती। वैसे भी आपने कहा था कि आप हिना को नहीं जानतीं, फिर आप इनकी इतनी हिमायत क्यों कर रही हैं?"

"वैसे तो मैंने केस से जुड़ी सारी बातें तुम्हें बता दी हैं, लेकिन अब अगर तुम हमारे बारे में जानना चाहते हो, तो मैं बता देती दूं, 'वी आर ए कपल'।"

समर को एक बार तो समझ ही नहीं आया कि अंजलि ने क्या कहा है। फिर जब समझ में आया तो उसकी आंखें फैल गयीं।

वह देख रहा था कि अंजलि और हिना की नज़रें उसी पर हैं। उसने अपना गला साफ किया और कहा, "इसका क्या मतलब?"

"इसका मतलब यही है कि वी आर ए कपल।"

"मतलब आप लोग सेम-सेक्स कपल हैं। रिलेशनशिप में हैं?" समर ने झिझकते हुए सवाल किया।

"तुम्हारी हालत बता रही है कि हमारा अंदाज़ा सही था। इसीलिये हम तुम्हें, जिसे मैं अपना भाई कहती हूं, कुछ भी बताने की हिम्मत नहीं कर पाये।"

"खैर इस बारे में हम बाद में बात करेंगे, अभी इन्वेस्टिगेशन पर वापस लौटते हैं।" इंस्पेक्टर समर प्रताप सिंह को यह समझ ही नहीं आ रहा था कि वह अब क्या कहे। मोहिनी की बहन लेस्बियन है इसका तो अंदाज़ा ही नहीं था उसे। उसे इस बारे में उनसे बात करने में शर्म आ रही थी।

"सोनिया के बारे में कोई और बात जो आप हमें बता सकें?" उसने हिना से सवाल किया।

"और तो कोई बात मुझे याद नहीं है?" हिना ने कहा।

"जो रिसर्च आपने की थी उसकी डिटेल्स भी सोनिया, उर्फ काली को भेजी थीं क्या?"

"हां, मैं केवल रिपोर्ट ही नहीं बल्कि उसकी सारी डिटेल्स भी काली को भेजती थी। मेरे पास अभी भी हैं सारी डिटेल्स। लड़कियों से बातचीत, उनका बयान।"

"मुझे वो ईमेल आईडी और सारी डिटेल्स चाहिये। फिर आप दोनों जा सकती हैं।" कह कर उसने बातचीत बंद कर दी।

***

ठीक 5 बजे *नेशनल न्यूज़* पर वर्षा दत्त स्क्रीन पर आ गयी। उसने कहना शुरू किया:

'आज जो कुछ भी मैं आपको दिखाने जा रही हूं, जो कहने जा रही हूं वह मेरे लिये भी बेहद मुश्किल है। मेरे लिये भी यह एक सच का सामना करने जैसा है। आज मैं नहीं बोलूंगी। आज आपके सामने होंगी आप सबकी चहेती नैना वशिष्ठ जिनकी हत्या आज से क़रीब दो साल पहले हुई थी। मैं आपको एक ऐसा वीडियो दिखाने जा रही हूं जो नैना वशिष्ठ का आख़िरी वीडियो है।'

इसी के साथ स्क्रीन पर एक वीडियो आ गया, जिस पर दो विंडो बनी थीं। एक में नैना थी और दूसरी विंडो में जो लड़की थी उसका चेहरा छिपा हुआ था।

"हैलो रानी, कैसी है?"

"मैं ठीक हूं, पर तुझे क्या हुआ है, इतनी रात को फोन कर रही है?"

"बस, नींद नहीं आ रही थी तो सोचा तेरा चेहरा ही देख लूं।" नैना ने हंसते हुए कहा।

"कुछ तो बात है नानी, तू ऐसे ही कुछ नहीं करती। बोल क्या बात है?"

"रानी...बस मन ठीक नहीं है, लगता है कि सब कुछ फरेब है। अब सहा नहीं जाता। सब कुछ छोड़ देना चाहती हूं मैं।"

"मुझे बता बात क्या है? क्या फिर से सर्वेश से झगड़ा हुआ है?"

"नहीं वो बात नहीं है, दरअसल मेरा अब ख़ुद से भरोसा उठ गया है। मैं अब सब कुछ साफ कर देना चाहती हूं। झूठ और फरेब के बोझ से दबी ज़िंदगी से बाहर आ जाना चाहती हूं।" बेहद दृढ़ता से नैना ने कहा।

"कौन सी ज़िंदगी, कैसा फरेब नानी...क्या पहेलियों में बातें कर रही है? मुझे साफ-साफ बता।" रानी की आवाज़ में एक खीज थी।

"आज से क़रीब तीन साल पहले मैं अपने ऑफिस के एक प्रोग्राम में लखनऊ गयी थी। कार्यक्रम ख़त्म होने के बाद मैं रेस्त्रां में बैठ कर अपने बॉस के साथ बातें कर रही थी। हमने कुछ ड्रिंक्स भी लिए थे। फिर उन्होंने मुझे

अपने कमरे में चलने को कहा, जहां वह अपनी कवितायें सुनाना चाहते थे। हम लोग कई साल से साथ काम कर रहे थे। मैं बगैर कुछ सोचे-समझे उनके साथ चल दी। हमारे कमरे अगल-बगल ही थे।" ये कह कर नैना चुप हो गयी।

"उसके बाद क्या हुआ? तू कमरे में गयी?" रानी ने सवाल किया।

"हां। दरवाज़े पर पहुंचते ही एक जेंटलमैन की तरह गौरव ने पहले मुझे अंदर जाने दिया। पीछे-पीछे वह भी आ गया। इससे पहले कि मैं कुछ समझ पाती, गौरव ने मुझे किस कर लिया। मैंने हटने की कोशिश की। लेकिन उसने मुझे धक्का देकर बिस्तर पर गिरा दिया।"

"फिर? फिर क्या हुआ? तूने कुछ नहीं किया?" रानी की आवाज़ में बेताबी थी।

"मैंने उसे हटाने की कोशिश की, लेकिन वह बेहद ताकतवर था। मैं लगातार कहती रही कि नहीं, ये गलत है...प्लीज़ मुझे छोड़ दो...स्टॉप इट... व्हॉट आर यू डूइंग...आई डोंट वॉन्ट टू डू इट।" कहते-कहते उसकी आंखों से आंसू बहने लगे।

"नानी...मेरी बात सुन। तूने उसे मारा क्यों नहीं? धक्का क्यों नहीं दिया?" रानी की आवाज़ ऊंची हो चुकी थी।

रोते-रोते नैना ने फिर बोलना शुरू किया, "मैंने अलग हटने की पूरी कोशिश की। लेकिन शायद उतनी नहीं जितनी मुझे करनी चाहिये थी। मैं उसे मार नहीं पायी। हार मान गयी मैं। जैसे-जैसे वह कहता गया, मैं करती गयी। वह मुझ पर हावी होता गया।"

"मतलब...क्या बोल रही है तू? मैं जो समझ रही हूं वह सच है क्या?"

"हां, रानी। उस रात मेरे साथ बलात्कार हुआ। मेरे ही बॉस ने मेरे साथ बलात्कार किया और मैं कुछ नहीं कर सकी।"

रानी के मुंह से आवाज़ नहीं निकली। शायद उसे समझ नहीं आया कि क्या क़हे। नैना उधर ज़ार-ज़ार रोये जा रही थी। उसने कोई कोशिश भी नहीं की अपने आंसुओं को रोकने की। वह बस सिर झुकाये दोनों हाथ अपनी गोद में रखे बैठी रही।

"तूने कुछ नहीं किया? इतने साल तक तू चुप रही?"

नैना ने अपना सिर सहमति में हिलाया और बोली, "हां, मैंने ख़ुद को छोड़ दिया। बलात्कार की इस कहानी की सबसे भयानक और दुखदायी बात यही है कि मैंने लड़ना छोड़ दिया। मैंने नियति को कुबूल कर लिया।"

"क्यों, तूने ऐसा क्यों किया? क्यों तू तीन साल तक चुप रही?"

"क्योंकि अपने बलात्कार के लिये मैं ख़ुद को ही ज़िम्मेदार मानती रही। मुझे लगता था कि मुझे उसे पहचानना चाहिये था। या फिर इसमें मेरी ही कोई गलती रही होगी। क्यों मैंने पूरी ताकत से उसका विरोध नहीं किया।"

"क्या बकवास है? तुझ जैसी लड़की ख़ुद को ज़िम्मेदार कैसे मान सकती है?"

"मैं हमेशा यही सोचती रही कि मेरे साथ ही ऐसा क्यों हुआ? आख़िर मैंने ही कुछ ऐसा किया होगा जिससे उसकी हिम्मत हुई। सालों से मैं इसी अपराध बोध में जी रही हूं। मैंने गौरव की दरिंदगी को भुला दिया। उसे अपनाने की कोशिश की क्योंकि मैंने ख़ुद को कुसूरवार मान लिया। मैंने लखनऊ की उस रात को अपने दिमाग के किसी कोने में बंद करके उस पर ताला लगा दिया था। मैं उसे याद ही नहीं रखना चाहती थी क्योंकि मेरी नज़र में मैं ख़ुद ही गुनाहगार थी।"

"अब कहां है तेरा वो बॉस?"

"यहीं है। आज भी वह मेरा बॉस है, रानी।" कहते हुए एक गहरी सांस ली नैना ने।

"क्या फालतू बात है। तू इतने साल से अपने बलात्कारी बॉस के साथ काम कर रही है? रोज़ मिलती है उससे? कैसे? और क्यों?" रानी के लहजे में गुस्सा था। खीझ थी। बेबसी थी।

"उस घटना के बाद जब भी मैं गौरव को देखती तो मैं सिहर जाती, लेकिन वह एकदम नॉर्मल रहता। जैसे कि कुछ हुआ ही न हो। उसके लिये बलात्कार जैसे था ही नहीं। उसकी यही हरकत मुझे शर्म के बोझ तले दबाती रहती। मैं उससे कभी कह ही नहीं पायी कि तुमने मेरे साथ बलात्कार किया है। मैं ख़ुद में सिमटती चली गयी।"

"फिर कभी गौरव ने कोई कोशिश की तेरे क़रीब आने की?"

"गौरव हर रोज़ मेरे सामने था। मुझसे बात करता था। उसने लखनऊ के बाद हर दिन, बार-बार यह जताने की कोशिश की कि वह मुझसे प्यार करता है।"

"मतलब, बलात्कार के बाद भी तू उसके साथ..." इतना कहकर रानी ने अपना वाक्य अधूरा छोड़ दिया।

"हां..." झिझकते हुए नैना ने अपना सिर सहमति में हिलाया। "हम मिलने लगे। लगातार। साथ-साथ वक़्त बिताने लगे।"

"तूने कभी उससे लखनऊ की बात नहीं की?"

"नहीं, कभी नहीं कर पायी। हिम्मत ही नहीं हुई मेरी। हमेशा शर्म ही आती रही अपने पर। कई साल तक मैंने अपनी शर्म को ढोया है। ये बलात्कार हमेशा से मेरे लिये मेरी ही गलती बना रहा। इसकी वजह से मेरा पूरा चरित्र ही बदल गया। मुझे भूख लगनी बंद हो गयी। मैंने लोगों से बात करना बंद कर दिया। दोस्त बनाना बंद कर दिया। मेरे सारे रिश्ते बिगड़ गये। सिर्फ एक वजह से। कई बार तो मेरे मन में ये ख्याल भी आया कि मैं अपनी ज़िंदगी को ख़त्म कर लूं, लेकिन अंगद की वजह से मैं इस ख्याल को अपने दिमाग से बाहर निकालती रही।" रोते-रोते वो कहती जा रही थी। आंसुओं का समंदर बह रहा था।

नैना कुछ देर तक सुबकती रही। फिर बोली, "सोचती रही कि शायद पिछले जन्म के किसी बुरे कर्म का नतीजा है ये। मेरे साथ ही क्यों हुआ ये?"

"नानी अब ये ट्रेजेडी क्वीन बनने और ख़ुद को ज़िम्मेदार मानने का ड्रामा बंद कर नहीं तो मुझे अभी इसी वक़्त, फ्लाइट पकड़ कर तेरे पास आना पड़ेगा।"

"तुझे पता है, रानी मैंने तो ख़ुद को तैयार कर लिया था उसके साथ ज़िंदगी बिताने के लिये।"

"अरे यार, कैसी कॉन्ट्राडिक्ट्री बातें कर रही है, तुझे पता भी है कि क्या बोल रही है तू?"

"हां जानती हूं। अपने गिल्ट, अपनी शर्म को दबा कर रखा था। मैं दुनिया को ये बताने से डरती थी कि मेरे साथ बलात्कार हुआ है। मैं अगर दुनिया को ये बता देती तो शायद मैं कहीं की रह ही नहीं जाती। मैं, नैना वशिष्ठ गुमनामी की दुनिया में ख़त्म हो जाती। कोई इस बात को मानता ही नहीं कि गौरव वर्मा ने मेरे साथ बलात्कार किया। मेरी ज़िंदगी में जो कुछ भी मुझे मिला था, वह ख़त्म हो जाता। बलात्कार पीड़िता के साथ सबकी सिम्पैथी होती है, लेकिन उसके साथ कोई नहीं होता।"

"कैसी दकियानूसी बात कर रही है तू? आज के दौर में क्या मायने रखती हैं ये बातें?"

"तेरे लिये दकियानूसी बातें होंगी लेकिन आज भी यहां गलती बलात्कार पीड़िता की ही होती है। समाज की नज़र में गलती उसी की होती है। उसे माफ नहीं किया जाता। इसलिये मैंने उस वाकये के साथ ज़िंदगी बिताने का फैसला कर लिया था। और कोई रास्ता भी तो नहीं था। अपना स्टेटस और मेहनत से बनायी हुई दुनिया मैं गंवाना नहीं चाहती थी।"

"रास्ता हमेशा होता है, बस हम उसे चुनने में देर कर देते हैं।" रानी ने सख्त लहजे में जवाब दिया। "ये अलग बात है कि मैंने भी ये सब देर से ही समझा है।"

"तुम्हारे लिये यह कहना आसान है। मैंने सब कुछ अपने दम पर हासिल किया है। अपनी मेहनत से। किसी आदमी की दरियादिली से मैंने कुछ नहीं पाया है। अगर मैं ये कह देती कि मेरे साथ बलात्कार हुआ है तो सबको यही लगता कि मैंने ये शोहरत, ये मुकाम, ये जान-पहचान किसी मर्द की मेहरबानी से हासिल की है। आज भी हमारे यहां कामयाब औरतों को शक की नज़र से देखा जाता है। माना जाता है कि औरत कामयाबी की मंज़िल पर किसी मर्द के बिस्तर से गुज़र कर ही पहुंची है। बहुत मेहनत की है मैंने यहां तक पहुंचने में।

"मर्दों की इस दुनिया में अपनी जगह बनाना आसान नहीं है। भेड़िये हैं। एक से बढ़ कर एक इन्सीक्योर। औरत को राजनीति की समझ नहीं है। औरत क्या जाने कि एडमिनिस्ट्रेशन क्या होता है। रात-रात भर बैठ कर तैयारी करना, किताबें पढ़ना, फिर एक-एक शो में आठ-आठ मर्दों से जूझना आसान नहीं होता। हर रोज़ करोड़ों लोगों की नज़रें मुझ पर होती हैं। वे सिर्फ मुझे देखने के लिये आते हैं। मेरे सवालों पर बड़े-बड़े राजनेता बगलें झांकने लगते हैं। मैं उन्हें निराश नहीं कर सकती थी। कैसे कहती कि मैं इतनी कमज़ोर औरत हूं कि कोई भी आदमी मेरे साथ बलात्कार कर सकता है। मेरी सारी इमेज ही ख़त्म हो जाती। कौन मेरा शो देखता? तब मैं एक कमज़ोर औरत के रूप में नज़र आती। इसलिये मैंने गौरव के साथ रहना और बलात्कार को भूल जाना ही बेहतर समझा।"

"देख तेरी ये बातें मुझे समझ नहीं आ रही हैं। अगर ज़िंदगी बिताने का फैसला कर लिया था तो अब क्या हुआ?"

"अब वो मेरे साथ नहीं रहना चाहता। दरअसल मुझे आज समझ में आया कि वह सबके साथ यही खेल खेलता है। मैं तो उसके लिये कुछ हूं ही

नहीं। वह यही खेल अब किसी और के साथ खेल रहा है। एक नयी लड़की को अपने चंगुल में लेने पर आमादा है। ये मैं नहीं होने दे सकती।"

"तेरा इस नयी लड़की से क्या लेना देना? तुझे क्या उसने मना कर दिया है? क्या अब तुझसे पीछा छुड़ाना चाहता है वो?"

"नहीं, उसने मुझे अपनाया भी कहां है? उसने तो अपनी पत्नी को तलाक भी नहीं दिया है।"

"ये क्या पागलपन है! जिस आदमी को जेल में होना चाहिये, तू उसके साथ घर बसाने की सोच रही है, जबकि वह अपनी पत्नी के साथ रहता है।"

"हां, मैं पागल ही हूं। हो गयी हूं पागल। अपनी ज़िंदगी का हिसाब-किताब भूल गयी हूं। रिश्ते भूल गयी हूं मैं। रानी, मुझे ये दुनिया नहीं चाहिये थी। मैं एक पत्नी बनकर ख़ुश थी। पहले सर्वेश ने ज़बरदस्ती मुझे न्यूज़ की दुनिया में धकेला। फिर गौरव ने मेरा गुरूर छीन लिया। मेरी ज़िंदगी पर से मेरा कंट्रोल ही हट गया। मेरा रिमोट हमेशा ही दूसरों के हाथों में रहा। न मेरा शरीर मेरा रहा, न मेरे फैसले। गौरव के लिये तो मैं एक खिलौना ही रही। उसे तो मुझसे कभी प्यार था ही नहीं। पहले बलात्कार किया, फिर प्यार का नाटक करके जब चाहा मुझे बुलाया और मेरे साथ सेक्स किया। जब मन भर गया, तो किसी और पर डोरे डालने लगा।"

"तेरी बातें सुनकर मुझे तुझ पर इतना गुस्सा आ रहा है कि मैं बता भी नहीं सकती।" रानी ने कहा।

रानी की बात सुनकर नैना मायूसी से मुस्कराई और बोली, "एक वक़्त तो ऐसा भी था कि मुझे गौरव के सामने सरेंडर करके अच्छा लगता था। मुझे ऐसा लगता था कि ये मेरी ज़िम्मेदारी है। इतना कंट्रोल था गौरव का मुझ पर। बलात्कार करके उसने मेरे शरीर ही नहीं मेरी आत्मा पर कंट्रोल कर लिया था।"

"तू इस कदर बेवकूफ होगी ये तो मैंने सपने में भी नहीं सोचा था। नानी, तू ये सब कर कैसे सकती है?" रानी चीख पड़ी।

"यह सच है रानी। हमें लगता है कि हम लोगों को जानते हैं। लेकिन क्या हम हकीकत में किसी को जान पाते हैं?"

अब रानी ने अपना सिर पकड़ लिया। कुछ देर तक उसके मुंह से कोई जवाब नहीं निकला। फिर उसने पूछा, "अब क्या सोचा है?"

"सोचा है, लेकिन उससे पहले एक कहानी और है।" नैना ने कहा।

"एक और कहानी! कितना सस्पेंस है यार। क्या वाकई मैं तुझे जानती हूं?"

"मैं मां बनने वाली हूं।"

"क्या?" रानी हैरत से चिल्ला पड़ी। "किसके बच्चे की? गौरव के? क्योंकि सर्वेश से तो तेरी रिलेशनशिप बची ही नहीं है।"

"राजा राघवेंद्र प्रताप सिंह। राजस्थान के राजघराने से हैं और इस समय वहां के उपमुख्यमंत्री हैं।"

"डोंट टेल मी, दिस इज़ अनबिलीवेबल!" रानी के मुंह से निकला।

"मुझे पसंद आ गये राजा साहब। एक दिन राजा साहब एक शो में मिल गये। बस बातों-बातों में बात आगे बढ़ गयी। राजा साहब आदमी तो ठीक हैं, लेकिन आज पता चला कि उनमें राजपूतों वाली बात नहीं है।"

"अरे यार पहेलियां मत बुझा।"

"राजा साहब के साथ अपनी ज़िंदगी बिताना चाहती हूं मैं। ये बात मैंने उनको बता दी, लेकिन अभी वो तैयार नहीं हैं। न तो मुझे अपनाना चाहते हैं, न अपने होने वाले बच्चे को अपना मान रहे हैं।"

"गौरव तैयार नहीं है। राजा साहब तैयार नहीं हैं। तो अब तू क्या करना चाहती है?" रानी ने हैरत से पूछा।

"अब मैं अपनी ज़िंदगी अपनी शर्तों पर जीना चाहती हूं। अब कोई भी मुझे मैनीपुलेट नहीं कर सकता। राजा साहब भी नहीं।" नैना के शब्द और उसके बोलने के अंदाज़ ने रानी को चौंका दिया।

"तू क्या सोच रही है नानी?"

"अभी तो सिर्फ इरादा ही किया है, कल शाम तक का वक़्त है सबके पास। गौरव हो या राजा साहब। कल शाम के बाद बाज़ी सिर्फ नैना की होगी। खेल भी वही खेलेगी और जीतेगी भी वही।"

"कैसी बहकी-बहकी बातें कर रही है? तू ऐसा कुछ नहीं करेगी जिससे तेरे बच्चे और परिवार पर आंच आये। सोचा है न अंगद का क्या होगा? सर्वेश पर क्या बीतेगी?"

"सर्वेश की भी पोल खुलेगी। वो भी नहीं बचेगा। मुझे उसकी चिंता नहीं है। हां, अंगद की चिंता है। वह मेरे साथ ही रहेगा, राजमहल में। अब कोई नहीं रोक सकता मुझे।"

"क्या करने वाली है तू शाम को?"

"मैंने तय किया है कि कल शाम को मेरा शो मी टू मूवमेंट पर होगा। लेकिन कहानी नैना वशिष्ठ की होगी। ये बात अभी कोई नहीं जानता। पहली बार मी टू की कोई विक्टिम सीधे अपनी कहानी प्राइम टाइम में जनता के सामने बतायेगी। कोई चारा भी नहीं होगा *नेशनल न्यूज़* चैनल के पास उसे ब्लॉक करने का। दुनिया मेरे साहस को सलाम करेगी। न्यूज़ टेलीविज़न के इतिहास में आज तक ऐसा नहीं हुआ है। तुम देखना ये शो टीआरपी के सारे रिकॉर्ड तोड़ देगा।"

"लेकिन राजा साहब..."

"मैंने उनको कल सुबह का वक़्त दिया है। वो ख़ुद आ रहे हैं मुझसे बात करने। अगर उन्होंने मेरी बात नहीं मानी तो कल शाम वे भी ब्रेकिंग न्यूज़ होंगे। मैं उनकी भी हरकतें जनता को बता दूंगी। उनके बच्चे का ज़िक्र भी आ ही जायेगा। डबल धमाका! डबल टीआरपी! उन्हें उपमुख्यमंत्री पद से इस्तीफा देना होगा। एक उपमुख्यमंत्री की कुर्सी खाने का रिकॉर्ड भी मेरे नाम हो जायेगा। बाकी का फैसला ख़ुद उनकी बीवी कर लेगी।" यह सब कहते हुए नैना का लहजा बेहद कैजुअल था।

"नानी, तू कहां जा रही है? जानती है न ये रास्ता कितना ख़तरनाक है? तुझे पता है न कि तू ऐसी नहीं है?"

"मैं वो बन गयी जो लोगों ने चाहा। अब मैं ऐसी ही हूं। सीधा सच्चा बन कर देख लिया। क्या मिला? अय्याश पति! बलात्कारी बॉस! एक दोस्त जिसकी ख्वाहिश भी हमेशा बिस्तर पर ले जाने की ही रही। राजा साहब मतलबी, डरपोक, ज़िम्मेदारी से भागने वाले। कैसे आदमी हैं ये? कहां मिलते हैं आदर्श पति, आदर्श आदमी, आदर्श बॉस? कौन सी दुनिया होती है वो?"

"नानी कितना कुछ सहा तूने, मुझे एक बार भी नहीं बताया।"

"क्या-क्या बताती? जो तुझ पर गुज़री वो क्या कम है। तेरी अपनी परेशानियों का हिसाब नहीं है, तुझे और परेशान नहीं करना चाहती थी। जैसे-तैसे तूने अपने हालात बदले हैं। तुझ पर और बोझ नहीं डालना था मुझे। बलात्कार के बारे में तो तुझे बताना भी नहीं था। जानती थी कि तू सह नहीं पायेगी।"

"अब क्या करेगी नानी? तेरी सिचुएशन तो बहुत कॉम्पलीकेटेड है। तूने सर्वेश को बताया बच्चे के बारे में?"

"नहीं, मैंने उसे तलाक देने का फैसला कर लिया है। कल वो घर छोड़कर जा रहा है।"

"एक बार फिर सोच ले नानी। एक लंबी ज़िंदगी है तेरे सामने। तेरे सपने, तेरे ख्वाब। स्कूल के वक़्त से ही सपना था न तेरा नाम कमाने का, बड़ी शख्सियत बनने का; ये सब ख़तरे में पड़ सकता है।"

नैना ने हंसते हुए जवाब दिया, "ख्वाबों की भी एक खूबी होती है रानी, ये पूरे ज़रूर होते हैं। बस ख्वाबों को देखना आना चाहिये। वैसे भी डरे हुए लोग ख्वाब नहीं देख पाते।"

"ये तो तूने सही कहा। प्राउड ऑफ यू, यार।"

"क्या होगा ज़्यादा से ज़्यादा, मैं फिर से गुमनामी की ज़िंदगी में चली जाऊंगी। शोहरत का बहुत ज़्यादा खामियाज़ा भुगता है मैंने रानी, लेकिन इस बार नैना आसानी से हार नहीं मानेगी।"

"नानी यू कैन ऑलवेज़ कम टु माई प्लेस। दिस इज़ यॉर होम, यू नो दैट।"

"आई नो, यार।" नैना ने कहा। फिर वह घड़ी देख कर चौंकते हुए बोली। "ओके बाय बहुत देर हो गयी। मुझे रनिंग के लिये जाना है। बाय... बाय!"

"बाय! सी यू। कल कॉल करना।"

"बाई द वे, कल मैं अम्मा से मिली थी।"

"कैसी हैं वो?" रानी ने चहकते हुए पूछा।

"वैसी ही हैं। पापा को याद कर रही थीं। उनके अलावा अम्मा की ज़िंदगी में कुछ भी नहीं है।"

"ओह...क्या कभी भी उनको मेरी याद नहीं आयेगी?" रानी की आवाज़ में मायूसी थी।

"दिल छोटा नहीं कर रानी, हम उम्मीद नहीं हारेंगे। एक न एक दिन उन्हें सब कुछ याद आ जायेगा। चल, अब मैं चलती हूं।" कहकर नैना ने कॉल ख़त्म कर दी।

इसी के साथ स्क्रीन पर एक बार फिर वर्षा दत्त आ गयी। 'तो आपने सुना नैना वशिष्ठ का कुबूलनामा। हमारे ही चैनल के पूर्व मैनेजिंग एडिटर गौरव वर्मा ने उनके साथ बलात्कार किया था। *नेशनल न्यूज़* मैनेजमेंट अपने पूर्व सहयोगी

के साथ हुए इस जघन्य कांड पर शर्मिंदा है। मैनेजमेंट गौरव वर्मा पर कार्रवाई करने के लिये पुलिस के साथ पूरा सहयोग करेगा।' इस वक़्त स्क्रीन पर गौरव वर्मा की तस्वीर चल रही थी।

***

ठीक 5:30 बजे इंस्पेक्टर समर प्रताप सिंह की गाड़ी गौरव वर्मा के *जीवीएन* के दफ्तर के सामने रुकी। रिसेप्शन पर आमना चौधरी उसका इंतज़ार कर रही थी। *नेशनल न्यूज़* चैनल पर चल रहा वीडियो वह देख चुकी थी। उसने गौरव वर्मा को फोन लगाने की कोशिश की, लेकिन उसका फोन लगातार बंद आ रहा था।

सबसे पहला सवाल समर ने यही किया, "गौरव कहां है?"

"पता नहीं, उसका कुछ पता नहीं चल रहा।"

"फोन किया?"

"बंद है।"

"घर पर ट्राई किया?" समर ने पूछा।

"दो दिन से घर ही नहीं गया। परसों रात से उसका कुछ पता नहीं है।"

"कहीं बाहर तो नहीं गया?"

"परसों रात को उसने कहा था कि मुंबई जाना है, लेकिन पायलट के मुताबिक रात में ही उसने कॉल करके मुंबई जाना कैंसिल कर दिया था।"

"पायलट के मुताबिक?"

"हां, वह चार्टर्ड फ्लाइट से जाता है।"

"अपना प्लेन है?"

"मुझे नहीं पता, मैं बीवी नहीं हूं उसकी! लेकिन कोई अरेंजमेंट है।" आमना ने गुस्से में जवाब दिया।

"तुम लोगों को अजीब नहीं लगा कि वह दो दिन से गायब है?" समर ने पूछा।

"वह मालिक है। मुश्किल से दो-चार लोग ही उसे सीधे फोन करते हैं। वैसे भी वीकेंड है। कौन फोन करेगा? वह ख़ुद ही फोन करता है तो लोग बात करते हैं।" आमना ने कहा।

"अच्छा यह बताओ कि इस लड़की को पहचानती हो?" कहते हुए समर ने सोनिया हैनसेन की तस्वीर उसके सामने रख दी।

"हां, ये तो सोनिया है। हमारे यहां ही काम करती है। सोशल मीडिया टीम का पार्ट है। इसको क्या हुआ?"

"क्या? ये तुम्हारे यहां काम करती है?" समर ने हैरान होते हुए कहा।

"हां, काफी टाइम हो गया। मैंने और गौरव ने ही इसका इंटरव्यू किया था।"

"कब की बात है?"

"पिछले साल फरवरी या मार्च की बात होगी। मतलब 2020 की। कोरोना शुरू होने से कुछ दिन पहले ही।"

"कैसे आयी थी ये?" समर ने कहा।

"इसने गौरव को अप्रोच किया था। उसने इंटरव्यू के लिये बुला लिया। मैं और गौरव दोनों ही बैठे थे इंटरव्यू में। हम दोनों को ही वो पसंद आयी थी, सोशल मीडिया टीम में जगह थी, तो वहां रख लिया था।"

"तब से वहीं काम कर रही है?"

"हां, कोई शिकायत तो कभी मिली नहीं। मेरी बात भी नहीं हुई। वह अपनी शिफ्ट में आती है। काम करके चली जाती है। नो नॉनसेंस लड़की है।" आमना चौधरी ने कहा।

"कोई और बात जो तुम्हें याद हो इसके बारे में?" समर ने पूछा।

"उसने कहा था कि वह रिसर्च कर रही है इंडियन कल्चर पर। इसकी पढ़ाई-लिखाई भी शायद इंडिया में नहीं हुई है। हां, याद आया मैंने इसके सरनेम के बारे में भी पूछा था, तो उसने कहा था कि उसके पिता भारतीय नहीं हैं। वो नॉर्वेजियन हैं। मैंने उससे ये भी पूछा था कि अगर तुम्हारी पढ़ाई-लिखाई बाहर हुई है तो इतनी अच्छी हिंदी कैसे बोल लेती हो?"

"क्या कहा उसने?"

उसने कहा, "उसका बचपन इंडिया में ही गुज़रा।"

समर को अचानक कुछ याद आया। उसने कहा, "तुमने मुझसे कहा था कि गौरव आजकल अपनी नॉर्वेजियन गर्लफ्रेंड में बिजी है, क्या यही है उसकी गर्लफ्रेंड?"

"ओह माई गॉड। आई डोंट बिलीव दिस।" आमना ने हैरान होते हुए कहा।

"क्यों तुम्हें नहीं पता था?" समर को थोड़ा अटपटा सा लगा।

"अरे, वो तो एक मज़ाक था। कई बार गौरव ने नार्वे-नॉर्वे किया था, तो मैं उससे मज़ाक करने लगी थी। उसने भी कभी इनकार नहीं किया। लेकिन मैंने सोनिया को कभी उससे कनेक्ट करके नहीं सोचा था।"

"सोनिया के घर का पता है किसी के पास? कोई नंबर?" समर ने जल्दी-जल्दी कहा।

"आप हड़बड़ा क्यों रहे हैं इंस्पेक्टर?" आमना ने कहा।

"देखो, गौरव की जान ख़तरे में है। यह भी हो सकता है कि अब तक वह ज़िंदा भी न हो।"

"तो क्या उसे सोनिया से ख़तरा है?" आमना ने घबराते हुए पूछा।

"हमें शक है कि अब तक के तीनों क़त्ल सोनिया ने ही किये हैं, और गौरव वर्मा के क़त्ल के साथ ही यह कहानी ख़त्म होगी।"

"आई डोंट बिलीव दिस। शी कांट डू दिस।" कहते हुए आमना अपनी कुर्सी पर निढाल हो गयी।

समर ने तुरंत अपने थाने में फोन लगाया और गौरव और सोनिया के नंबर देकर उनकी लोकेशन पता करने के लिए कहा।

कुछ ही देर में ख़बर मिली कि दोनों नंबर बंद हैं। और आख़िरी नोन लोकेशन नई दिल्ली का पांच सितारा होटल है।

सोनिया का कोई नया पता उसके ऑफिस से नहीं मिला। उसने अपना नॉर्वे का पता ही वहां लिखवाया था। दिल्ली का पता फाइव स्टार होटल का लिखा हुआ था।

"कमाल है, एक लड़की अपने घर के पते में एक फाइव स्टार होटल का पता देती है और किसी को हैरानी नहीं होती? उसकी सैलरी क्या होगी?" समर ने आमना से सवाल किया।

"पचास-पचपन हज़ार रुपये के आसपास ही होगी।" आमना ने बताया।

"इससे तीन गुना तो वह होटल का किराया देती थी।" समर ने कहा।

"वह आती कैसे थी? क्या उसके पास अपनी कोई कार थी?" समर का अगला सवाल था।

"इसका जवाब तो उसका कोई कलीग या साथी ही दे सकता है, जिसने उसे आते-जाते देखा हो। मैं पता करती हूं। वैसे भी आज संडे है। छुट्टी है, न एचआर टीम है, न ज़्यादा लोग।"

"फिर भी पता करो।" समर ने कहा।

आमना ने तुरंत सोशल मीडिया टीम से किसी को भेजने को कहा। फिर उसने समर से सवाल किया। "क्या वाकई गौरव की जान को ख़तरा है?"

"गंभीर ख़तरा है। इन माई ओपीनियन, ही इज़ ऑलरेडी डेड।"

"क्या आप भी ये मानते हैं कि उसने नैना के साथ...?" इससे पहले कि वह अपना वाक्य पूरा कर पाती सोशल मीडिया टीम में काम करने वाली एक लड़की आ गयी।

"जी मैम, आपने बुलाया?" उसने कहा।

"हां, तुमसे सोनिया के बारे में बात करनी है। बैठो, क्या नाम है तुम्हारा?"

"शिखा अग्रवाल मैम।"

"सोनिया से तुम्हारी दोस्ती है शिखा?" समर ने सवाल किया।

"दोस्ती तो नहीं है। बस बातचीत हो जाती है।"

"कौन सी शिफ्ट में आती है सोनिया?" आमना ने सवाल किया।

"वह तो हमेशा ही 10 से 7 बजे की शिफ्ट में आती रही है। बाकी लोग मॉर्निंग और ईवनिंग शिफ्ट में आते हैं पर सोनिया हमेशा दिन में ही आती थी।"

"सोनिया कैसे ऑफिस आती है? दिन में तो पिकअप और ड्रॉप मिलता नहीं है?"

"वो हमेशा कैब से ही आती है मैम।"

"ऑफिस में किसके सबसे ज़्यादा क़रीब है?"

"क़रीब तो किसी के भी नहीं है, सोनिया। काफी रिज़र्व है। ज़्यादा बात नहीं करती है।"

"कभी अपने माता-पिता के बारे में बताया? या फिर अपने शहर के बारे में?" समर ने सवाल किया।

"नहीं सर, मैंने बताया न वो ज़्यादा बात नहीं करती है। सब लोग हंसी-मज़ाक करते हैं, लेकिन वो चुप ही रहती है। न किसी के साथ कहीं आती-जाती है। जब भी हम लोग कोई प्लान बनाते हैं तो वो मना कर देती है।"

"कोई बॉयफ्रेंड वगैरह?"

"नहीं पता, सर। बस बीच-बीच में छुट्टी लेती रही है। हफ्ते में एक दिन तो छुट्टी ले ही लेती है।"

"अच्छा! किसी ने टोका नहीं उसको?"

"सबको पता है। सर भी जानते हैं।"

"आशीष को पता है?" आमना ने पूछा।

"हां, उन्हें तो पता है।"

आमना ने चैनल के आउटपुट एडिटर आशीष सिंह को फोन लगाया और सोनिया के बारे में पूछा।

आशीष ने कहा कि गौरव ने उसे सोनिया को दिन की शिफ्ट में लगाने को कहा था। साथ ही ये हिदायत भी दी थी कि सोनिया कोई रिसर्च कर रही है इसलिये उसे बाहर आना-जाना पड़ेगा, तो छुट्टी दे दिया करे। इसलिये उसने कभी सोनिया को नहीं रोका।

सारी मिस्ट्री एकदम साफ हो चुकी थी।

"ठीक है शिखा तुम जा सकती हो।" समर ने कहा।

न गौरव का पता है न सोनिया का। दोनों ही गायब हैं। ऐसी कौन सी जगह होगी जहां सोनिया छिप सकती है, या गौरव को लेकर जा सकती है? सारे सवालों के जवाब अब समर को एक ही जगह मिल सकते हैं। उसने वहीं जाने का फैसला किया।

***

समर *नेशनल न्यूज़* के ऑफिस में मैनेजिंग एडिटर मनीष प्रसाद के केबिन में बैठा था। वर्षा दत्त भी वहीं मौजूद थी।

"मैं आपकी कोई मदद नहीं कर सकता हूं।" मनीष प्रसाद ने कहा।

"लेकिन यह एक आदमी की ज़िंदगी का सवाल है। मेरे हिसाब से गौरव वर्मा की जान ख़तरे में है। वह दो दिन से लापता है। उसका फोन बंद है।"

"यह काम तो आपका है, इंस्पेक्टर। आप पता लगाइये कि वो कहां है, किसके साथ है।" मनीष प्रसाद ने कहा।

"देखिये मुझे तो पता है कि क़ातिल कौन है...तीन क़त्ल तो वह कर चुका है, और चौथा क़त्ल होने से रोका जा सकता है अगर आप मेरी मदद करें तो।"

"कौन है क़ातिल?" मनीष ने पूछा।

"जिसे आप काली समझते हैं, या जो लड़की ख़ुद को काली कह रही है, दरअसल उसका नाम सोनिया हैनसेन है। वह नॉर्वे की रहने वाली है। वह नॉर्वे कैसे गयी यह अभी पता नहीं है, लेकिन यह वही लड़की है जिसके साथ स्वामी गजानन ने बलात्कार किया था। स्वामी का चेला प्रकाशक जयराम गुप्ता, उसका क़त्ल भी इसी ने किया। राजा राघवेंद्र प्रताप सिंह का क़त्ल भी इसी ने किया, पर अपने लिए नहीं, नैना वशिष्ठ के लिये क्योंकि काली उर्फ सोनिया का मानना है कि राजा ने नैना को धोखा दिया। काली और नैना दोनों बचपन की पक्की सहेलियां हैं।

"इतना ही नहीं आपकी जानकारी के लिये बता दूं, ग्रेटर नोएडा के सेवा आश्रम नाम के वृद्धाश्रम में मौजूद बुज़ुर्ग महिला पद्मा देवी काली की मां है। मुझे ऐसा लगता है कि उनको वहां नैना ने भर्ती कराया था। काली और नैना दोनों एक-दूसरे के काफी क़रीब थीं। यह बात आपके वीडियो से भी साबित हो रही है।" समर ने कहा।

"अब इस वीडियो को देखकर लगता है कि काली का बस एक ही बदला बाकी है। वह है गौरव वर्मा। गौरव ने नैना से बलात्कार किया था। यह बात ख़ुद नैना ने कही है। हम सबने देखा है। सवाल यह है कि जो लड़की राजा की जान ले सकती है, वह गौरव को क्यों छोड़ेगी?

"आप ही लोग हैं जो गौरव की जान बचा सकते हैं। मुझे वह नंबर दे दीजिये जिससे वर्षा की बात काली से होती रही है। वही नंबर मुझे इस वक़्त वहां ले जा सकता है, जहां गौरव कैद है।"

इसी बीच केबिन के दरवाज़े पर दस्तक हुई, नैना के पिता जगदीश वशिष्ठ वहां खड़े थे। उनकी आंखों में आंसू थे। अपनी बेटी का वीडियो वो भी देख चुके थे।

मनीष प्रसाद ने केबिन का दरवाज़ा खोल कर उन्हें अंदर बुला लिया।

जगदीश वशिष्ठ समर से बोले, "इस लड़की का असली नाम काली नहीं है।"

"पता है, इसका नाम सोनिया है।" समर ने कहा।

"नहीं, दोनों लड़कियों का नाम आपस में मिलता-जुलता था। दोनों ही एक-दूसरे को रानी और नानी के नाम से बुलाती थीं। मैंने झूठ कहा था आपसे। इसका असली नाम रैना है—रैना दुबे। रैना और नैना। रानी और नानी।"

समर चौंक गया, उसे ध्यान आया कि सेवा आश्रम में वो ख़ुद को 'नैना-नैना' कह रही थी। अब वह समझ चुका था कि वह 'रैना-रैना' बोल रही थी, लेकिन वहां की कर्मचारी विमला को लगा कि वह 'नैना-नैना' बोल रही है।

"आपने मुझसे झूठ क्यों बोला, वशिष्ठ जी?" समर ने पूछा।

"उस समय मुझे कुछ समझ नहीं आ रहा था जब वह ख़ुद को काली कह रही थी, तो मैंने भी वही नाम रहने दिया।"

"तो अब सच क्यों कहा?"

"अब छिपाने के लिए कुछ नहीं बचा है। सब ख़त्म हो गया।" कह कर वे उठे और बाहर निकल गये। तीनों लोग उन्हें बाहर जाता देखते रहे।

उनके जाने के बाद एक बार फिर समर ने अपना सवाल दोनों के सामने दोहरा दिया। मनीष प्रसाद ने वर्षा की तरफ देखा तो वर्षा ने सिर हिला दिया।

"हम आपको नंबर देने को तैयार हैं, लेकिन एक शर्त पर।" मनीष ने कहा।

"कैसी शर्त?"

"वर्षा और हमारी टीम आपके साथ जायेगी। मंज़ूर है?" मनीष प्रसाद ने कहा।

"मंज़ूर है।" समर बोला।

इतना सुनते ही वर्षा दत्त ने अपने फोन से काली का नंबर समर को फॉरवर्ड कर दिया। वहीं बैठे-बैठे समर ने नंबर अपनी टीम को भेज दिया और तुरंत लोकेशन का पता लगाने को कहा।

मिनटों में लोकेशन समर के पास थी। लोकेशन देखकर उसकी हैरानी और बढ़ गयी। फोन ऑन था, यानी क़ातिल पास ही है।

***

समर प्रताप सिंह के साथ वर्षा दत्त की टीम नोएडा के रॉयल सिल्वर गॉल्फ अपार्टमेंट के बाहर आकर रुकी। इसी अपार्टमेंट में गौरव वर्मा दो साल पहले तक अपने परिवार के साथ रहता था। अपना चैनल लॉन्च करने के बाद वह ग्रेटर कैलाश में अपनी नयी कोठी में शिफ्ट हो गया था। तब से यह फ्लैट खाली ही पड़ा था।

गेट पर पहुंचते ही समर ने यह सुनिश्चित किया कि किसी भी तरह का कोई फोन गौरव के अपार्टमेंट तक न जाये। अगर गलती से भी कोई फोन कर देता तो क़ातिल सतर्क हो जाता। उसने अपार्टमेंट ब्लॉक के नीचे भी यही एहतियात बरती।

मोबाइल की लोकेशन स्थिर थी। समर ने अपनी टीम के दो लोगों को ग्यारहवें और दो लोगों को अपने साथ बारहवें फ्लोर पर आने को कहा। उसे याद था कि गौरव का यह फ्लैट डूप्लेक्स है। दोनों ही फ्लोर से आप घर में आ-जा सकते हैं। उम्मीद के मुताबिक दोनों ही फ्लोर पर दरवाज़े बंद थे। समर के सामने दो ही रास्ते थे—वह घंटी बजाकर अंदर से दरवाज़ा खुलवाने की कोशिश करे, या फिर दरवाज़ा तोड़ दे। दरवाज़ा तोड़ना भी आसान काम नहीं है, लेकिन उससे पहले समर ने एक और तरीका आज़माने का फैसला किया।

समर के साथ वर्षा दत्त भी ऊपर आ चुकी थी। उसने अपने मोबाइल से लाइव रिपोर्टिंग शुरू कर दी। एक तरफ तो अपार्टमेंट की घंटी बजायी और दूसरी तरफ अपने फोन से रैना का नंबर मिला दिया। दरवाज़ा तो नहीं खुला, लेकिन फोन ज़रूर उठ गया।

"हैलो इंस्पेक्टर समर।"

उधर से आयी आवाज़ ने समर को चौंका दिया। उसे इस तरह के संबोधन की उम्मीद नहीं थी।

"हैलो, सोनिया हैनसेन। आप सोनिया ही बोल रही हैं न?" हड़बड़ाहट में समर के मुंह से निकला।

"किसी और का नंबर मिलाया था क्या आपने, इंस्पेक्टर समर? जिसे मिलाया है वही तो उठायेगा?"

"आप दरवाज़ा खोल दीजिये, वरना मुझे दरवाज़ा तोड़ना पड़ेगा।" समर ने कहा।

"दरवाज़ा तोड़कर आप क्या हासिल कर लेंगे? जिसे आप बचाना चाहते हैं वह तो कब का जा चुका है।"

"गौरव का क़त्ल करके तुमने ठीक नहीं किया। कानून अपने हाथ में लेना सही नहीं है।"

"हाहा...हाहा...कानून की बात उस नौ साल की बच्ची को बताना, जिसे एक रात एक बुड्ढा अपनी हवस का शिकार बना गया। उस मां को समझाना जो अपनी बेटी के गम में गुमसुम हो चुकी है। उस बाप को बताना जो अपनी बेटी से आंख नहीं मिला सका और उसे मरने के लिये छोड़ गया।

"कानून उस सीधी-सादी लड़की को बताना, जिसके साथ उसका अपना बॉस बलात्कार करता है। उस पत्नी को बताना जिसका पति दूसरी औरतों को नंगी तस्वीरें भेजता है। या मुहब्बत में डूबी उस पागल लड़की को बताना, जिसके बच्चे का बाप कोई नहीं बनना चाहता।" समर समझ गया कि वो नैना वशिष्ठ की बात कर रही है।

"कानून की बात मत करो इंस्पेक्टर समर। कानून बताना उस बच्चे को जो अपनी मां के पेट में ही किसी सिरफिरे चेन छीनने वाले की गोली से मर गया। उस औरत को क्या कहोगे जिसे आज तक इंसाफ नहीं मिला?" समर सन्न रह गया। उसके पूरे शरीर ने मानो पसीना उगल दिया। समर की पत्नी मोहिनी की मौत की कहानी सोनिया सुनायेगी, इसकी उसे कतई उम्मीद न थी।

"इंस्पेक्टर, जो तुमने किया वह भी गलत था और अगर वो गलत नहीं था, तो मैंने क्या गलत किया?"

"गलत तो गलत ही होता है। मैंने भी गलत ही किया था। उसकी सज़ा भी मिली मुझे।"

"पर तुम तो अपनी नौकरी पर वापस हो इंस्पेक्टर? तुम्हारे हाथों जिसका क़त्ल हुआ वह तो वापस नहीं आयेगा। यह कैसा इंसाफ हुआ?"

"फर्क है...वह थाने में पुलिस की मार नहीं सह पाया था। थाने में हार्ट अटैक से मरा था वो।" समर ने प्रतिवाद किया।

"कोई फर्क नहीं है। तुमने अपने तरीके से इंसाफ किया। लेकिन वह इंसाफ नहीं था, एक जुनून था। एक शराबी का पागलपन था। लेकिन मैंने पागलपन में कुछ नहीं किया। मैंने सब कुछ सोच-समझ कर किया है।"

"जो किया है उसकी सज़ा भी तो मिलेगी। अब दरवाज़ा खोल दो सोनिया। बहुत हो गया तुम्हारा ड्रामा," समर ने उसे धमकाया, "वरना मैं दरवाज़ा तुड़वा दूंगा।"

"अगर मुझे भागना होता तो मैं कब की चली गयी होती, इंस्पेक्टर। यहां बैठ कर तुम्हारा इंतज़ार नहीं कर रही होती। तुम मुझे पकड़ नहीं पाओगे। कोशिश करना भी बेकार है।"

"देखो ऐसा कोई कदम मत उठाना।" समर को लगा कि वह ख़ुदकुशी करने की सोच रही है।

"इंस्पेक्टर अपने आदमियों से कहो कि लोअर लेवल का दरवाज़ा तोड़ने की कोशिश न करें। वरना मैं आपका फोन काट रही हूं। फिर आप ज़िंदगी भर मेरी शक्ल देखने को तरस जाओगे।"

"ओके, मैं रोकता हूं उन्हें।" समर ने फौरन अपने एक सिपाही को नीचे भेज दिया ताकि कोई ऊटपटांग हरकत न हो।

"इंस्पेक्टर, दोनों दरवाज़ों पर मेरी नज़र है। कैमरे से आप लोगों को देख रही हूं। एक भी गलत हरकत और मुझसे आप लोग कभी बात नहीं कर पायेंगे।"

समर ने देखा तो पाया कि वाकई कैमरा दरवाज़े के ठीक ऊपर लगा हुआ है।

"तुमने राजा राघवेंद्र प्रताप सिंह को इतनी आसानी से कैसे मार दिया?" समर ने बात को लंबा खींचने की गरज से पूछा। उसे लगा कि सोनिया इस बातचीत से बहल जायेगी और उसे सोचने का थोड़ा वक़्त मिल जायेगा।

"तुम मर्द लोग पूरे बेअक्ल होते हो इंस्पेक्टर। ख़ासतौर पर लड़कियों के मामले में। एक तो तुम्हें हर लड़की हेल्पलेस लगती है। अबला नारियां बड़ी पसंद आती हैं तुम मर्दों को। ज़रा सी अपनी कहानी सुनाओ, फौरन मदद करने पर आमादा हो जाते हो। लड़की सुंदर हो, तो क्या ही कहना। और अगर सूरत के साथ सीरत भी है, तो शायद ही कोई ऐसा दरवाज़ा होगा जो वह खोल नहीं सकती। बस वह ठान ले। और अगर अंग्रेज़ी बोलती हो तो फिर तो सोने पे सुहागा, सब कुछ ही आसान हो जाता है।"

"कैसे?" समर ने पूछा।

"अरे, चारों मरने वालों में यही कमज़ोरी थी। सबसे पहले मैंने राजा से ही रिश्ता बनाया था। 2020 में जयपुर लिटरेचर फेस्टिवल में गयी थी। डेलीगेट पास बनवाया था। हर जगह आना-जाना आसान था। राजा की सारी कहानी मुझे पता थी। एक मुलाकात और एक शाम ही काफी थी। आपके पास एक्सेस

होना चाहिये बड़ी जगह का। हर कोई बिछ जाता है। राजा हो या अफसर। राजा के साथ भी यही हुआ।

"एक राज़ की बात बताऊं...राजा राघवेंद्र प्रताप सिंह के कहने पर ही गौरव वर्मा ने नौकरी दी थी मुझे। आपको क्या लगता है मुझे मुश्किल हुई थी? नहीं। राजा और गौरव में दोस्ती थी। दोनों एक ही औरत से इश्क करते थे। दोनों ने ही उसे धोखा दिया, और फिर दोस्त हो गये। है न कमाल की बात इंस्पेक्टर साहब?"

"लेकिन राजा की सिक्योरिटी?"

"अरे जब राजा को ही अपनी चिंता नहीं थी, अकेले में रंगरलियां मनाना चाहता था तो कोई सिक्योरिटी क्या करेगी। वो मुझे हमेशा अकेले में ही मिलता था। नैना के मर्डर में नाम आने के बाद थोड़ा सतर्क ज़रूर हो गया था, पर इतना भी नहीं कि पकड़ में न आता!"

"तो क्या उन्हें मारना इतना आसान था?" समर ने कहा।

"औरत के लिये किसी भी मर्द को मारना बेहद आसान है।"

"कैसे?"

"बस मर्द को शराब का शौकीन होना चाहिये। राजा तो ज़बरदस्त शराबी था। उसको शराब असर नहीं करती थी, लेकिन मेरी गोलियां तो असर करती हैं न। राजा पर भी असर हुआ और गौरव पर भी।"

"कौन सी गोलियां?"

"अठाईस साल से जो गोलियां मैं खाती हूं। डिप्रेशन की। कोई ऐसी रात नहीं होती जब मुझे अपनेआप नींद आ जाती हो। थोड़ी-थोड़ी देर में चौंक कर उठ बैठती हूं। मुझ पर तो इन दवाओं ने भी असर करना बंद कर दिया है, लेकिन नॉर्मल आदमी के लिये काफी हैं। दो गोलियों में कुछ घंटे के लिये इंसान बेहोश हो जाता है। एक बार बेहोश हुए फिर उन्हें काबू में करने में दिक्कत नहीं होती। वैसे भी राजा के क़त्ल पर तो सरकार ने ही मेरा काम आसान कर दिया था।"

"कैसे?"

"कहां बताया किसी को मेरे बारे में? मुझे लगा था कि राजा की मौत की इन्वेस्टिगेशन मुझ तक पहुंच ही जायेगी। लेकिन वो तो अपनी इमेज बचाने में ही लगे थे। अपनी राजनीति के लिये राजा की जान की भी उन्हें परवाह नहीं

थी। सत्ता की चाह में लोग किसी को भी कुर्बान कर सकते हैं। है न इंस्पेक्टर?" सोनिया ने सवाल किया।

समर ने कोई जवाब नहीं दिया। फिर उसे कुछ याद आया। "स्वामी और जयराम की हत्या के बीच में तुमने राजा को क्यूं मारा? अगर तुम्हें राजा को मारना ही था तो वह तो पहले या बाद में भी हो सकता था?"

"अच्छा सवाल है इंस्पेक्टर। प्लान तो यही था कि पहले स्वामी, फिर जयराम, फिर राजा और लास्ट में गौरव, लेकिन अचानक राजा ने कहा कि वह पंद्रह दिन के लिये अपनी पत्नी के पास लंदन जा रहा है। मेरे पास इतने दिन नहीं थे।"

समर को अपने सवाल का जवाब मिल गया था। लेकिन दरवाज़ा कैसे तोड़ा जाये, उसे बाहर कैसे निकाला जाये, इसका जुगाड़ नहीं सूझ रहा था। उसने एक बार फिर अपना ध्यान क़त्ल पर केंद्रित कर काली को उलझाने की कोशिश की, "तो सभी लोगों को तुमने दवा खिला कर बेहोश किया?"

"स्वामी और जयराम तो वैसे ही काबू में आ गये थे। दोनों बुजुर्ग थे, कमज़ोर थे। हवस के मारे थे। मेरे जैसी लड़की जब उनके सामने बिछ जाने को तैयार हो तो उन्हें क्या नज़र आना था। वो तो कुछ समझ ही नहीं पाये कि उनके साथ क्या हुआ।"

"और गौरव वर्मा? उसका क्या? कहां है वो?" समर ने पूछा।

"आपके सारे टीवी चैनल आ चुके हैं इंस्पेक्टर। वर्षा तो आपके साथ पिछले पंद्रह मिनट से ऑन एयर ही है, बाकी भी एक-एक करके आ गये हैं। ड्रामा चालू है।" वह खिलखिला कर हंसी। "आमना चौधरी भी है *जीवीएन* से। क्या बात है, आज अपने ही बॉस और मालिक का तमाशा बनायेगा *जीवीएन*।

"इंस्पेक्टर मुझे वर्षा से कुछ कहना है।" सोनिया ने अचानक कहा तो समर चौंक गया। समर जान गया कि सोनिया की नज़रें टीवी चैनल पर भी हैं। उसे गुस्सा आ गया पर मौके की नज़ाकत समझते हुए उसने अपने गुस्से पर काबू कर लिया।

"वर्षा, मैंने अपना प्रॉमिस पूरा कर दिया। रात 8 बजे की ब्रेकिंग न्यूज़ वीडियो समेत तुम्हें भेज दी है।"

वर्षा कुछ नहीं बोली। वह तय नहीं कर पा रही थी कि इस पल में उसकी सिम्पैथी सोनिया के साथ हो या अपने पेशेगत सहयोगी गौरव वर्मा के साथ।

वह कोशिश करके भी नैना और सोनिया की बेबसी और बर्बादी की कहानी अपने दिमाग से नहीं निकाल पा रही थी।

"इंस्पेक्टर समर तुम्हें नींद कैसे आती है?" सोनिया ने फिर समर से सवाल किया।

सोनिया की बात ने समर को हैरान कर दिया। उसने जवाब न देना ही बेहतर समझा।

"सोनिया, तुमने इंतकाम लेने के लिए अठाईस साल क्यों इंतज़ार किया? यह काम तो तुम बहुत पहले ही कर सकती थीं?" समर ने उल्टा सवाल दाग दिया।

"इंस्पेक्टर, आप अच्छे वकील भी हो सकते हो। वैसे इंस्पेक्टर भी बुरे नहीं हो। नैना के केस में मैंने आपको स्टडी किया है। मैंने अठाईस साल इंतज़ार नहीं किया, मैंने अठाईस साल भोगा है। मैंने आपको बताया न कि मैं अठाईस साल से रात में दो घंटे से ज़्यादा सोयी नहीं हूं। अठाईस साल पहले की वह रात मेरे दिमाग पर छपी हुई है। मुझे उस रात के फ्लैशबैक्स आते रहते हैं। डॉक्टर इसे पोस्ट ट्रॉमैटिक स्ट्रेस डिसऑर्डर (पीटीएसडी) और एंग्जाइटी डिसऑर्डर कहते हैं। इस बीमारी से आपको ख़ुद ही लड़ना होता है। मैं एक तो गोद ली हुई बेटी थी और जिन्होंने मुझे गोद लिया था उनसे रंग रूप में भी अलग थी। ऊपर से ये बीमारी, मैं ख़ुद में सिमटती गयी। मेरा कोई नहीं था। नॉर्वे में मेरी उम्र की कोई ऐसी लड़की नहीं थी जिसका बॉयफ्रेंड न हो, पर मेरा नहीं था।

"मैं किसी पर विश्वास नहीं कर पाती थी। फिर मेरी ज़िंदगी में आयी नैना वशिष्ठ। क़रीब पांच साल पहले फेसबुक के ज़रिये हम फिर से मिले। पहली बार मुझे किसी पर भरोसा हुआ। वह मेरी नानी थी और मैं उसकी रानी। मेरी सबसे अच्छी दोस्त।" सोनिया की आवाज़ नैना के बारे में बोलते हुए कांपने लगी थी।

"एक वही तो थी जो मुझे समझती थी। जिसको मैं ट्रस्ट कर सकती थी। पर उसे भी मुझसे छीन लिया गया। तब मुझे अपनी ज़िंदगी बेकार, बेमानी लगने लगी। जिसका कोई नहीं होता, वह इंसान क्या करता है इंस्पेक्टर? जब आपके पास खोने को कुछ नहीं होता तब आप क्या करते हो?"

समर चुप रहा उसने कोई जवाब नहीं दिया।

"ये भी इस बीमारी का ही एक अंग है—रिवेंज। बदला। पीटीएसडी की एक स्टेज। मैंने भी वही किया। जिस दिन नैना की मौत की ख़बर देखी, उसी दिन मैंने बदला लेना का फैसला कर लिया था।"

"सोनिया मेरी बात मानो और दरवाज़ा खोल दो। अब बस करो। अपने आपको कानून के हवाले कर दो।"

"इंस्पेक्टर समर कानून मेरे लिये कभी नहीं था। मेरी मां के लिये भी नहीं था। मेरे अभागे पिता के लिये भी नहीं था। न जाने कहां हैं मेरे पिता, इसलिये कानून की दुहाई मत दो। कानून यहां ताकतवर के हाथ का खिलौना है।"

"फिर मुझे दरवाज़ा तोड़ना होगा।"

"आप अपना काम कीजिये। मुझे अपना काम करने दीजिये।" सोनिया ने कहा। "बाय इंस्पेक्टर। अलविदा।" कह कर उसने फोन काट दिया।

फोन के कटते ही समर ने अपनी टीम को दरवाज़ा तोड़ने का इशारा किया। दो मिनट में ही दरवाज़ा टूट गया। समर लगभग दौड़ते हुए अंदर घुसा। फ्लैट के अंदर एक कमरे में तेज़ शोर गूंज रहा था। यह कमरा गौरव का पुराना बेडरूम था। बेडरूम की दीवार पर कुल सोलह टीवी स्क्रीन्स लगी हुई थीं। इन्हीं स्क्रीनों पर चलती ख़बरों से गौरव पूरी न्यूज़ इंडस्ट्री पर कब्जा करने का ख्वाब देख रहा था और आज...आज सभी चैनलों पर एक ही ख़बर चल रही थी।

'गौरव वर्मा का क़त्ल!'

'बलात्कार का बदला काली ने लिया!'

'नैना का इंतकाम काली!'

'रैना या सोनिया कौन है क़ातिल?'

'स्वामी गजानन से गौरव वर्मा तक क़ातिल का सच...'

पूरे घर में सिर्फ टीवी चैनलों की आवाज़ें न केवल गूंज रही थीं, बल्कि सारी आवाज़ें एक-दूसरे में गड्डमड्ड होकर एक अजीब तरह का कानफाड़ू शोर पैदा कर रही थीं। इस शोर से खीझ चुके इंस्पेक्टर समर की नज़र दीवार से चिपकी टीवी स्क्रीनों के ठीक नीचे रखी एक लकड़ी की कैबिनेट पर जा टिकी।

वहां गौरव वर्मा की एक तस्वीर रखी थी, जिस पर फूलों की एक माला चढ़ी हुई थी और कुछ फूल नीचे रखे हुए थे। एक दीया भी जल रहा था।

समर यह देखकर ठिठक गया। उसकी आंखों में हैरत के भाव आ गये। उसने आगे बढ़कर टीवी का मास्टर स्विच ढूंढ़ा और उसे ऑफ कर दिया। अचानक पूरे घर में सन्नाटा छा गया।

उसने घर का हर कमरा, हर कोना छान मारा। दोनों फ्लोर का चप्पा-चप्पा देख लिया। छत पर भी जाकर देखा, लेकिन कहीं कोई नहीं था। उसकी सर्विलांस टीम ने बताया कि गौरव वर्मा के मोबाइल का सिग्नल बता रहा था कि वह यहीं है। यहीं है, पर कहां? न तो गौरव यहां था, न ही वह लड़की, जिसका नाम था काली, उर्फ रैना, उर्फ सोनिया हैनसेन।

आख़िर गौरव को लेकर जा कहां सकती है यह ख़तरनाक लड़की, जिसने एक-दो नहीं बल्कि तीन हत्याएं की हैं?

समर ने अपने दिमाग पर और ज़ोर डाला। अभी उसे अपना दिमाग उस चौथे शख्स की तलाश में लगा देना है। क्या वह गौरव वर्मा को ज़िंदा बचा पायेगा? क़रीब अड़तालीस घंटे से गौरव का कुछ पता नहीं है। वह ज़िंदा है या मर गया, ये भी कोई नहीं जानता। समर सोच में पड़ गया कि आख़िर जब फोन का सिग्नल यहीं है और अभी वह उसी फोन पर बात कर रहा था, तो फिर अचानक से फोन के साथ सोनिया गायब कहां हो गयी? कहां छुपी है वो? कौन से तहखाने में है?

समर ने अपार्टमेंट के मैनेजर को बुलाया। अब तक सब तरफ ख़बर फैल चुकी थी कि गौरव वर्मा लापता है और उसकी जान ख़तरे में है। उसके फोन पर लगातार एसीपी और डीसीपी के फोन आ रहे थे। नोएडा पुलिस की टीम भी यहां पहुंच चुकी थी। आख़िर ये उनके इलाके का मामला था।

समर ने फिलहाल उन्हें गेट पर लोगों के आने-जाने को नियंत्रित करने की जिम्मेदारी निभाने को कहा था। हालांकि न जाने क्यों, अब तक उसे अंदेशा हो चुका था कि क़ातिल उसकी पकड़ से कहीं दूर जा चुका है।

अचानक उसे ख्याल आया कि अपनी इस आशंका की तस्दीक तो वह अपार्टमेंट मैनेजर से कर सकता है, इसीलिये उसने मैनेजर को बुलवाया था। मैनेजर के आते ही समर ने पूछा, "इस ब्लॉक में कितने घर खाली हैं?"

"कोई भी खाली नहीं है, सर।" मैनेजर ने कहा।

"क्या तुम्हारे पास लिस्ट है इस ब्लॉक के सारे मकान मालिकों और किरायेदारों की?"

"है न सर," कहते हुए उसने अपनी जेब से मोबाइल निकाला और रॉयल सिल्वर गॉल्फ अपार्टमेंट का एप खोलकर उसके सामने कर दिया। इस एप में ब्लॉक वाइज़ ब्योरा था। मकान मालिक और किरायेदार सभी की डिटेल्स वहां दर्ज थीं। समर ने एक-एक करके सारे नाम देखने शुरू किये। ग्यारहवीं और बारहवीं मंज़िल पर डूप्ले पैंट हाउस है। जहां वह इस वक़्त खड़ा था। लिस्ट में उसे ज़्यादा देर तक उलझना नहीं पड़ा। दसवें फ्लोर पर किरायेदार के नाम के आगे लिखा था—सोनिया हैनसेन।

सोनिया का नाम देखते ही समर दो-तीन सीढ़ियां एक साथ उतरते हुए दसवें फ्लोर पर जा पहुंचा। वहां दरवाज़ा बंद था। उसने अपनी टीम को दरवाज़ा तोड़ने का इशारा किया। अंदर घुसते ही वह पहले बायीं तरफ गया। वहां से रोशनी आ रही थी। जैसे ही वह वहां पहुंचा उसके पैर थम से गये।

उसके सामने गौरव वर्मा था। ख़ूबसूरत और हैंडसम, हर वक़्त सूट में रहने वाला गौरव वर्मा। दीवार के सहारे बैठा था। बगैर कपड़ों के। उसका भी प्राइवेट पार्ट कटा हुआ था, लेकिन इस बार मुंह में ठुंसा नहीं था, बल्कि आधा बाहर लटका हुआ था। गौरव के दोनों हाथ ऊपर दीवार से चिपके हुए थे। नज़दीक से देखने पर उसने पाया कि उसकी दोनों हथेलियों को कील से दीवार में ठोंक दिया गया था।

उसके सिर के ऊपर दीवार पर बड़े-बड़े अक्षरों में लिखा हुआ था 'पिशाच—दि एंड!'

***

गौरव की आंख खुली तो उसने ख़ुद को बंधा हुआ पाया। एक कुर्सी पर वह बैठा हुआ था। उसके दोनों हाथ पीछे बंधे हुए थे। उसने हिलने की कोशिश की तो पाया कि उसके दोनों पैर भी कुर्सी के पायों से बंधे थे। मुंह में कपड़ा ठुंसा हुआ था। शरीर पर नज़र गई तो पाया कि वह न्यूड है। उसने हैरानी से इधर-उधर देखा। चेहरे पर असमंजस का भाव लिये उसकी नज़र रैना पर पड़ी।

रैना के चेहरे पर एक मुस्कान थी। एक रहस्यमयी मुस्कान, लेकिन इस बार यह मुस्कान मुहब्बत से लबरेज़ नहीं थी। इसमें एक नफरत थी, पर उसकी आवाज़ उतनी ही संयत।

"हाऊ आर यू माई डार्लिंग?" रैना ने गौरव से पूछा। गौरव ने सिर हिलाकर कुछ कहने की कोशिश की लेकिन उसकी आवाज़ मुंह में ही घुट कर रह गई।

"तुम सोच रहे होगे कि ये सब क्या है? है न डार्लिंग? तो तुम्हारे लिये अभी इतना जानना काफी है कि मैं तुम्हारा काल हूं—काली। मैं ही सोनिया हैनसेन हूं। पर मेरा असली नाम है, रैना। मेरे बचपन का नाम। पर तुम जैसे दरिंदों से इस धरती को मुक्त करने के लिये मैं काली बन गयी। अब तुम ये सोच रहे होगे कि आख़िर मुझसे तुम्हारी क्या दुश्मनी है? तुम तो मुझसे मुहब्बत करते हो। मैं भी तुमसे प्यार करती हूं। हम शादी करने वाले हैं। फिर मैंने तुम्हें यहां इस तरह से क्यों बांध रखा है? तो दिमाग पर ज़्यादा ज़ोर न डालो, मैं तुम्हें तंग नहीं करूंगी। नैना तो याद होगी...?"

गौरव की आंखों में हैरानी और खौफ नज़र आने लगे।

रैना ने आगे बोलना शुरू किया, "वो मेरी बहन थी। बहन ही नहीं उससे भी बढ़कर थी। मेरे बचपन की सहेली। तुम्हारी वजह से उसकी जान चली गयी।"

गौरव ने इनकार में सिर हिलाया।

"तुमको लगता है कि नैना की हत्या सर्वेश ने की है, है न? सारी दुनिया भी यही मानती है। लेकिन तुमने नैना के साथ क्या किया, ये तुम ही जानते हो। याद तो आ ही गया होगा। उस रात जब नैना के वजूद पर तुम एक वहशी की तरह हावी हो गए थे!"

गौरव ने फिर ना में सिर हिलाया। रैना ने हाथ में पकड़ा प्लास गौरव के प्राइवेट पार्ट पर चला दिया। दर्द से गौरव की आंखें निकल आयीं, लेकिन मुंह में कपड़ा ठुंसा होने की वजह से आवाज़ घुट कर रह गयी।

"तुम जैसे लोग कभी सच बोल ही नहीं सकते। तो ये लो सुनो नैना की ही ज़बानी। वैसे भी आज शाम को तो सारी दुनिया ही सुन लेगी।" कहते हुए रैना ने अपना मोबाइल ऑन कर गौरव के सामने रख दिया। इसमें रैना और नैना के बीच हुई बातचीत की रिकॉर्डिंग थी। जैसे-जैसे गौरव वह बातचीत सुनता गया, वैसे-वैसे उसका सिर झुकता चला गया। उसके जिस्म से जान ख़त्म होती चली गयी। आंखों में रौशनी कम होती गयी।

कुछ देर में वह वीडियो ख़त्म हो गया। अब रैना गौरव से बोली, "तुम्हारे मुंह से कपड़ा हटा रही हूं। कुछ सवाल पूछूंगी। जवाब तुम्हें देना है। शोर मचाया

तो वापस ये प्लास चलेगा। तुम्हारे कुछ और अंग कट कर गिर पड़ेंगे। वैसे भी यह घर साउंड प्रूफ है। कोई सुनने वाला नहीं है, समझे!"

फिर रैना गौरव के सिर पर हाथ फेरते हुए फुसफुसायी, "मेरा बाबू मेरी बात मानेगा न?"

गौरव ने 'हां' में सिर हिला दिया। दर्द से उसका बुरा हाल था। आंखों से आंसू बह रहे थे। रैना ने उसके मुंह से कपड़ा हटा दिया। गौरव ने गहरी-गहरी सांसें लीं।

***

"तुमने नैना को धोखा क्यों दिया?"

"मैंने उसे कोई धोखा नहीं दिया। मेरी मजबूरी थी उस वक़्त।" गौरव ने कहा।

"नैना से बलात्कार करना भी तुम्हारी मजबूरी थी?" रैना चिल्लायी। "किसी औरत का फायदा उठाना भी तुम्हारी मजबूरी थी?"

गौरव कुछ नहीं बोला। वह रैना को चुपचाप देखता रहा।

रैना ने प्लास उठाया और फिर उसी जगह चला दिया। कुछ और हिस्सा कट कर अलग हो गया। गौरव दर्द के मारे चीख पड़ा।

"मैंने कहा था न कि हर सवाल का जवाब देना? मुझे जवाब चाहिये। जब-जब तुम रुकोगे, तब-तब तुम्हारी मर्दाना शान के टुकड़े कट-कट कर गिरते रहेंगे।" रैना ने नफरत से कहा।

"उस रात हमने साथ में शराब पी थी। मुझे लगा था कि वह मेरे साथ रात गुज़ारना चाहती है। मुझे तो ऐसा लगा ही नहीं कि वो बलात्कार था," गौरव ने कराहते हुए कहा। "नैना ने भी कभी मुझसे उस रात का ज़िक्र इस तरह नहीं किया, जैसे तुम कह रही हो या अभी मैंने वीडियो में देखा। उलटे वह तो मेरे और क़रीब आती चली गयी।"

"हम औरतों की यही मजबूरी होती है। हमारे डीएनए में ही होता है ख़ुद को कुसूरवार मानना। जो तुम सोच रहे हो यही नैना भी सोच रही थी कि उसने ही कुछ ऐसा किया था जो तुमने उसके साथ बलात्कार किया। तुम साले मर्द, इस लायक ही नहीं होते कि तुमसे प्यार किया जाये।" कहते हुए रैना ने फिर से प्लास चला दिया। इस बार जो कुछ भी बचा खुचा था, वह भी अलग हो गया।

"तुमने अपनी पोज़ीशन और पॉवर का फायदा उठाया था। एक कमज़ोर लड़की की इज़्ज़त लूटी थी। उसके ज़रा से कमज़ोर लम्हे का इस्तेमाल करके तुमने उसका मान ख़त्म कर दिया इसलिये वह ख़ुद को कभी माफ नहीं कर पायी। तुमने उससे शादी से इनकार क्यों किया?"

"मुझे कभी उससे शादी करनी ही नहीं थी। मैंने कभी उससे वादा नहीं किया था कि मैं उससे शादी करूंगा। नैना ही अक्सर ऐसी बातें करती थी। उसे घर बसाना था, मुझे नहीं। मेरा घर तो बसा हुआ था। मैं ख़ुश था अपनी पत्नी के साथ।"

"तुम ख़ुश थे? अगर तुम ख़ुश थे, तो नैना के साथ क्या कर रहे थे? अपनी पत्नी के साथ ख़ुश आदमी किसी दूसरी लड़की के साथ बलात्कार करता है क्या?" रैना के गुस्से की सीमा नहीं रही और उसने प्लास से उसकी उंगली काट दी। गौरव की आंखों से आंसू बह रहे थे। वह लगातार सिसक भी रहा था।

"तुम चाहते तो नैना को बचा सकते थे। तुम उससे शादी कर सकते थे, लेकिन तुम तो नैना को छोड़ कर आमना को अपने प्यार में फंसाने चले थे।"

"नहीं, वो हार्मलेस फ्लर्टेशन था। मैं ऐसा कुछ नहीं कर रहा था," गौरव ने प्रतिवाद किया। वह रैना की बात को काटना चाहता था, पर रैना ने कुछ नहीं सुना और गौरव की एक और उंगली काट कर अलग कर दी।

"प्लीज़ मुझ पर रहम करो। मुझे माफ कर दो। मैं अपने सारे गुनाह कुबूल करता हूं," बेतहाशा दर्द से छटपटा रहे गौरव ने कहा। "मैं दुनिया के सामने अपने गुनाह कुबूल करने को तैयार हूं। हां, मैंने नैना के साथ बलात्कार किया था। हां, मैंने उसे झूठे सपने दिखाये थे। प्लीज़, मैं तुम्हारे आगे हाथ जोड़ता हूं। मुझे माफ कर दो रैना। प्लीज़। रहम करो।" वह बिलख रहा था।

रैना जैसे इसी पल का इंतज़ार कर रही थी। वह गौरव के पीछे गयी। उसने गौरव के बालों में धीरे से अपने सीधे हाथ की उंगलियां फिरायीं। फिर गौरव के माथे को हाथ से कस कर पकड़ा और कुर्सी की बैक से सटा लिया। उसका बायां हाथ तेज़ी से गौरव के गले पर चला और ख़ून का एक फव्वारा सामने की तरफ छूट पड़ा।

देश के सबसे मशहूर न्यूज़ एडिटर और एंकर के पास अब सिर्फ चंद सांसें ही बची थीं।

इसी के साथ वीडियो ख़त्म हो गया। समर ने फोन टेबल पर रख दिया। ये रैना, उर्फ काली, उर्फ सोनिया का वो फोन था जो गौरव की लाश के क़रीब रखा मिला था। इसी फोन से रैना उससे बात कर रही थी। उसका चेहरा गंभीर था। वह सोच में डूब गया कि *रैना कितनी ख़तरनाक है। उसने चार क़त्ल किये और बेहद आसानी से फरार भी हो गयी। सब कुछ कितना बेहतरीन तरीके से प्लान किया था उसने। हर एक्शन प्लान्ड था। होटल में रहना। गौरव की नज़र में ख़ुद को बड़ा दिखाना था। पैसे की कोई कमी नहीं थी। अपने इस रिवेंज क्लाईमेक्स का टाइम और लोकेशन उसने शायद बहुत पहले से तय किया हुआ था। पूरा ड्रामा लाइव टेलीकास्ट हो इसलिये उसने गौरव वर्मा के अपार्टमेंट को चुना। वह भाग सके इसलिये उसने ठीक उसके नीचे का अपार्टमेंट किराये पर लिया। फोन की लोकेशन ट्रेस करा लेने के बावजूद वह उसका कुछ कर नहीं सका। जब तक वह वहां पहुंचा, रैना वहां से दूर जा चुकी थी।*

रैना भले ही पीटीएसडी से गुज़र रही हो, लेकिन दिमाग से बहुत शातिर है। सबसे पहले राजा राघवेंद्र प्रताप सिंह को अपने जाल में फंसाया। उसका सहारा लेकर वह गौरव वर्मा तक पहुंची। वहां उसने नौकरी हासिल की ताकि गौरव के क़रीब रह सके। टीवी चैनल की नौकरी ने उसके लिये साहित्य की दुनिया के रास्ते खोल दिये। वह आसानी से स्वामी गजानन और प्रकाशक जयराम गुप्ता तक पहुंच गयी।

बस एक ही बात समर को समझ नहीं आ रही थी कि *गौरव को यह बात अटपटी क्यों नहीं लगी कि फाइव स्टार होटल के रेज़िडेंस में रहने वाली लड़की उसके यहां पचपन हज़ार रुपये की नौकरी क्यों कर रही है। शायद गौरव की कमज़ोरी ही उसे ले डूबी। रैना को देखते ही वह उस पर लट्टू हो गया होगा।*

समर इसी सोच में डूबा था कि कॉन्स्टेबल रावत ने आकर कहा, "बाहर एक आदमी आया है सर, वह आपसे मिलना चाहता है।"

"क्यों?"

"सर, वो कह रहा है कि उसके पास रैना के बारे में कुछ जानकारी है।"

"क्या? भेजो उसे, देखें तो ये कौन है जो रैना के बारे में जानकारी होने का दावा कर रहा है।"

कुछ ही देर में पांच फुट चार इंच लंबा दुबला-पतला सा आदमी उसके सामने खड़ा था। सफेद खिचड़ी बाल और चेहरे की झुर्रियां ज़िंदगी की

दुश्वारियों को बयान कर रहे थे। वह घिसी हुई पैंट, बाहर निकली हुई हाफ शर्ट और पैर में चप्पल पहने था।

"क्या कहना है? क्या जानते हो रैना के बारे में?"

"मैं रैना दुबे का पिता रवि दुबे हूं। वही पिता जो पिछले अठाईस सालों से गायब था। मैंने ही ये सारे क़त्ल किये हैं। मैंने ही अपनी बेटी का बदला लिया है। ये चारों क़त्ल मैंने किये हैं।"

समर ने कॉन्स्टेबल रावत की तरफ देखा, वह भी अविश्वास से उसकी तरफ ही देख रहा है।

कमरे में सन्नाटा छा गया।

आभार...

साल 2020 कयामत का साल रहा। फरवरी के महीने में *नैना* आयी तो साथ में कोरोना भी ले आयी। बावजूद कोरोना के *नैना* की कृपा मुझ पर बरसती रही। न जाने कितने लोग *नैना* के बहाने मुझसे जुड़े। *नैना* ने मुझे वो शोहरत दी जिसकी कभी मैंने कल्पना नहीं की थी। तमाम चिट्ठियां मेरे पास सुरक्षित हैं। मैं सभी लोगों का दिल से शुक्रिया अदा करता हूं। *नैना* न होती तो मैं इस प्यार से महरूम रह जाता। *नैना* की कामयाबी के हकदार इसके पाठक हैं।

नैना आज सक्सेसफुल है तो इसके पीछे एका-वेस्टलैंड की टीम का बहुत बड़ा हाथ है। ख़ास तौर पर मीनाक्षी ठाकुर, अमृता तलवार और पल्लवी सिंह का। मीनाक्षी ने मुझे लेखक की तरह सोचना और लिखना सिखाया है। अमृता तलवार जुनूनी हैं। वो सोते जागते किताब के बारे में ही सोचती रहती हैं। पल्लवी ने मेरी तमाम गलतियों को सुधारा। इस तिकड़ी की वजह से पहले *नैना* और अब यह उपन्यास *पिशाच* आपके सामने है।

नैना की तरह मेरे इस दूसरे उपन्यास *पिशाच* के पहले पाठक जय प्रकाश पांडेय और अनंत विजय ही हैं। इनकी नज़र से गुज़रने के बाद ही मुझे भरोसा होता है कि जो मैंने लिखा है वो सही है। दोनों का आभार।

मैं शुक्रगुज़ार हूं डॉ. कमल गुप्ता और डॉ. मुदिता गुप्ता का। इस उपन्यास को लिखने से पहले तक मुझे एक ख़तरनाक और जुनूनी अंदाज़ में किये जाने वाले क़त्ल की बारीकियों के बारे में कुछ भी पता न था। कैरोटिड और जग्युलर वेन को समझने में उन्होंने मेरी मदद की।

इसी तरह मैं कभी न जान पाता कि पीटीएसडी क्या होता है। मैं शुक्रगुज़ार हूं जाने-माने मनोचिकित्सक डॉ. संजय चुग का। वह मेरे बहुत पुराने दोस्त भी हैं और मददगार भी। उनकी वजह से पीटीएसडी को समझ सका। आपके सामने ला सका।

मैं शुक्रगुज़ार हूं दिल्ली पुलिस के पूर्व एसीपी ओ.पी. सिंह का। उनकी मदद से मैं दिल्ली पुलिस और समर प्रताप सिंह के काम काज को पहले के मुकाबले ज़्यादा प्रभावी ढंग से लिख सका।

मैं शुक्रगुज़ार हूं अपने सहयोगी पत्रकार, कहानीकार और कवि सत्येंद्र प्रसाद श्रीवास्तव का, जिन्होंने अपनी कविताओं के इस्तेमाल की मुझे इजाज़त दी।

अब बात अपने पूर्व बॉस उदय शंकर की। उदय शंकर, *दि वॉल्ट डिज़्नी कंपनी एशिया पैसेफिक* के पूर्व प्रेसिडेंट तो हैं ही, *स्टार इंडिया* और *दि वॉल्ट डिज़्नी कंपनी इंडिया* के पूर्व चेयरमैन भी हैं। इतने बड़े पद पर रहते हुए भी वे दिल के बहुत बड़े हैं। ग़ज़ब के दोस्त हैं, सहयोगी हैं। मैंने *नैना* के विमोचन के लिये उन्हें मैसेज किया। पांच-सात साल से हमारी बातचीत भी नहीं हुई थी। पलटकर उनका फोन आ गया। एक मिनट नहीं लगाया उन्होंने चीफ गेस्ट बनने की हामी देने में। मुझे पता है कि वे पब्लिसिटी से बचते हैं। बहुत बिज़ी रहते हैं। सार्वजनिक कार्यक्रमों में बहुत कम जाते हैं। उदय ने ये भी नहीं पूछा कि मैं क्यों उनके हाथों विमोचन कराना चाहता हूं। ये अलग बात है कि कोरोना के लॉकडाउन की वजह से वो कार्यक्रम नहीं हो सका। बहुत-बहुत शुक्रिया बॉस।

इसी क्रम में एक और नाम का भी उल्लेख करना चाहूंगा, वह हैं आईपीएस अधिकारी अरुण कुमार। वह उत्तर प्रदेश पुलिस, सीबीआई, बीएसएफ और सीआरपीएफ में काफी बड़े पदों पर रहे और वर्तमान में रेलवे सुरक्षा बल के महानिदेशक हैं। सार्वजनिक कार्यक्रमों से कतराने व प्रचार से हमेशा दूर रहने वाले कुमार भी *नैना* की गिरफ्त में आने से बच नहीं सके और विमोचन के लिए संपर्क करने पर पहली बार में ही हामी भर दी, जबकि मैं उनसे पहले कभी मिला नहीं था। उनका भी आभार।

लेखन की दुनिया के शहंशाह सुरेंद्र मोहन पाठक साहब के बगैर बात खत्म नहीं हो सकती। मैंने *नैना* के छपने के बाद उन्हें फोन किया और बताया कि मैं किताब लेकर उनके पास आना चाहता हूं। उन्होंने तुरंत मुझे बुला लिया। मैं किताब लेकर उनके घर पहुंचा। बहुत ख़ुश हुए। *नैना* को काफी देर उलट-पलट कर देखते रहे। मुझे स्कॉच पिलायी। वादा किया कि वे क़िताब पढ़ेंगे। ये भी कहा कि इसकी समीक्षा भी करेंगे। लेकिन किस्मत को कुछ और ही मंज़ूर था। उनकी तबियत उस वक़्त गड़बड़ा गयी। जब ठीक हुई तब तक कोरोना हावी हो चुका था। तब से हमारी मुलाकात नहीं हुई। लेकिन उन्होंने *नैना* पढ़ी। मुझे मैसेज किया। फिर फोन पर मेरी खूबियां और खामियां दोनों बतायीं। इतना

बड़ा लेखक एक अदने से उपन्यासकार को कितनी अहमियत देता है, ये मैंने उनसे जाना। वो कितने बड़े हैं उस रोज़ मुझे अहसास हुआ। उनकी नज़र कितनी पैनी है, ये उस दिन जाना।

पाठक सर से मिली टिप्स पर मैंने अमल किया है। उनके जैसा तो बन नहीं सकता लेकिन उनसे सीख ज़रूर सकता हूं। बहुत-बहुत धन्यवाद सर।

मैं आभारी हूं शशि शेखर जी, राजदीप सरदेसाई, यतीन्द्र मिश्र, दीपक चौरसिया, आशुतोष, अजीत अंजुम, उमा शंकर सिंह, अंजना ओम कश्यप, ऋचा अनिरुद्ध, शम्स ताहिर खान, रोहित सरदाना, चित्रा त्रिपाठी, तस्लीम खान, इकबाल रिज़वी, नीरज गुप्ता, गीताश्री, राज शेखर त्रिपाठी, सरदार साजिद इमाम, पंकज भार्गव, अतुल अग्रवाल, आशीष मनचंदा, देव प्रकाश चौधरी और हरमिंदर चहल का। इनके सहयोग की वजह से ही *नैना* आम लोगों तक पहुंच सकी।

इनके अलावा प्रभा खेतान फाउंडेशन, समय पत्रिका, हिन्दीनामा, हिन्दी जगत, मातृभूमि, सरल भारत और थॉट्स एंड इंक का भी आभार।

अपने मौजूदा बॉस सुप्रिय प्रसाद का शुक्रिया। सुप्रिय और उनकी पत्नी अनुराधा प्रीतम ने *नैना* को न सिर्फ सराहा बल्कि अगली किताब जल्द लिखने के लिये हौसला बढ़ाया।

अंत में बारी उनकी जिनसे ये सारी रौनक है। सिया और शुचि। दोनों का शुक्रिया। मुझे बर्दाश्त करने के लिये। मां और पापा के आशीर्वाद के बगैर ये ज़िंदगी अधूरी है। दिनेश पालीवाल, रिश्ते में मामा हैं लेकिन मेरा सहारा हैं। साथी हैं। दोस्त हैं। रचना-विशाल पालीवाल, रश्मि-मनोज चंद्रा, दीप्ती बंसल और हेमंत रॉय लखनपाल का भी धन्यवाद।

उम्मीद है कि *पिशाच* भी आपको पसंद आयेगा। आपकी प्रतिक्रियाओं का इंतज़ार रहेगा। अच्छा या बुरा जैसा भी लगे लिखियेगा ज़रूर। मेरा इमेल है: paliwal.sanjeev@gmail.com

आभार

संजीव पालीवाल

15.5.2021

नई दिल्ली

संजीव पालीवाल हिंदी पत्रकारिता के अग्रणी पत्रकार हैं। आप इस क्षेत्र में तीस वर्षों से कार्यरत हैं और *दैनिक जागरण, अमर उजाला, आज, दूरदर्शन, बीआईटीवी, आईबीएन7/न्यूज़18* और *टीवी टुडे* जैसे प्रतिष्ठित समाचार-पत्रों और न्यूज़ चैनलों में काम कर चुके हैं। फिलहाल आप *आज तक* में सीनियर एग्ज़िक्यूटिव एडिटर के पद पर कार्यरत हैं। *नैना* आपका पहला उपन्यास था।